KB084035

3

나쁜
시녀들

자야 장편소설

아시아

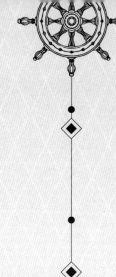

차 례

23

나쁜 시녀들

코코가 본격적으로 움직이기 시작했다. 왕궁을 장악하기 위해서였다.

바깥에선 남부 함대가 해적을 물리치더니 드추바 섬에 주둔지를 짓기 시작했고, 마조람 후작은 갑작스러운 습격에 두문불출하며 가신들을 불러 모았다.

블라이스는 국왕을 찾아가 해방군을 이대로 둘 거냐며, 만약 저들이 하나의 흐름이 된다면 자신은 황제에게 이 일을 보고할 수밖에 없다고 구렁이 같은 협박을 일삼았다.

"최적의 시기인 것 같아."

코코가 말했다.

"영웅에게 필요한 건 난세이고, 강한 왕에게 필요한 건 반역자들이지. 성녀는 재해 앞에서나 기적을 논하기 마련이고."

율리아도 동의했다.

"맞아요."

"왕궁을 장악할 때가 됐어. 쉽지 않겠지만…… 그렇다고 손 놓고 있을 수는 없지."

시녀, 하녀, 하인과 시종들, 요리사와 정원사, 하다못해 심부름꾼과 마부까지. 왕궁 안엔 아주 많은 사람이 터전을 잡고 살아가고 있었다.

"왕자궁을 왕궁의 중심으로 만들자. 친제국파니 반제국파니 이런 것들하고 싸우기 전에, 왕궁 안에 있는 사람들부터 우리 편으로 만들어야 해."

"어떻게요?"

알렉사가 물었다. 그러자 코코가 뭘 그렇게 당연한 걸 묻느냐는 얼굴로 이렇게 말했다.

"금화를 풀어야지."

코코는 돈이 많았다. 레위시아도 샤트린만큼은 아니지만 부유한 편이었다.

율리아도 후원자인 카루스가 보내준 해적의 금화 덕분에 돈이 많았다. 심지어 그는 전임 사령관이 숨겨두었던 어마어마한 양의 비자금을 율리아에게 마음껏 쓰라고 말하기도 했다.

"일을 도모할 때는 현찰이 필요한 법이죠."

율리아가 그렇게 말하자, 코코가 손뼉을 짝 치며 웃었다.

"우리가 제일 먼저 할 일은 왕자궁의 시녀장을 뽑는 거야."

코코의 목소리에 음률이 실렸다. 그녀는 둥근 테이블을 사이에 두고 앉아 있는 율리아와 알렉사를 차례대로 가리키며 말했다.

"율리아는 아직 시녀장이 될 수 없어. 왕궁 전체가 네 신분을 물고 늘어질 거야. 왕실 법도에 시녀장의 자격 조건이라는 권고 사항이 있기도 하거니와."

알렉사가 고개를 갸웃거리며 물었다.

"그게 뭡니까?"

"배우자가 있는 왕족의 경우엔 그 배우자의 가문에서 발탁, 미혼인 경우엔 부모 중 한 사람이 추천하고, 특히 미혼인 왕위 후계자의 경우에는 왕비가 지정하도록 권고하고 있지."

"권고."

알렉사가 '권고'라는 말을 강조했다.

코코가 싸늘하게 미소 지었다.

"그래, 아무튼 율리아가 시녀장이 되는 건 불가능에 가까워. 알렉사 너도 마찬가지고."

"저는 못합니다. 왕자궁 관리는 코코가 다 하고 있잖아요."

"그래서 내가 하겠다는 거야."

코코는 이 일이 정말 아무것도 아닌 것처럼 말했다. 하지만 율리아는 그게 그렇게 쉬운 일이 아니라는 걸 알고 있었다.

"레위시아 님이 직접 임명하지 않는 이상은 불가능해요. 궁내부는 반대할 거고, 왕비 전하는 화낼 거고, 원로들은 언짢아하겠죠."

"레위시아 님이 직접 임명할 거야."

"다른 건 다 물리칠 수 있다고 쳐요. 하지만 왕비 전하께서 가만히 있을지……."

시녀장이란 직책은 왕족의 최측근인 동시에 그의 일거수일투족을 관리하고, 왕궁 안에서만은 왕족의 권력을 나눠 가질 수 있는 막강한 자리였다.

왕족들은 시녀장을 뽑을 때, 아주 오랫동안 신뢰를 쌓은 자에게만 손을 내밀었다. 그래서 미혼인 왕족의 시녀장은 주로 유모나 가정 교사, 부모의 측근 시녀 중에 한 사람으로 뽑았다.

미혼인 레위시아가 시녀장을 뽑으려면 왕비에게 조언을 구해야 한다는 게 왕실 법도였다. 특히 레위시아의 친모가 왕의 애첩으로 평생토록 왕비의 눈엣가시였다는 점에서, 그는 왕비에게 잘 보이는 편이 좋았다.

그러나 코코는 그럴 생각이 없었다.

"왕비 전하는 우리 편이 되지 않아."

아마 하늘이 무너져도 그런 일은 일어나지 않을 것이다.

왕비는 레위시아의 어머니를 증오했고, 레위시아를 미워한 나머지, 그가 성장하는 내내 무관심 속에 버려지도록 유도했다. 1왕자가 죽었으니 이제 왕비의 권력은 샤트린과 4왕자에게 향할 것이다.

"왕궁엔 우리가 싸워야 할 상대뿐이야."

그걸 항상 명심해. 코코가 율리아와 알렉사에게 말했다.

"그리고 난 궁내부 놈들부터 조질 생각이고."

맺힌 게 많거든. 코코가 율리아를 보며 중얼거렸다.

이날 오후, 2왕자 레위시아 오르테가가 그의 측근 시녀인 코델리아 힌치를 왕자궁의 시녀장으로 임명했다.

당연한 것 같으면서도 파격적인 인사였다. 코코는 시녀장이 되기엔 너무 젊었고, 미혼이었으며, 힌치 백작의 외동딸임과 동시에, 추천장 하나 없이 스스로 시녀장이 되겠다며 왕자를 찾았기 때문이었다.

왕궁엔 비밀이 없다.

율리아는 코코가 했던 말을 기억했다. 왕궁 안엔 벽이나 서랍, 계단 밑에도 듣는 귀가 있다고 했다.

'이건 비밀인데 너만 알고 있어.'라는 말은 '어서 빨리 왕궁 사람들에게 퍼뜨려줘.'라는 말과 다르지 않았다.

코코가 왕자궁의 시녀장이 되었다는 소식은 단 하루 만에 왕궁 전체에 퍼졌다. 악마 시녀라 불리던 본인의 유명세에 상인연합 대표가 된 힌치 백작의 위명이 더해지면서, 코코를 주목하는 사람이 많았다.

심지어 최근 경연에서 레위시아 왕자가 샤트린 공주에게 승리를 거두었기에, 날이 갈수록 왕자궁을 감시하는 눈이 많아지고 있었다.

"우리 궁에 필요한 건 다정한 시녀장이 아니야."

너그러운 시녀장도 아니다. 평화를 사랑하는 시녀장도 아니다.

"권력에 미친 시녀장이지."

악역이 필요하다면 얼마든지 해주겠다.

코코가 전신 거울 앞에 섰다.

거울에 비친 그녀는 앙칼진 고양이처럼 보였다. 붉은 머리카락이 동글동글 말려 귀밑에서 흔들리고, 살짝 올라간 눈꼬리엔 연한 분홍색 화장을 했다. 소매를 둥글게 부풀린 드레스는 귀엽고 발랄한 느낌이었다. 무릎 언저리에서 흔들리는 치맛단엔 자잘한 레이스가 장식되어 있었다.

"이대론 안 돼."

코코가 자신의 거대한 드레스 룸을 열었다. 옷과 보석에 욕심이 많은 그녀인 만큼, 어마어마한 양의 드레스가 펼쳐졌다.

"찾아. 권력에 미친 코델리아 힌치가 왕자를 등에 업고 왕자궁을 장악하려 할 때 입을 것 같은 옷."

코코의 전속 하녀들이 비장한 얼굴을 하고 드레스룸 안으로 들어가 옷을 뒤지기 시작했다.

율리아가 물었다.

"이렇게까지 해야 해요?"

"궁내부를 상대할 때는 보이는 게 절반이야. 그놈들은 일단 눈으로 봤을 때 만만해 보이지 않으면 잘 싸우려 들지 않거든. 가뜩이나 할 일이 산더미인데, 분란까지 만들고 싶지 않을 거야."

율리아는 경연장에서 봤던 궁내부 대신의 아들을 떠올렸다. 아버지인 궁내부 대신을 닮아 제법 잘생긴 사내였다.

"궁내부에서 거절하진 않겠죠?"

"이론적으론 불가능해. 왕족이 자신의 궁을 관리할 시녀장을 직접 임명하겠다는데, 궁내부가 이래라저래라 할 수는 없지."

물론 딴지를 걸긴 할 것이나. 다른 왕족이나 원로들을 통해서.

"왕비 전하께 달려가겠네요."

율리아가 가만히 중얼거렸다. 코코도 이 싸움의 마지막 상대가 결국 왕비라는 사실을 부정하지 않았다.

"코코 아가씨, 이 옷이 좋겠어요!"

하녀들이 드레스 하나를 품에 안고 나왔다. 크림색 원단에 진한 주홍색 안감을 덧댄 드레스였다. 가만히 서 있으면 우아한 시녀인데, 움직일 때마다 강렬한 주홍색 안감이 튀어나와 시선을 사로잡았다.

거기다 번쩍거리는 자수 장식이 어깨와 소매, 허리부터 밑단에 이르고 있었다. 지나치게 요란하지는 않되, 시녀가 입을 수 있는 최대한의 화려함을 드러낸 옷이었다.

코코가 만족스럽게 웃었다.

"궁내부에 가야겠다."

그 자식들이랑은 언젠가 꼭 한 번 제대로 붙어 보고 싶었다며, 코코가 입술을 비틀었다.

━ ◆ ◆ ◆ ━

보통 왕궁 시녀장이 움직일 때는 시녀들이 하나나 둘 정도 따라붙게 마련이었다.

샤트린만 해도 시녀의 수가 20명을 훌쩍 넘겼고, 왕비는 그보다 더 많았다. 1왕자가 죽기 전에는 그가 받아들인 시녀가 왕비의 시녀와 비슷할 정도였다고 알려져 있기도 했다.

코코는 혼자였다.

레위시아의 2왕자궁에는 측근 시녀만 셋 존재할 뿐, 시녀장이나 수석 시녀가 없었다. 수습 시녀도 없었다.

왕실 시녀들의 위계는 이런 순서였다. 시녀장이 가장 높은 권력자였고, 수석 시녀가 그 아래, 그 뒤엔 측근 시녀가 있고, 가문이 한미하거나 신뢰를 쌓지 못하면 수습으로 남았다.

코코는 10년 동안 레위시아의 측근 시녀였다. 왕자가 왕위에 관심을 보이지 않던 시절에는 그녀 역시 권력에서 멀어져 있었다.

"2왕자궁의 시녀장으로 임명된 코델리아 힌치다. 도리상 궁내부 대신께 알려드려야 할 것 같아서 왔으니, 안내해."

"네?"

궁내부 입구에서 제일 처음 만난 관리에게, 코코가 명령했다.

"궁내부 대신께 안내하라고."

코코가 왕자궁의 시녀장이 되었으니 일개 하급 관리는 그녀의 말에 감히 토를 달아서는 안 되었다.

"네, 이쪽으로……."

궁내부 대신의 집무실은 꼭대기 층에 있었다. 높은 계단을 나비처럼 사뿐사뿐 올라간 코코가 집무실 문 앞에서 거만하게 턱짓했다.

"저, 2왕자궁 시녀장께서 오셨습니다."

"……지금은 바쁘니 나중에 오라고 해라."

궁내부 대신은 코코를 만나주지 않으려고 했다. 하지만 궁내부가 들썩거리도록 요란하게 나타난 그녀가 노크도 없이 문을 벌컥 열어버리자, 노한 얼굴로 그녀를 쏘아보았다.

"무례하오."

"그쪽이야말로 무례하네요. 못 들으셨나요? 2왕자궁의 시녀장이라고 했잖아요. 제가 궁내부 대신만큼 대단한 권력자는 아니지만, 2왕자궁의 관리자로서 제가 이제부터 레위시아 왕자님을 대신한다는 건 아셔야 할 텐데."

"보시다시피 바쁘오. 한가하게 시녀장 인사나 받아줄 시간은 없소."

"누가 인사하러 왔다고 했나요?"

코코는 물러서지 않았다. 그가 자신보다 훨씬 나이가 많고 노련한 권력자라는 걸 아는 이상, 그녀는 절대 굽혀선 안 됐다.

"통보하러 온 겁니다. 이제 2왕자궁엔 시녀장이 있으니까 이전처럼 하급 관리나 관리직 시녀님을 보내서 주제넘게 간섭하지 말라고 요."

"뭐라고?"

"2왕자궁의 인력, 물자와 내탕금, 그리고 모든 행사는 이제 제가 주관합니다. 궁내부는 제가 드리는 보고서만 받으시면 돼요."

"자네야말로 주제넘는군! 왕자궁도 결국은 궁내부가 관리하는 ……."

"그래서 하이에나 따위가 왕족을 위협하려 왕궁에 침입했을 때 침묵하셨나요?"

궁내부 대신이 멈칫했다. 코코는 그 찰나의 당황을 놓치지 않고 물어뜯었다.

"왕자께서 직접 임명한 시녀를 신체검사 운운하면서 치사한 방법으로 내치려고 하더니, 왕족의 목숨 앞에서도 그 대단한 궁내부의 자존심은 굽혀지지 않더군요."

"힌치 영애!"

"이제 시녀장이에요. 말씀 똑바로 하셔야죠."

코코의 눈에서 강렬한 분기가 흘러넘쳤다. 그녀는 여기서 자신이 조금만 약해 보여도 그 열 배의 보복이 왕자궁으로 돌아오리란 걸 알았다.

그러니 절대 약해 보여선 안 된다. 나이는 상관없었다. 경력도 필요 없었다. 그녀는 이제 시녀장이었다. 왕자궁의 방패가 되어야 했다.

"오늘은 여기까지만 하죠. 앞으로 왕자궁에 특별히 간섭하고 싶은 일이 있거든, 할 수 있는 모든 예의와 절차를 밟아서 오세요."

왕궁 안에서 하는 싸움이라면 자신 있다.

코델리아 힌치는 이 순간을 위해 10년 동안 악마 시녀가 되어 살았으니까.

━ • ◆ • ━

트루디는 1왕자가 죽기 전 그의 연인이었던 여자와 친해지기 위해 궁내부에 자주 드나들었고, 자연스럽게 다른 하급 관리들과 안면을 트게 되었다.

"안녕하세요!"

쾌활하고 싹싹한 트루디는 어디에서나 환영받았다.

그녀는 궁내부 건물로 들어가자마자 제일 처음 만난 여자에게 다가가 팔짱을 꼈다.

"점심 드시러 가는 거예요? 좋겠다! 궁내부는 점심시간이 빨라서."

"아침 안 먹는 사람이 많아서 그래. 뭐가 부러워? 왕자궁 하녀들은 아무 때나 맛있는 걸 먹을 수 있잖아."

"그건 우리 왕자궁만 그런 것 같던데요. 하녀들 얘기 들어보니까 다른 데는 규율이 엄격한 것 같더라고요."

"나도 궁내부 때려치우고 왕자궁에서 일하고 싶다."

"코코 시녀장님한테……."

"아서라! 내가 괜한 말을 했네."

하급 관리가 몸서리와 함께 손사래를 쳤다.

"어디 가니?"

"편지 부탁하러요!"

깔깔 웃던 트루디는 자신을 왕궁 하녀로 추천해준 궁내부 관리에게 부탁해 고향에 편지를 보내려 한다며 계단을 올랐다.

궁내부 건물엔 사람이 많았다. 워낙 다양한 일을 처리하는 곳이라, 일하는 사람도 방문하는 사람도 많았다.

트루디는 복잡한 복도를 몇 번이나 돌아 구석에 있는 어느 방으로 들어갔다.

"무슨 일이냐?"

"정기 보고 하러 왔어요."

"벌써 날짜가 그렇게 되었나? 어디 보자. 이리 앉아라."

젊은 남자 관리가 트루디를 의자에 앉혀놓고 두툼한 수첩을 꺼냈다. 그러곤 날짜와 이름, 장소에 따라 구분된 페이지를 찾아 펼쳤다.

"왕자님은 요즘 어떻지?"

"공부를 많이 하세요. 경연 전날인가, 밤새우셨다고 들었어요. 전엔 점심시간에 일어나시더니, 이제는 아침 일찍 일어나세요."

"그런 시시한 것들은 됐어."

"며칠 전에 코코 시녀님이 시녀장이 되었잖아요. 어제는 왕비궁에서 사람이 다녀갔는데, 무슨 대화를 했는지 그건 못 들었고요. 되게 화가 나신 것 같았어요."

"알고 있다. 시녀장이라는 게 그런 식으로 정해지는 자리가 아닌데, 나 참. 왕실 법도를 그딴 식으로 무시하다니. 세상이 어찌 되려는지."

"시녀님들 외출이 잦아졌어요. 코코 시녀장님이야 힌치 백작님 만나려고 나가시는 것 같고, 알렉사 시녀님은 요즘 부쩍 기사님들하고 친해진 것 같더라고요. 기사님들이 알렉사 시녀님한테 기사 시험을 보라고 충고하시던데요?"

"뭐? 왕실 기사들이?"

"네, 자격은 이미 충분하다면서…… 왕실 법도에 시녀가 기사 시험을 보면 안 된다는 조항은 없다고."

"미친!"

궁내부 관리가 요란하게 혀를 찼다. 아무리 그래도 그렇지, 시녀가 기사 시험을 봐서 무엇에 쓰겠냐고 그런 일은 절대 일어나지 않을 거라고 빈정거렸다.

트루디는 괜히 울컥했지만 드러내지 않고 그의 말에 맞장구치며 고개를 주억거렸다.

"그 평민 시녀는?"

올 것이 왔다. 트루디가 티 나지 않게 침을 삼켰다.

"율리아 시녀님은 별로 말씀드릴 게 없어요. 그분은 가문도 없는 평민인데, 도대체 어떤 정보를 캐야 하는지도 모르겠고……."

"멍청하긴! 누가 너한테 정보를 캐라고 했느냐? 그냥 가까이에서 관찰하고 그걸 말해주면 되는 거야. 첩자 짓 몇 번 하더니 네가 무슨 정보 길드 조직원이라도 되는 줄 아는 모양인데, 너는 그냥 쥐새끼야. 그걸 명심해라."

"네?"

"어설프게 나대지 말고 쥐새끼는 쥐새끼답게 굴란 말이다."

"무슨 말씀을 그렇게 하세요? 제가 얼마나 열심히 일했는데……."

"뭐?"

관리가 멈칫하더니 얼굴을 서서히 일그러뜨렸다. 트루디가 말대꾸하는 게 마음에 들지 않았던 것이다.

트루디는 그가 무서웠지만, 여기서 물러날 수는 없었다.

"쥐새끼라뇨. 취소하세요."

당찬 요구였다. 트루디로서는 최선을 다한 반항이기도 했다. 이 남자는 그녀를 왕궁에 집어넣어준 사람이었다. 율리아에게는 시험을 봐서 들어왔다고 말했지만, 다 거짓말이었다.

먹여 살려야 할 가족도 없었다. 트루디는 멀리 시골에서 온 소녀가 아니라, 빈민들이 모여 사는 오래된 부둣가 출신이었다.

"이게 왕궁에서 얼마간 지내더니 간이 배 밖으로 나왔구나."

관리가 수첩을 접고 일어났다.

"왜, 너도 그 평민 시녀처럼 언젠가는 왕자의 눈에 띄어서 높은 자리로 올라갈 수 있을 것 같아서 그러냐? 이제 쥐새끼 노릇은 그만하고 싶어졌어?"

"그런 거 아니에요. 저는 관리님께 충성하고 있어요!"

"그런데 태도가 이게 뭐야. 죽고 싶어?"

"쥐새끼라는 말은 너무했잖아요!"

"이게 어디서 큰소리야?"

철썩. 관리가 트루디의 뺨을 때렸다. 그리 세게 때린 것은 아니었다. 하지만 모멸감을 느끼는 데는 세기 같은 건 아무 상관없었다.

트루디가 두 손으로 뺨을 감싸고 그를 노려보았다.

"눈깔 순하게 굴려. 비렁뱅이 주워다가 왕궁 하녀 만들어줬으면 고마운 줄을 알아야지. 너는 나 아니었으면 벌써 죽었어. 알아?"

그가 들고 있던 수첩으로 트루디의 머리를 몇 번이나 내리쳤다. 반항하려야 할 수 없을 만큼, 빠른 간격으로 픽픽픽. 트루디는 머리를 잔뜩 수그린 채 거친 숨을 골랐다.

"그래서 원하는 게 뭐야. 쥐새끼라고 안 부르면 되는 거냐?"

"……금화요."

"뭐?"

"저는 목숨 걸고 이 일을 하고 있는데, 왜 아무 대가도 주지 않으시는 거예요?"

"하하하하!"

그가 큰 소리로 웃었다. 그럴 줄 알았다면서, 너 같은 쥐새끼들이 원하는 건 다 정해져 있다고 비웃기도 했다.

달그락. 테이블 위에 번쩍거리는 금화 하나가 떨어졌다.

트루디는 꽉 쥐고 있던 주먹을 풀고, 그 금화를 손에 쥐었다.

"만족했으면 이제 말해봐. 그 평민 시녀는 요즘 어떻게 지내는지."

"율리아 시녀님은……."

트루디의 입에서 몇 가지 이야기가 흘러나왔다. 앳된 얼굴에 어울리지 않게 거칠어진 손이 금화 하나를 붙들고 이리저리 굴리다가 꽉 쥐었다.

◆ ◆ ◆

율리아는 이날이 트루디가 궁내부 관리에게 정기 보고 하는 날이라는 걸 이미 알고 있었다.

궁내부에 다녀온 트루디가 점심도 거른 채 율리아의 방을 청소하러 들어왔을 때였다. 이 시간엔 주로 1층에서 시간을 보내는 율리아가 자신의 방에 돌아와 있었다.

"어? 시녀님, 왜 이 시간에 방에 계세요?"

"내가 내 방에 있는 이유를 설명해줘야 하니."

"아뇨. 그게 아니라."

트루디가 애써 웃으며 달려왔다. 그러곤 청소할 건데 먼지가 날 수도 있으니까요, 하고 싹싹하게 말했다.

율리아가 말없이 트루디의 얼굴을 살폈다. 하지만 무슨 일이 있었는지는 묻지 않고 차갑게 등을 돌렸다.

"이제 나갈 거야. 청소 고마워."

"저기, 시녀님."

그런데 트루디가 율리아를 잡았다. 청소하러 들어왔다는 애가 걸레도 없이 맨손이었다. 트루디는 나가려는 율리아를 붙잡아놓곤 어떻게 말을 꺼내야 할지 몰라 망설였다.

율리아는 재촉하지 않고 기다렸다. 천천히 두 눈을 깜박이더니 트루디에게 의자를 권하고, 자신도 다른 쪽에 앉았다.

"저, 방금 궁내부에 다녀왔거든요. 평소처럼 별거 아닌 얘기만 했어요. 코코 시녀님이 시녀장이 되었다는 거랑 알렉사 시녀님이 기사 시험을 볼지도 모른다고……."

"괜찮아."

"그다음엔 율리아 시녀님 소식을 물어보셔서, 어젯밤에 시키신 대로 했어요."

트루디의 목소리가 살짝 떨렸다.

"코코 시녀님께서 율리아 시녀님을 왕자궁 수석 시녀로 삼겠다고 말씀하시는 걸 엿들었다고. 평민 시녀가 수석 시녀가 된 사례가 왕실 역사에 없으니 원로들이 관련 법도를 만들 생각조차 못 했다고. 그러니까 먼저 발표하는 쪽이 이기는 싸움이라고."

"반응이 어땠니?"

"욕을 했어요."

율리아가 가볍게 웃었다. 트루디는 자신이 그녀를 욕한 것처럼 머뭇거리며 말을 이었다.

"샤트린 공주께서 귀족의 길을 제안하셨던 것 때문에 율리아 시녀님이 주제도 모르고 기고만장해 있는 것 같다고, 두고 볼 일이 아니라면서…… 당장 여기저기 알릴 기세였어요."

"잘했어, 트루디."

수석 시녀라니. 코코는 아직 그런 말을 한 적이 없었다. 일단은 코코가 시녀장이 되는 것부터 원로들의 눈에는 말도 안 되는 일이었기에, 그것부터 싸워서 해결할 생각이었다.

하지만 율리아는 설득력이라곤 하나도 없는 왕실 법도 따위가 코코의 앞길을 막는 걸 두고 볼 생각이 없었다. 한 계단 위로 오르는 걸 막겠다고 하면, 열 계단 위로 오르겠다고 협박하면 된다.

"저기요, 시녀님……."

트루디가 뭔가 더 말하려고 하던 때였다. 율리아가 의자에서 몸을 일으키더니 금고를 열어 금화를 한 움큼 꺼냈다. 언뜻 봐도 20개는 되어 보였다. 율리아는 그게 몇 개인지 세어보지도 않고 트루디에게 건넸다.

"수고했어."

걱정으로 어두웠던 트루디의 얼굴이 서서히 밝아졌다. 율리아는 그녀의 저 탐욕스러운 얼굴이 좋았다. 돈 앞에 솔직한 사람은 부리기가 쉽다. 상대보다 더 많은 돈을 쥐어주기만 하면 된다.

트루디는 영리한 편이었다. 그녀는 궁내부 관리보다 율리아가 더 무서운 사람이라는 걸 이미 알고 있었고, 이 모든 일이 들킨다 해도 궁내부 관리보다는 왕자궁의 시녀들이 더 안전한 그늘을 제공할 거라 믿었다.

"그럼 이제 저는 뭐부터 하면 될까요?"

금화를 챙긴 트루디가 눈을 반짝이며 물었다.

율리아는 그녀를 보며 진하게 웃음 지었다.

"미친 평민 시녀가 수석 시녀가 되어버리면, 앞으로 왕자궁에 들어올 귀족들은 평민에게 머리를 숙여야 할지도 모른다고 소문을 내야지."

"소문이요?"

"자신 있지?"

"그럼요. 맡겨만 주세요."

트루디는 자신 있었다. 소문이 누구의 입에서 나온 건지도 모르게 부풀리는 것. 빈민들이 모여 사는 부둣가에서 악착같이 살았던 그녀에겐 그리 어렵지도 않은 일이었다.

돈이 부족하면 말하라는 율리아에게, 트루디는 아니라며 빠르게 손사래를 치고 일어났다. 그러곤 청소는 이따가 저녁 식사 시간에 해놓겠다는 말을 남기고 왕자궁을 벗어났다.

트루디가 제일 먼저 간 곳은 심부름꾼들이 왕궁에 들어온 식료품을 보관하는 창고였다. 상인들이 오가는 곳이다 보니 내부인보다 외부인이 많고, 일꾼들이 자주 바뀌기도 했다.

그녀는 그곳에서 안면을 익힌 한 청년과 눈인사를 건네곤 구석으로 가서 담배를 나눠 피웠다.

"왕궁 하녀가 담배나 피우고."

"술 끊은 게 어디야. 왕궁 생활이 장난인 줄 알아? 온종일 정신 바짝 차리고 있지 않으면 언제 목이 날아갈지 모른다고."

"그 정도야? 왕자궁은 좀 편하다면서?"

"시녀장이 생겼잖아. 평민 수석 시녀도 생길 거고."

"그래? 고생 많겠네."

청년이 고개를 주억거렸다. 왕궁이 어떤 곳인지는 잘 모르지만, 트루디가 그렇다고 하니까 괜히 하녀들이 불쌍하게 느껴졌다.

"나도 곧 그만둘 거야. 조만간 왕자궁에 다른 시녀들도 들어올 텐데, 그 신경질을 어떻게 견뎌?"

"좋은 사람이 들어올 수도 있잖아."

"귀족 아가씨들이 평민한테 굽실거려야 하는데, 참 마음이 좋기도 하겠다. 그 피해는 결국 우리 하녀들한테 오게 되어 있다고. 난 그러곤 못 살아."

트루디가 담배를 다 피우고 일어났다. 그녀는 청년에게 고맙다는 의미로 왕자궁에서 훔쳐 온 간식을 내밀었다. 청년이 히죽 웃으며 트루디에게 눈인사를 건넸다.

그다음엔 다시 궁내부였다. 이번에는 건물 안으로 들어가지 않고 밖에서 기다렸다가 아까 만났던 하급 관리에게 다시 접근했다.

"트루디!"

"아까 왕자궁 간식 먹고 싶다고 하셨죠? 제가 좀 챙겨 왔어요."

"세상에…… 이렇게 다정할 수가. 기다려! 내가 너 용돈 좀 줘야겠다."

"돈 받으면 뇌물인 것 같아서 싫어요. 그냥 나중에 저 왕궁 그만두고 나면 밖에서 만나서 맛있는 거나 사주세요."

하급 관리가 서운해하며 물었다.

"왕궁을 그만둬? 왜?"

트루디는 아직 결정된 것은 아니지만 곧 그렇게 될 거라며 얼버무렸다. 그러곤 식료품 창고에서 청년에게 했던 이야기를 조금 각색해서 들려주었다.

"왕자궁은 좋은데, 앞으로는 이렇게 편하게 일할 수 없을 것 같아서 그래요. 왜냐면……."

마지막은 샤트린의 궁에서 일하는 하녀였다.

트루디는 왕자궁으로 돌아가 율리아의 방을 청소하고, 대충 끼니를 때운 후에 공주궁에서 일하는 사람 중 한 하녀가 퇴근하기를 기다렸다. 돌아갈 집이 없어 왕궁 숙소에서 지내는 하녀였다.

어둠에 둘러싸인 퇴근길, 트루디가 나무 뒤에서 튀어나왔다.

"야."

공주궁 하녀가 화들짝 놀라 그녀를 바라보았다.

"트루디?"

"너지? 궁내부 관리가 최근에 공주궁에 집어넣은 쥐새끼."

쥐는 쥐를 알아본다. 트루디는 자신의 정체를 굳이 감추지 않았다.

공주궁 하녀는 겁에 질려 어찌할 바를 몰랐으나, 트루디가 다가와 금화를 3개나 내밀자 머뭇거리면서도 그걸 받아 손에 쥐었다.

"별거 아냐. 네가 위험해질 일도 없을 거고. 그냥 수다나 좀 떨어주면 돼. 알았지?"

"수다라니, 무슨 얘기?"

"어떤 평민 시녀 얘기."

이건 들킨다 해도 죄가 되지 않을 얘기였다. 그냥 수다를 좀 떨 뿐인 일이라, 누가 캐러 다니지도 않을 것이다.

트루디의 말에 설득당한 공주궁 하녀가 금화를 앞치마 주머니에 감추며 웃었다.

소문은 삽시간에 퍼져 나갔다.

코델리아 힌치가 스스로 왕자궁의 시녀장에 오른 것도 모자라, 평민 따위가 수석 시녀가 되려 한다는 소문이었다.

수석 시녀는 시녀장처럼 왕자궁 전체를 아우르는 권력자는 아니었으나, 레위시아 왕자의 정식 보좌로서 왕족을 움직일 수 있다는 점에서 무척 권력에 가까운 자리였다.

왕궁은 충격에 빠졌다. 궁내부 대신은 아래 관리를 통해서 이 소식을 듣게 되었고, 공주궁 시녀들은 하녀들의 수다를 통해 알게 되었다.

이는 왕실의 법도가 무너지는 일이었다. 율리아 아르테라는 이름이 오르테가 왕궁을 뒤흔들었다.

사람들은 물었다.

"수석 시녀라니. 평민이 그런 자리에도 오를 수 있는 거야?"

안 된다는 사람이 대다수였다. 하지만 그 안에는 여러 감정이 뒤섞여 있었다. 부러움, 질투, 그리고 율리아로 인해 불거진 신분제에 대한 불만까지.

궁내부 대신은 왕자궁의 도 넘은 일탈을 더는 내버려둘 수 없다고 판단했다. 본래라면 왕비를 방문해 왕실의 기강을 바로잡아야 한다고 성토할 일이었으나, 그녀는 1왕자를 잃은 슬픔에 빠져 아직 정신을 차리지 못하고 있었다.

그래서 궁내부 대신은 왕가의 원로들을 만났다. 그들에게 이 일의 심각성을 알려 왕자궁의 파격적인 행보를 막기 위해서였다.

그날 밤, 코코의 방에 율리아가 찾아왔다.

"코코, 할 말이 있어요."

코코는 방 안에 가득 찬 선물 상자를 노려보고 있었다. 그녀의 전속 하녀들이 하나씩 포장을 뜯으며 누가 뭘 보냈는지 노트에 적었다.

"이게 다 뭐예요?"

율리아가 방으로 들어오며 물었다. 코코는 뭘 그런 걸 묻느냐는 얼굴로 흥 콧방귀를 뀌었다.

"앞에서는 그렇게 욕을 하더니, 내가 시녀장이 되었다니까 선물 보내는 꼬락서니하고는. 이건 일종의 보증이야. 왕자궁이 나중에 어떻게 될지 모르니까, 그나마 이름이 많이 알려진 나한테 뇌물을 쓰는 거지."

"다 돌려보내려고요?"

"미쳤어? 다 받아야지. 아니, 더 받아야지."

코코는 더 받아낼 생각이었다. 이 정도 뇌물로는 그녀를 만족시킬 수 없었다.

"같잖은 것들! 답장은 하나도 보내지 마. 내가 이 선물을 받았다는 걸 바깥에 알리지도 마. 누가 물어보거든, 내 방에 갖다놓기는 했는데 아무 반응이 없었다고 말해."

"네, 아가씨."

코코의 전속 하녀들이 빠른 속도로 선물을 정리했다. 그러곤 그녀의 손에 뇌물을 보낸 사람의 이름과 선물 목록이 적힌 노트를 쥐여주고 방 밖으로 빠져나갔다.

코코가 노트를 서랍 속에 집어넣으며 말했다.

"마조람 후작이나 샤트린 공주에게는 이보다 열 배, 스무 배는 귀한 것들이 들어가고 있을 거야. 질 수 없잖아? 왕자궁을 뇌물로 꽉꽉 채울 때까지 뜯어먹어야지."

그리고 보니 율리아는 할 말이 있어 찾아왔다고 했다. 뒤늦게 그 사실을 떠올린 코코가 물었다.

"할 말이라는 건 뭐야? 이번엔 나한테 예언이라도 하려고?"

"그런 거 아니에요."

율리아가 애매하게 웃었다. 코코는 붉은 눈을 가늘게 뜨고 그녀를 노려보았지만, 그 이상 캐묻지는 않았다.

율리아가 코코를 흉내 내며 노래하듯 말했다.

"있잖아요. 만약 제가 어디로 끌려가거나 감금당하거든……."

코코의 눈빛이 싸늘해졌다. 율리아는 그녀에게 괜찮다고 말하려다가 그냥 생긋 웃었다.

"무기가 될만한 비밀을 알려주려고요."

이전 삶의 당신이 나한테 알려준 비밀 중 하나를, 이제는 내가 당신에게 알려줄 것이다.

—·•·•·—

코코가 시녀장이 된 이후, 2왕자궁은 몇 가지 커다란 변화를 겪게 되었다.

그중 가장 눈에 띄는 건 레위시아 왕자의 변화였다.

왕궁 안에서조차 자유로운 방랑자처럼 살던 그가, 이제는 어딜 가나 호위 기사를 여럿 대동하고 다녔다. 마치 자신은 왕좌에 조금도 관심이 없는 것처럼 의도적으로 피했던 중앙 귀족들도 더는 회피하지 않았다.

힌치 백작이라는 거물을 뒷배로 둔 레위시아가 샤트린의 대항마로 떠오른 순간, 귀족들은 치열하게 계산기를 두드리기 시작했다.

레위시아 왕자는 샤트린 공주의 상대라고 하기엔 아직 힘이 약했다. 하지만 그의 가능성을 무시할 수도 없었다. 힌치 백작과 그의 딸, 그리고 조금씩 그에게 관심을 드러내기 시작한 반제국파까지.

그 분위기는 왕궁 안에서 더욱 두드러졌다. 레위시아 왕자의 곁을 지키는 세 명의 시녀 때문이었다.

코코는 시녀장의 자리에 오르자마자 왕자궁을 증축하겠다고 발표했다. 왕족의 궁치고는 규모가 작았던 왕자궁을 죽은 1왕자나 샤트린 공주의 궁과 견주어도 손색이 없도록 만들려는 것이다.

그러다 보니 자연스럽게 인원이 늘어났고, 많은 사람이 드나들었다. 왕자궁의 새 시녀장이 보수를 넉넉하게 준다는 소문이 돌자, 기술자들이 자원해서 증축 공사에 투입되었다.

알렉사는 오랫동안 미루었던 기사 시험을 치렀다.

배불리 먹었으니 산책이나 하고 오겠다는 투로 '오늘은 저도 궁의 명성에 도움이 되는 일을 하나 정도는 하고 오겠습니다.'라고 말하더니, 정말로 그 어렵다는 왕실 기사 시험을 소꿉놀이하듯 해치우고 돌아왔다.

알렉사와 가깝게 지내는 왕실 기사들 사이에서는 그녀가 왕실 기사단장보다 더 센 게 아니냐는 말이 돌고 있었다.

율리아는 언젠가 맥스웰과 함께 왕궁 여기저기에 심어두었던 첩자들의 명단을 코코에게 넘겼다. 그들은 왕자궁의 시녀장이 보낸 묵직한 금화 주머니를 보곤 말없이 머리를 조아렸다.

그러던 어느 오후였다. 왕자궁에 기사들이 들이닥쳤다.

"네가 율리아 아르테인가?"

기사들의 얼굴엔 표정이 없었다. 그들의 손엔 무기조차 없었다. 그러나 그들이 휘두르는 것은 권력이라는 이름의 폭력이었다. 바로 왕가의 원로들을 통해 나오는 것이었다.

율리아는 그들을 마주한 순간 직감했다.

원로원이 움직였구나. 궁내부 대신이 왕비를 움직이길 바랐는데, 원로원을 선택했구나.

그녀는 아홉 번이나 살았지만, 왕궁 안에서 시녀가 되어 싸우는 건 처음이었다. 그래서 왕족과 궁내부, 왕가의 원로들과 왕궁 사람들의 생리에 대해 자세히는 몰랐다. 율리아가 아는 건 전부 코코의 입을 통해 전해 들은 단편적인 정보에 불과했다.

하녀들이 불안해하며 이쪽을 보고 있었다. 하필이면 레위시아와 코코, 알렉사가 모두 자리를 비워 왕자궁엔 율리아 혼자뿐이었다.

완벽하게 예측할 수 없다면 전력으로 부딪치면 된다. 율리아가 고개를 뺏뻿하게 들고 물었다.

"누구시죠?"

"대답해라. 네가 율리아 아르테인가?"

그들은 연한 회색 제복에 어깨엔 우아하게 장식된 휘장을 두르고 있었다. 율리아는 그게 왕가의 원로를 모시는 자들을 상징하는 거라는 걸 알았다.

누구일까. 국왕의 부모는 모두 죽었으니, 선대의 형제이거나 그 이전의 왕족이 낳은 자식이거나, 그런 자들일 것이다.

어쨌든 중요한 건 왕가의 원로라고 해봤자, 왕실이나 중앙 권력과는 거리가 먼 자들이란 것이었다. 왕가의 원로로서 존경받는 대신, 자유를 헌납하고 왕실에 일생을 바친 자들. 그게 대단히 고귀한 희생인 양 착각하면서 낡은 법도를 강요하는 자들.

"대답하지 않으면 불복종으로 간주하겠다."

기사가 말했다. 나이 지긋한 자였다. 율리아는 그를 지그시 응시하다가, 입술만 살짝 움직여 대답했다.

"그래, 내가 율리아 아르테다."

기사의 흰 눈썹이 움찔 떨렸다. 그는 율리아의 거만하리만치 당당한 태도에 적잖이 놀란 것 같았다.

율리아는 허리를 숙이거나 치마를 잡거나, 하다못해 고갯짓조차 하지 않고 말했다.

"내가 레위시아 왕자 전하의 측근 시녀인 율리아 아르테다. 너희는 누구이기에 이토록 무례하게 구는 거지?"

기사들은 대답하지 않았다. 침묵으로 언짢음을 드러냈다.

그들이 왜 왕자궁에 왔는지는 말하지 않아도 알고 있었다. 왕가의 원로들이 율리아를 데려오라고 명령했을 것이다. 말을 듣지 않는다면 완력을 써서라도 끌고 오라고. 그게 바로 그들이 평민을 다뤄온 방식이니까.

율리아는 그들에게 굴복할 생각도 없었지만, 그렇다고 몸부림을 쳐서 반항할 생각도 없었다.

"내 발로 걸어갈 테니까 앞장서. 그쪽도 원로원의 기사씩이나 되는 분들이 평민 시녀 하나를 끌고 가려 폭력을 행사했다는 소문에 휘둘리고 싶지 않다면."

율리아가 한쪽 입꼬리를 들어 올리며 말했다. 그녀가 턱짓으로 가리킨 곳엔 겁먹은 얼굴을 하고도 눈동자만은 활활 불태우고 있는 하녀들이 있었다.

원로들은 율리아를 불러놓고는 만나주지 않았다.

예상했던 일이었다. 그들도 고작 평민 시녀 하나를 불러놓고 둘러앉아 혼내는 그림이 우습다는 걸 모르지는 않을 테니까. 그렇게 고귀하고 대단하신 분들이 하는 짓이 이토록 유치해서 더 우스웠지만.

"갈아입으세요."

율리아 앞에 나타난 건 어느 늙은 시녀였다. 관리직 시녀이거나, 왕가의 원로를 모시는 시녀일 것이다.

그녀는 율리아에게 뻣뻣하고 펑퍼짐한 옷을 건넸다. 발끝까지 오는 누런 천에, 목과 턱의 경계까지 올라오는 답답한 디자인이었다.

율리아는 반항하지 않고 늙은 시녀가 건네는 옷으로 갈아입었다.

"꿇어앉으세요."

그곳은 창문 하나 없이 그저 넓기만 한 방이었다. 가구라곤 작은 책상과 간소한 의자가 전부였다.

물어보지 않아도 알 수 있었다. 이곳은 체벌의 방이었다. 고귀한 원로들이 시녀를 시켜 아랫것들을 훈계하는 곳.

율리아는 그 앞에 꿇어앉았다.

늙은 시녀가 물었다.

"그대는 누구입니까?"

"레위시아 왕자 전하의 시녀입니다."

율리아 아르테라고 대답하면 안 되는 질문이었다. 율리아는 자신의 이름을 말하는 대신, 레위시아의 시녀라는 점을 강조했다.

정답일 것이다. 늙은 시녀가 오른손에 들고 있던 회초리를 휘두르지 않고 왼손으로 옮겨 잡았다. 얇은 대나무로 만든 회초리가 율리아의 눈앞에서 이리저리 흔들렸다.

"그대의 본분은 무엇입니까?"

"레위시아 왕자 전하를 보필하며, 그분의 명예를 지키고 드높이는 것입니다."

"그렇다면 그대는 시녀의 본분을 다하지 못했습니다."

늙은 시녀가 그렇게 말하더니 회초리를 들어 올렸다. 그러곤 율리아의 몸을 가볍게 때렸다.

"율리아 시녀는 레위시아 왕자 전하의 명예를 실추시키고, 그분이 왕실의 법도를 어기게 했어요."

그렇게 아프진 않았다. 옷이 펑퍼짐해 충격을 줄여주었기 때문이다. 이 체벌은 고통보다는 모멸감을 주는 게 목적인 것 같았다. 물론 율리아는 이 정도 수치에 상처받을 만큼 마음이 무르지 않았다.

"율리아 시녀, 그대의 꿈은 무엇입니까?"

"레위시아 왕자 전하께서 오르테가 역사에 남을 현군이 되는 것입니다."

"시녀가 감히 왕의 자리를 논하다니요."

늙은 시녀가 다시 회초리를 휘둘렀다.

율리아는 이 체벌이 어떤 의미인지 몰랐다. 코코도 왕실의 원로들이 평민 시녀를 불러다 늙은 시녀를 시켜 회초리를 휘두를 거라곤 예상하지 못했을 것이다.

"율리아 시녀, 그대는 레위시아 왕자 전하를 사랑합니까?"

"아닙니다."

"솔직하게 말하세요."

"사랑하지 않습니다. 제 충성심을 모욕하지 마세요."

"그런 식으로 말대꾸하면 안 됩니다."

또 회초리가 날아들었다. 이쯤 되자 어떤 대답을 해도 회초리를 맞도록 유도하는 느낌까지 들었다.

"그대는 친제국파입니까, 반제국파입니까?"

"저는 파벌에 몸담고 있지 않습니다."

"둘 중 한 가지를 고르세요."

"어느 쪽도 아닙니다."

"반성하십시오. 그대의 고집은 아무런 도움이 되지 않습니다."

대나무 회초리가 부드럽게 휘어지며 율리아의 등을 때렸다.

늙은 시녀의 목소리엔 감정이 느껴지지 않았다. 표정도 마찬가지였다. 언뜻 보면 다정하게 들리는데, 그 안에서 느껴지는 건 지극히 옹졸해진 노인의 영혼이었다.

율리아는 직감했다.

'나가기 쉽지 않겠어.'

이건 고립을 위한 감금이었다. 왕자궁에 보여주려는 것이다. 고작 평민 시녀 하나. 원로들에겐 직접 만나볼 가치조차 없는 아이.

"다시 묻겠습니다."

늙은 시녀가 무미건조하게 말했다.

"그대는 누구입니까?"

질문이 처음부터 다시 시작되고 있었다.

율리아가 원로들이 보낸 기사에게 끌려갔다는 소식을 들은 코코는 순간적으로 이성을 잃을 만큼 분노했다.

그녀는 왕자궁 병사들을 모아놓고 너희는 도대체 누구를 섬기는 자들이냐며, 율리아가 마땅한 이유도 없이 부당하게 억류당하는 걸 눈 뜨고 보고만 있었냐고 다그쳤다. 병사들은 고개를 푹 수그린 채 죄송하다는 말만 반복할 뿐이었다.

"난 정말 정석대로 싸울 생각이었어."

코코가 이를 바득바득 갈았다. 그녀는 궁내부 대신을 떠올리면서 온갖 욕설을 퍼부었다.

"그런데 이런 식으로 나오겠다 이거지. 고작 뜬소문 하나에, 나한테 확인해볼 생각조차 하지 않고, 왕자궁을 어떻게든 찍어 누르고 싶어서!"

코코는 그게 제일 화가 났다.

궁내부 대신은 코코를 불러 질책할 수도 있었다. 레위시아 왕자에게 직접 확인할 수도 있었다. 하지만 그는 골치 아픈 두 사람과 싸우는 대신, 가장 약한 상대인 율리아를 제거하는 쪽을 택했다.

궁내부 총책임자라는 자가, 왕궁 내에선 왕비 다음으로 가장 큰 권력자라는 사람이, 평민 시녀를 상대로 이토록 치사한 수를 썼다.

"시녀님……"

하녀들이 오들오들 떨고 있었다.

단체로 몰려와 고자질하긴 했는데, 코코가 이성을 잃고 화를 내자 무서워서 어쩔 줄을 몰랐다.

그때 하녀들 사이에서 눈동자를 데굴데굴 굴리던 트루디가 조심스럽게 코코에게 다가와 속삭였다.

"시녀장님, 저…… 드릴 말씀이 있어요."

트루디는 코코에게 이걸 털어놔야 하나, 말아야 하나 한참 고민했다. 하지만 언젠가 율리아가 코코에게는 뭐든지 말해도 된다고 했던 걸 떠올리면서, 용기를 내어 그녀의 귓가에 속삭였다.

"그 소문이요. 율리아 시녀님이 시켜서 제가 냈어요."

"무슨 소문."

"율리아 시녀님이 수석 시녀가 될 거라고, 앞으로 왕자궁에 들어올 시녀님이나 방문하는 귀족들은 모두 평민한테 머리를 조아리게 될 거라고요."

트루디는 떨리는 목소리를 가다듬으며, 그동안 율리아가 시킨 일을 자신이 어떻게 수행했는지 낱낱이 털어놓았다.

알렉사는 코코보다 조금 늦게 왕자궁에 돌아왔다. 그녀는 하녀들이 새파랗게 질린 얼굴로 모여서 수군거리는 걸 발견했고, 자리를 비운 사이 율리아와 코코에게 무슨 일이 일어났는지 그들에게 전해 들었다.

알렉사는 코코처럼 불같이 화를 내진 않았다. 다만 왕가의 원로들이 모여 산다는 곳이 어디인지 거리를 가늠하고, 혼자서 율리아를 빼내는 데 얼마나 많은 사람을 처리해야 할지 계산해보았다.

"코코는?"

"안 그래도 코코 시녀장님이, 알렉사 시녀님이 돌아오거든 4왕자궁 뒤에 있는 외부 온실 정원으로 오라고……."

"4왕자궁?"

알렉사가 훌쩍 몸을 돌렸다. 그녀는 큰 보폭으로 성큼성큼 걸어서 코코가 있다는 외부 온실 정원으로 향했다.

그곳은 4왕자궁에서도 아주 은밀한 장소였다. 4왕자가 아직 나이가 어린 데다 1왕자가 사망한 이후 왕비의 집착적인 보호를 받는 터라, 코코와 알렉사는 율리아가 미리 심어둔 첩자를 통해 몰래 접근할 수밖에 없었다.

우거진 정원수 사이에서 코코의 곁에 선 알렉사가 그녀에게 물었다.

"여긴 무슨 일입니까?"

"관찰."

"무엇을요."

"저걸 봐."

코코가 손가락으로 온실 정원 안쪽을 가리켰다.

왕비와 궁내부 대신이 4왕자와 함께 식사하고 있었다. 유모나 시녀, 하녀는 보이지 않았다. 그렇다 보니 그 모습이 왕족의 만찬처럼 느껴지지 않았다. 꼭 여느 부유한 가족의 단란한 저녁을 엿보는 기분이었다.

궁내부 대신은 직접 자리에서 일어나 작게 자른 고기를 4왕자의 접시에 덜어주었고, 왕비는 그런 그의 손등을 부드럽게 쓰다듬으며 미소를 보였다.

"사이가 좋아 보이네요."

"당연하지. 가족이니까."

"예?"

"저 세 사람이 진짜 가족이라고."

"예? 그러니까 4왕자가…… 궁내부 대신의 아들이라고요?"

알렉사가 한 손으로 자신의 입을 틀어막았다. 말해놓고 틀어막으면 그게 무슨 소용인가 싶었지만, 코코는 그 점을 지적하지 않고 그냥 고개를 끄덕였다.

알렉사의 가슴이 크게 오르내렸다.

코코도 이 이야기를 처음 들었을 때, 알렉사와 같은 반응이었다. 그때도 그녀는 어찌할 바를 몰라 입을 틀어막은 채 비명을 삼키고 또 삼켰다.

왕비가 다른 남자와 정을 통해 아이를 낳고, 그 아이를 왕의 자식이라 속이고 있다니.

심지어 4왕자는 1왕자가 죽은 뒤부터 왕위 후계자로 거론되기 시작했다.

알렉사와 코코는 한동안 아무 말도 하지 않고 서 있기만 했다. 두 사람의 시선이 온실 정원에 있는 4왕자와 왕비, 그리고 궁내부 대신을 향했다.

그들이 무슨 대화를 나누는지는 몰랐다. 하지만 언제나 예민하고 피로해 보이던 왕비의 얼굴에 눈에 띄게 따스한 미소가 자리 잡은 걸 보니, 아까 전부터 느껴지던 위화감의 정체가 이것이었구나 하는 깨달음이 찾아왔다.

자세히 뜯어보니 4왕자는 국왕보다 궁내부 대신을 더 닮은 것처럼 보이기도 했다. 아직 어린 데다 이목구비가 뚜렷하지 않아서 그렇지, 좀 더 자라서 선이 굵어지면 어떻게 될지 몰랐다.

알렉사가 물었다.

"믿을만한 정보입니까?"

"난 믿어."

레위시아를 제외하면 코코가 이 왕궁 안에서 가장 믿는 사람의 입을 통해 나온 이야기였다. 알렉사가 눈매를 찌푸리며 발끝을 한 번 바라보더니, 다시 물었다.

"율리아입니까?"

"그래."

"율리아는 그걸 어떻게 알았다고 합니까?"

코코는 율리아에게 어떤 능력이 있다는 걸 알고 있었다. 저주. 그리고 그 대가. 무려 무혈 제독의 입을 통해 알게 된 사실이었다.

"율리아는 우리가 모르는 미래의 정보를 종종 알 수 있다고 들었어. 그런…… 저주를 받았다고. 처음엔 나도 그게 무슨 말인가 싶었는데, 지금까지 그 애가 내 앞에서 보였던 행동을 되새겨 보니까 사실인 것 같아. 그래서……."

"저주?"

"그래, 그래서 몰래 조사를 시켜놓긴 했는데."

아니, 이 모든 게 무슨 소용인가 싶었다. 코코는 그때 율리아에게 물어보았다. 이 정보도 네가 받은 저주의 대가로 얻은 것이냐고. 율리아는 망설였지만, 곧 고개를 끄덕였다.

"독한 계집애. 자기가 어딘가에 감금되거나 끌려가거든 써먹으라고 이 미친 얘기를 나한테 던져놓고 갔어. 그것도 지가 판 거나 다름없는 함정에."

"율리아답네요."

궁내부 대신이 인자하게 웃으며 4왕자를 품에 안았다. 사랑만 받고 자랐기 때문일까. 왕족답지 않게 천진난만한 아이였다. 왕비는 그런 아들을 지켜보며 눈물을 글썽였다.

알렉사가 웃음 섞인 한숨을 내쉬었다.

"국왕이 애첩을 포기하지 못하니까 왕비가 대체할 남자를 찾은 건지, 아니면 국왕과는 별개로 이어진 관계인지."

"왕비의 불륜 같은 건 내 알 바 아니지만, 궁내부 대신이 왕비 덕에 얻은 권력으로 내 사람을 괴롭힌다면 이야기가 달라지지."

"이 일을 또 누가 알고 있습니까?"

"그것까진 몰라. 국왕이 모른다는 건 확실한데, 마조람 후작이 모를 것 같지는 않거든."

"제 생각도 그렇습니다."

왕비는 마조람 후작과 후작 부인이 고르고 골라서 앉힌 여자였다. 왕의 아내이지만 마조람 후작 부부와 더 가까웠던 사람.

코코는 그들이 4왕자의 출생에 아무런 의심을 하지 않으리라고는 생각하지 않았다.

알렉사도 그녀의 말에 동의하는지 천천히 고개를 끄덕였다.

"도대체 언제부터일까요."

"아주 오래된 관계로 보여."

"어떻게 할 생각입니까?"

"약점을 파악했으면 물어뜯어야지."

코코가 뒤돌아섰다. 확인할 건 다 했으니, 이제 계획을 짤 차례였다. 알렉사가 코코의 뒤를 따라 걸으며 두 사람의 발자국을 지웠다.

그날 밤 왕자궁에서 세 사람이 머리를 맞댔다. 율리아가 원로들에게 끌려간 뒤로 눈에 띄게 말수가 적어진 레위시아 왕자와 코코, 알렉사였다.

"궁내부 대신을 납치할 거예요."

코코는 거두절미하고 본론부터 꺼내놓았다. 그녀가 파격적인 해결책을 제안할 줄은 알고 있었지만, 그게 이런 방식인 줄은 몰랐던 레위시아가 깜짝 놀라서 고개를 들었다.

"코코, 궁내부 대신을 납치하면 아무리 너라도 감옥행을 피하기 어려울 텐데."

"아무도 감옥에 가지 않을 거예요. 궁내부 대신은 누구에게도 납치당했다는 사실을 털어놓지 않을 거니까."

"뭐?"

"누가 납치했는지, 어떤 협박을 당했는지, 아무것도 말하지 않을 거예요. 그는 우리 편이 될 테니까."

"알렉사, 알아듣게 설명 좀 해줄래?"

레위시아가 이번에는 알렉사를 바라보았다. 그러자 그녀가 긴 머리카락을 한데 모아 묶으며, 이렇게 말했다.

"궁내부 대신이 4왕자의 친부라는 정보를 입수했습니다. 우리는 그를 납치한 뒤, 시키는 대로 하지 않으면 그 정보를 국왕과 원로원에 흘릴 거라고 협박할 생각입니다."

"뭐어?!"

레위시아는 아무 말도 할 수 없었다.

그가 의자에서 벌떡 일어나 코코와 알렉사를 번갈아 쳐다보다가, 뭔가 소리를 지르려 입을 열었다. 그러더니 큰 소리를 내면 안 된다는 사실을 깨닫고 제 입을 찰싹 때렸다.

믿을 수가 없었다. 4왕자는 그의 동생이었다. 지금까지는 그래도 친동생인 줄 알고 살았던 아이였다. 사이좋은 형제는 아니었지만, 아직 너무 어려서 미워하지도 않았던 아이.

레위시아의 머릿속에 4왕자의 얼굴이 흐릿하게 떠올랐다. 그러고 보니 그는 그 아이가 어떻게 생겼는지도 몰랐다. 왕비를 닮았는지 아닌지, 혹은 국왕이 아닌 다른 남자를 닮았는지.

레위시아가 물었다.

"사실이야?"

코코가 살짝 고개를 끄덕였다.

만약 이 일이 공개되면 궁내부 대신은 사형이다. 그의 가족들은 멀리 추방당하거나 은밀하게 살해될 것이다. 왕비는 지하 감옥에 갇힌 채 영원히 존재를 부정당하리라.

마조람 후작 세력은 회복할 수 없는 상처를 입게 될 것이다.

왕비가 가진 권력은 후작에게 왕궁 안에서 꽤 많은 것들을 할 수 있게 해주었으나, 이 일이 공개되는 순간 이득이었던 것들이 약점으로 바뀌는 건 순식간일 터였다.

이건 아주 강력한 패다.

레위시아의 머릿속에 이 정보를 무기로 얻을 수 있는 이점들이 떠올랐다.

궁내부 대신을 협박해서 마조람 후작을 배신하게 하고, 왕비를 협박해서 왕궁 내의 권력을 손에 쥘 수도 있다. 4왕자를 인질 삼아, 뭐든 시키면 다 할 것이다. 아주 많은 일이 쉬워지리라.

하지만 선뜻 그렇게 하자는 말이 튀어나오지 않았다.

얼굴도 잘 기억나지 않는 4왕자 때문이었다. 친형제는 아닐지라도, 만약 이 일이 공개되면 그 죄 없는 아이가 어떤 형벌을 받게 될지 몰랐다.

코코도 같은 생각이었는지, 레위시아에게 말했다.

"4왕자는 건드리지 않을 거예요."

"코코."

"이 정보를 알려준 사람은 율리아예요. 어쩌면 그 애는 이런 일이 생기리라는 걸 예측했는지도 몰라요. 결정을 내리는 건 전하께서 하세요."

"궁내부 대신을 협박하는 일에만 쓰고 묻어두자고?"

레위시아는 차마 그러자고 말하지 못했다. 그렇게만 쓰고 버리기에는 너무 강력한 무기였기 때문에.

코코가 한숨을 내쉬며 그에게 말했다.

"여기 전하가 괴물이 되는 걸 원하는 사람은 아무도 없어요."

"괴물이 되지 않으면 이길 수 없는 싸움이란 걸 알려준 사람이 바로 네 아버지야, 코코."

"아버지의 말이 언제나 옳은 건 아니에요."

"4왕자는 어려. 하지만 그 애는 자라서 반드시 내 적이 될 테지. 다 자란 4왕자를 죽이는 것보다, 녀석이 아직 어릴 때 왕족이란 지위를 박탈하고 평범하게 살도록 하는 게 더 인도적이라는 생각이 드는 건 왜일까?"

그의 말이 옳다. 코코도 알고 있었다.

하지만 그걸 결정하는 건 국왕이나 원로들의 몫이지, 레위시아가 아니었다.

"일단 율리아부터 꺼내고 생각해요."

코코가 중얼거렸다.

"우린 지금 그 애가 무슨 짓을 당하고 있는지 아무것도 몰라요."

◆ · ◆ · ◆

굶는 건 익숙했다. 율리아는 아홉 번이나 살았으면서도 어린 시절을 선명하게 기억했다.

빵 한 조각에 목숨을 걸던 시절. 그녀는 언제나 굶주려 있었다.

아이들은 빈속을 달래려고 물을 마시다가 시큼한 위액을 토하기도 하고, 귀족이 보육원을 방문하는 날에만 등장하는 고기 스튜를 먹으려고 온갖 영악한 짓을 일삼았다.

제발 한 번만 더 와달라고 매달리는 건 예사였다. 원장에게 들키면 회초리를 맞았지만, 배고픈 것보다 맞는 게 나을 때도 있었다.

율리아는 보육원에서 원장이 주는 새 모이 같은 식사에 매달리는 것보다 밖으로 나가서 뭐라도 하는 게 낫다는 사실을 일찌감치 깨달았다.

할 수 있는 건 뭐든지 했다. 보호자가 없는 아이는 살아남기 위해 점점 더 영악해졌다. 죄책감도, 도덕심도 없었다.

율리아 아르테는 순수한 악당이었다.

운이 좋은 날에는 사형당한 해적의 주머니에서 값비싼 것들을 꺼낼 수 있었다. 그때는 해적의 처형식이 잦았고, 버려진 시체에 손대는 자는 아무도 없었다.

해적들은 신기하게도 조끼 안감을 찢어 꿰매거나 천을 덧대 주머니를 만들어 그 안에 소중한 걸 보관하곤 했다. 율리아는 그런 것들을 귀신같이 찾아내어 전당포에 팔았다.

아마 그 보육원에서 율리아처럼 배불리 먹고 살았던 아이는 아무도 없을 것이다.

"일어나세요."

늙은 시녀가 문을 열고 나타났다.

체벌 방에 갇힌 지도 벌써 이틀째인데, 율리아는 물 한 모금 먹지 못한 상태였다. 비틀거리며 일어난 그녀가 애써 꼿꼿하게 몸을 세우자, 늙은 시녀가 다시 말했다.

"꿇어앉으세요."

하루에도 몇 번씩 같은 일이 이어졌다. 늙은 시녀가 들어와 율리아에게 일어나라고 명령하고, 다시 꿇어앉으라고 했다. 같은 질문을 던졌고, 회초리를 맞았다.

처음엔 아프지 않았던 매도 이제는 조금씩 아프게 느껴졌다. 꿇어앉아 있느라 굳은 무릎도, 메마른 목에서도 불쾌한 통증이 자라났다.

가장 힘든 건 한숨도 잠을 이루지 못했다는 것이었다. 이틀, 이제 조금만 있으면 사흘째가 되는데 율리아는 그동안 잠깐의 휴식조차 허락받지 못했다.

"그대는 누구입니까?"

"레위시아 왕자 전하의 시녀입니다."

율리아는 흐트러지지 않았다. 그녀는 단정한 자세로 꿇어앉아 처음과 조금도 다르지 않은 대답을 이어나갔다.

늙은 시녀가 관성적으로 휘두르던 회초리가 조금 흔들렸다. 이제는 그녀도 회초리를 휘두르는 게 힘에 부치는 모양이었다.

맞는 사람은 꼿꼿한데, 때리는 사람이 지쳐서 팔을 떨어뜨리는 일이 반복됐다.

율리아는 흔들리지 않았다. 늙은 시녀가 두 번째 질문을 던지기도 전에, 이렇게 말했다.

"레위시아 왕자 전하를 보필하며, 그분의 명예를 지키고 드높이는 것입니다."

"뭐……."

"그것이 저의 본분입니다."

늙은 시녀가 할 말까지 가로챈 율리아가 당당하게 고개를 든 채 그녀를 바라보았다.

식사는커녕 물 한 모금 마시지 못하고, 잠도 못 자게 하고, 심지어 일어섰다가 꿇어앉는 걸 계속 반복했는데도 율리아의 눈빛은 조금도 꺾이지 않았다.

"독한 것……."

늙은 시녀가 처음으로 감정을 내비쳤다. 진저리가 나도록 맹랑한 것을 보는 기분. 지긋지긋하다는 투였다.

율리아는 담담한 얼굴로 그 부정적인 감정을 무시했다.

이번 체벌은 짧게 끝났다. 늙은 시녀가 지쳤기 때문이었다. 잠깐 쉬고 다시 나타나거나, 어쩌면 이번에는 다른 사람을 보낼지도 모르지만.

늙은 시녀가 방에서 나간 뒤, 율리아는 뻣뻣하게 굳은 다리를 천천히 폈다. 이렇게 잠깐씩이라도 펴주지 않으면 영원히 다리가 구부러진 채 살아야 할 것만 같은 기분이었다.

그렇게 체벌방 바닥에 주저앉아 자신의 다리를 주무르던 그녀의 귀에 묵직한 군화 소리가 들렸다.

뚜벅뚜벅.

병사인가. 이곳은 원로들의 별궁 중에서도 꽤 외진 곳에 있는 방 같았는데. 어쩌면 그녀를 데려왔던 기사 중 하나일지도 모른다.

문이 열렸다. 율리아가 다시 자세를 고쳐 앉으려는데, 기사가 서둘러 말했다.

"그냥 쉬어."

젊은 남자의 목소리였다. 속삭이듯 작게 말하는 걸 보니 몰래 들어온 것 같았다. 율리아는 자세를 풀고 기사를 바라보았다.

누군지는 몰랐다. 처음 보는 얼굴이었다. 그가 바깥 기척을 예민하게 살피면서 옷을 뒤지더니, 품에서 작은 물통을 꺼냈다.

"꿀물이다. 조금씩 마셔."

독인가.

율리아의 눈빛이 무겁게 가라앉았다. 그녀가 물통을 노려보기만 하고 받아 들 생각을 하지 않자, 기사가 왜 그러냐는 얼굴로 그녀를 쳐다보았다.

"왜, 왜…… 너 설마 내가 무슨."

기사도 제가 지금 하는 행동이 수상하다는 걸 깨달았는지, 헛웃음을 터뜨렸다. 그러곤 물통 뚜껑을 열어 꿀물을 손바닥에 조금 덜어내더니 얼른 마셨다.

"봤지? 독 같은 건 없어. 나는 알렉사가 보내서 온 사람이야."

"알렉사?"

율리아가 갈라진 목소리로 알렉사의 이름을 말했다. 그러자 기사가 그녀의 곁에 쪼그리고 앉아 물통을 내밀었다.

"요즘 매일 같이 훈련하거든. 아니구나. 내가 훈련을 받는다고 말해야 하나. 난 실력이 별로인 편이라서. 아무튼, 한동안 내가 별궁 담당이라고 했더니 네가 무사한지 봐달라고 부탁한 거야."

날카롭게 긴장돼 있던 율리아의 얼굴이 사르르 녹았다.

그녀는 입가에 아지랑이 같은 미소를 띠고 기사가 내민 물통을 받았다. 그러곤 그 안에 들어 있는 달콤한 꿀물을 조금씩 나누어 마셨다. 정신이 번쩍 들도록 기운이 났다.

율리아는 물통을 완전히 비운 뒤에야 그걸 기사에게 돌려주었다.

"고맙습니다."

"됐어. 별궁 원로들이 별난 사람들이라는 건 익히 알고 있었지만…… 이건 좀 해도 너무하는군. 알렉사한테 가서 뭐라고 말해야 할지."

"저는 생각보다 잘 지내고 있다고 전해주세요."

"뭐?"

"늙은 시녀가 매일 들락거리며 훈계를 하고 있지만, 그 외에는 멀쩡해 보였다고요. 혼자 있어 심심해 보였다고 말해주세요."

기사는 율리아에게 뭐라 말하려다가 그냥 말을 삼켰다. 눈에 띄게 수척해진 그녀의 모습은 농담으로라도 멀쩡하다고는 말할 수 없었으나, 왜 그렇게 전해달라고 하는지는 이해가 갔다.

"교대하고 나면 사흘 정도는 다시 못 와. 전해줄 말 없어?"

기사가 물었다. 착한 사람이었다. 알렉사와 매일 훈련을 함께한다고 했으니까, 아마 그녀에게 배운 게 많아 보답하려는 것인지도 모른다.

율리아는 생각해보았다. 자신이 코코에게 건넨 정보는 궁내부 대신을 입맛대로 조종할 수도 있을 만큼 대단한 것이었다.

하지만 왕비는 이미 오래전부터 마조람 후작 부인이 조종하고 있었다. 그들이 4왕자의 출생에 대해 모르리라 생각되지는 않았다. 그렇다면 그걸 빌미로 후작 부인이 왕비를 협박할 수도 있다는 걸 염두에 두어야 한다.

"알렉사한테……."

율리아가 입을 열었다. 기사가 몸을 앞으로 내밀어 그녀의 작은 목소리에 귀 기울였다.

"저는 괜찮다고 전해주세요."

할 말은 그게 다였다.

◆ ••• ◆

궁내부 대신을 납치하려는 이유는 간단했다. 그에게 '우리는 너를 언제 어디에서나 제거할 수 있다.'라는 공포를 안겨주기 위해서였다.

코코가 말했다.

"그래야 같은 협박의 말도 두 배의 효과를 낼 수 있지."

상대는 궁내부 대신이었다. 왕비를 제외하면 왕궁 안에서 첫손에 꼽히는 권력자. 그런 그를 아무도 모르게 납치할 수 있다면, 그는 앞으로도 쭉 두려움을 안고 살아가게 될 것이다.

"협박은 제가 해요. 얼굴을 드러내는 것도 제가 해요. 전하는 나서지 마세요."

"코코!"

"왕족은 깡패가 아니에요. 뒤로는 그보다 더한 짓을 하더라도, 앞에서는 정의로운 척해야 한다고요. 이런 일에 직접 나서는 건 저로 충분해요. 제가 하는 모든 말과 행동이 전하의 묵인 아래 행해지는 거란 걸 저들이 모르지도 않을 거고."

레위시아는 코코의 말에 반박할 수 없었다.

준비를 마친 알렉사가 나타났다. 그녀는 평범한 심부름꾼들이 입는 옷에 교묘하게 얼굴을 가리고, 팔뚝엔 길고 질긴 천을 둘둘 감고 있었다.

"어디로 데려오면 됩니까?"

"우린 감출 게 없어. 감춰야 하는 건 저쪽이지."

코코가 왕자궁 바닥을 손가락으로 가리켰다.

"여기로 데려와."

"알겠습니다."

알렉사가 가볍게 고개를 끄덕였다.

—•◆•—

궁내부 대신은 바쁜 사람이었다. 그는 늘 일이 많다는 말로 귀찮은 방문객을 물리치곤 했는데, 적어도 그게 거짓말은 아니었다.

왕비가 슬픔에 빠져 아무것도 못 하게 된 뒤에는 더했다. 왕궁 내정 관리자라는 건 대단히 높은 자리이면서, 또 하염없이 피로한 일이기도 했다.

자정에 가까운 시각이었다. 궁내부 대신은 그제야 일과를 마치고 마차에 올랐다.

보좌가 건물 바깥까지 따라 나와 허리를 숙였다. 궁내부 대신은 그를 손짓으로 물리치고 마차에 몸을 기댔다.

눈이 뻑뻑했다. 늙은 몸은 피로를 호소하기만 하고, 회복에는 영 재주가 없었다. 하루를 무리하면 일주일이 괴로웠다.

"후우……."

그래도 어쩔 수 없었다. 이건 그가 선택한 길이었다.

마조람 후작의 손을 잡은 이후, 궁내부는 그의 하수인처럼 일해왔다. 왕궁에 마조람의 입김이 닿지 않은 곳이 없었다.

그래서 왕자궁에 정원 보수를 빌미로 하이에나도 넣어주었고, 첩자가 발각되었을 때는 모르쇠로 일관했다. 병력을 충원해주긴커녕 또 다른 첩자를 들이밀었다.

마조람과 왕비가 레위시아 2왕자를 싫어하니까. 녀석이 왕족이랍시고 날뛰는 꼴을 두고 볼 수 없다고 말하니까.

'하룻강아지 같은 놈인 줄 알았건만.'

그때까지는 레위시아를 경계하는 마조람 후작을 이해할 수 없었다. 이 왕궁 안에 애첩의 아들을 왕족으로 받아들이는 사람이 몇 명이나 되겠나. 그런 생각을 하면서.

한데 레위시아 오르테가는 이상한 왕족이었다.

아름다운 얼굴을 무기로 젊은이들과 스스럼없이 어울리며 끈질기게 그들의 마음을 사로잡더니, 갑자기 샤트린 공주를 지지한다는 한마디 말로 왕위 후계 싸움에 뛰어들어 물길을 틀었다.

권력은 물처럼 흐르기도 하고, 고이기도 하는 것이었다. 그때 레위시아가 던진 한마디는 고여 있던 왕궁 권력을 흐르게 하는 결정적 한 방이었다.

이후엔 충격의 연속이었다. 1왕자의 사망도 놀라웠지만, 그 이후에 일어난 일이 더 놀라웠다. 힌치 백작이 등장하던 시기, 마조람 후작의 세력은 전방위적인 공격을 받고 있었다.

이는 무관한 일인가.

레위시아 왕자에게 힌치 백작 말고도 감춰진 지지 세력이 있는 건 아닌가. 누군가 대단한 자가 뒤에서 은밀하게 그를 지원하고, 조종하는 건 아닌가.

'코델리아 힌치인가?'

하지만 그 여자는 아직 너무 젊었다.

지금 레위시아 왕자가 쓰는 방식은 저 별궁에 감금된 채 살아가는 늙은 구렁이들이나 쓸 것 같은 방식이었다. 그만큼 음흉하고, 치밀했으며, 두려움이 없었다.

누구일까. 누가 왕자를 조종하고 있나.

궁내부 대신이 깊은 생각에 빠져들었다. 그런데 그때, 덜커덩하는 소리가 나더니 마차가 멈추었다. 누군가 바깥에서 말들을 달래느라 '쉬.' 하는 소리를 냈다.

"무슨 일이냐?"

그의 마차는 궁내부 소속 병사와 마부가 함께 지키고 있었다. 그런데 그들의 목소리가 들리지 않았다.

"무슨 일이냐니까!"

갑자기 등줄기가 오싹해졌다.

궁내부 대신이 늘어져 있던 몸을 움직여 마차 문을 잠갔다. 창문도 모두 잠갔다. 그러곤 가만히 숨을 죽이며 바깥에서 들리는 소리에 귀를 기울였다.

"소리 지르면 죽일지도 모릅니다."

여자였다. 웬 여자가 그를 협박하고 있었다.

"넌 누구냐. 감히 내가 누군 줄 알고⋯⋯!"

"압니다. 누군지."

마차 문이 열렸다. 두툼한 잠금쇠가 장난감처럼 망가지더니 툭 떨어졌다. 궁내부 대신은 목 졸린 짐승처럼 숨을 헐떡이고 있었다.

"분명히 말씀드렸습니다. 소리 지르면 안 된다고."

여자의 얼굴은 확인할 수 없었다. 마부와 병사도 어디로 갔는지 보이지 않았다. 마차 안엔 그 혼자였다.

여기서 진짜 죽을 수도 있다는 공포심이 불쑥 고개를 들었다.

알렉사는 혼자서 궁내부 대신을 납치하러 가겠다고 했다.

레위시아는 자신의 호위 기사를 함께 보내려 했지만, 동행이 있으면 은밀하게 움직이기 어렵다는 말로 거절했다. 실은 짐이 될 게 뻔해서 그런 것이었다. 아무 힘도 없는 궁내부 대신은 알렉사에게 그리 어려울 것도 없는 상대였다.

다만 이곳이 왕궁이기 때문에, 사람을 죽이거나 필요 이상으로 소란을 피우면 안 된다는 점이 걸림돌이었다.

알렉사는 궁내부 대신이 퇴근할 때 그의 마차로 다가가 마부와 병사를 처리했다. 움직이는 마차에 달려들어 동시에 두 사람을 무력화시키는 건 그녀가 알렉사 콴이기에 가능한 기예였다.

그녀는 기절한 그들을 마차 안에 집어넣고는, 겁먹은 얼굴로 자신을 올려다보는 궁내부 대신을 마지막으로 기절시켰다.

기절한 남자 셋을 옮기는 것도 별것 아니었다. 알렉사가 걱정하는 건 왕자궁에 도착하기 전에 누군가 수상함을 느끼고 마차를 멈춰 세우는 거였다.

알렉사는 궁내부 대신과 마부, 병사의 손발을 미리 준비했던 질긴 천으로 묶고, 입에는 재갈을 물렸다.

그러곤 천연덕스러운 태도로 마차를 몰았다. 일개 심부름꾼이 몰기에는 고급스러운 마차였지만, 짙게 내려앉은 어둠이 의심을 막았다. 오가는 사람이 거의 없다는 점도 한몫했다.

여차하면 중간에 마주치는 사람까지 전부 기절시킬 셈이었던 알렉사는 왕자궁 근처에 멈춰선 뒤에야 낮은 한숨을 내쉬었다.

궁내부 대신은 금세 깨어났다.

그는 정신을 차리자마자 발작하듯 몸을 펄떡거리며 주변을 살폈다. 그런데 이곳이 어디인지 알 수가 없었다. 창문은 두툼한 커튼으로 가려져 있고, 방 안엔 그가 앉은 의자 하나뿐이었다.

"누구냐. 누가 감히 이런 짓을 하느냔 말이다!"

궁내부 대신이 크게 고함을 쳤다. 그러자 문이 열리면서 화려한 드레스 차림의 여자가 안으로 걸어 들어왔다.

"코델리아 힌치?"

"시녀장이에요."

코코가 피식 웃었다. 그녀는 궁내부 대신에게서 몇 걸음 떨어진 위치에 가만히 섰다. 그러곤 눈동자만 굴려 그의 모습을 훑어보았다.

"상처 하나 없이 멀쩡하신 것 같네요. 뭐 하나 부러졌어도 좋았을 텐데."

"미쳤구나. 어린것이 눈에 뵈는 게 없어. 이게 얼마나 큰 죄인지 알고 하는……."

"눈에 뵈는 게 없는 건 내가 아니라 그쪽이지. 내 사람을 건드렸으니까."

"뭐? 무슨, 그 평민 시녀를 말하는 거냐? 고작 평민 계집애 하나 때문에 이 짓거리를 했다고? 제정신이 아니군. 힌치 백작이 미친 딸을 키웠어."

"그래. 고작 그 평민 하나 때문에 당신은 오늘부터 절망과 공포의 구렁텅이에서 헤어 나오지 못하게 될 거야."

코코가 한 걸음 그에게 가까이 다가왔다. 그녀의 드레스가 자르르 물결치며 바닥에 끌렸다. 창백하리만치 하얀 코코의 얼굴이 궁내부 대신의 눈앞에 있었다.

그녀는 그를 똑바로 바라보며 아주 작고 낮게, 속삭이는 듯한 목소리로 말했다.

"저기, 그거 아세요? 왕비 전하께서…… 아주 오래전부터 외간 남자와 정을 통하고 있었대요. 쉿! 이건 비밀인데요. 어쩌면 그 시기가…… 4왕자께서 태어나기도 전이라지 뭐예요?"

웃는 눈에 비틀린 입술, 하얀 얼굴엔 명백한 조소가 걸려 있었다.

코코는 왕궁 어디에나 있는 수다스러운 고용인을 흉내 내며, 궁내부 대신의 귓가에 속삭였다.

"가엾은 왕비 전하……. 왕께서 애첩만 사랑하시니, 얼마나 외로우셨을까! 그래서 그런 걸까요? 궁내부 대신이 젊었을 때는 굉장히 잘생겼었다면서요."

"닥쳐, 닥치시오! 코델리아 힌치, 내가 이 모욕을 참을 수 있을 것 같은가!"

"4왕자는 누구의 아들일까요?"

"그 입 닥치지 않으면……!"

궁내부 대신이 격렬하게 발작했다. 물론 코코는 여전히 웃는 얼굴이었다.

"닥치지 않으면 어쩌시게요. 날 죽이기라고 하시려고? 그럼 내가 이 비밀을 뭐라고 소문낼까요. 왕비 전하께서 궁내부 대신과 정을 통해 낳은 아이가 4왕자이고, 그 두 사람이 공모해서 왕의 아들도 아닌 아이를 왕족으로 키우고 있다?"

"말도 안 되는 소리! 그분은 국왕 전하의 자식이야!"

"아니면 이건 어때요. 왕의 사랑을 받지 못해 시름에 잠겨 있던 왕비 전하를 궁내부 대신이 유혹하여 아들을 낳게 하고, 제 자식인 4왕자를 왕위에 올리려고 한다? 아, 이건 반역인가?"

"더는 나와 왕비 전하를 모욕하지 마라. 안 그러면……."

"안 그러면?"

숨을 헐떡이던 궁내부 대신이 가까스로 침을 삼켰다. 그는 이 이상 흥분해선 안 된다는 사실을 깨달았다. 그래서 숨을 삼켜 심장을 짓누르고, 평온을 가장했다.

"어디서 말도 안 되는 헛소문이라도 주워들은 모양인데, 증거도 없이 그딴 모략으로 나를 협박할 수 있을 것 같나? 왕궁이 아주 우스운가 보군. 지나가던 개도 믿지 않을 이야기야."

"그래요?"

"막말로, 내가 아니라고 잡아떼기만 해도 자네는 아무것도 못 해! 왕족을 모독한 죄는 아주 크다는 걸 알아야지!"

"생각해보세요."

코코가 다시 한 걸음 그에게서 멀어졌다. 그녀의 얼굴은 잘 빚은 도자기 인형 같았다. 붉은 입술에 오싹한 미소를 걸친 채, 악마처럼 말했다.

"이 일을 아는 게 나 하나뿐일 것 같아요? 그 오랜 세월 동안 그토록 잦은 만남을 가졌으면서, 두 사람의 관계를 의심한 사람이 하나도 없었을까요?"

그럴 리가 없었다. 어쩌면 한두 명이 아니었을지도 모른다.

"그럼 그들은 그 일을 평생 비밀로 했을까요? 고귀한 분들의 불륜. 그 재밌는 이야기를 혼자만 알고 살았을까요? 사람의 입이란 게 얼마나 가벼운지, 궁내부 대신이라면 잘 알 텐데."

사람의 입에는 무게가 없다. 코코는 그 점을 지적하며 생긋 웃었다.

"나도 그래요. 입이 가볍죠."

그러니까 당신은 내 말을 들어야만 한다.

"증거가 없어도 상관없어요. 이건 의심하는 사람이 많으면 많을수록 이기는 싸움이니까."

"뭐라고?"

"잘 생각해보라니까요. 아직 어린 4왕자도 시간이 지날수록 하루하루 나이를 먹을 거고, 그러면 그분의 얼굴이 점점 누구를 닮게 될지…… 생각해봤어요? 국왕 전하일까요? 아니면…… 내 눈앞에 계신 분일 수도."

코코의 말이 길어질수록 궁내부 대신의 얼굴에서 핏기가 사라졌다. 그는 떨리는 손가락을 감추려 있는 힘껏 주먹을 말아쥐고 있었다. 코코를 꿰뚫듯 강렬하게 노려보던 눈동자도 갈피를 잃고 이리저리 흔들렸다.

"나는 뒤에서 수군거리기만 하는 일개 시녀가 아니에요. 이 일을 공론화해서 당신을 지옥으로 끌고 갈 수 있는 사람이죠."

그녀는 그걸 몸소 증명할 수도 있었다.

궁내부 대신이 연약한 한숨을 내쉬었다. 지친 얼굴이 갑자기 10년은 더 늙은 것처럼 느껴졌다. 그가 꺼져가는 목소리로 말했다.

"원하는 게…… 뭔지, 말을 하시오."

"율리아 아르테를 데려오세요."

당신의 그 알량한 권위 안에서 하루라도 더 살고 싶다면 당장 내 앞에 율리아를 돌려놓으라고, 코코가 말했다.

문을 열고 밖으로 나오니 왕자궁이었다. 궁내부 대신은 허탈한 얼굴로 주위를 둘러보았다. 그가 갇혀 있던 곳은 왕자궁 안에 있는 평범한 방이었고, 그를 납치한 건 알렉사 시녀였다.

협박이라니. 지나치게 겁이 없는 방식이었다. 하지만 거스를 수도 없었다.

도대체 어떻게 알았을까. 믿을 수 없는 아랫것들은 전부 조용히 처리했다고, 그렇게 알고 있었는데. 궁내부 대신은 피 끓는 가슴을 억누르며 천천히 걸음을 옮겼다.

그는 마부와 병사에게 거금을 쥐여주고 이 일을 비밀에 부쳤다. 다행히 그들은 마차를 습격한 게 남자인지 여자인지도 모르는 상태였다. 납치와 협박을 저지른 건 왕자궁의 코코 시녀장인데, 그 피해자인 궁내부 대신이 그들을 대신해서 이 일의 흔적을 지웠다.

어쩔 수 없었다. 4왕자는 그의 아들이었고, 그는 왕비와 그 아이를 지켜야만 했다.

율리아는 깊이 잠들어 있었다. 체벌방에 갇힌 지 4일째에 이르자, 몸이 더는 못 버티고 그녀를 강제로 수면에 빠뜨렸다.

나흘을 꽉 채우는 동안 율리아가 먹은 거라곤 알렉사가 보낸 꿀물이 전부였다. 그녀는 체벌방 바닥에 쓰러진 채 기절하듯 잠들었다. 이날은 늙은 시녀조차 그녀를 찾지 않았다.

꿈속에서 헤매었던 것 같은데, 그곳이 몇 번째의 삶이었는지는 기억나지 않았다. 워낙 여기저기 뒤섞여 있다 보니 누가 누구인지도 모르고 반가워하기만 했다.

나한테 재수 없는 계집애라고 욕하던 게 일곱 번째의 코코였던가. 아니면 여덟 번째? 다섯 번째의 알렉사와 나는 언제쯤 만났더라. 여름이었나? 겨울인가? 레위시아 왕자님을 가까이에서 봤던 건 몇 번째였지?

나를 죽이고, 죽이고, 또 죽였던 하이에나.

나를 살리고, 나를 죽게 한 카루스 란케아.

내게 손을 내밀고, 나를 배신했던 해방군.

바실리, 크리스틴. 그리고 마조람.

그 모든 사람의 얼굴이 떠올랐다가 가라앉길 반복했다.

이게 바로 사람이 미쳐가는 과정인 걸까. 이러다 어느 날 이 사람들을 전부 잊어버리면 어떻게 하지. 아무도 못 알아보게 되면 어떻게 하지.

이상하다. 다 잊어버리고 살고 싶었는데. 분명히 몇 번이나 울며 빌었는데. 다 잊게 해달라고, 아니면 차라리 영원히 죽게 해달라고 애원했는데.

도대체 언제부터였을까. 잊으면 안 된다고, 하나라도 더 기억하고 싶어서 그 짧고 따스한 기억에 매달리게 된 게.

"율리아."

누군가 그녀의 이름을 부르고 있었다. 부드러운 목소리였다. 율리아는 잠결에도 그 안에 담긴 지극한 애정과 다정한 염려를 읽어냈다.

누가 날 걱정하고 있구나.

그러면 그녀가 해야 할 말은 하나뿐이었다.

"……괜찮아요."

그는 한동안 말이 없었다. 한 손으로 그녀의 뺨을 쓸어보고, 머리카락을 정돈했다. 메마른 입술을 손가락으로 조심스레 쓰다듬다가, 이내 깊은 한숨을 내쉬었다.

괜찮아요. 율리아는 그렇게 속삭였다. 소리가 되어 밖으로 나왔는지는 몰랐다. 그녀는 꿈속에서 헤매고 있었으니까.

"미안해."

그가 다시 말했다. 익숙한 목소리였다.

"내가 샤트린처럼 강한 왕족이었으면 좋았을 텐데."

그는 레위시아였다.

이른 아침이었다. 궁내부 대신은 왕가의 원로들을 찾아 체벌방에 갇힌 평민 시녀를 풀어달라는 말을 전했고, 얼마 지나지 않아 왕자궁에 전갈이 왔다.

율리아 아르테의 교육이 끝났다는 것이었다.

그들의 고루한 사고가 잘 드러나는 전갈이었다. 죄 없는 시녀를 강제로 끌고 가서 감금해놓곤, '교육'이라는 말로 정당화하는 게 정말

역거웠다.

레위시아도 그사이에 율리아를 꺼내기 위해 아무 노력하지 않은 건 아니었다. 코코가 납치와 협박이라는 극단적인 카드를 꺼내기 전에, 그는 직접 왕가의 원로들을 만나기 위해 동분서주했다.

하지만 그들은 레위시아를 만나주지 않았다. 시녀 하나 교육하는 일에 왕족이 직접 나서서 되겠냐는 질책만 날아들 뿐이었다.

레위시아는 샤트린을 찾아갔다.

샤트린은 원로들에게조차 사랑받는 공주였으니까. 샤트린을 찾아가서 율리아가 감금되어 있다는 사실을 전하고, 원로들을 설득하도록 도와달라고 말했다.

자존심까지 다 버리고 샤트린에게 고개를 숙였다.

율리아에 대한 보복은 두 사람의 경쟁과는 무관한 일이니, 그 아이를 높게 평가했던 너라면 아량을 베풀 수 있지 않으냐고 물었다.

하지만 샤트린은 레위시아를 도와주지 않았다. 그녀는 율리아가 네게 얼마나 큰 의미인지 알지만, 또한 율리아가 네게 얼마나 큰 무기인지 알기에 아무것도 하지 않겠다고 말했다.

왕궁에 그의 편은 없었다.

나흘째가 되던 날, 원로들에게서 율리아의 교육이 끝났다는 전갈이 오지 않았다면 레위시아는 국왕을 찾아갈 생각이었다.

"미안해."

레위시아가 또 한 번 사과했다.

율리아가 소리 없이 입술을 달싹거렸다. 그게 괜찮다는 말이라는 건 듣지 않아도 알 수 있었다.

레위시아가 쓰러져 잠든 율리아를 안았다. 바닥에 무릎을 꿇고 앉아서 그녀를 품에 안았다. 며칠 새 얼마나 고생을 했는지 율리아는 깨어날 기미조차 보이지 않았다.

눈동자가 불에 덴 듯 뜨거웠다. 레위시아는 입으로 쏟아지는 수많은 말을 삼키며 고개를 숙였다. 그러곤 율리아의 이마에 자신의 이마를 갖다 댔다.

"너를 지킬 거야."

무슨 수를 써서라도.

형제를 이용하고, 남의 불행을 발판 삼게 되더라도.

"돌아가자."

레위시아가 율리아를 번쩍 안아 들고 밖으로 걸음을 옮겼다.

엉덩이 무거운 원로들은 그에게 얼굴조차 내비치지 않았다. 유일하게 입구까지 나와 인사를 건네는 늙은 시녀를 무시한 채, 레위시아는 뚜벅뚜벅 걸어서 별궁을 벗어났다.

24
첫 번째였던 소녀의 복수

"그거 알아? 2왕자궁 말이야. 증축 공사 한다잖아."

"요즘 왕궁에 그거 모르는 사람도 있나? 뭐라더라. 연회용 별관도 따로 만들고, 손님용 외관도 따로 만든다며."

"그거 궁내부에서 전액 지원한대."

"뭐? 왜?"

"그동안 2왕자궁에만 유독 아무 지원이 없었잖아. 한꺼번에 준다 던데?"

"무슨 일 처리가 그러냐. 그래도 되는 거야?"

"되고 말고가 문제가 아니라…… 이제 궁내부가 누구 편인지 모르 게 되었다는 게 문제지. 설마 완전히 돌아선 건가?"

"다른 왕족들이 가만히 있지 않을 것 같은데?"

왕궁이 들썩거렸다. 레위시아의 왕자궁 때문이었다. 코코 시녀장의 파격적인 행보가 연일 화제로 떠오르면서, 궁내부와 원로들의 묵인 아래 왕자궁의 개편이 순조롭게 진행되었다.

중요한 건 귀족들의 반응이었다.

힌치 백작과 상인연합에 이어, 그 짧은 사이에 무슨 수를 썼는지 궁내부까지 구워삶는 데 성공한 레위시아에게 여러 사람의 관심이 모여들더니, 상당히 많은 초대장이 쏟아졌다.

코코는 박쥐 같은 귀족들을 비웃었다.

"응하지 마세요. 답장도 하지 마시고요. 음흉한 것들! 전하를 만나고 싶으면 당당하게 얼굴 드러내고 왕자궁의 문턱을 넘으라고 하세요. 건방지게 왕족한테 오라 가라 하지 말고."

"진짜 그렇게 말해?"

"율리아!"

코코가 율리아를 불렀다. 레위시아에게 올바른 설명을 하라는 뜻이었다.

"귀족들의 관심에 일희일비하지 말고 전하께서 중심을 지켜야 한다는 뜻이에요. 그들이 보낸 초대장은 무시하시되, 그중 영향력 있는 자들을 왕자궁에 불러들여 만찬이라도 즐기시는 게 좋을 거라는 거죠."

"코코, 저렇게 좀 말해봐. 듣기 좋잖아."

"전하, 저렇게 좀 알아들으세요. 얼마나 똑똑해 보여요."

코코와 레위시아가 서로를 노려보다 동시에 흥, 하고 콧방귀를 뀌었다.

"이제 왕궁 안에 제가 시녀장이 됐다는 걸로 시비 거는 사람은 아무도 없어요. 궁내부와 원로들도 묵인하는 모양새고. 그러니까 우린 바로 다음 단계를 준비하죠."

"다음 단계가 뭔데?"

레위시아가 묻자, 코코가 손가락으로 율리아를 가리키며 말했다.

"이 계집애를 진짜 수석 시녀로 임명하는 거예요."

"콜록, 콜록!"

사레들린 율리아가 급하게 기침을 내뱉었다.

율리아는 식사 중이었다. 체벌의 방에서 구출된 이후, 그녀는 이틀 동안 묽은 수프만 먹으면서 계속 잠을 잤고, 사흘째가 되어서야 간신히 정상적인 상태를 되찾았다.

"코코! 그건 협박용이었어요. 수석 시녀라뇨. 제가 그런 식으로 수석 시녀가 돼버리면 원로들이 아니라 왕궁 전체를 상대로 싸워야 할지도 몰라요."

"알 게 뭐야. 이 왕궁 안에 우리 편이 있긴 하니?"

"저는 괜찮아요."

"너는 괜찮을지 몰라도, 우리가 안 괜찮아. 오늘 아침 왕비궁에 심어둔 정보원에게서 연락이 왔어. 마조람 후작 부인이 오후에 왕비를 알현할 거라고 했대."

율리아가 입을 다물고 코코를 바라보았다.

마조람 후작 부인이 움직였다. 이는 왕궁 안에서 일어나는 일에 대해 그녀가 알게 되었다는 걸 뜻했다.

코코는 후작 부인이 왕자궁을 이대로 내버려두지 않을 거라고 판단했고, 그쪽에서 어떤 반격을 준비하기 전에 우리가 할 수 있는 건 다 해보자고 주장했다.

잠시 생각에 빠져 있던 율리아가 레위시아를 돌아보며 말했다.

"후작 부인은 왕비를 협박할 거예요. 그쪽은 우리보다 왕비의 약점에 대해 더 잘 알고 있을 테니까, 왕비는 어쩔 수 없이 후작 부인의 청을 들어주겠죠."

"각오해야겠군."

"당분간 기분 나쁜 일이 많이 일어날 거예요. 그래도 조금만 기다려주세요. 저한테 좋은 생각이 있으니까."

"율리아…… 또 무슨 짓을 저지르려고."

레위시아가 의자 위로 몸을 미끄러뜨렸다. 율리아는 그와 코코, 알렉사를 번갈아 응시하다가 꿍꿍이 섞인 미소를 짓고 물었다.

"제가 정말 왕자궁의 수석 시녀가 되어도 괜찮겠어요?"

"여기서 너 말고 할만한 사람이 누가 있니?"

"그럼 제가 왕비 전하한테 직접 임명장을 받아 올게요."

"뭐?"

코코가 어처구니없다는 얼굴로 율리아를 바라보았다.

"말도 안 되는 소리 하지 마. 왕비는 목에 칼이 들어와도 널 왕자궁의 수석 시녀로 임명해주지 않을 텐데, 도대체 무슨 수를 쓰려고?"

레위시아도 그녀의 말에 동감했다. 그건 불가능한 일이라고 판단한 것이다.

"코코 말이 맞아. 율리아, 설마 궁내부 대신처럼 왕비를 납치해서 협박이라고 하려고?"

"아뇨. 왕비에겐 다른 방법을 쓸 거예요."

협박은 저쪽에서 할 테니, 이쪽은 다른 수를 써야 한다. 마침 그녀의 손엔 쓸만한 정보가 쥐어 있었다.

율리아가 미리부터 배부른 미소를 지었다.

"왕비 전하, 마조람 후작 부인께서 오셨습니다."

시녀장의 목소리가 살짝 떨렸다. 왕비궁의 시녀장은 목석처럼 차분한 사람이었는데, 유독 마조람 후작 부인 앞에서는 긴장을 감추지 못했다.

"아무도 만나고 싶지 않다고 했잖느냐!"

왕비는 거대한 침대 위에 누워 있었다. 어지럽게 흩어진 머리카락을 정돈할 생각도 하지 않았다. 그녀는 1왕자의 초상화를 침대 머리맡에 두고, 계속 들여다보면서 눈물을 훔쳤다.

"혼자 있고 싶다고, 몇 번을 말해야 하느냐!"

왕비의 신경질적인 목소리가 침실 밖까지 울려 퍼졌다. 시녀들이 어깨를 움츠리며 머리를 조아렸다.

시녀장이 난처한 얼굴로 후작 부인을 바라보았다.

"저…… 부인, 왕비 전하께선 아직 병중이십니다. 며칠만 더 시간을 드리는 게 어떨까요."

"이게 며칠로 되는 문제입니까?"

후작 부인이 물었다.

시녀장은 차마 대답하지 못하고 시선을 내렸다.

"문을 여세요. 왕비 전하께선 곧 일어나게 되실 겁니다."

"안 됩니다, 후작 부인!"

"하면 경비라도 불러서 날 잡아가시든지."

후작 부인의 행동은 거침없었다. 왕비궁에 그녀의 입김이 닿지 않은 사람이 없는데, 고작 문 좀 마음대로 열었다고 누가 뭐라고 할 것인가.

그녀는 들어오지 말라고 소리치는 왕비의 침실에 멋대로 들어갔고, 함께 들어오려는 시녀장을 물리친 뒤에 문을 닫았다.

"왕비님."

"돌아가세요. 혼자 있고 싶다고 했잖아요. 부인은 제가 우습습니까? 나가요, 나가!"

왕비는 울고 있었다. 짓무른 눈가가 벌겋게 달아올랐다. 고통에 몸부림치며 죽어가던 1왕자의 모습이 떠오를 때마다, 그녀는 속절없이 무너져 울고 또 울었다.

"강건하시던 분이 어찌 아직도 이러고 계십니까."

"나가라고……."

"왕비께서 이런다고 왕자 전하께서 살아 돌아오시기라도 한답니까?"

왕비의 두 눈이 크게 흔들렸다.

"부인, 지금 뭐라고 했어요?"

"하루빨리 자리를 털고 일어나세요. 전하는 오르테가의 왕비입니다. 아들을 잃은 어미이기 이전에, 후계자를 잃은 왕비란 말입니다. 왕국을 지키려면 무엇을 우선해야 하는지, 왕가의 수호자로서 한마디 하지 않을 수가……."

"지금 내 앞에서 뭐라고 지껄이는 거냐고!"

왕비가 찢어질 듯 크게 비명을 질렀다. 이불을 꽉 쥔 손이 부들부들 떨렸다.

그녀는 침대에서 몸을 일으켜 앉은 뒤, 마조람 후작 부인을 삿대질하며 말했다.

"그게 당신 입에서 나올 말이야? 어떻게 당신이, 당신이 그럴 수가 있어! 내 아들을 지켰어야지! 마조람이 지켰어야지! 내가 그동안 얼마나 헌신했는데!"

"전하!"

"네가 뭘 알아! 아들이 죽었어! 내 눈앞에서! 아프다고 울고, 살려달라고 소리치다가 죽었다고! 그 애는 내 첫아이였는데! 이 나라의 왕이 될 아이였는데!"

"전하, 진정하세요. 정신을 차리시라고요!"

"정신? 정신은 당신이나 차려. 내 아들 하나 지키지도 못한 주제에 무슨…… 왕가의 수호자? 하! 수호자 같은 소리! 권력에 미친 인간 같으니!"

후작 부인의 얼굴이 싸늘하게 굳었다. 그러나 왕비는 슬픔과 분노에 취해 앞뒤 없이 고함을 치고 비난을 늘어놓았다.

"마조람이 내리막길을 걷고 있다는 걸 내가 모르리라고 생각해? 왕가의 수호자? 웃기지 마. 너희 발등에 떨어진 불이나 *끄시지*!"

"왕비, 말을 삼가세요. 우리는 손가락 하나 잘라내면 그만이지만, 왕위라는 건 그렇지 않습니다. 권력은 흐름이에요. 2왕자궁으로 분위기가 흐르게 내버려둬선 안 된다는 걸 잘 아시지 않습니까."

"그딴 첩의 자식이 무슨!"

"왕비! 도대체 언제까지 날 실망케 할 생각이에요!"

"시끄러워! 당신은 내 아들의 여자도 죽였잖아. 1왕자의 아이를 가진 그 여자! 그 여자도 몰래 죽여놓고 모른 척하는 거잖아! 그게 당신 방식인 걸 내가 모를 줄 알아?"

왕비의 목소리가 갈수록 커졌다. 그녀는 미친 사람처럼 고래고래 소리를 지르며 후작 부인에게 원망을 말을 쏟았다.

"레위시아? 뭐가 걱정이야? 그 첩의 자식도 그렇게 치워버리면 되겠지!"

후작 부인은 침실 한가운데 서서 왕비를 내려다보다가, 천천히 움직여 소파에 앉았다. 그러곤 한 손으로 지끈거리는 머리를 짚었다.

"방금 그 말은 못 들은 것으로 하겠습니다."

"내 아들 살려내, 살려내라고! 너희가 제대로 지켰다면 그 애가 왜 죽었겠어!"

왕비의 상태가 나빠질수록 후작 부인의 얼굴에서 온기가 사라졌다. 그녀는 무너져 발악하는 왕비를 싸늘하게 내려다보며, 우아함 속에 경멸을 가득 담아 말했다.

"왕비 전하, 제가 꼭 4왕자의 출생까지 입에 올려야 말을 들으실 건가요?"

"뭐, 뭐…… 뭐라고?"

왕비가 덜컥 숨을 멈췄다. 믿을 수 없다는 얼굴로 후작 부인을 보면서, 들썩이는 가슴을 손바닥으로 눌렀다.

"잘 감춰드렸지 않습니까. 왕비 전하께서 시녀니, 하녀니 병사들까지 그렇게 죽여 없앨 때마다…… 제가 잘 덮어드렸잖아요."

"그건……! 나는……."

"레위시아 2왕자를 쳐내세요. 그게 왕비께서 할 일이니까."

그걸 위해 당신을 그 자리에 앉힌 것이다. 후작 부인이 속삭였다. 가문의 이름이 아무리 대단하다 해도 혼자서 왕비가 될 수는 없었다. 왕비는 마조람의 힘으로 왕족이 된 여자였다.

"마조람의 힘을 빌려 고귀한 자리에 오르셨으면 의무를 이행하세요. 왕비 전하, 이게 다 당신을 위한 일이라는 것도 아셔야 할 거예요."

"지금 날…… 협박하는 거예요?"

"이제 정신 차리실 때가 됐다는 말이었어요."

후작 부인이 다가와 왕비의 흐트러진 머리카락을 쓸어 올렸다.

"나도 아들을 잃었어요. 하지만 견뎌냈죠. 나라고 그 아이가 소중하지 않았겠어요? 후계자가 될 아이였는데. 하지만 전하, 우리는 권력자들이에요. 책임져야 할 것들이 밀알처럼 많아요."

그러니까 약한 모습은 보여선 안 된다. 당신도 나처럼 어미이기 이전에 권력자이니까.

"저를 너무 실망케 하지 마세요."

2왕자궁에 전방위적인 압박이 들어오기 시작했다.

궁내부를 제외한 모든 기관이 왕자궁의 증축과 개편을 탐탁지 않은 눈으로 바라보았다. 침묵하는 건 국왕뿐이었다.

왕비는 아예 드러내놓고 왕자궁의 증축 공사를 못 하게 막았다. 궁내부의 지원과 허가를 전부 취소해버린 것이다. 궁 안에서 왕비의 명령은 절대적이라, 기술자들은 왕자궁으로 올 엄두조차 내지 못했다.

레위시아는 왕비로부터 외출을 삼가고 한동안 왕자궁에서 반성하라는 명령을 받았다. 사실상의 감금이었다.

귀족들의 알현 신청은 모두 취소되었고, 레위시아를 향해 호감을 내보이던 반제국파는 방향을 틀어 힌치 백작을 찾았다.

율리아는 그 모든 일을 감상하듯 바라보았다.

"왕비께서 수척해진 모습으로 궁내부에 나타나셨대요. 그러곤 궁 내부 대신의 집무실로 쳐들어가서 언성을 높이면서 싸우셨다고 해 요. 그 일로 궁내부가 어수선해요."

"뭐라고 싸웠는지는 모르고?"

"알아 올까요?"

"됐어. 안 들어도 뻔하지."

율리아가 트루디에게 금화를 건네주었다. 그런데 평소라면 환하 게 웃으며 넙죽 받았을 트루디가 조금 머뭇거리면서 눈치를 살폈다.

"왜 그래?"

"저…… 시녀님, 제가 이런 말씀을 드려도 되는지는 모르겠는데 요."

"괜찮으니까 말해."

"저한테 돈을 너무 많이 주시는 것 같아서."

트루디가 쭈뼛거리며 꺼낸 말에, 율리아가 웃음을 감추지 않고 물 었다.

"그게 무슨 뜻이야? 너 돈 좋아하잖아."

"좋아하긴 하는데요. 그래도…… 제가 하는 일은 별로 없는데 너무 많이 받는 것 같아서."

"그건 네가 신경 쓸 일이 아니야."

주는 사람 마음이지. 그렇게 말한 율리아가 다시 금화를 내밀자, 트 루디가 망설이면서도 두 손으로 그걸 받았다.

전에는 이게 웬 횡재냐는 얼굴로 잘만 낚아채더니, 금화를 가져가는 속도가 답답할 정도로 느릿느릿했다.

"트루디."

"네, 네?"

"내가 너한테 금화를 이렇게 많이 주는 건 죄책감 때문이야."

"죄책감이요?"

"그래, 어느 날 갑자기 네가 해온 짓들이 모두 들켜서 잔인하게 죽임당할 수도 있잖아. 그럼 그건 내 탓이니까. 돈이라도 듬뿍 줘서 죄책감을 덜려는 거지."

트루디가 순식간에 겁을 먹고 뒷걸음질을 쳤다. 위험한 일이란 걸 모르고 덤비진 않았으나, 율리아의 입으로 직접 들으니 갑자기 두려운 마음이 들었다.

"그때를 대비해서 미리 주는 퇴직금이라고 생각해."

율리아가 피식 웃었다. 그러곤 이제 됐다며 나가라는 의미의 손짓을 했다.

트루디는 돌아선 율리아의 뒷모습을 멍하니 바라보았다. 지금까지 율리아가 트루디에게 준 금화만 해도 상당한 양이었다. 빈민가에서 계속 살았으면 평생 벌어야 했을지도 모른다.

율리아는 그녀에게 필요 이상으로 많은 대가를 치르고 있었다.

왜 이런 생각이 드는지는 몰랐다. 트루디에게 충성심 같은 건 없었다. 왕위니, 권력이니 그런 데는 관심도 없었다. 율리아가 좋다거나, 왕자궁에서 평생 살고 싶다는 생각도 해본 적이 없었다.

"율리아 시녀님."

"왜?"

그런데 언제부터인가 율리아가 주는 금화가 빚처럼 느껴지기 시작했다. 금화가 쌓일 때마다 마음이 무거웠다.

"제가 우연히 진짜 귀한 정보를 얻게 되면요. 그건 얼마나 쳐주실 거예요?"

율리아가 트루디를 돌아보았다.

정보의 경중에 따라 값어치를 달리할 것이다. 귀하면 귀할수록 많은 금화를 쥐어줄 것이다. 그렇게 말할 수도 있었다.

하지만 율리아는 침대 밑에 있던 궤짝을 끌어낸 뒤, 열쇠로 자물쇠를 열었다. 그리고 그 안에 있는 금화를 보여주었다.

"히익⋯⋯!"

트루디가 깜짝 놀라서 숨넘어가는 소리를 냈다. 궤짝 안엔 아직도 어마어마한 양의 금화가 잠들어 있었다. 그 눈부신 황금빛에 홀려 멍하니 서 있는 트루디에게, 율리아가 심드렁하게 말했다.

"이걸 다 줄 수도 있어."

지난 삶의 코코가 4왕자의 출생의 비밀에 대해 알게 된 것도 그때 그녀가 부리던 정보원의 눈썰미 덕분이었다. 만약 트루디가 그 정도로 귀한 정보를 주워 온다면, 정말 이걸 다 줄 수도 있었다.

트루디가 멍하니 중얼거렸다.

"저⋯⋯ 열심히 할게요."

트루디에게 돈이란 삶의 진리이자 태양 빛, 꿈과 같은 것이었다. 철학이자 도덕이었으며, 정의이기도 했다.

빈민가 출신, 금화 하나에 사람 목숨을 사고팔기도 하는 밑바닥 낙오자들에게 돈은 저 밤하늘에 빛나는 별과 같았다. 온 하늘을 가득 채울 만큼 많은데, 제 것은 하나도 없는. 그래서 아무리 손을 뻗어도 닿을 수 없는 이상향.

"진짜 열심히 할게요."

그런데 손에 닿았다. 움켜쥘 수 있었다. 트루디는 탐욕스러운 아이였다. 저 금화를 가질 수만 있다면, 신조차 배신할 수 있었다.

"그래, 기대할게."

율리아는 그 모든 걸 간파했기에 트루디를 받아들였다.

— • ◆ • —

왕비와 궁내부 대신의 의견 충돌이 거세졌다. 사실 그들로서도 뾰족한 방법이 없었다. 궁내부 대신은 코코 시녀장에게 협박을 당했고, 왕비는 마조람 후작 부인에게 협박을 당했다.

그것도 같은 이유로.

"궁내부 대신이라는 사람이 고작 그 젊은 시녀장 하나 구워삶지 못해서 일을 이 지경으로 만들어요? 나는 최선을 다했어요. 후작 부인이 시키는 대로, 우리 일을 아는 사람을 다 죽여서 입을 막았다고요!"

"다 죽였다고? 하나도 남김없이? 확신하십니까?"

궁내부 대신은 왕비의 말을 믿지 않았다. 코델리아 힌치가 알고 있다는 건 힌치 백작과 레위시아 왕자도 알고 있다는 말이나 다를 바가 없었고, 그건 누군가 그들에게 비밀을 누설했다는 증거였다.

"이게 다 무슨 소용입니까. 왕비, 마조람 후작가와 인연을 끊으세요. 그들은 이제 당신의 벗이 아닙니다. 적이에요. 적이 아니고서야 누가 그런 식으로 사람을 겁박합니까!"

"그럼 나더러 어쩌라고요! 4왕자는…… 우리 아이는."

왕비가 온몸을 덜덜 떨었다. 그녀는 반쯤 제정신이 아니었다.

"그러니까 후작 부인의 말을 들어야죠! 첩의 아들이 아니라! 당장 2왕자궁에 배정된 예산을 전액 취소하고, 그 녀석을 이 왕궁에서 내쫓아요! 마조람이 시키는 대로 하란 말이에요!"

"마조람은 이 일을 소문내지 않을 거요! 그들은 그냥 당신의 약한 점을 이용할 뿐이라니까? 소문을 내려면 코델리아 힌치가 내겠지! 마조람은 이미 우리와 한배를 탄 사이니까!"

"당신은 몰라. 그들이 어떤 사람들인지……."

왕비가 무너졌다. 궁내부 대신이 비틀거리는 그녀를 재빨리 품에 안았다. 왕비는 그의 품에 안긴 채 하염없이 울었다.

"당신을 사랑하는 게 아니었어. 국왕이 아무리 미워도 당신이 날 사랑하니까 상관없다고 생각했는데……."

권력만 탐하면 되었을 것을, 사랑까지 탐내서 일이 이렇게 되었다. 왕비가 그렇게 중얼거렸다.

율리아는 그들이 충분히 구석에 몰릴 때까지 기다렸다.

두려움이 이성을 마비시키고, 감정이 머리를 지배하기를.

그리하여 누가 적이고 아군인지 모르게 될 때까지 인내심을 가지고 기다렸다.

왕자궁은 고요했다. 코코가 외출이 금지된 레위시아를 대신해서 반제국파를 만나고 다니는 동안, 알렉사는 왕자궁의 호위 기사와 병사들을 훈련시켰다.

율리아는 이제 그녀보다 더 빨리 일어나는 레위시아에게 마지막으로 제왕학을 가르쳤다.

시간은 천천히 흘렀다. 모두가 이 기약 없는 기다림에 지쳐갈 무렵,

갑작스레 4왕자궁에 대대적인 물갈이가 진행되어 이유도 없이 해고 당한 고용인들의 불만이 하늘을 찌른다는 소식이 들려왔다.

왕비가 무리수를 두기 시작한 것이다.

'때가 되었군.'

율리아의 입가에 스치듯 짧은 미소가 머물렀다.

그날 밤 왕비궁의 시녀장은 왕비에게 도착한 편지와 초대장을 하나하나 확인하고 있었다. 대부분은 죽은 1왕자의 명복을 빈다는 내용이었고, 일부는 왕비를 위로하기 위해 연회를 열고 싶다는 이야기였다.

시녀장은 그 편지를 모두 한쪽으로 치웠다. 왕비는 지금 이런 걸 일일이 읽어줄 만큼 상태가 좋지 못했다.

그런데 그중 하나, 보내는 사람의 이름이 낯선 편지가 있었다.

"율리아 아르테?"

2왕자궁의 평민 시녀가 왕비에게 편지라니. 시녀장의 미간에 깊은 주름이 생겼다. 어이없을 정도로 맹랑한 아이였다. 편지를 꺼내는 그녀의 손이 빨라졌다.

[왕비 전하, 마조람 후작 부인에겐 감추고 싶은 사람을 가둬두는 은밀한 집이 있어요. 주소를 알려드리겠습니다. 그곳에 왕비 전하께서 원하는 답이 있을 거예요.]

시녀장은 고민 없이 곧장 몸을 일으켰다. 후작 부인이 방문했을 당시 왕비가 울부짖던 모습을 똑똑히 기억하고 있는 그녀는, 이 편지를 반드시 왕비에게 전달해야 한다는 강렬한 의무감에 사로잡혔다.

"전하!"

"혼자 있고 싶어. 나가."

"이걸 읽어주세요, 율리아 아르테의 전갈입니다."

왕비가 얼굴을 일그러뜨리며 편지를 낚아챘다. 그러곤 그 안에 적힌 내용을 보고 또 한 번 얼굴을 일그러뜨렸다.

"이게 무슨……."

이건 함정일 수도 있었다. 왕비를 미워하는 레위시아 2왕자의 덫일 수도 있었다.

하지만 그녀는 확인해야 했다. 더는 달아날 곳도 없을 만큼 구석에 몰려 있었으니까.

"시녀장이 직접 확인하고 와."

자정에 가까운 시각, 왕비궁에서 수십에 이르는 병사들이 파견되었다. 그들을 이끄는 건 왕실 기사 네 명과 왕비궁의 시녀장이었다.

율리아가 알려준 주소는 오르테가 남서쪽에 있는 작은 마을이었다. 바다와 거리가 멀어 사람이 그리 많이 살지 않고, 그만큼 폐쇄적이어서 오가는 사람도 거의 없었다.

그 조용한 마을에 병사들이 들이닥쳤다. 깜짝 놀란 사람들이 창문을 열고 집 밖으로 얼굴을 내밀었다. 병사들은 마을 외곽에 있는 오래된 이층집의 문을 부숴버린 뒤, 안으로 들어갔다.

"시녀장님, 누군가 출산을 준비한 흔적이 있습니다!"

"뭐라고요?"

시녀장이 망토를 끌어 내리며 집 안을 샅샅이 뒤졌다. 병사들이 말한 대로였다. 각종 아기용품과 임산부의 흔적, 여러 명이 함께 생활한 흔적이 곳곳에 보였다.

"찻잔의 온기가 가시지 않았습니다. 급하게 달아난 것으로 보입니다. 병사들을 풀어 주변을 수색하겠습니다."

"이 마을에 산파가 있을 것입니다. 수단과 방법을 가리지 말고 내 앞으로 끌고 오세요!"

"예, 시녀장님."

병사들이 뿔뿔이 흩어졌다. 그들은 이 집에 살던 사람들이 어디로 달아났는지는 알 수 없었지만, 산파는 금세 찾을 수 있었다.

바닥에 엎드려 오들오들 떠는 산파에게, 시녀장이 물었다.

"아기를 가진 여자가 누구더냐."

"젊은…… 귀족 여자였습니다. 이름이나 그런 건 말하지 않았어요. 저는 정말 아무것도 모릅니다. 그냥 몸에 좋은 음식을 만들어준 게 다예요."

"이 여자인가?"

시녀장이 품에서 1왕자의 연인이 그려진 초상화를 꺼냈다. 그러자 산파가 재빨리 고개를 끄덕이며 말을 이었다.

"맞습니다! 이 여자예요. 이제 몸도 무거울 텐데, 도대체 어디로 갔는지……."

"자유로워 보이더냐?"

"그렇지 않았습니다. 겁에 질려 있었고, 늘 감시하는 자들이 있었어요. 집 안에 갇힌 채, 한 걸음도 밖으로 나온 적이 없습니다."

"날짜는 얼마나 남았지?"

"겨울이 오면 태어날 겁니다."

시녀장이 두 눈을 질끈 감았다. 내일이 가을의 시작이었다.

찾아올 줄 알았지.

"네가 그 건방진 평민 계집아이냐?"

율리아는 왕자궁 앞에 서 있는 새하얀 마차를 보며, 한쪽 눈썹을 슬쩍 들어 올렸다.

여섯 필의 말에 흰 마차라. 화려한 지붕엔 작은 새와 함께 노는 어린 천사가 양각되어 있었다.

마차 안에 있는 사람은 그 안을 가득 채울 만큼 풍성한 드레스를 입고, 우아한 띠 장식을 과시하듯 두르고 있었다. 그러곤 마차에서 내리지도 않은 채 창문만 열고 율리아를 내려다보았다.

누가 보더라도 왕비궁의 사람이었다.

"누구세요?"

"타렴."

누군지는 알려주지도 않고, 다짜고짜 문이 열렸다. 율리아는 이 마차에 타야 하나 말아야 하나 잠시 고민했다.

거절할 방법은 많았다. 레위시아 왕자님이 왕비 전하께 벌을 받고 있으니 그분을 모시는 시녀로서 그 짐을 나누려 한다거나, 혹은 외부인과의 접촉을 자중하려 한다고 말하면 되었다.

"머리 굴리는 소리가 여기까지 들리는구나. 건방진 아이야, 너를 부르는 분은 이 왕궁 안에서 가장 존엄한 분이시다. 그러니 의심 말고 타렴."

그냥 왕비가 부른다고 말하면 될 것을. 율리아는 속으로 그런 생각을 하면서 마차에 올랐다.

율리아를 데리러 온 사람은 왕비궁의 시녀장이었다.

그녀는 왕비보다 다섯 살 위로, 왕비가 처음 왕궁에 들어왔을 때 원로들의 추천으로 시녀가 되어 4왕자가 태어났을 무렵에는 시녀장의 자리에까지 오른 사람이었다.

누구보다 왕비와 가까우며, 가장 긴 시간 동안 왕비의 곁을 지킨 사람.

"몸가짐, 마음가짐을 바르게 해야 한다. 말은 순하게 하되, 대답을 얼버무리지는 않아야 하고. 어린것이 벌써 어른을 시험할 생각에 머리 굴리느라 바쁜 모양인데, 그게 네게 도움이 될 것 같진 않구나."

"명심하겠습니다."

율리아가 짧게 대답했다. 단정한 태도에 차분한 말투였다.

"시녀는 자고로 입이 무거워야 한다. 입이 무거운 자는 마음 또한 무겁기 마련이고, 그런 자들의 발걸음엔 언제나 품격이 있지."

"충고 새겨듣겠습니다."

율리아는 왕비궁의 시녀장을 군이 도발하려 들지 않았다. 그녀가 마조람의 사람이 아니라는 건 이미 알고 있었기에, 적당히 모범생 흉내를 내며 얌전하게 앉아 있었다.

왕비궁의 시녀장이 그런 율리아를 샅샅이 훑어보았다.

"오늘 너에게 일어날 일에 대해서 함구해야 한다는 말이었다. 네가 누굴 만났는지, 어떤 대화를 나누었는지, 전부 비밀로 간직할 수 있겠어?"

"저는 레위시아 왕자 전하의 시녀입니다."

"왕자께는 다 말씀드리겠다는 말이냐?"

"제 안위보다는 그분께 해가 되는 일인지 아닌지, 그것이 중요하다는 말이었습니다."

왕비궁의 시녀장이 후, 하고 한숨 섞인 웃음을 흘렸다. 율리아를 바라보는 그녀의 눈빛에 티끌만큼의 호의가 깃들었다.

"시녀의 교본 같은 대답이구나."

그 후론 별다른 대화가 오가지 않았다. 마차는 곧장 왕비궁으로 향했고, 율리아는 오르테가 왕궁에서 가장 크고 아름답다는 왕비궁의 정원에 들어갈 수 있었다.

왕비는 온실에서 율리아를 기다리고 있었다. 늘 완벽한 차림새와 우아함을 무기로 삼던 그녀가, 헝클어진 머리에 가운만 걸친 모습이었다.

정성스레 가꿔놓은 온실은 아름다웠으나, 그 안에 있는 왕비는 전쟁터 한가운데 버려진 아이처럼 불안해 보였다.

율리아는 왕비궁 시녀장의 안내로 온실 문 앞에 서서 두 손을 모은 채 깊숙하게 허리를 숙였다.

"율리아 아르테입니다."

왕비궁 시녀장이 율리아를 대신해서 말했다. 딴생각에 빠져 있던 왕비가 흠칫 놀라더니 이쪽을 바라보았다.

"네가…… 그 율리아구나."

율리아 아르테라는 이름은 이제 오르테가 왕궁에서 모르는 사람이 없을 만큼 유명했다.

브레웨 훈장으로부터 시작된 마조람 후작가와의 악연, 그리고 레위시아 왕자의 측근이자 왕궁의 오래된 관습을 상대로 싸우는 평민.

왕비는 그 모든 뜻을 담아 '그 율리아'라는 말을 썼다.

"시녀장은 물러가 있어."

"전하, 독대는…….'

"명령이야."

왕비가 단호하게 온실 밖을 가리켰다. 시녀장은 더 머뭇거리지 않고 공손하게 인사한 뒤 몸을 돌렸다.

율리아는 왕비와 단둘이 남게 되었다.

온실은 습한 편이었다. 물을 머금고 자라는 예쁜 식물들이 여기저기에서 모양새를 뽐냈다. 왕비는 축축한 옷자락을 질질 끌면서 온실 끝에 있는 테이블로 걸어가 의자에 앉았다.

"네가 알려준 장소로 사람을 보냈더니 아주 급하게 달아난 흔적만 발견할 수 있었단다. 덕분에 내 궁에 마조람의 첩자가 있고, 그들이 내 병사보다 발이 빠르다는 것만 확인했지."

율리아가 두 눈을 살짝 내리깔았다.

왕비는 그런 그녀의 얼굴을 빤히 바라보다가 불쑥 물었다.

"왕손이 살아 있다는 건 어떻게 알았지?"

"추측이었습니다. 제가 아는 후작 부인이라면 이 왕궁 안에 살아 있는 모든 왕족을 제거한 뒤에, 왕손을 직접 키워 꼭두각시로 삼는 방법도 고려했을 것 같아서요."

"네가 그 집의 위치까지 알고 있다는 건, 너도 한때는 후작 부인과 한패였다는 말인데……. 율리아 아르테. 너는 도대체 누구에게 충성하는 거지?"

"꼭 누구에게 충성해야 하는 건가요?"

"뭐?"

왕비가 날카롭게 되물었다. 왕궁 시녀가 누구에게도 충성하지 않는다는 건 그녀의 상식으로는 있을 수 없는 일이었기에.

율리아가 살짝 웃으며 말했다.

"저는 마조람의 적에게 충성합니다."

"복수인가."

"레위시아 전하께서 마조람을 원수처럼 여기시기에 충성합니다. 레위시아 전하께서 이 땅에 마조람의 씨가 마를 때까지 멈추지 않을 것이라 약속하셨기에, 그분께 충성해요."

"왜 내게 이런 이야기를 하는 거지? 나는 후작 부인에게 네가 하는 말을 전부 들려줄 수도 있어."

"괜찮아요."

율리아는 아무렇지도 않았다. 왕비가 지금 율리아가 했던 말을 고스란히 후작 부인에게 고자질한다고 해도, 별로 상관없었다.

왕비가 다시 물었다.

"내게 아들의 연인과 왕손이 살아 있다는 사실을 알려준 이유가 무엇이냐. 내가 너 대신 마조람을 상대로 싸워주리라 기대한 거라면, 너무 순진한 생각이라고 말하고 싶구나."

"전하, 마조람 후작이 이제 누구를 지지할 거라고 믿으세요?"

"그야……."

당연히 샤트린이라고 말하려던 왕비가 돌연 입을 다물었다.

그녀도 알고 있었다. 지금은 그저 손을 잡은 척하고 있을 뿐, 샤트린 공주는 결코 마조람 후작의 입맛대로 길들일 수 있는 성격이 아니었다. 공주는 그러기엔 이미 너무 자랐고, 자의식이 강했다.

그들은 서로를 이용하고 있었다.

그렇다고 4왕자라고도 말할 수 없었다. 출생 그 자체가 약점인 4왕자를 왕위에 올리는 위험한 짓을 그 능구렁이 같은 작자가 할 리가 없었다.

이번에는 율리아가 불쑥 물었다.

"왕비 전하의 적은 누구인가요?"

대답할 수 없었다. 왕비는 새파랗게 질린 얼굴로 율리아를 노려보았다. 언뜻 눈앞에 있는 사람을 모두 찢어 죽이기라도 할 기세였으나, 그런 왕비의 눈동자는 하염없이 떨리고 있었다.

율리아가 담담히 말했다.

"제가 어떤 소녀의 이야기를 들려 드릴게요."

가난한 보육원에서 지내던 한 소녀가 마조람 후작 부인의 눈에 띄어 학비를 지원받게 된 이야기였다.

후작 부인이 고아들을 지원하는 이유는 간단했다. 영리한 아이는 잘 키워서 일꾼으로 쓴다. 아주 영리한 아이는 크게 키워서 인재로 쓴다. 너무 영리한 아이는 세뇌하거나 혈연으로 엮어 평생 노예로 만든다.

"그보다 더 영리한 소녀는 어떻게 되었을까요?"

율리아 아르테는 크리스틴 마조람의 명예를 위한 도구로 쓰였다.

"저는 죽음이 예정되어 있었어요."

도구가 주인보다 똑똑하면 안 된다. 후작 부인은 냉정한 사람이었다. 크리스틴과 바실리는 율리아를 부리기에 모자란 자식이었다.

율리아가 성인이 되기 전에는 그래도 순진한 편이었기 때문에 돈과 힘, 아들의 사랑을 이용해서 그녀를 써먹을 수 있었다. 하지만 시간이 지날수록 율리아는 마조람 후작가의 모든 방식에 의문을 품고 반박하기 시작했다.

그리고 그녀의 말은 틀린 부분이 없었다.

"널 죽이려고 했구나."

왕비가 중얼거렸다. 율리아는 웃으면서 고개를 끄덕였다.

"제가 바실리와 크리스틴을 역으로 이용해 마조람 후작가를 집어삼킬 것 같아서, 죽여 없애기로 했어요."

율리아 아르테는 바실리 마조람을 유혹한 파렴치한 평민 계집이어서 죽은 게 아니라, 후작 가문의 후계자들을 위협할 정도로 미래가 기대되는 인재였기에 죽었다.

"그게 후작 부인의 방식이죠."

"하면 말해 보아라. 율리아 아르테. 나는 이 위기에서 벗어날 방법이 뭔지 도무지 모르겠거든. 네가 그 정도로 대단한 아이라면, 내게도 해결책을 제시할 수 있겠지?"

"그럼 왕비 전하께선 제게 무엇을 해주시겠어요?"

왕궁 안에 대가 없는 친절이란 건 없다. 왕비 역시 누구보다 그 사실을 잘 알고 있었다.

창백한 얼굴을 오만하게 들어 올린 왕비가 율리아에게 의자를 권했다.

"원하는 걸 말해봐."

"고맙습니다."

율리아가 왕비의 맞은편 의자에 앉았다.

왕비의 눈에 비친 율리아는 수수하지만 아름다운 아이였다. 단아한 매력도 있었다. 여러 사람의 시선을 모으진 못해도, 그녀에게 한번 마음을 빼앗긴 사람은 쉽게 벗어날 수 없을 것 같았다.

"바실리는 너를 사랑했겠지. 어쩌면 레위시아도 그럴 테고. 한데

네가 원하는 건 달콤한 사랑이 아니라 피가 뚝뚝 흐르는 원수의 목이로구나."

율리아가 말했다.

"전하, 저를 2왕자궁의 수석 시녀로 임명해주세요."

왕비가 날카롭게 웃었다. 율리아의 요구가 건방지면서도 당당하고, 또 한편으론 타당했기 때문이었다.

"그걸 모두가 보는 앞에서, 공개적으로 해주세요. 이왕이면 저를 감금하고 때렸던 원로들도 보는 앞에서요."

"하!"

"궁내부와 왕비궁이 전폭적으로 2왕자궁을 지지하지는 못해도, 최소한 방해는 하지 않겠다고 약속해주세요."

"율리아, 약속 같은 것엔 아무런 힘이 없단다."

"알아요. 저도 그래서 비슷한 방법을 알려드리려고 해요."

아무런 힘이 없지만, 그래서 아무도 건드릴 수 없는 사람.

"전하, 아들을 잃어 미친 왕비가 되세요."

———◆ ◆ ◆———

왕비궁의 문이 열렸다.

가을의 시작과 함께 왕비가 오랜 칩거를 깨고 공식적인 자리에 모습을 드러냈다. 이날의 행사는 왕비가 직접 주관한 왕가의 임명식이었다.

"누가 임명된다는 거야? 들은 거 있어?"

"왕비궁이나 공주궁이겠지. 한데 빈자리가 있었나?"

귀족들이 고개를 갸웃거렸다.

왕비궁에서 치러지는 임명식은 왕실 안에서 일하며 살아가는 관리들에게 왕비가 해주는 명예로운 행사였다. 그러니 제법 높은 자리의 관리가 아닌 다음에야 슬픔에 빠져 있던 왕비가 몸을 일으킬 리 없는 것이다.

"어서 오십시오."

왕비궁의 시녀장이 연회장 입구에 서서 찾아오는 귀족들에게 인사를 건넸다.

"시녀장, 오랜만입니다."

귀족들은 왕비의 시녀장에게 공손하게 머리를 숙였다. 시녀장도 마찬가지였다. 그녀는 우아한 태도로 귀족들과 일일이 인사를 주고받으며 그들의 방문에 감사를 표했다.

연회장을 가득 메운 건 왕비와 가깝거나, 샤트린 공주와 가깝거나, 마조람 후작의 세력으로 분류되는 친제국파 귀족 중 일부였다. 비교적 작은 행사인 만큼 마조람 후작이나 궁내부 대신, 힌치 백작 같은 거물들은 보이지 않았다.

귀족들이 대부분 입장한 다음에는 샤트린 공주과 공주궁의 시녀들이 나타났다.

샤트린은 왕비의 시녀장을 다정하게 포옹한 뒤, 귓속말로 몇 마디 말을 주고받았다. 그러곤 연회장 안으로 들어와 오만한 얼굴로 주위를 둘러보았다.

귀족들은 샤트린에게 다가가고 싶어서 안달이었다. 그녀는 다음 대의 왕이 될 가능성이 가장 많은 왕족이었으니까.

하지만 샤트린은 아무나하고 어울리는 성격이 아니었다. 1왕자는 아부하는 자들을 무척 좋아해서 접근하기가 쉬웠는데, 샤트린은 아무 힘도 없으면서 여기저기 옮겨 다니기만 하는 박쥐 떼를 쉽게 받아 주지 않았다.

샤트린 다음에는 왕가의 원로들이 등장했다.

"세상에, 원로들이에요!"

귀족들이 웅성거렸다. 별궁에서 잘 움직이지 않는 원로들까지 온 걸 보니, 이번 행사가 생각보다 의미가 큰 자리였던 모양이다.

"시녀장, 오랜만에 보는군."

"건강해 보이셔서 참 안심입니다."

"자네가 워낙 잘 챙기지 않는가."

근처에 있던 귀족들은 그들의 대화를 엿듣기 위해 귀를 쫑긋거렸다. 하지만 그 원로들조차 왕비가 무슨 일로 연회장의 문을 열었는지는 몰랐다.

"왕비 전하께서 들어오십니다."

왕비는 그때 나타났다.

몇 달 새 수척해진 왕비가 묵직한 드레스를 몸에 걸치고 시녀들의 부축을 받으며 연회장에 등장했다.

그녀는 가장 먼저 원로들과 눈인사를 나누고, 샤트린에게 희미한 미소를 지어 보였다. 그러곤 아직 몸이 좋지 않아 부득이하게 의자에 앉아 행사를 진행하겠다며, 미리 준비된 폭신한 의자에 앉았다.

왕비가 아주 차분하고 우아하게 말했다.

"오늘 이 자리는 레위시아 오르테가 2왕자의 수석 시녀를 임명하는 자리입니다."

연회장이 잠시 어색한 침묵으로 가득 찼다.

다들 믿을 수 없다는 얼굴로 왕비를 바라보았다. 레위시아 2왕자라니. 원수와도 같은 자의 시녀를 임명하려 왕비가 움직이다니?

"긴 시간 왕가의 무관심 속에서도 훌륭하게 자라준 레위시아 왕자의 주변에 이토록 훌륭한 벗이 있어, 어미로서 뿌듯한 마음을 감출 길이 없습니다."

갈수록 의문이 더해졌다. 누군가는 저가 제대로 들은 게 맞는지 왕비가 한 말을 똑같이 말해보기도 했다.

뭔가 이상하다. 하나부터 열까지 모든 게 잘못되었다. 귀족들도, 원로들도 모두 그렇게 생각했다. 왕비가 저 자신을 레위시아 2왕자의 어미라고 부른 것부터, 왕가가 그에게 무관심했음을 시인한 것까지.

"오랫동안 왕실을 지배해왔던 관습에 도전장을 내민 젊은이들의 재기에 경의를 표하고자, 이 사람은 오늘 이 자리가 특별히 기억되기를 바랍니다."

"왕비 전하……."

"레위시아 오르테가와 그의 시녀장 코델리아 힌치, 그리고 율리아 아르테와 알렉사 콴."

네 사람의 이름을 부르는 왕비의 목소리에는 흔들림이 없었다. 그녀는 끝까지 차분하고 우아한 태도를 유지하며 손짓했다.

레위시아 2왕자가 왕비의 부름을 받아 등장하고 있었다.

샤트린이 짧은 웃음을 터뜨렸다. 기가 막혔지만, 한편으로는 감탄하는 얼굴이었다.

레위시아는 세 명의 시녀를 대동하고 있었다. 그는 왕비에게 다가가 깊이 허리를 숙여 인사했다. 왕비는 그의 어깨를 가볍게 두드려주었다.

코델리아 힌치도 마찬가지였다. 왕비에게 다가가 한 차례 인사를 주고받는 것만으로도, 그동안 왕궁을 떠들썩하게 했던 시녀장 코코를 향한 불만이 깔끔하게 사라졌다.

얼마 전에 기사 시험에 합격한 알렉사에게는 왕비가 특별히 그녀의 가슴에 기사 훈장을 달아 주었다.

"율리아 아르테."

샤트린이 작게 중얼거렸다.

율리아의 차례였다. 그녀는 그동안 고집해왔던 수수한 드레스를 벗어 던지고, 아주 아름다운 모습으로 나타났다.

오르테가의 맑은 바다처럼 은은하게 빛나는 푸른 천 위에 풍성하게 쏟아진 은빛 레이스, 출렁이는 긴 머리카락엔 진주로 장식된 머리핀이 빛나고 있었다.

또한, 그녀의 허리엔 한 뼘 넓이의 산호색 띠가 매여 있었다. 화사한 산호색에 은색 문양이 수놓인, 눈에 띄게 고운 띠였다.

그리고 그건 율리아 아르테가 2왕자궁의 수석 시녀임을 상징하는 장식이기도 했다.

"율리아 아르테는 평민의 신분으로 브레웨 훈장의 주인이 되어 스스로 명예를 드높였고, 그 능력을 높이 산 레위시아 2왕자의 측근 시녀가 된 바 있습니다."

왕비의 목소리가 음악을 타고 흘렀다. 그녀는 의자에 앉은 채 율리아를 향해 한 손을 내밀었다. 율리아가 깊이 허리를 숙여 인사한 뒤, 왕비의 손을 잡았다.

귀족들은 경악한 얼굴이었다. 누군가 숨넘어가는 소리로 말도 안 된다고 중얼거렸다.

"오르테가의 왕비로서, 나는 이보다 더 적합한 자를 찾지는 못하리라 판단 내렸습니다."

"전하!"

"이에, 율리아 아르테를 레위시아 오르테가의 수석 시녀로 임명합니다."

침묵은 곧 웅성거림이 되었고, 웅성거림은 이내 수많은 의문과 불만으로 자리 잡았다.

원로들이 말도 안 된다며 언성을 높였다. 그들은 주름이 떨리도록 노한 얼굴로 왕비에게 다가와 이게 무슨 일이냐고 따져 물었다.

"왕비! 평민이 수석 시녀라니요. 다시 생각해보세요. 수석 시녀는 왕족의 대변인입니다. 왕자의 수석 보좌란 말입니다! 그 높은 자리에 평민이라니, 위계가 무너지는 일입니다!"

그러나 왕비는 요지부동이었다.

"오르테가 왕실 법도에 평민이 수석 시녀가 되면 안 된다는 조항이 어디 있습니까. 관습이 법인 양 착각하지 마세요. 원로들을 존경하지만, 왕비의 권위에 간섭하는 것까지 참아드릴 수는 없습니다."

"왕비!"

"율리아 아르테는 이제 2왕자의 수석 시녀입니다. 왕비의 자격으로 내린 임명장이란 말입니다. 그러니 원로들께서도 저 아이를 대함에 있어, 다른 궁의 시녀들과 차등을 둬서는 안 될 것입니다."

왕비는 왕비였다. 원로들은 더 항의하지 못했다. 궁내부 대신의 부탁을 들어줬을 때는 왕비도 그와 같은 뜻이리라 의심치 않았는데, 도대체 일이 어떻게 돌아가는 건지 알 수가 없었다.

당연한 일이었다. 별궁에 갇혀 사는 그들은 그저 율리아가 잘 짜 놓은 거미줄의 한 가닥 씨실에 불과했으니까.

왕비가 율리아에게 말했다.

"율리아."

"네, 왕비 전하."

"레위시아 왕자를 보필하는 데 있어, 한 치의 게으름도 있어서는 아니 될 것이다. 너는 많은 사람의 시선을 받고 있고, 보다시피 그들은 네게 호의적이지 않으니."

"명심하겠습니다."

"고인 물은 썩기 마련이라던 옛말이 떠오르는구나. 부디 오르테가 왕궁에 좋은 선례로 남아라."

왕비가 율리아의 손을 살짝 쥐었다가 놓았다. 두 사람의 시선이 서로를 탐색하듯 느리게 맞물렸다가 자연스럽게 멀어졌다.

율리아는 고개를 숙였고, 왕비는 레위시아를 바라보았다. 애첩을 닮아 아름답게 성장한 레위시아가 속을 알 수 없는 얼굴로 왕비를 응시하고 있었다.

"고맙습니다."

그가 속삭이듯 말했다.

왕비는 한숨과도 같은 웃음을 내뱉었다. 기가 막히고, 지독하게 한스러웠다. 이 자리가 끔찍하게 싫었으나 드러낼 수 없었다.

"레위시아."

"네, 왕비 전하."

"대단한 시녀를 들였구나."

왕비는 율리아를 '좋은' 시녀라거나, '훌륭한' 시녀라고 말하지 않았다. 그냥 대단하다고 말했다. 그게 긍정적인 의미인지, 부정적인 의미인지는 알 수 없었다.

하지만 레위시아는 만족했다. 그가 왕비를 향해 부드럽게 말을 건넸다.

"운이 좋았을 뿐입니다."

"운이라."

레위시아를 물끄러미 바라보던 왕비가 천천히 시선을 거두어들였다. 왕의 애첩을 꼭 닮은 얼굴. 어쩜 저렇게도 왕은 하나도 닮지 않고 그 어미만 닮아 태어났는지.

저 얼굴을 한 여자를 평생 미워했다. 그게 왕비의 자리에 앉는 대가였다는 걸 아는데도 그랬다. 왕의 관심을 바랐다. 욕심이었다는 것도 알고 있다.

'어디서부터 잘못된 것일까.'

원로들이 역정을 내며 돌아가고 있었다. 귀족들은 1왕자가 죽은 이후 오랫동안 두문불출하던 왕비를 의심하며, 그녀의 결정에 의문을 표했다. 어쩌면, 혹은, 만에 하나.

왕비는 제정신이 아닐지도 모른다.

그 시선에 담긴 의미를 알고 있었다. 그들은 왕비가 1왕자의 죽음으로 총기를 잃고 헤매는 게 아닌가 의심하고 있었다. 그동안 왕비가 보인 행동 때문이었다.

실없이 웃음이 흘렀다. 율리아는 자신을 마조람 후작 부인이 죽여야 했을 만큼 영리한 소녀였다고 말했다.

'과연.'

저 맹랑한 시녀는 지금 왕비에게 쏟아지는 귀족들의 반응까지 유추했음이 분명하다.

"전하, 미친 척을 하세요. 저들은 감히 전하의 허물을 들춰 드러내려고 하지 못할 것입니다. 전하를 배척하지도, 끌어안지도 못한 채 길을 잃고 헤맬 것입니다. 국왕 전하도, 원로원도 마찬가지입니다. 미친 왕비는 왕가의 수치이자 약점이니, 감추어 보호하려고 할 거예요."

왕비는 율리아의 말을 듣고 불같이 화를 냈다. 미친 여자가 되라니. 너 따위가 감히 내게 뭐라고 지껄이는 거냐며, 율리아에게 찻잔을 집어 던지고 악을 썼다.

"나는 오르테가의 왕비다! 천한 계집이 머리 좀 굴릴 줄 안다고 떠받들어져 지내다 보니 눈에 뵈는 게 없는 모양이구나. 죽고 싶은 게냐! 어디서 함부로 입을 놀려!"

"마조람 후작 부인을 배신하지 않으면서 그들의 손아귀에서 벗어날 수 있는 방법은 그것 하나뿐이에요."

"율리아 아르테!"

"가엾고, 불쌍한 왕비님. 평생 남편에게 제대로 된 아내 대접 한 번 받아보지 못하고, 집착하듯 매달렸던 첫아이마저 잃고 말았어요. 미치지 않는 게 오히려 이상해 보이지 않을까요?"

"네 정녕 죽고 싶은 게냐?"

"제가 죽는다고 해결될 일이 아니라는 것도 이미 아시잖아요. 그동안 충분히 죽였는데도 막지 못한 비밀이었어요. 4왕자의 비밀을 감추려 왕비 전하의 손에 죽어간 시비들의 원한이 들리지 않으세요?"

"하, 그래서 네가 그것들을 대신해서 내게 복수라도 하겠다는 것이냐?"

"그럴 리가요."

율리아 아르테는 웃었다. 불같이 화를 내며 너를 죽이겠노라 선언하는 왕비를 앞에 두고, 해사하게 웃어 보였다.

"왕궁 안에서 마조람 후작 부인이 휘두르는 권력의 절반은 왕비 전하에게서 나와요. 그걸 빼앗을 수만 있다면 이보다 더한 짓도 할 수 있어요."

"뭐? 고작…… 그 이유라고?"

"제게 이보다 더 중요한 일은 없어요."

"내가…… 미친 왕비가 되면, 우리 아이들은…… 샤트린은."

"왕비 전하께서 마조람을 상대로 두 분을 지킬 방법은 이것뿐이에요. 싸우는 건 제가 할 테니, 칩거하세요. 숨죽여 숨으세요. 아무것도 모르는 척, 아무것도 보이지도 들리지도 않는 척하세요."

"아아……."

"바보가 되세요."

왕비는 율리아가 마조람 후작가를 상대로 이 싸움에서 승리하리라고 생각하지 않았다. 하지만 그 순간, 패배하지도 않을 것 같다는 강렬한 예감이 들었다.

"율리아 아르테."

"네, 왕비 전하."

"네가 만약 이 싸움에서 승리한다면, 4왕자를 어떻게 할 셈이냐."

"레위시아 전하께 맡기겠습니다."

율리아는 거짓으로라도 4왕자를 보호하겠다거나, 비밀을 지켜주고 왕족으로 살게 하겠다는 약속은 하지 않았다. 그녀는 시녀로서 해야 할 마땅한 말을 했다.

레위시아에게 결정을 맡기겠다는 말이었다.

'여우 같은 것.'

왕비의 입가에 또 한 번 위태로운 웃음기가 머물렀다. 덫에 걸리고, 그물에 잡히고, 재갈까지 물린 죄인의 기분이었다.

자신의 목숨 하나만 걸린 일이었으면 차라리 좋았을 텐데. 샤트린의 긍지와 4왕자의 목숨까지 담보가 되었다.

"레위시아."

왕비가 다시 입을 열었다. 자리를 피하려면 레위시아가 멈칫하더니 몸을 돌려 왕비를 바라보았다.

"부르셨습니까?"

"그동안 네게…… 못 할 짓을 했어. 미안하다."

사과하는 왕비의 목소리가 떨렸다. 진심이 아니라는 건 레위시아도, 왕비도 알고 있었다.

애첩의 아들이라는 이유로 온갖 치졸한 수를 써서 핍박했다. 왕궁 안에서 누구도 그를 보살피지 못하게 압박하기도 했다. 유모를 계속 바꾸고, 교육에도 차등을 두었다. 누군가 레위시아에게 관심을 보이면 권력으로 막았다.

레위시아를 무시하지 않으면 왕비의 미움을 산다. 오르테가 왕궁에선 그게 진리였다.

그때 그는 너무 어렸는데. 기댈 데 없이 외로운 어린아이였는데.

레위시아는 대답하지 않았다. 왕비의 사과를 받아주지도 않았다. 궁지에 몰려 억지로 하는 거라는 걸 알고 있었으니까.

그는 이번에도 속을 알 수 없는 얼굴로 왕비를 가만히 바라보다가, 천천히 몸을 돌렸다.

무시였다.

"하…… 하하."

왕비가 두 손으로 얼굴을 감싸고 울음 섞인 웃음을 터뜨렸다. 안절부절못하며 왕비를 지키던 시녀들이 재빨리 달려와 몸으로 그녀를 감추었다.

율리아는 샤트린과 대화하고 있었다.

"날 그렇게 매정하게 차 버리더니 결국 레위시아의 수석 시녀가 되었구나. 도대체 내 어머니는 어떻게 구워삶은 거지?"

"샤트린 공주님."

"난 네가 언제든 내 궁으로 오게 될 거라고 믿어 의심치 않았는데, 이제 그 가능성마저 사라져버렸네. 수석 시녀쯤 되면 절대 두 명의 왕족을 섬길 수는 없으니까."

"공주님은 제가 없어도 이미 훌륭한 왕족이세요."

"네가 있었으면 더 훌륭한 왕이 되었겠지."

샤트린이 소리를 내어 웃었다.

율리아는 그냥 가만히 서 있었다. 왕비와 대화를 마친 레위시아가 이쪽으로 걸어오고 있었다. 그의 표정이 읽히지 않았다.

레위시아는 두 사람 사이에 부드럽게 파고 들어와, 율리아의 손을 잡고 자신의 팔에 얹었다.

"내 시녀한테 추파 좀 그만 던지시지."

"추파라니. 기분 나빠지려고 하네."

"추파가 아니면 이게 뭐야. 집적거리는 거냐?"

"레위시아. 네가 우아하지 못한 녀석이라는 건 잘 알겠는데, 나까지 너 같은 시정잡배일 거라 여기지 마."

"와, 지금 나한테 말로 시비 거는 거야? 너 우리 코코 맛 좀 볼래?"

레위시아가 코코를 손가락으로 가리키며 익살스럽게 말했다. 코코가 의아함을 느끼고 이쪽을 돌아보자, 샤트린이 어깨를 으쓱하며 웃었다.

그러곤 율리아와 레위시아를 차례로 응시하며 말했다.

"내가 왕이 되면 두 사람은 살아남지 못할 거야."

"……."

"후회하고 싶지 않거든."

샤트린의 말은 진심이었다. 물이 차오르듯, 두 왕족 사이에 밀도 높은 긴장감이 차올랐다. 율리아는 아무 말 하지 않고 샤트린의 눈동자를 가만히 들여다보았다.

"수석 시녀가 된 걸 축하해, 율리아."

"고맙습니다."

샤트린이 인사는 됐다며 손사래를 치더니 자신의 시녀들이 기다리는 곳으로 걸음을 옮겼다. 그녀는 한때 1왕자가 그랬듯 자신의 세력을 무리로 거느리고 다녔다.

율리아는 그들 하나하나를 눈에 담듯 주의 깊게 바라보았다.

— • ◆ • —

이틀이 지났다. 율리아 아르테가 레위시아 2왕자의 수석 시녀가 되었다는 소문이 날개 돋친 듯 퍼져 나갔다.

평민을 그 높은 자리에 앉힌 것도 놀라운데, 왕비가 레위시아 2왕자를 자식으로 인정하며 추켜세웠다는 게 더 놀라웠다. 그날 주최자가 왕비의 거죽을 뒤집어쓴 유령이 아니었냐는 말까지 나왔다. 왕비가 제정신이 아니라는 소문이 돌기 시작한 것도 당연한 일이었다.

분노한 원로들이 왕비궁에 몇 번이나 사람을 보내 항의했지만 돌아오는 답변은 없었다. 왕비는 다시 자신의 궁에 틀어박힌 채, 아무도 만나지 않았다.

마조람 후작 부인이 그 소식을 듣고 왕비궁으로 달려왔다.

"왕비 전하께선 어디 계십니까!"

"아, 안 됩니다. 후작 부인…… 다음에, 다음에 오세요."

"왜 이러십니까? 제가 못 올 곳엘 왔어요? 왕비 전하께 말씀드리세요. 꼭 해야 할 말이 있다고."

"안 됩니다. 죄송합니다, 부인. 지금은 제발."

"비키세요!"

마조람 후작 부인은 만류하는 시녀장을 밀치고 왕비의 침실로 들어갔다. 그러곤 우뚝 선 채 돌처럼 굳어 버리고 말았다.

왕비가 머리카락을 산발하고 있었다. 며칠 새 갑자기 늙어버린 사람처럼, 희끗희끗한 머리카락을 풀어헤치고선 1왕자의 어릴 적 모습을 그려 놓은 초상화 앞에 앉아 자그마한 아기 장난감을 늘어놓고 자장가를 불렀다.

"왕자, 어미를 지켜줄 거죠? 이 어미가 뭐든지 다 해줄 거예요. 그러니까 꼭 왕이 되세요. 이 외로운 왕궁 안에서 어미가 믿고 기댈 사람은 오직 왕자뿐이에요."

"왕비!"

후작 부인이 커다랗게 고함을 쳤다. 깜짝 놀란 왕비가 고개를 돌려 부인을 바라보았다.

"왕비, 정신 차리세요! 지금 뭐 하고 계신 겁니까!"

후작 부인은 왕비가 정신을 놓았다는 소문을 믿지 않았다. 그래서 득달같이 달려 들어가, 왕비의 손목을 잡고 거칠게 흔들었다.

"지금 뭐 하고 계시냐고 묻잖아요. 왕비 전하! 당신은 이 나라의 ……."

한데 왕비의 손목에 두툼한 붕대가 감겨 있었다. 시녀장이 작게 비명을 지르며 달려와 후작 부인에게서 왕비의 손목을 빼냈다. 그러곤 왕비를 품에 안고 눈물 그렁그렁한 얼굴로 애원했다.

"왕비 전하께서 어젯밤에 손목을 다치셨습니다. 지금 전하는 후작 부인과 대화할 수 있는 상태가 아니에요. 제발 돌아가주세요. 제발요!"

붕대에서 붉은 핏물이 배어 나왔다. 왕비는 아프다면서 손목을 감싸 쥐더니, 이내 몸부림치며 주위 물건들을 부수기 시작했다.

"아아아아악!"

왕비의 울음 섞인 비명이 왕비궁을 가득 채웠다.

"뭣들 하느냐! 날카로운 건 다 치우라고 했잖아. 어서 의사를 모셔 와라!"

왕비의 측근 시녀들이 눈물을 흘리며 방으로 들어와 초상화와 장난감을 치웠다. 시녀장은 왕비에게 두들겨 맞으면서도 온몸으로 그녀를 안고 달랬다.

마조람 후작 부인은 발작하는 왕비를 등지고 왕자궁에서 나올 수밖에 없었다.

"도대체……."

이게 어떻게 된 일이란 말인가. 왕비는 미친 척을 하는 건가, 아니면 진짜로 정신을 놓아버린 건가.

그럴 리가 없다고 생각하면서도, 1왕자가 죽은 뒤 왕비의 행동을 떠올려 보니 아예 아니라고 할 수도 없었다.

하면 왕비는 왜 2왕자에게 그런 선물을 주었단 말인가. 그 평민 계집이 수석 시녀라니. 코델리아 힌치까지는 그럴만하다고 여겼건만, 율리아 아르테라니.

그 순간 후작 부인의 등줄기를 타고 오싹한 소름이 돋았다. 언제부터인가 그녀의 머릿속을 지배하던 이 모든 일의 배후가 율리아 아르테일지도 모른다는 의심이 들었다.

'아냐. 그럴 리가 없어.'

율리아는 고작 21살이었다. 철들기 전에 죽여 없애는 편이 좋겠다는 판단이 설 만큼 영리한 아이였지만, 그래 봤자 이제 고작 21살이었다.

그 아이는 바실리의 허무맹랑한 사랑 고백에도 속절없이 흔들리며 마음을 무너뜨리던 순진한 계집애였다. 머리만 좋았지, 몇 푼 되지 않는 돈에도 세상을 다 얻은 것처럼 고마워하던 어린 계집애.

그런 아이가 고작 두 계절 만에 노회한 책략가가 되어 나타났다고?

'말도 안 돼.'

천재도 이럴 수는 없었다. 후작 부인은 율리아의 과거에 대해서 모르는 게 없었다. 왕궁은 분명 처음일 거고, 해방군이나 친제국파와도 접점이 없었다.

이건 노련하다 못해 능수능란하고, 독살스럽기까지 한 방식이었다. 통찰력을 뛰어넘어 독심술을 익힌 게 아닐까 하는 의심마저 들었다.

'도대체 누굴까.'

분명 누군가 뒤에서 율리아를 도와주고 있을 것이다. 후작 부인은 그렇게 생각하기로 했다. 그리고 그 사람은 능구렁이 같은 힌치 백작일 가능성이 컸다.

마차에 오르던 후작 부인의 시선이 멀리 2왕자궁을 향했다.

최근 들어 후작가의 분위기가 좋지 않았다. 4개나 되는 가신 가문이 해방군 급진파에 의해 멸문에 가까운 타격을 입은 데다, 상인연합과의 연줄이 모두 끊어졌기 때문이었다.

자금이 막히니 배신하는 자들이 조금씩 늘어났다. 마조람 후작은 최선을 다하고 있었지만, 워낙 덩치가 큰 세력이다 보니 전부 완벽하게 통제할 수는 없었다.

국왕과의 사이에도 틈이 벌어졌고, 왕비는 미쳐서 후작 부인을 알아보지도 못했다.

마조람을 발밑을 받치고 있던 든든한 바위가 조금씩 부서지더니 모래가 되어 무너지고 있었다.

25
어떤 순간

　오르테가 왕궁에 낯선 바람이 불었다. 불길하고 선득한 바람이었다. 가을의 시작과 함께 찾아든 몇 개의 비극이 왕궁 전체를 이끌고 겨울의 문턱으로 방향을 틀었다.

　왕비의 병증이 갈수록 심해지고 있었다. 왕비궁 시녀들이 사력을 다해 막았지만, 왕궁 어디에나 있는 눈과 귀를 막을 수는 없었다.

　"누구냐, 너희는 다 누구냔 말이야. 내 아들은 어디에 있어? 제발 …… 아이를, 내 아이를 데려와!"

　왕비가 사람을 못 알아보더니 과거에 살기 시작했다. 그녀는 1왕자가 아직 살아 있다고 믿었다. 왕비궁에선 매일 유리창이 깨졌고, 시녀들이 울음을 터뜨렸다.

　무관심했던 국왕도 왕비의 병증이 깊어지자 큰 시름에 빠졌다. 사랑하지는 않았어도, 그들은 부부였고 동료였다. 아들을 잃은 슬픔을 공유할 수 있는 상대도 서로가 유일했다.

왕은 매일 다른 의사를 보내 왕비를 진찰하게 했으나, 그들 모두 그녀의 마음에 병이 깊어 감히 헤아릴 수 없다는 말만 되풀이할 뿐이었다.

그러던 어느 날이었다. 시녀들의 만류를 뿌리치고 왕비궁 밖으로 뛰쳐나간 왕비가 4왕자를 찾아갔다.

"왕자! 어미가 왔단다."

"어머니!"

4왕자는 해맑게 웃었다. 왕비의 품에 안겨서 오늘 뭘 배웠는지, 뭘 먹었는지 조잘조잘 떠들었다.

한데 왕비의 태도가 이상했다. 그녀는 4왕자를 안고 1왕자의 이름을 불렀다.

"어머니⋯⋯?"

어린 4왕자도 왕비의 상태가 이상하다는 걸 눈치챘는지 울먹거리며 유모를 찾았다. 유모는 왕비가 4왕자를 1왕자라고 착각하며 헛소리를 내뱉는다 여기고, 국왕께 이 사실을 알렸다.

왕은 크게 괴로워했다.

"왕비! 이게 무슨 짓입니까. 어서 당신 궁으로 돌아가세요."

국왕이 의사를 불렀다. 하지만 왕비는 4왕자를 놓아주지 않았다.

"왜 이러는 거예요! 당신들은 누구죠? 왜 내 아이를 데려가는 거예요? 제발, 아아아아악!"

"이럴 수가⋯⋯. 안 되겠다. 이건 아니야."

왕은 깊은 시름에 잠겼다. 왕비는 궁내 권력의 조율자였다. 왕비가 없으면 왕궁을 다스릴 사람이 없었다.

오르테가는 가뜩이나 왕권이 약한 국가였다. 왕비가 제정신이 아니라는 걸 모두가 알게 된다면 어찌 될 것인가.

머릿속이 아찔했다. 국왕이 엄격한 얼굴로 왕비궁의 시녀장과 4왕자궁의 시녀들에게 말했다.

"왕비궁을 폐쇄하고 왕비를 4왕자와 함께 원로들에게 보내라."

"예? 하면……."

"왕비의 치료와 4왕자의 교육을 원로들께 맡기는 수밖에 없겠구나. 왕비의 상태를 내보일 수도 없고, 왕비에게서 4왕자를 떼어 놓을 수도 없으니."

방법이 없었다.

"입단속에 신경 써라. 왕비의 병환을 백성들이 알아서는 안 될 것이다."

"알겠습니다, 전하."

왕비궁의 시녀장이 울먹이며 머리를 조아렸다.

그날 왕비궁이 조용히 폐쇄되었다. 왕궁은 우울한 분위기 속에 잠겨 들었다. 왕비의 병을 의심하던 마조람 후작 부인도 이쯤 되자 어쩔 수가 없었다.

모두가 왕비를 동정했다. 얼마나 슬펐으면, 얼마나 괴로웠으면. 그 마음을 감히 미루어 짐작할 수도 없었다. 1왕자의 죽음으로 시작된 비극이 왕비까지 앗아 가고 말았다.

왕비가 4왕자를 지키기 위해 미친 척을 하고 있다는 사실은 그렇게 비밀에 부쳐졌다.

물안개가 꼈다. 율리아는 축축하게 느껴지는 치맛자락을 손바닥으로 천천히 쓸어 보았다. 밤이 되자 얇은 옷만으로는 약간의 추위마저 느껴졌다.

율리아는 왕궁 안에서 저 혼자 고요한 섬처럼 떠 있었다.

수석 시녀가 된 그녀에게 수많은 편지가 쏟아졌다. 대부분은 축하 인사였고, 일부는 비난의 화살이었다. 평민인 너 따위가 수석 시녀가 되다니 왕실의 수치라며 폄훼하는 익명의 편지도 몇 개나 있었다.

율리아는 그 편지를 모두 읽었다.

코코가 '그딴 건 그냥 보낸 사람만 확인하고 다 버려.'라고 말해도 소용없었다. 율리아는 자신을 향한 비난의 말을 수집이라도 하는 사람처럼 편지를 일일이 펼쳐 보았다.

그러곤 이렇게 결론을 내렸다.

"세상엔 재밌는 사람이 많아요."

"뭐?"

"얼마나 할 일이 없으면 이렇게 정성스레 편지까지 보내 가면서 남을 헐뜯는 걸까요."

"인간이 다 그렇지."

코코가 성큼성큼 걸어와 율리아의 손에서 편지를 낚아챘다. 그러곤 작게 불붙은 벽난로 안에 던져 넣었다.

"가을 되니까 불 피워서 좋네. 가뜩이나 태울 것도 많은데."

"코코, 원로들의 불만이 많아요. 제 임명식 말이에요. 왕비가 제정 신이 아닐 때 저지른 짓이기 때문에 없었던 일로 해야 한다고, 그렇게 주장하고 있나 봐요."

율리아는 이게 꼭 남의 일인 것처럼 말했다.

그녀는 사실 수석 시녀가 되거나 말거나 크게 상관이 없었다. 그냥

2왕자궁을 주시하는 귀족들의 시선이 조금 더 많아지고, 전보다 사람을 부리기 편해졌다는 이점이 있을 뿐이라 여겼다.

그래서 원로들이 임명식을 무효로 돌린다고 해도 딱히 화가 나진 않았다.

"그런 일은 일어나지 않을 거야."

불같이 화를 내며 원로들을 욕할 줄 알았던 코코가 착 가라앉은 목소리로 말했다.

"샤트린 공주는 평범한 딸이야. 원로들은 그걸 간과하고 있어."

"네?"

"누가 내 어머니의 허물을 들추려는 걸 가만히 두고 볼 자식이 어디 있어. 날 욕하는 건 참을 수 있어도, 내 어머니를 건드리는 건 전혀 다른 얘기잖아. 열 배, 스무 배로 화가 날걸."

샤트린은 가뜩이나 오르테가 왕궁에서 유명한 성질머리를 가지고 있었다. 코코는 왕비를 싫어했지만, 샤트린 같은 딸이 있으면 든든할 것 같다고 중얼거렸다.

"왕비 전하는 잘하겠죠?"

"당연하지. 4왕자의 목숨이 걸린 일인데. 천하의 명의가 온다고 해도 왕비를 제정신으로 돌려놓을 수는 없을걸."

율리아에게 온 편지를 빼앗아 하나하나 확인하던 코코가 쯧 혀를 차더니 그걸 한꺼번에 들고 벽난로에 쏟아부었다. 그 바람에 재가 날리며 불씨가 줄어들었지만, 이내 편지 더미를 태우며 다시 활활 타올랐다.

코코의 말대로였다.

원로들의 눈에 비친 왕비는 쉽게 치료할 수 없을 만큼 상태가 심각해 보였다. 그녀는 다른 사람은 아무도 못 알아보면서 4왕자를 1왕자라 부르고, 지금이 몇 년인지 자신이 몇 살인지도 몰랐다.

원로들은 국왕의 제안을 받아들였다. 왕비를 원로들의 은밀한 별궁에 모셔놓고 치료하면서 4왕자의 교육도 대신 맡아주기로 한 것이다.

그 과정에서 몇몇 원로들이 왕비의 임명식에 딴죽을 걸었다. 왕비가 정신이 온전치 못한 상태에서 치른 임명식이었기에, 율리아 아르테는 2왕자궁의 수석 시녀가 되어서는 안 된다는 것이었다.

치졸하고 끈질긴 자들이었다. 율리아는 원로들의 항의를 무시했다. 코코도 마찬가지였다. 어차피 왕비가 미쳤다는 걸 공식화할 수도 없는 상황에서, 그들의 불만은 아무 힘이 없었다.

문제는 그 사실을 샤트린 공주가 알게 되었다는 것이다.

"내 어머니가 미쳤다니, 누가 그딴 소리를 해? 원로들이냐? 바른대로 말하지 못해? 누가 그랬냐고 묻잖아!"

"전하, 제발 진정하세요."

"내 어머니다. 이 나라의 왕비 전하시다! 잠시 슬픔에 빠져 길을 잃고 계실 뿐이야. 그런 분을 뭐라고? 미친 왕비라고? 고작 평민 시녀 하나 쳐내지 못해서 그걸 공론화하려고 해? 늙은이들이 미치지 않고서야!"

샤트린의 분노가 거셌다. 그녀는 왕비의 지극한 사랑을 받았던 딸이었고, 그보다 더 어머니를 사랑했다. 아버지 국왕에게는 애첩이 있었기에, 샤트린의 마음은 언제나 아버지보다 어머니에게 기울어 있었다.

"별궁을 통째로 불태워 버리기 전에 그 입 다무는 것이 좋을 거라고 전해. 감히 내 어머니를 뭐라고? 아픈 사람을 안타까워하고 제대로 보살피지는 못할망정, 왕가의 어른이라는 자들이 앞뒤 없이 무슨 해괴한 심술이냔 말이야!"

"전하, 그만 화를 푸세요."

"내가 왕이 되면 가장 먼저 저놈의 원로들부터 왕궁에서 내쫓겠어. 하나도 남김없이 다 쫓아낸 뒤에, 맨몸으로 살게 하겠다고!"

원로들은 샤트린의 불같은 분노 앞에서 입을 다물 수밖에 없었다. 그들도 그녀가 다음 대의 왕이 될 경우를 생각해야만 했다.

"왕족으로서 의무는 지지 않으면서 권리만 누리려고 하는 자들! 순진한 백성 덕에 호의호식하며 살다 보니 자기들이 무능하고 쓸모없다는 것도 모르게 된 모양이지!"

코코는 샤트린의 분노를 이해했다. 레위시아도, 알렉사도 마찬가지였다. 그들은 샤트린이 느끼고 있는 지독한 상실감을 이해하고 안타깝게 여겼다.

샤트린은 원로들이 저지른 잘못보다는 왕비에게 일어난 비극에 분노하는 것이었다. 그걸 막지 못했고, 해결할 수도 없는 현실에 좌절해서 화를 내고 있었다.

율리아는 생각했다.

왕족으로서의 자긍심을 무엇보다 중요하게 생각하는 샤트린이 왕비의 부정을 알게 된다면 어떤 반응을 보일까.

아버지인 국왕에게 애첩이 있었으니, 어머니인 왕비에게도 남자가 있었다는 걸 이해해 줄까. 4왕자가 자신과는 다른 아버지 밑에서 태어났다는 걸 알게 된 뒤에도 그를 똑같이 대할 수 있을까.

그 비밀을 지키고자 왕비에게 살해당한 가엾은 자들에 대해서는 어떻게 헤아릴까.

또 생각했다.

나는 이 비밀을 샤트린 공주에게 말할 수 있을까. 만약 샤트린이 자신과 레위시아를 죽이려고 한다면, 공주를 무너뜨리기 위해 이 일을 낱낱이 밝혀 왕가에 수치를 안겨 줄 수 있을까.

'모르겠어.'

율리아는 결론지을 수 없었다. 코코나 레위시아처럼 샤트린의 마음에 공감할 수는 없었으나, 그녀는 샤트린을 미워하지 않았다.

복수의 대상이 아닌 자에게까지 괴물이 될 필요가 있을까. 샤트린은 적이었으나, 복수의 대상은 아니었다.

한쪽으로는 그런 자신이 우습기도 했다. 마지막인 것처럼 살겠다고 결심해놓고, 수단과 방법을 가리지 않고 적을 물어뜯어도 승리를 장담할 수 없는 싸움에서 감히 왕족을 상대로 측은함이라니.

'내가 언제 적을 상대로 이런 감정을 가진 적이 있었던가?'

알 수 없었다.

율리아 아르테는 계획했던 것보다 이른 시기에 2왕자 레위시아의 수석 시녀가 되었으나, 자신의 마음을 들여다볼 여유까진 갖추지 못했다.

◆ ◆ ◆ ◆ ◆

궁내부 대신이 국왕에게 사의를 표명했다.

그는 왕궁에 일어난 모든 일에 책임감을 느낀다고 말했다. 정확히는 왕비가 없는 왕궁에서 혼자 마조람을 방어할 수 없었기에 물러나는 것이었다.

그는 왕비의 결정을 존중했다. 일찍이 아내를 잃고 왕비와 두 번째 사랑에 빠져 마음을 다했으나, 끝까지 그녀를 지키지 못했다는 죄책감이 그를 짓눌렀다.

4왕자가 왕비와 함께 원로들의 별궁으로 들어갔기에, 아들을 위해 더는 할 수 있는 일이 없어진 탓도 있었다.

국왕은 궁내부 대신의 잘못이 아니라며 그에게 다시 생각해 보라고 말했다. 왕비가 무너진 지금 궁내부 수장의 자리까지 비워 둘 수는 없었다.

그러나 궁내부 대신은 요지부동이었다. 그는 왕궁에서 이뤘던 모든 것을 청산하고, 시골에 있는 영지로 돌아가 여생을 보내고 싶다고 재차 말했다.

왕은 그를 붙잡을 수 없었다.

궁내부 대신까지 물러나자, 왕의 어깨에 너무 많은 짐이 지워졌다. 가뜩이나 노쇠하여 시들어가는 왕에게 과중된 업무였다.

먹는 약의 양이 늘고, 지쳐 쓰러져 잠드는 날이 많았다. 식사를 양껏 하지 못해 술을 찾는 날이 늘었다.

왕에게는 후계자가 절실했다.

"국왕 전하의 말씀을 전합니다. 오늘부로 샤트린 공주 전하와 레위시아 왕자 전하는 매일 아침 본궁 집무실로 오셔서, 왕국의 일을 배우고 왕족으로서 의무를 이행하셔야 합니다."

국왕의 결정에 반대하는 귀족은 없었다. 그들도 왕이 후계자를 결정할 때가 됐다고 생각했다. 왕의 마음이 기우는 방향은 어디인가. 귀족들의 눈과 귀가 본궁에 집중되었다.

"걱정하지 마."

본궁으로 가는 첫날, 레위시아는 이른 아침에 율리아와 마주 앉아 식사했다.

"전에는 아무리 많은 사람을 만나고 다녀도 이 나라에 미련이라는 게 생기지 않았는데."

"전하."

"사람 마음이라는 게 참 신기하지. 이제 네가 앉아 있는 그 자리까지 무게를 가지고 내 발목을 붙드는 기분이야. 참 이상하고 감동적이란 말이지. 나도 어쩔 수 없는 왕족이라 그런가? 어떻게 생각해?"

"제가 전하께 부담스러운 존재인가요?"

"그걸 왜 그렇게 해석해? 네가 내게 책임감을 가르쳤다는 말이잖아."

"저는 또 전하께서 저를 짐처럼 여긴다는 줄 알고……."

"율리아."

"코코한테 고자질하려고 했더니."

"하!"

레위시아가 입술을 씰룩거리며 심술궂은 표정을 지었다. 그는 포크로 율리아를 가리키며 낮은 소리로 경고했다.

"그러고 보니 넌 처음부터 그랬지. 이상한 데서 코코를 닮았단 말이야. 내가 아무리 짓궂게 굴어도 당황한 적이 없어. 솔직하게 말해봐. 율리아 아르테, 너 날 없애려고 왕궁에 들어온 거지?"

"네. 어떻게 아셨는지."

"인정하지 마. 더 기분 나빠."

"기분이 왜 나빠요?"

"장난친 사람이 무안해지잖아."

레위시아가 억지를 부리면서 식사를 마쳤다. 율리아는 그의 긴장을 풀어 주려 최선을 다했다. 다행히 율리아와 실없는 농담을 주고받는 동안 굳어 있던 레위시아의 얼굴도 자연스럽게 풀어졌다.

"전하는 잘하실 거예요."

"부왕께서 나한테 뭘 시킬지도 모르는데, 네가 어떻게 알아?"

"믿으니까요."

믿는다고, 날? 레위시아가 속으로 중얼거렸다.

식사를 마친 율리아가 자리에서 일어나 레위시아의 등 뒤로 갔다. 그녀는 어느새 길쭉한 빗을 손에 들고 있었다.

뒤에서 들리는 율리아의 목소리가 음악처럼 내려앉았다.

"윗사람과 함께 책상에 앉아 일할 때는 머리를 단정히 해야 하는 법이에요, 전하."

그렇게 말하면서, 율리아가 레위시아의 긴 머리카락을 단단히 묶어 주었다.

율리아의 손가락이 머리카락을 쓸어 모을 때마다 레위시아의 속눈썹이 움찔움찔 떨렸다. 그는 눈썹을 찡그리고 앉아서 시선을 돌리지 않으려고 애썼다. 고집스럽게 정면만 바라보았다.

유리에 비친 율리아와 자신의 모습이라도 봐 버리면 해서는 안 되는 말이 튀어나올 것만 같았다.

"다녀오세요."

율리아가 할 일을 마치고 물러섰다.

레위시아는 묘하게 아쉬운 기분으로 자신의 머리카락을 만지작거렸다. 그러곤 의자에서 일어나 식당 밖으로 걸어가며 말했다.

"건방져."

율리아가 웃었다.

"아무렴요. 저 이제 수석인데요."

믿어 줘서 고맙다고 말하고 싶었는데, 그러면 좋아한다는 말이 함께 흘러나올까 두려워서 하지 못했다. 그 산호색 허리띠도 너무 예쁘다고 말하고 싶었는데, 그러면 사랑한다는 말이 섞여 나올까 무서워서 하지 못했다.

반드시 왕의 자리에 올라 너를 지키겠노라 맹세하고 싶은데.

떠나 버릴 걸 알기에 할 수 없었다.

사랑에 빠지는 순간은 사소하다. 레위시아가 가진 마음의 수조는 그 사소한 순간이 모여 이미 율리아로 가득 차 있었다. 천천히 조금씩, 때로는 아주 빠르게 그녀에 대한 기억으로 채워졌다.

그렇게 가득 찬 수조는 아슬아슬하게 찰랑거리다가 어느 순간이 되면 한꺼번에 넘치고 만다.

그때는 돌이킬 수 없게 되는 것이다.

율리아의 손길이 닿은 머리카락이 간지러웠다. 풀어놓고 향기를 느끼고 싶은데 아까워서 그러지도 못했다. 이 애달픈 마음을 인정하는 것조차 부아가 났다.

그의 수조가 위태로웠다. 왕자궁을 벗어나는 레위시아의 뒷모습 위로 짙은 물안개가 내려앉았다.

오후가 되자 여기저기서 선물이 도착했다. 알지 못하는 자들이 다수였고, 간혹 익숙한 이름이 들리기도 했다.

"힌치 백작님께서 용돈을 주셨는데요."

율리아가 떨떠름하게 말했다. 다들 커다란 상자에 커다란 선물을 넣어서 생색을 내려고 애쓰는데, 힌치 백작은 작은 종이봉투에 수표 한 장만 달랑 보냈다.

"액수가 너무 커요."

"원래 용돈을 10년에 한 번 주시는 분이야."

코코가 깔깔거리며 웃었다.

힌치 백작은 요즘 율리아에게 관심이 아주 많았다. 코코가 해 준 얘기만으로도 놀라운데, 혼자서 무슨 수를 썼는지 왕비를 움직여 수석 시녀의 자리에까지 올랐다.

"아빠가 네 얘기만 나오면 불만을 멈추지 않아. 도대체 왜 너 같은 애가 왕궁에 들어간 거냐며, 상인연합으로 데려오라고 난리야. 나한 테 사람 쓸 줄을 모른다면서 역정을 낸다고."

"힌치 가문으로 오라고 하실 줄 알았는데."

"내가 아들이었으면 강제로 너랑 결혼시켰을 것 같다."

코코가 그렇게 말하면서 끔찍하다는 얼굴을 했다. 율리아도 그녀를 보면서 똑같은 얼굴로 고개를 설레설레 저었다.

"알렉사는?"

"기사단에 갔어요. 정식 기사는 수행해야 하는 기본 임무가 있대요."

"귀찮게 됐네."

"기사단장을 이기면 임무에서 배제해 주지 않을까요, 라고 중얼거리면서 나갔는데…… 별일 없겠죠."

"난 가끔 걔가 카루스 란케아보다 강한 게 아닐까 생각해."

코코가 궁금해 죽겠다는 얼굴로 율리아를 바라보았다.

그건 율리아도 오래 고민해야 할 만큼 어려운 문제였다. 검술이나 전투에 대해 잘 모르는 그녀로서는 카루스와 알렉사가 싸우는 모습이 잘 상상이 되질 않았다.

코코가 모자를 쓰고 장갑을 끼더니, 하녀들에게 마차를 대기시키라고 말했다.

"증축 공사 때문에 만날 사람이 많아. 왕궁 밖에 다녀올 테니 넌 좀 쉬고 있어."

"저는 왜 쉬어야 하는데요?"

"그냥 좀 쉬어. 왜 그렇게 말이 많니? 시녀장 명령이야."

하여간 말을 해도 참. 율리아가 피식 웃으며 코코를 배웅했다.

코코가 외출한 뒤에는 맥스웰이 찾아왔다. 이래저래 바쁜 날이었다. 그때 율리아는 자신의 방에서 선물을 풀어 보고 있었다. 트루디가 맥스웰의 방문을 알렸고, 율리아는 그를 안으로 들인 뒤에 주위를 물렸다.

맥스웰이 모자를 벗으며 히죽 웃었다.

"축하드립니다?"

"이러기예요?"

"아니, 꼭 해야 하는 말인 것 같아서요. 카루스 님도 기뻐하실 겁니다. 주둔지에 계시느라 아직 아무것도 모르시지만요."

맥스웰이 넉살 좋게 웃으며 의자에 앉았다. 그러곤 눈동자를 이리저리 굴리며 율리아에게 들어온 선물을 구경했다.

"평민이라고 무시할 때는 언제고, 이 선물들은 다 뭡니까?"

"이래놓고 연회에서 마주치면 또 무시할걸요."

"아니, 도대체 창자가 얼마나 심하게 꼬였길래."

율리아가 선물을 대충 한쪽으로 치워놓고 맥스웰에게 차를 대접했다. 그러곤 그의 맞은편 자리에 앉아 차분히 말했다.

"도와줘서 고마워요."

"뭘요. 시녀님이 시키는 일이면 무슨 수를 써서라도 다 해 드리라고 카루스 님이 명령하셨는데요."

"왕비궁 사람들이 다녀간 뒤에는 어떻게 됐어요?"

"산파 역할을 했던 여자랑 몇몇은 돈을 쥐여 주고 국외로 보냈습니다. 집도 깨끗하게 치웠고요. 그랬더니 다음 날인가, 후작 부인이 보낸 자들이 와서 확인하더라고요."

"그 집에 진짜 그 여자가 있었다면 좋았을 텐데."

"저도 그렇게 생각합니다."

맥스웰이 아쉽다며 입맛을 다셨다.

그 집은 마조람 후작 부인이 은밀하게 사용하는 안가가 맞았다. 율리아의 기억은 틀림없었다. 다만 그녀는 왕손을 가진 여자가 어디에 감금돼 있는지는 몰랐다. 가능성이 있다고 생각했을 뿐이다.

그래서 맥스웰을 보내 확인케 했으나 그곳은 아니었다.

"출산을 준비한 흔적과 산파……. 다시 생각해도 대단한 순발력이었습니다."

"그걸 하루 만에 꾸며준 맥스웰이 더 대단해요."

율리아는 실망하지 않았다. 그녀는 후작 부인이 왕손을 숨겨놓고 있다는 걸 확신했기에, 거짓을 고할 때도 망설임이 없었다.

맥스웰을 시켜서 산실을 꾸며놓고 산파에게 거짓말을 시켰다. 세상에 돈으로 안 되는 일은 없었다.

"후작 부인이 진짜로 왕손을 숨겨둔 곳은 어디일까요. 부하들을 시켜서 오르테가를 샅샅이 뒤지고 있는데…… 흔적을 찾을 수가 없었습니다. 시녀님, 확실한 거죠?"

"네, 확실해요."

"그러면 제가 좀 더 범위를 넓혀서 추적해 보겠습니다."

"부탁드려요."

맥스웰이 크게 고개를 끄덕였다.

이야기를 마친 율리아가 저녁을 함께 먹자고 했지만, 그는 바쁘다며 거절했다. 아무래도 마조람 후작 부인이 오르테가가 아닌 곳에 그 여자를 감금해 두었을지도 모른다는 생각이 든다고 했다.

"드추바 주둔지로 가시는 건가요?"

"아뇨. 배 타는 건 질색이라서요. 카루스 님이야 뭐, 제가 걱정 안 해도 알아서 잘 계실 겁니다. 왜요? 전할 말씀이라도?"

"아무것도 아니에요."

율리아가 웃으며 고개를 저었다. 맥스웰은 그녀에게 수석 시녀가 된 걸 축하한다는 말을 또 한 번 한 뒤에야 걸음을 떼었다.

그런데 그때, 웬 보석함이 그의 눈에 들어왔다.

율리아의 책상 위였다. 보석함은 반쯤 열린 채, 안에 있는 브로치가 다 드러나도록 아무렇게나 올려져 있었다.

"저게 뭐……."

"아, 그러고 보니까 이거요."

율리아가 상자 안에서 브로치를 꺼냈다. 그러곤 맥스웰에게 보여주며 물었다.

"블라이스 백작이 축하한다면서 보낸 선물이에요. 그냥 받기엔 좀 께름칙해 보여서, 안 그래도 물어보려고 했어요."

"기분 나빠."

"맥스웰, 이게 뭔지 알아요?"

"네, 기분 나쁜 거요."

그가 소름 끼친다는 얼굴로 뒷걸음질을 쳤다.

"이게 뭔데 그래요. 말해 주세요."

"돌이킬 수 없는 사랑이요."

"네?"

"그런 뜻을 가진 보석입니다, 그거. 붉은 산의 다이아몬드라고…… 바이칸에서 엄청 유명해요. 도대체 그런 걸 왜 우리 시녀님한테 보내고 지랄이랍니까, 그 변태 새끼는!"

맥스웰이 결국 버럭 화를 냈다.

—◆•◆—

카루스 란케아는 사랑을 믿지 않는 남자였다. 사랑뿐 아니라 인간의 마음이 하는 모든 일을 신뢰하지 않았다. 충성심, 이타심, 우정이나 의리. 하다못해 가족애조차.

그가 그렇게 된 데는 사실 마땅한 이유가 있었다.

카루스는 오랫동안 황제에게 충성했지만, 황제는 그를 믿어 주지 않았다. 가족이라는 자들은 그가 이룬 모든 것을 저들의 것이라 착각하며 소유권을 주장하길 주저하지 않았다.

바이칸의 권력자들은 가엾은 자를 배려한답시고 더 가엾은 자들을 착취했으며, 철없던 시절 영원히 함께 싸우자 맹세했던 벗은 적의 편에 서서 그에게 칼을 휘두르기도 했다.

카루스 란케아는 지독하게 엄격했던 부모 밑에서 자랐고, 18살이 되던 해 정복자였던 황제의 눈에 들어 그의 수족이 되었다. 그리고 내내 전쟁터를 전전하며 살았다.

그에게 사랑이란, 그게 뭔지도 모르면서 갈구하는 자들이 꾸며 낸 환상이나 다를 바 없었다.

그런 면에서 카루스는 율리아와 무척 닮은 사람이었다.

"블라이스 백작이 율리아 시녀님께 붉은 산의 다이아몬드를 선물했다고 합니다. 처음엔 꽃과 과일을 보내다가 영 반응이 신통치 않았는지, 최근엔 무척 값비싼 것들을 선물한다고."

맥스웰이 책망하듯 말하고 있었다.

드추바 주둔지에는 안 간다고, 배 타는 건 질색이라며 절대 안 간다고 할 때는 언제고, 맥스웰은 왕궁을 나서자마자 쾌속선을 타고 섬으로 왔다.

"그래서 어쩌라고."

카루스는 망루 위에서 팔짱을 낀 채 서 있었다. 그의 눈이 한창 건설 중인 주둔지를 샅샅이 훑었다.

남부 함대의 드추바 주둔지는 오르테가 동부에 있는 기지보다 더 큰 규모를 자랑하고 있었다. 배타적이고 비협조적이던 토착민들도 카루스의 남부 함대가 무시무시한 해적을 토끼몰이하듯 물리치는 모습을 보곤 납작 엎드려서 주둔지 건설에 힘을 보탰다.

카루스가 이 사실을 황제에게 보고한 지도 꽤 많은 날이 지났다. 아직 답변은 받지 못했으나, 그는 황제가 이 일을 무척 기꺼워하리라고 믿어 의심치 않았다.

"제 얘기 듣고 계십니까?"

맥스웰이 다시 물었다. 카루스는 대충 고개를 끄덕이곤 손가락으로 주둔지 한 곳을 가리켰다.

"사령관저가 너무 커. 누가 설계한 거지?"

"누구겠습니까. 사령관은 자고로 큰 집에서 살아야 한다고 우기는 놈이겠죠."

"바바슬로프, 너냐?"

카루스가 뒤쪽에서 망원경을 가지고 바다를 살피던 바바슬로프에게 물었다. 그러자 맥스웰이 바바슬로프가 대답하기도 전에 끼어들어 말했다.

"제 전 재산을 걸고 저놈이 그랬을 거라고 장담할 수 있습니다."

카루스가 속으로 웃음을 흘렸다. 그는 사치스러운 사람은 아니었으나, 사령관저가 커서 나쁠 것 없다고도 생각했다.

저 큰 사령관저를 어떻게 사용하면 좋을까. 지하를 파서 아무도 모르게 감옥을 만들어놓고 미운 놈들을 하나씩 잡아다가 가둬두면 좋으려나. 여긴 섬이니까 달아날 걱정은 안 해도 될 것 같은데.

카루스가 그런 고민을 하고 있을 때, 맥스웰이 그의 곁을 맴돌며 계속해서 말을 쏟아냈다.

"붉은 산의 다이아몬드가 뭔지는 아십니까? 예? 그게요. 데네브라 황비의 서른 번째 생일에 황제가 선물한 귀물이란 말입니다."

바바슬로프가 궁금했던지 은근슬쩍 물었다.

"비싼 거야?"

"말이라고 하냐, 그걸?"

"모르니까 물어보는 거잖아, 인마!"

"블라이스 백작이 황비에게 몸과 마음과 영혼을 모두 바치겠다면서 충성을 맹세한 날에 그 여자가 크게 기뻐하면서 그걸 그놈한테 선물로 줬는데! 그놈이 글쎄! 그걸…… 우리 율리아 시녀님한테 줬다잖아!"

"비싼 거라며. 팔아서 쓰면 되지."

"돌이킬 수 없는 사랑이야. 그 보석."

"뭔 개소리야."

"그런 의미의 보석이라고! 돌이킬 수 없는……!"

"……!"

바바슬로프가 맥스웰을 따라서 상욕을 내뱉었다.

맥스웰은 답답해 미칠 지경이었다. 그는 요즘 블라이스 백작을 감시하면서 틈틈이 율리아를 돕고 있었는데, 아무래도 이번 일은 보고해야 할 것 같다는 생각이 들어 주둔지까지 날아온 참이었다.

"놈이 시녀님을 보는 눈빛이 영 께름칙하단 말입니다."

"어떻게 께름칙한데?"

"처음엔 뱀이 여우를 보는 것 같았거든요? 그런데 얼마 전에는 뱀이 뱀을 보는 것 같았어요. 그런데 요즘에는……."

맥스웰이 잠시 말을 골랐다. 어떤 동물로 비유해야 할지 생각하느라 그런 거였는데, 입술을 우물거리며 고민하던 그가 갑자기 손가락을 딱 튕겼다.

"뱀이 독수리를 보는 느낌이었다!"

"독수리?"

"지렁이가 새를 보는 거죠. 온몸이 땅에 붙어 있으면서 기어 다니

는 것밖에 할 줄 모르는 새끼가, 날개를 쫙 펼치고 하늘 위를 날아다
니는 새를 본 거예요."

맥스웰은 자신의 비유가 찰떡이라고 생각했는지 가슴을 부풀리며
바바슬로프의 어깨를 퍽퍽 때렸다.

지금까지는 그의 말에 별다른 반응을 보이지 않았던 카루스도 그
말에는 조금 귀를 기울였다.

"새는 뱀을 먹지."

"독수리가 먹죠."

"천적을 바라보는 먹잇감의 눈빛이라는 거냐?"

카루스가 의아하다는 얼굴로 맥스웰을 바라보았다. 그의 말대로
라면, 블라이스 백작은 천적인 율리아에게 다이아몬드를 바치고 있
는 거였다. 달아나야 정상인데.

"이상하잖아, 이 자식아. 변태냐?"

바바슬로프가 맥스웰의 등을 철썩철썩 때리면서 말하고는, 갑자
기 멈칫거렸다.

"……그 새끼 변태잖아."

"그러니까 말이다! 그 변태 새끼가 우리 시녀님을 그런 눈으로 보
고 있다고! 그 뭐냐, 천적을 동경하듯 바라본다니까? 너 제물이 마왕
한테 아부하는 거 봤어? 진짜 이상한 놈이야. 시녀님한테 온갖 좋은
건 다 갖다 바치려고 한다고!"

"온갖 좋은 거라니. 고작 다이아몬드?"

바바슬로프가 크게 코웃음 쳤다. 그가 보기에 율리아는 보석 따위
로 마음이 움직일 만큼 만만한 상대가 아니었다.

"복덩이가 다이아몬드를 받아줬다면 그건 분명 다른 꿍꿍이가 있

어서일 거야. 넌 인마, 가까이에서 그렇게 겪고도 모르나?"

"알지. 그래서 더 이상해."

"뭐가 이상해."

"시녀님이 붉은 산의 다이아몬드를 나한테 줬거든."

"엉?"

망루 위에 몹시 찝찝한 침묵이 맴돌았다.

"나한테 줬다고."

맥스웰이 떨떠름한 얼굴로 입맛을 다셨다. 그가 주머니를 뒤적거리더니 웬 브로치 하나를 내밀었다. 어찌나 만지기 싫었던지, 구깃구깃한 손수건으로 꽁꽁 싸놓기까지 했다.

바바슬로프와 카루스가 동시에 얼굴을 구기며 시선을 모았다.

"율리아가 그걸 왜 네놈한테 줬는데?"

카루스가 묻자, 맥스웰이 앓는 소리를 내며 하소연했다.

"저도 그게 궁금해서 몇 번이나 물어봤거든요. 근데 시녀님이 처음에는 알쏭달쏭한 얼굴로 웃으면서 선물이니까 부담 갖지 말라고 하는 겁니다. 이 대륙에서 손에 꼽히도록 값비싼 보석을 휙 던져주고는 부담 갖지 말라니. 이게 말입니까, 당나귀입니까."

피처럼 붉은 다이아몬드가 태양 빛을 머금고 불길하게 빛났다.

바바슬로프가 가까이에서 그걸 들여다보더니 눈을 씻는 흉내를 내며 말했다.

"아…… 기억나네. 데네브라 황비가 매일 목에 걸고 다니던 거잖아. 그때는 목걸이였는데? 블라이스 자식한테 주려고 브로치로 만들었나?"

그리고 그게 율리아의 손을 거쳐 맥스웰에게 왔다.

바바슬로프가 끔찍하다며 한 걸음 뒤로 물러났다. 아무리 비싼 보석이라고 해도 변태가 묻으면 재수 없어진다면서.

맥스웰도 이번만큼은 그의 말에 전적으로 동감한다며 카루스에게 애원했다.

"이거 어떻게 합니까, 예?"

카루스가 한숨을 내쉬며 난간에 걸터앉았다.

붉은 산의 다이아몬드는 불행한 보석이었다.

십여 년 전, 황제가 북부 정벌을 시작했을 때였다. 전쟁에는 돈이 든다. 황제는 가장 먼저 북부에서 가장 큰 광산을 빼앗았다. 그 광산을 상징하던 게 바로 이 보석이었다.

붉은 산의 다이아몬드는 황제가 약탈한 전리품이었고, 데네브라 황비의 손을 거쳐 블라이스 백작에게, 그리고 율리아에 의해 카루스에게까지 오게 되었다.

"율리아가 준다고 덥석 받아 온 네놈 잘못이지, 왜 나한테 와서 귀찮게 구는 거냐."

"덥석 받다뇨! 제가 미친놈입니까? 시녀님이 주는 건 돌멩이도 좋은데, 이거는 아니라고 펄쩍 뛰었죠!"

카루스가 피식 웃음을 흘렸다.

"그래서?"

"이런 건 받을 수 없다고, 그냥 블라이스 그 자식한테 돌려주라고 조언해드렸습니다. 그랬더니 시녀님이 그건 너무 얻을 게 없는 방식이라면서……."

얻을 게 없는 방식이라니. 율리아다운 말이었다. 그녀가 긴 속눈썹을 내리깔고 입술을 우물거리며 그렇게 말하는 모습을 상상하자, 카루스의 입가에 진한 미소가 피어났다.

"웃을 일입니까, 이게? 예?"

"시끄럽다."

"그 자식이 진짜 우리 시녀님을 사, 사…… 좋아하는 거면 어떡합니까? 예? 마음 같아서는 몰래 확 죽여 없애고 싶은데, 그러면 일이 꼬여서 이상해질 것 같아서 그러지도 못하고!"

맥스웰이 결국 버럭 짜증을 냈다. 카루스가 답을 알려줄 거라 믿고 드추바 섬까지 왔는데, 그는 적당히 웃어넘길 뿐 해결책을 건네주지 않았다.

손에 들고 있는 다이아몬드가 무거웠다. 이 보석의 소유자는 피를 불러온다던가, 불행해진다던가. 그런 말도 안 되는 속설이 머릿속에서 떠나질 않았다.

"이리 내놔."

카루스가 손을 내밀었다.

맥스웰은 크게 반색하며 브로치를 그의 손에 올려놓았다. 그러곤 가슴을 쓸어내리며 한 걸음 뒤로 물러났다.

"어휴, 역시 배포가 크신 우리 사령관님. 데네브라의 보석도 아무렇지도 않게 받아 가시고. 대단하다니까. 그래서 그 여자가 카루스 님을 못 잊어 집착하는 걸까요?"

"닥쳐."

카루스가 살벌하게 웃으며 맥스웰을 노려보았다.

여름이 끝난 지 얼마 되지 않았는데 가을이 선연했다. 올해는 계절의 변화가 빠른 모양이다. 남부는 겨울이 짧은 만큼 하반기의 날씨 변화에 민감했다.

율리아는 카루스에게서 만나자는 전갈을 받고 왕궁 밖으로 나왔다.

며칠 동안 축축한 안개 때문에 사람들의 얼굴도 우중충해 보였는데, 이날은 무척 날씨가 좋았다.

그래서 그런가, 뚜껑 없는 마차들이 유난히 눈에 띄었다.

오르테가는 바닷바람 때문에 뚜껑 없는 나들이용 마차가 다니는 일이 많지 않았다. 기껏해야 왕궁 안에서 귀족들이 타고 다니는 정도였는데, 그 나들이용 마차들이 거리를 오가며 부유한 행인들이 날씨를 즐길 수 있게 도왔다.

자신을 데리러 나온 카루스에게, 율리아가 물었다.

"카루스 님, 우리도 뚜껑 없는 마차 탈까요?"

"그럴까."

율리아가 왕궁 마차를 돌려보낸 뒤 뚜껑 없는 마차를 불러 탔다.

햇살은 따끈따끈한데 가을바람이 시원했다. 모자가 날아갈까 싶어 끈을 바짝 조여 맨 율리아가 마차 난간에 몸을 기대고 거리를 돌아보았다.

왕궁 안에 있을 때는 시간이 어떻게 지나는지, 계절의 변화가 어떤지, 진짜 세상을 살아가는 사람들은 어떤 표정을 하고 있는지 알 수가 없었다.

밖으로 나오길 잘했다는 생각이 들었다. 왕궁 안에서 권력자들에게 어떤 비극이 일어나도, 가을을 맞이하는 사람들의 얼굴은 해바라기처럼 밝았다.

"어디까지 가십니까?"

마부의 목소리도 활기찼다. 카루스가 여기서 제일 가까운 부둣가로 가 달라고 말했다.

"가을 바다가 좋지요! 남부 토박이들은 여름보다 가을 바다에서 노는 걸 더 좋아하잖아요? 아가씨도 남부 토박이세요?"

"아니요."

율리아가 살짝 웃으며 고개를 저었다.

마차가 출발했다. 카루스가 궁금하다는 듯 물었다.

"남부 토박이 아니었어?"

"저도 잘 몰라요. 어디 출신인지."

그녀는 남부 토박이가 아니었다. 그렇다고 북부 사람인 것도 아니었다. 오르테가의 국민이면서 오르테가가 고향은 아니었다.

어린 그녀를 보육원에 맡긴 사람은 아버지였다. 어렴풋한 과거지만 그를 아버지라고 불렀던 기억은 있었다. 어머니는 누군지 몰랐으나, 아버지와 함께 배에서 살았던 건 기억이 났다.

그는 무역선의 선원이었거나, 어쩌면 대형 어선을 타고 먼바다를 다니는 어부였을 수도 있었다.

그러나 율리아는 그가 해적이었을 거라고 믿었다.

폭풍우 치는 바다를 떠돌아다니면서도 뭍에 내린 적은 손에 꼽을 만큼 적었다. 어쩌다 한번 배를 땅에 대는 날에는 어디서 났는지 모를 싸구려 사탕을 그녀의 손에 쥐여주고, 한동안 밖에 나가 돌아오지 않았다.

보육원에 맡겨지던 날도 마찬가지였다. 알록달록하고 커다란 막대 사탕을 쥐여 주는 아버지를 바라보며, 율리아는 이번엔 또 얼마나 오랫동안 떨어져 있어야 하는 걸까 생각했다.

"굶지 마라. 무슨 수를 써서든 굶지 말고 잘 살아. 이건 너를 버리는 게 아니라, 너를 살리는 거라는 걸 알아줘."

"왜?"

"도둑질하는 법을 가르쳐서 미안해. 책을 많이 못 사줘서 미안해. 엄마 없이 키워서, 그것도 미안해. 너 혼자 두고 가서 미안해. 이렇게 나쁜 놈이라서…… 그냥 다 미안해."

"왜 그래?"

"내가 죽일 놈이야. 난 죽어 마땅해. 그런데 넌 아냐. 넌 살아. 무슨 짓을 해서라도 꼭 잘 살아. 너는 나와 함께 있기엔 너무 예쁘고…… 너무 괜찮은 녀석이야."

"왜 이러냐니까? 어디 아파?"

"다 잊어버려. 알았지? 배에서 살았다는 것도 다 잊어버려. 나랑 있었던 일은 그냥 다 모르는 거야. 내 말 알아들었지?"

그러니까 도대체 왜 그래야 하는데. 어린 율리아는 그 이유를 계속 캐물었다. 평소엔 아무리 귀찮게 해도 잘만 대답해주던 아버지가 그날은 어쩐 일인지 입을 꾹 다물고 아무 말도 하지 않았다.

크고 거친 손이 계속 머리를 쓰다듬었다. 한 걸음을 뗄 때마다 미안하다는 말이 머리 위에 내려앉았다.

뭐가 그렇게 미안한데. 그러면 미안한 짓을 하질 말든가.

보육원에 맡겨진 뒤에도 한동안은 매일 그를 기다렸다. 미안하다고, 잘못했다고 말하면서 어느 날 갑자기 데리러 와줄 거라고 믿었다. 손바닥만한 막대 사탕을 들고서 다시는 널 버리지 않겠다고 새끼손가락 걸고 맹세할 거라고.

하루가 지나고 열흘이 지나고, 계절이, 한 해가 지났다. 아무리 기다려도 소식 하나 없었다.

매일 원장에게 아버지의 소식을 물었지만, 돌아오는 건 귀찮게 굴지 말고 귀족들이 많이 다니는 거리로 나가서 구걸이나 하라는 질타였다.

율리아는 생각했다. 아버지가 날 데리러 오지 않는다면 내가 찾아가야겠다. 그를 잊어버리기 전에 찾아가서, 왜 날 버렸느냐고 따져야겠다.

그러려면 돈이 필요했다.

아이들이 구걸해서 얻어 오는 건 대부분 싸구려 음식이었다. 어쩌다 귀족이 금화를 던져줄 때가 있었지만, 그건 모두 원장의 주머니로 들어갔다.

율리아는 다른 방법을 써야 했다.

그때 그녀의 머릿속에 떠오른 게 바로 해적들의 처형장이었다.

율리아는 아버지와 자신처럼 배에서 살던 자들이 어디에 쌈짓돈을 보관하는지 알았다. 젖지 않도록 기름 먹인 가죽을 덧대어 만든 작은 주머니가 조끼 안쪽이나 넓은 허리띠, 혹은 바지 밑단에 있었다.

아버지는 그녀에게 무슨 수를 써서라도 잘 살라고 말했다. 절대 굶지 말라고. 그래서 나쁜 짓인 걸 알면서도 도둑질을 가르쳤다.

율리아는 두렵지 않았다. 죽은 사람의 주머니를 뒤지는 것보다 굶어 죽는 게 더 무서웠으니까.

그때, 상념에 빠져 있던 율리아의 귓가에 카루스의 목소리가 들렸다.

"무슨 생각을 하는 건지 물어보고 싶은데."

바깥 구경이 하고 싶어 뚜껑 없는 마차까지 골라 타놓고, 율리아는 혼자만의 생각에 빠져 있었다.

"그냥, 옛날 생각이 나서요."

"옛날 생각?"

"어렸을 때 일이요. 제가 아주 못된 꼬마 도둑이었다고 말씀드렸었나요?"

"아니, 궁금해졌어."

그가 웃으며 율리아를 향해 귀를 기울였다. 좁은 마차 의자에 나란히 앉아 있으려니, 두 사람의 어깨와 팔이 닿았다. 율리아는 자신을 향해 쏟아지는 그의 시선을 피하려 눈부신 하늘을 바라보았다.

"죽은 해적의 주머니를 털었어요."

율리아는 처형당한 해적들의 주머니에서 온갖 것들을 발견했다.

"위조된 수표나 계약서, 사면증서도 있었어요. 금화가 나오면 행운이었고, 편지나 그림 같은 개인적인 물건이 나오면 재수가 없는 거였죠. 그건 돈이 안 되니까."

율리아는 해적들이 신보다 금을 믿는 자들이라고 배웠다. 칼보다 바다를 두려워하고, 영혼이 없어 죽은 뒤에도 구원받지 못하는 자들.

"주로 뭐가 나왔는데?"

"그리움이 가득한 편지요."

율리아가 작게 웃었다.

"지금 생각해 보면 참 재밌는 사실이에요. 그 무시무시한 해적들이 죽을 때까지 가장 소중하게 보관하는 물건이 금화가 아니란 게. 그렇잖아요?"

"그런 놈들도 결국엔 과거의 추억과 사람의 정에 기대 살아가는 존재라는 건가."

"보고 싶다거나 몸 건강하라거나…… 돌아올 때까지 기다리겠다는, 그런 내용이었어요."

율리아는 그때 깨달았다.

"후회되더라고요. 저는 아버지한테 편지 한 장 써준 적이 없거든요. 책을 사달라고 그렇게 졸랐는데, 정작 짧게 쪽지 한 장 써준 적이 없어요."

"해적이었어?"

"아마도요. 그래서 도둑질을 그만둘 수가 없었어요. 돈이 필요하지 않게 된 뒤에도 해적의 처형식이 있는 날에는 꼭 바닷가에 나갔어요. 혹시 언젠가…… 내가 아는 얼굴이 그 자리에 있을까 봐."

카루스는 아무 말도 하지 않고 율리아가 하는 말을 듣기만 했다. 흔들리는 마차 위에서 두 사람의 호흡이 느리게 맞춰졌다.

"죽었을 거예요."

율리아가 속삭이듯 말했다.

"살아 있을 리가 없어."

좁은 골목을 돌고 돌아 얼마쯤 달리자 바다가 보이기 시작했다. 새파란 하늘과 검푸른 바다가 맞닿아 흰 선을 그렸다.

"거의 다 왔습니다! 부두 끝까지 갈까요?"

"저 앞에서 내리지."

"예, 알겠습니다!"

마부는 카루스가 가리키는 곳까지 마차를 몰았다. 그곳은 오래된 부둣가였다. 율리아에게는 꽤 익숙한 곳이기도 했다.

바람이 세게 불었다. 마차에서 훌쩍 뛰어내린 카루스가 율리아의 차림새를 눈으로 훑더니 짓궂은 웃음기를 머금고 물었다.

"손 잡아줄까."

"안 잡아주셔도 돼요."

"여기부터 모래사장인데?"

"열두 살부터 치안대도 따돌리고 달리던 실력이에요. 카루스 님 눈에는 제가 되게 굼떠 보이나 봐요?"

"위태로워 보이지."

"지나친 걱정이네요."

율리아가 마차에서 내리며 가볍게 웃었다. 카루스는 어디 한번 보겠다면서 팔짱을 낀 채 한 걸음 뒤로 물러났다.

율리아는 모래사장 위를 사뿐사뿐 걸었다. 구두가 가볍고 굽이 낮아 다행이었다. 가을이라 치마가 조금 묵직해져, 바람이 불어도 뒤집히지 않았다.

"드추바 섬에는 가본 적 있어?"

카루스가 옆으로 다가와 걸었다. 율리아는 그가 자신에게 팔을 내미는 걸 물끄러미 바라보다가 손끝만 살짝 걸쳐지게 잡았다.

"가본 적 없어요. 이야기만 많이 들었죠."

"네 과거에선 내가 내년 봄이 되어서야 오르테가에 왔다고 했으니, 드추바 섬의 토착민을 해적으로부터 지켜준 건 전임 사령관이었나?"

"아뇨. 그는 그들을 지켜주지 않았어요. 오르테가 해군이 막으려고 해봤지만, 군함이 부족해 해적을 막을 수 없었어요. 드추바 섬은 늘 해적들의 영토가 되었죠."

"그렇군."

카루스가 고개를 끄덕였다.

"아버지를 찾으려고는 해봤어?"

"아뇨."

율리아가 고개를 저었다. 바람이 거세지고 있었다.

"언젠가 해적의 주머니를 털다가 엄지손톱만한 보석을 발견한 적이 있어요. 파랗기도 하고, 초록색인 것 같기도 하고, 바다…… 혹은 하늘을 닮은 색의 반투명한 보석이었어요."

"비싼 거였나?"

"몰라요. 아닌 것 같아요. 어른들은 그걸 빼앗으려고 혈안이었는데, 도둑질한 걸 들키지 않으려고 꿀꺽 삼켰더니 입에서 녹았거든요."

카루스가 입술을 움찔 떨었다. 얼마 전 맥스웰이 조사해왔던 그녀의 과거가 떠올랐다. 율리아가 그때 일을 이야기하고 있었다.

"설탕 과자처럼 녹았어요. 얼음보다 더 빨리. 혀에 닿자마자 흔적도 없이 사라졌어요. 입에 바람을 머금은 것처럼 시원한 느낌이 들긴 했는데, 맛을 느낄 새도 없었죠."

카루스가 걸음을 멈추고 그녀를 바라보았다.

"알아요. 믿기 어려운 얘기죠. 그때도 아무도 안 믿어줘서 치안대 감옥에 한 달이나 갇혀 있었어요."

"믿어."

율리아는 그가 멈춘 자리에서 사선으로 조금 앞에 서 있었다. 고개를 돌려 그를 바라보는 그녀의 짙은 초록색 눈동자는 선악을 구분할 수 없을 만큼 매혹적이었다.

"처음 저주에 걸렸다는 걸 알았을 때는요. 내가 드디어 천벌을 받는구나, 이렇게 생각했어요. 도둑질이나 하고 살았던 못된 꼬마. 아버지는 해적이고, 죽은 사람의 주머니나 털고."

율리아가 다시 움직이기 시작했다. 카루스도 그녀를 따라 걸음을 뗐다.

"블라이스 백작이 제게 붉은 산의 다이아몬드를 주면서 뭐라고 했는지 아세요?"

카루스가 다시 걸음을 멈추었다.

그의 얼굴에 그늘이 졌다. 율리아는 이번에도 카루스보다 반걸음 앞선 위치에서 그를 돌아보았다.

"마음을 고백하기라도 했어?"

그렇게 물어놓고, 카루스는 금세 후회했다.

쓸데없는 말을 했다. 블라이스 백작에게 어떤 꿍꿍이가 있는지, 율리아에게 접근한 이유가 무엇인지 물어봐야 했다. 그런데 자꾸만 놈이 그녀를 동경하면서 집착한다는 맥스웰의 말이 떠올라 입이 멋대로 움직였다.

율리아가 카루스를 뚫어지게 바라보며 말했다.

"'넌 이걸 가질 자격이 있어.'"

"뭐?"

"'돌이킬 수 없는 사랑.'"

카루스가 주머니 속에 있던 왼손을 꽉 움켜쥐었다. 그의 손아귀엔 붉은 산의 다이아몬드가 쥐여져 있었다.

입에서 뜨거운 숨이 흘러나왔다. 달궈진 가슴에 열기가 쌓였다. 맥스웰이 말했을 때는 아무렇지 않았는데, 율리아의 입을 통해 직접 들으니 화를 참기 어려웠다.

"놈이 그걸 대놓고 말했다고?"

"네."

"그래서 뭐라고 했어?"

"착각하지 말라고 했어요."

율리아가 아주 살짝 잡고 있던 카루스의 팔을 부드럽게 당겼다.

그 자리에 우뚝 선 채 움직이지 않을 것 같던 그가 자연스레 걸음을 뗴었다.

"절 시험하려는 것 같았어요. 그래서 맥스웰에게 건네준 거예요. 카루스 님께 조언을 구하는 편이 좋을 것 같았거든요."

카루스가 주머니 속에서 붉은 산의 다이아몬드를 꺼냈다.

"이 보석은 데네브라의 자존심이야."

율리아가 그의 말에 귀를 기울였다.

"황제의 탐욕이기도 하고."

카루스의 말은 언뜻 이해하기 힘들었다.

율리아는 바이칸 제국에 앞으로 무슨 일이 일어나는지 몇 가지 중요한 정보를 가지고 있었지만, 데네브라 황비와 크세노 황제의 인간적인 면에 대해서는 잘 몰랐다.

그래서 카루스가 한 말의 진의를 파헤치려 눈을 가늘게 떴다.

"그렇게 고민할 것 없어. 복잡한 이야기는 아니니까."

황제는 북부 정벌의 전리품 중 가장 아름다운 보석을 목걸이로 만들어 황비 데네브라의 목에 걸어주었다.

황제는 황비를 아꼈다. 그녀는 젊고 아름다웠으며, 황제에게 어울릴 만큼 오만한 여자였다.

하지만 데네브라는 황제를 사랑하지 않았다.

"데네브라는 그 목걸이를 황제가 채운 족쇄라고 여겼어. 황제의 권좌는 사랑하면서, 그를 증오했거든. 그래서 블라이스 백작이 사랑과 충성을 모두 바치겠다고 하자, 녀석에게 덜컥 채워버린 거야."

"블라이스 백작도 제게 그런 의미로 그걸 준 걸까요?"

"그건 모르겠군."

카루스는 불쾌함을 감추지 않았다. 그는 데네브라가 지긋지긋했다. 그를 사랑한다면서 괴롭히고, 죽이려고까지 하는 여자를 도무지 이해할 수가 없었다.

블라이스도 마찬가지였다. 카루스는 마음의 결핍을 면죄부라고 생각하지 않았다. 결핍만으론 블라이스의 비틀린 성격을 정당화할 수 없었다. 과거에 결핍이 없었어도 놈은 똑같은 죄악을 저질렀을 것이다.

"이 보석은 내가 알아서 할 테니까, 너는 신경 쓰지 마."

카루스가 브로치를 다시 주머니에 집어넣었다.

"어떻게 하시게요?"

"돌려줘야지."

불행을 상징하는 보석이니까, 그 불행의 주인에게 돌려주면 된다. 카루스의 말을 듣던 율리아가 고개를 기울이며 물었다.

"누구에게 돌려주시려고요?"

황제와 데네브라, 블라이스 백작 중 누구에게 돌려줄 것인가.

카루스는 대답하지 않았다. 늘 일정한 무게감을 가지고 굳어 있던 그의 얼굴에 깜짝 놀랄 만큼 심술궂은 웃음기가 피어올랐다.

◆ ・◆・ ◆

율리아는 카루스와 함께 쾌속선을 타고 드추바 섬으로 갔다. 코코에게 휴가도 받았겠다, 주둔지 구경도 할 겸 오랜만에 바바슬로프의 얼굴도 보고 싶었기 때문이다.

배에서 내린 율리아는 제일 먼저 바바슬로프를 찾았다. 저 멀리 망루 위에 있던 그가 먼저 율리아를 발견하곤 우렁찬 목소리로 그녀를 불렀다.

"복덩이 왔네!"

카루스는 두 사람이 마음껏 인사를 나누도록 내버려두고, 주둔지 한쪽 임시 막사에 있는 자신의 기사들에게 갔다. 그러곤 언제나 그를 대신해 은밀한 임무를 처리하는 덩치 큰 기사를 찾았다.

"부르셨습니까."

"이걸 비밀리에 바이칸 북부 독립군에게 보내. 누가 보냈는지 모르게, 이왕이면 정복 전쟁 때 북부 광산 지대를 황제에게 빼앗긴 자였으면 좋겠군."

"이건⋯⋯."

"붉은 산의 다이아몬드다. 만약 그들이 이걸 팔아서 전쟁지원금으로 쓰게 된다면, 보석이 다시 황제에게 돌아가도록 유도하면 더 좋고."

"그렇게 전달하겠습니다."

덩치 큰 기사가 피식 웃었다. 카루스의 의도를 읽었기 때문이다.

"블라이스 백작의 꿈자리가 뒤숭숭하겠군요."

"데네브라의 꿈자리도 마찬가지겠지."

카루스가 악의 가득한 웃음을 터뜨렸다.

—◆ ‧ ◆ ◆—

크리스틴 마조람의 브레웨 아카데미 졸업 자격이 최종 취소되었다. 학력과 기록, 지금까지 크리스틴이 가져갔던 모든 상장과 성적 또한 마찬가지였다.

그동안 교수들은 크리스틴의 졸업 자격은 취소하되, 그녀에게 한 번의 기회를 더 주자고 주장해왔다. 크리스틴이 우수한 학생이었다는 점에서는 이견이 없다며, 마조람 후작이 지금까지 브레웨 아카데미에 건넨 엄청난 양의 후원금을 무시할 수 없다고도 주장했다.

하지만 학장의 고집을 꺾을 수는 없었다.

보육원 출신의 평민이 브레웨 훈장을 받은 건 긴 아카데미 역사에 처음 있는 일이었다. 그토록 뛰어난 학생을 마조람이 권력으로 옭아매 희생양으로 삼은 걸 알고도 이 일을 대충 넘어간다면, 브레웨 아카데미는 다시는 예전의 명성을 되찾지 못할 것이다.

학장은 마조람 후작가의 분노를 감수하고 크리스틴의 졸업 자격과 그 외 모든 기록을 말소시켰다.

그리고 그 사실을 아카데미 전체에 공표했다.

"아가씨……."

크리스틴은 집사에게서 그 소식을 전해 들었다.

통보서를 받아 든 크리스틴의 손가락이 부들부들 떨렸다. 고작 한

장의 종이. 이 보잘것없는 종이 한 장이 그간 그녀의 노력을 물거품으로 만들어버렸다.

뒤에서 쉬쉬하던 귀족들도 이제는 그녀를 거리낌 없이 비웃게 될 것이다. 마조람의 공주라 불리던 크리스틴은 이제 모두의 손가락질을 받으며 온갖 조롱과 혐오의 대상이 되리라.

"고작 이런 거나 받으려고……."

크리스틴이 이를 악다물고 중얼거렸다.

약혼식에서 큰 창피를 당한 후, 크리스틴은 후작가 안에서 한 걸음도 밖으로 나가지 않았다.

누구를 만나도 그가 자신을 비웃는 것처럼 느껴졌다. 가까웠던 친구도, 가신 가문의 자제들도 마찬가지였다.

아버지인 후작이 그런 크리스틴을 걱정하며 이것저것 해주려고 했지만, 최근 가문의 자금줄이 끊어지고 여기저기서 공격을 받게 되자 얼굴 보는 것조차 힘들어졌다.

마조람 후작은 거대 파벌의 수괴였다. 그의 하루는 무척이나 촘촘하게 돌아가고 있었다. 하루에도 수십 명에 달하는 귀족이 저택을 드나들었다.

최근엔 그 숫자가 조금 줄어들었지만, 덕분에 신경 써야 하는 일이 늘었다.

그러자 바실리의 부재를 안타까워하는 목소리가 높아졌다. 출중한 아들은 아니었으나, 다음 대를 이어갈 후계자가 있다는 것만으로도 어느 정도의 불만을 다스릴 수는 있었기 때문이다.

덕분에 크리스틴의 마음은 새카맣게 죽어만 갔다.

마조람의 보석이라 불리던 크리스틴은 어디에도 없었다. 그녀를 찾는 사람도, 원하는 사람도, 돌아오기를 기대하는 사람도 없었다.

자신의 것이라 믿었던 모든 것은 결국 가문의 것이었다. 크리스틴은 마조람이 없으면 아무것도 아닌 존재였다.

'이게 다 율리아 때문이야.'

율리아를 떠올릴 때마다 지독한 열등감에 휩싸였다. 죽이고 싶도록 밉다가도, 한편으로는 부러워 미칠 것만 같았다. 너무 싫은데 자꾸 생각하게 되었다.

"율리아는요?"

크리스틴이 물었다.

집사가 한참 침묵하더니 긴 한숨을 내쉬었다. 그는 크리스틴이 율리아 아르테에게 집착하고 있다는 사실을 알고 있었다. 바실리가 그랬던 것처럼, 크리스틴 역시 그에게 율리아의 소식을 요구했다.

"수석 시녀가 된 이후, 2왕자궁에서 두문불출하며 지내고 있다고 들었습니다. 궁내부에 심어둔 관리에게 좀 더 자세한 소식을 캐오라고 말했으니, 기다리다 보면⋯⋯."

"궁내부 대신의 빈자리를 이번에도 우리 사람으로 채울 수는 있는 건가요? 아버지는 어떻게 하고 계시죠?"

"후작님도 백방으로 노력 중입니다만 국왕 전하께서 왕비 전하의 일로 상심이 크다고 합니다."

"상인연합은 몰라도 궁내부 대신은 꼭 우리 편이어야 해요. 집사가 아버지한테 잘 말해보세요. 지금은 별 볼 일 없는 가신 가문의 충성심이나 단속하고 있을 시기가 아니에요."

"예, 아가씨."

그래도 집사는 크리스틴이 바실리보다 낫다고 생각했다.

바실리는 율리아에게 집착하는 동안 눈먼 사람처럼 시야가 좁아져 아무것도 하지 못했는데, 적어도 크리스틴은 왕궁 안에서 마조람의 영향력이 줄어드는 것을 염려하고 있었으니까.

밖으로 나가려던 집사가 문득 걸음을 멈추었다. 그의 시선에 우아하게 앉아 창밖을 바라보는 크리스틴의 모습이 들어왔다.

마음은 새카맣게 죽어가고 머릿속엔 폭풍이 휘몰아칠망정, 크리스틴은 우아하고 꼿꼿한 자세로 앉아 있었다. 가문의 고용인 앞에서 무너진 모습을 보일 순 없다는 그녀 나름의 자존심이었다.

약혼식이 치러지던 왕궁 연회장에서 미친 사람처럼 발작했던 날, 그날부터였다.

크리스틴의 얼굴에서 여유가 사라졌다. 앳된 미소도 사라졌다.

그녀에게는 가면이 필요했다. 어떤 일이 있어도 벗겨지지 않는 철의 가면. 그리고 이 집에는 아주 오랫동안 그런 가면을 쓰고 살아가는 사람이 하나 있었다.

후작 부인이었다.

집사는 크리스틴에게서 후작 부인의 얼굴을 보았다. 그래서 바실리와는 달리, 그녀를 향한 일말의 기대감을 버릴 수가 없었다.

마조람의 진짜 후계자는 어쩌면 여기 내 눈앞에 있는 소녀가 아닐까. 집사의 머리가 바쁘게 돌아갔다.

"아가씨, 주제넘은 충고라는 건 알고 있습니다만."

"괜찮으니까 말해요."

"가문에는 후계자가 필요합니다."

집사의 말이 크리스틴의 귀를 찌르듯 뚫고 들어왔다.

"저와 같은 가신들에겐 믿음이 필요합니다. 마조람이 앞으로도 이

나라 최고의 가문으로 버텨줄 거라는 믿음이요.”

“왜 나에게 그런 말을 하는 거예요?”

“서남부 외곽 금지된 부두에서 바실리 도련님과 비슷한 자를 목격했다는 말을 들었습니다.”

“뭐라고요?”

크리스틴이 의자를 박차고 일어났다. 그녀는 두 눈을 크게 치뜨고 집사에게 물었다.

“오빠를 봤다고요? 누가요? 어디서요!”

“사실인지 아닌지는 모릅니다. 방금 보고받은 거라서…….”

“당장 안내하세요.”

크리스틴이 하녀에게 모자를 가져오라고 소리 질렀다. 그러곤 서둘러 방 밖으로 나서며 물었다.

“아버지와 어머니는요? 말씀드렸나요?”

“후작님은 방계의 가신들과 영지 순찰 중이시고, 후작 부인께서는 가문의 원로들을 만나러 가셨습니다.”

“진짜 오빠를 봤다고 했나요? 확실해요?”

크리스틴은 하녀가 가져온 모자를 쓰고, 마차를 대기시키라고 말했다. 그녀의 뒤를 따르던 집사가 잠시 눈동자를 굴려 주위를 둘러보더니 아무도 듣는 사람이 없을 때 조용히 말했다.

“저희가 도련님을 찾고 있다는 소문이야 한참 전부터 있었던지라, 어중이떠중이들이 금화를 노리고 애먼 시체를 가져온 경우가 많았습니다. 이번에도 비슷하리라고 생각합니다만.”

“그래도 확인은 해봐야죠.”

“사람을 보내려고는 했습니다. 워낙 가짜 제보가 많아서…… 일일이 말씀드리기 어려웠습니다."

"제가 다녀오죠."

"모시겠습니다."

떨리는 눈동자와 파리한 얼굴, 집사의 눈에 비친 크리스틴은 바실리를 몹시 걱정하는 것처럼 보였다.

그녀를 관찰하는 집사의 시선이 집요해졌다.

——•◆•——

율리아는 카루스의 부하들에게 환대받는 손님이었다. 그녀는 바바슬로프와 함께 돌아다니며 낯익은 기사들에게 인사를 건넸다.

그들은 여태 율리아를 생명의 은인이라고 생각하고 있었다. 무뚝뚝한 기사들이 그녀를 향해 어떻게든 미소 비슷한 표정을 지어 보이자, 바바슬로프가 악몽에 시달릴 것 같다며 호들갑을 떨었다.

율리아는 주둔지를 한 바퀴 돌아본 뒤에 카루스의 임시 막사에서 그와 마주 앉았다.

"완공될 때까지는 기지에 가 계셔도 되는 거 아니에요? 임시 막사는 불편할 텐데."

"안 그래도 그럴 생각이야. 내가 매일 노려보고 있으니까 일꾼들 공사 속도가 느리다면서, 바바슬로프가 너랑 같이 섬 밖으로 나가 있으라더군."

"쫓겨나는 거예요?"

율리아가 웃으며 물었다. 그녀는 카루스가 건넨 찻잔을 손에 쥐고 그를 올려다보았다.

"블라이스 백작이 네 주위에 얼쩡거리는 게 불쾌하대."

"바바슬로프가요?"

"맥스웰도."

"카루스 님은요?"

율리아가 아무렇지 않은 얼굴로 물었다. 카루스는 똑같은 찻잔을 손에 쥐고 그녀를 내려다보고 있었다.

물어봐놓고, 율리아는 그와 눈을 마주치지 않았다. 긴 속눈썹이 하루를 마감하는 나비처럼 나붓하게 내려앉았다.

카루스는 그를 피해 방향을 튼 그녀의 시선을 굳이 잡아채지 않았다. 이상한 기분이었다. 율리아는 그를 외면하고 있는데, 그게 기꺼워 가슴이 뛰었다.

율리아가 그를 의식하고 있었다.

"나는……."

뭐라고 말해야 할까.

네 주위에 있는 남자들이 거슬려서 밤잠을 이룰 수가 없다고? 블라이스 백작이나 레위시아 오르테가 같은 애송이들이 너를 탐내는 게 못마땅해서 참을 수가 없다고?

아니면, 지금 왜 그런 질문을 하는 거냐고 물어야 할까.

객관적으로는 아주 짧고, 두 사람에게만 긴 시간이 지났다. 율리아는 여전히 비스듬히 아래쪽을 내려다보고 있었다.

카루스가 살짝 몸을 움직여 그녀의 시선이 닿은 곳을 손가락으로 쓸었다. 손끝이 찌릿했다.

"블라이스 백작이 불편하다면 치워줄게."

율리아가 퍼뜩 고개를 들었다. 그녀의 눈동자가 드디어 카루스를 온전히 담아냈다.

그저 시선이 마주쳤을 뿐인 순간에도 지독한 만족감이 번졌다. 카루스는 그런 자신을 비웃었다.

"놈이 널 귀찮게 한다면 없애주겠다는 말이야."

"죽이기라도 하시려고요?"

"어려운 일은 아니지."

율리아의 눈이 사르르 접혔다. 그녀는 그의 말을 반쯤은 농담이라고 생각하고 있었다.

카루스는 그 오해를 바로잡지 않았다. 그를 향해 쏟아지는 의미 없는 미소에 빠져 그냥 함께 웃었다.

그래, 저 눈이었다.

눈보라 치는 산맥에서 그의 발목을 옭아매고 놓아주지 않았던 건, 기습이 있을 거란 예고가 아니라 어쩌면 율리아의 저 고혹적인 눈빛이었을지도 모른다.

첫눈에 반한다거나 사랑에 운명을 건다는 낭만적인 말은 믿지 않는다. 지금도 마찬가지였다.

하지만 저 눈빛. 그 순간을 기억한다. 율리아 아르테의 눈은 카루스에겐 빠져나갈 수 없는 벼랑 위의 감옥과도 같았다. 탈출은 불가능하다. 한 번 갇힌 자는 그 감옥에서 다시는 나올 수 없다. 그는 그 안으로 스스로 걸어 들어갔다.

적막하던 임시 막사에 열기가 맴돌았다. 카루스에게만 영향을 주는 열기였다. 아직은 그의 가슴에만 지펴진 불이었기 때문이다.

"차라리 내가 저주에 걸렸다면 좋았을 텐데."

"그게 무슨 뜻이에요?"

"난 아마 너를 위해 뭘 어떻게 해야 할지, 오직 그것만 생각했겠지."

"저를…… 위해서요?"

"그렇다고 이번 삶을 던져서 다음 삶으로 끌고 가겠다는 말은 아니야. 이번에 최선을 다하고, 다음에는 더 잘할 거라는 소리지."

"왜요?"

율리아가 물었다.

그녀는 어릴 적 막대 사탕을 쥐여주던 아버지에게 그랬듯, 간격을 주지 않고 물었다. 거리를 재지도 않았다. 말해주지 않으면 떼를 쓰기라도 할 것처럼 그를 곧게 바라보며 물었다.

카루스는 그런 그녀의 마음을 알면서도 곧장 대답해주지 않았다. 최대한 길게 뜸을 들이며 율리아를 애타게 만들고, 짓궂은 웃음과 함께 입을 열었다.

"나는 계속 너를 만나고 싶으니까."

고통뿐인 삶이 계속되더라도 너를 만날 수만 있다면.

"괜찮을 것 같거든."

율리아는 아무 말도 하지 못했다. 무슨 말로 그를 비난해야 할지 알 수가 없었다. 당신이 뭘 아느냐고, 아무것도 모르니까 그런 말을 할 수 있는 거라고 탓하지도 못했다.

카루스가 진심이라는 걸 알았으니까.

아홉 번째를 사는 동안 단 한 번도, 그 어떤 남자도 그녀의 닫힌 마음에 닿지 못했다. 율리아 아르테의 마음은 텅 비어 꽉 잠긴 감옥이었다. 그 안엔 첫 번째의 율리아가 저주받은 채 갇혀 있었다.

카루스가 그 감옥의 문을 열었다.

아무렇지도 않게 낡은 자물쇠를 뜯고 성큼성큼 걸어 들어왔다. 그러곤 그녀에겐 한마디 말도 없이 그 감옥을 자신의 기억으로 채우기 시작했다.

율리아가 가진 마음의 감옥엔 바닥이 없었다. 카루스가 아무리 따스한 말로 채우려 해도 밑바닥이 없어 쌓이지 않았다. 그는 그걸 알면서도 계속해서 그녀의 감옥에 들어왔다.

카루스의 말, 행동, 눈빛, 손, 웃음. 그런 것들이 쏟아졌다. 자꾸자꾸 나타나 어지러웠다. 바닥이 없어 뻥 뚫린 아래로 그에 대한 기억이 쏟아져, 율리아의 시선을 빼앗았다.

아까웠다.

저걸 쓸어 담고 싶은데 그게 잘 안 됐다. 바닥이 없는 자신의 감옥이 끔찍했다. 카루스를 말리고 싶은데, 그는 그녀의 말을 듣지 않고 계속해서 어떤 순간을 쏟아부었다.

처음 만났던 순간, 손을 잡았던 순간. 그는 그녀를 위해 절묘한 때에 왕궁에 나타나주고, 함께 모래 위를 걸었다.

"하지 마세요."

율리아가 떨리는 목소리로 말을 꺼냈다. 그녀는 카루스의 진심을 알고 싶지 않았다. 자신은 그와 마음을 나눌 자격이 없었다.

이번에는 카루스가 물었다.

"왜?"

율리아가 서둘러 대답했다.

"무의미한 일이니까요."

말은 그렇게 해놓고, 율리아는 스스로 상처받았다. 화살처럼 상대를 꿰뚫듯 쏘아지던 그녀의 눈동자에 격렬한 파동이 일었다.

거짓말이었다. 무의미하지 않았다. 그와의 기억은 이미 너무 소중하다. 놓치고 싶지 않아, 자꾸만 손을 뻗게 된다. 채울 수 없다는 걸 알면서도 끌어안으려고 발버둥 친다.

카루스가 그녀의 얼굴에 드리워진 머리카락을 쓸어주었다. 그러곤 닿을 듯 말 듯 아슬아슬한 곳에 손가락을 멈추고, 길고 무거운 한숨을 내쉬었다.

그의 숨이 율리아의 어깨에 내려앉았다.

목이 콱 막히도록 무거웠다. 뜨겁고 격렬하기까지 했다.

"날 너무 괴롭히지 마."

"제가 언제 그랬어요."

"널 아껴야 하는데, 그러지 못하게 될 것 같으니까."

율리아의 뺨에 아슬아슬하게 닿아 있던 카루스의 손가락이 조금씩 내려가 그녀의 입술을 덧그리듯 매만졌다. 뾰족하게 솟은 입술 산에 손끝이 스치자, 그의 입에 침이 고였다. 툭 튀어나온 목젖이 느리게 움직였다.

율리아는 그 모습을 홀린 듯 바라보았다. 그러자 그가 낮게 웃으며 고개를 돌렸다.

"넌 너무 겁이 없어."

"당연하잖아요. 저는 다시 살 수 있으니까요. 실패하면 다시 시도하면 되고, 틀린 건 바로잡으면 돼요."

율리아가 카루스의 손을 잡아챘다. 고개를 돌렸던 그가 다시 그녀를 바라보았다.

"저는 죽음이 두렵지 않아요. 고통도 마찬가지예요. 뭐든지 할 수 있어요. 그런데 카루스 님한테는 그게 안 돼요. 너무 무서워요. 어떻게 말해야 할지 모르겠는데……."

마음이 조급해 말보다 몸이 먼저 나갔다. 율리아는 어느새 찻잔을 내려놓고 자리에서 일어나 그에게 바짝 다가가 있었다.

카루스의 새카만 눈동자가 코앞에 있었다. 그에게서 뜨거운 숨이 흘러나왔다.

율리아는 자신을 바라보는 그의 눈빛이 위험하게 일렁이고 있다는 것도 모른 채, 이렇게 말했다.

"잊히고 싶지 않아요."

"기억할 거라고 말했잖아."

"다시는 그러고 싶지 않아요. 카루스 님을 또 만나서 똑같이 말하고, 똑같이 행동할 자신이 없어요. 그래서 그랬어요. 이번이 마지막이라고. 이게 제 마지막 삶이라 여기고 살겠다고."

율리아가 중얼거렸다.

"당신이 불행해진다 해도……."

날 것 그대로의 진심이었다.

"내가 갖고 싶어질 것 같아서."

심장이 쿵 내려앉았다. 얼어붙은 수면에 강렬한 파동이 전해졌다. 파동은 바위를 부수고, 흐름은 세계를 무너뜨린다.

율리아의 감옥에 바닥이 없어 기억으로 채울 수 없다면, 그 감옥을 부수면 된다. 그는 그동안 끈질기게 그녀의 감옥에 드나들었다.

카루스가 커다란 손으로 율리아의 목덜미를 감싸 쥐었다. 그의 입술이 뺨에 내려앉았다. 애끊는 신음과 함께 입술로 그녀의 뺨을 깨물고, 이내 젖은 입술을 찾았다.

자물쇠는 처음부터 존재하지 않았다. 그는 망가진 감옥 안에 자신의 마음을 붓고 또 부었다.

그녀가 직접 감옥을 부수고 나올 때까지.

━ ● ◆ ● ━

크리스틴은 집사를 따라 서남쪽 부두의 낡은 여관으로 들어갔다.

그녀는 몰랐으나, 그곳은 해적이나 노예 상인 등의 범죄자들이 주로 이용하는 여관이었다. 긴 망토를 뒤집어쓴 크리스틴이 여관 2층으로 올라가 창가에 섰다.

"저들 중에 있다고 들었습니다."

집사가 창밖을 가리켰다.

해가 지고 있었다. 어둑어둑한 부두에 한 무리의 선원들이 나타났다. 그들의 손발에는 묵직한 족쇄가 채워져 있었다. 자세히 보니, 선원이 아니라 노예들이었다.

망토를 끌어 내린 크리스틴이 창가에 바짝 달라붙어 노예들의 얼굴을 살폈다.

진짜 바실리가 거기 있었다.

'오빠?'

다른 사람은 몰라도 그녀는 알아볼 수 있었다. 완전히 다른 사람처럼 변해버리긴 했지만, 그는 바실리였다. 그녀의 오빠였다.

바실리는 본래 근육이라곤 하나도 없는 샌님이었다. 한데 저 앞에서 끌려가는 남자의 몸은 검게 그을려 근육과 흉터로 가득했다.

덥수룩하게 자란 머리카락과 수염이 얼굴을 뒤덮고 있었고, 흐릿한 눈동자엔 초점이 없었다. 다른 노예들과는 달리, 그의 입엔 재갈이 물려 있었다.

무리에서 조금이라도 이탈하려 하면 노예장이 득달같이 달려와 채찍을 꺼내 들었다.

크리스틴의 가슴이 거세게 뛰었다. 심장이 그물에 걸린 물고기처럼 방향을 잡지 못하고 이리저리 날뛰었다.

'도망쳐.'

크리스틴이 속으로 말했다.

여기서 조금만 벗어나면 치안대가 있었다. 전속력으로 달리면 금방일 것이다. 가서 내가 마조람 후작가의 바실리라고, 저 깡패들이 자신을 노예로 부려먹었노라고 고발하기만 하면 되었다.

그러면 바실리는 돌아와 마조람의 후계자로서 살아갈 수 있었다.

'후계자로?'

크리스틴의 손끝이 움찔 떨렸다.

바실리가 돌아오면 그녀는 절대 후계자가 될 수 없었다. 가주는 정의롭고 영리한 자가 오르는 자리가 아니기 때문이다. 이제는 크리스틴도 어머니의 말을 이해할 수 있었다.

'가주는 죄악을 짊어지는 사람이야.'

바실리가 노예장에게 질질 끌려가고 있었다. 누가 구해주지 않는 한은 절대 달아날 수 없을 것 같았다.

크리스틴은 자문했다.

'오빠를 구할 거야?'

대답할 수 없었다.

'오빠를 버릴 거야?'

대답할 수 없었다.

더럽고 끈적끈적한 감정이 발밑에서 종아리를 타고 올라와 온몸

을 뒤덮었다. 피부를 타고 스며들어 심장에 쌓이고, 영혼을 틀어쥐
었다.

바실리만 없으면 그녀가 후계자였다. 마조람 후작에게는 자식이
둘뿐이었으니까. 방계의 자식을 데려온다 해도 직계가 우선이다.

크리스틴은 가주가 된 자신을 상상했다.

아버지의 넓은 서재를 차지하고 앉아 있는 자신, 그녀가 만나주기
만을 기다리며 복도를 가득 메운 가신들. 수십 명이 둘러앉을 수 있을
만큼 거대한 테이블과 매일 쌓이는 초대장과 선물.

가주 앞에서만 머리를 조아리는 가문의 원로들까지.

그때였다. 바닥만 보며 걷던 바실리가 갑자기 고개를 바짝 들어 올
리더니 크리스틴이 있는 여관 창가를 바라보았다.

"……!"

어떤 우연인 줄은 몰랐다. 어쩌면 이건 그에게 찾아온 운명적인 기
회였다. 바실리는 크리스틴을 알아보았고, 이내 노예장의 명령을 거
부한 채 그 자리에 우뚝 섰다.

크리스틴도 그를 보고 있었다.

'크리스틴, 살려줘.'

바실리가 재갈을 거세게 씹었다. 그러곤 격하게 반항하며 괴성을
지르기 시작했다. 흐리멍덩하던 그의 눈에 초점이 돌아왔다.

'살려줘, 살려줘! 크리스틴, 제발!'

바실리는 그렇게 말하고 있었다. 말이 아니라 신음과 괴성이 뒤섞
여 나왔지만, 그는 분명 그렇게 말하고 있었다.

재갈에 쓸린 입에서 피가 배어 나왔다. 노예장이 버럭 성질을 내며
그에게 채찍을 휘둘렀다. 바실리가 난동을 부리는 바람에 그와 쇠사

슬로 연결되어 있던 다른 노예들까지 중심을 잃고 나뒹굴었다.

"으으으, 으으으으!"

바실리의 눈에서 핏줄이 터졌다. 그는 크리스틴을 죽일 듯 노려보았다.

크리스틴은 아무 말도 하지 않은 채 그냥 가만히 서 있었다.

'어쩔 수 없어.'

차갑게 굳어 떨리던 손가락에 순간 더운 피가 돌았다. 더럽고, 끔찍한 피였다. 한데 이상했다. 뜨끈한 것이 온몸을 돌아 심장에 모이자, 죄책감 대신 다른 것이 자리를 잡았다. 탐욕이었다.

어쩔 수 없었다. 가문을 위해서는.

바실리는 이미 망가졌고, 돌아오지 않는 편이 모두를 위한 길이다. 후계자가 둘이면 가뜩이나 혼란스러운 가문에 파벌이 생길지도 모른다. 이건 나를 위한 결정이 아니라, 모두를 위한 희생이다.

자기합리화를 마친 크리스틴의 눈동자에 눈물이 차올랐다. 끔찍한 자기혐오가 물밀듯이 밀려왔다.

"아가씨, 다 살펴보셨습니까?"

집사가 물었다.

한동안 침묵하던 크리스틴이 가까스로 입을 열었다.

"오빠가 아니에요."

"예?"

"바실리 마조람은 저기에 없어요."

단호한 목소리였다. 눈동자 가득 고여 있던 눈물도 흐르지 않고 그대로 말라버렸다.

"그렇습니까."

집사가 조용히 고개를 끄덕였다.

"그럼 이만 저택으로 모시겠습니다."

"오빠를 봤다던 사람에게 확실하게 못 박아두세요."

"예, 다시는 사기 치지 못하도록 따끔하게 벌하겠습니다."

집사가 손을 내밀었다. 크리스틴은 다시 망토를 뒤집어쓰고 창가를 벗어나 그의 손을 잡았다.

그녀가 마지막으로 본 건 분노한 노예장이 쓰러진 바실리를 마구 짓밟는 모습이었다.

26
돌이킬 수 없는

율리아의 뺨은 향기로웠다. 카루스는 달콤한 과실을 입에 문 짐승처럼 정신을 빼앗겼다. 입에 고인 침이 탐욕을 부추겼다. 자꾸만 더 깊이, 더 세게 밀어붙이라고 속살거렸다.

카루스는 자신이 미쳐가고 있다고 생각했다. 상상한 적도 없는 격렬한 희열이 온몸을 관통했다. 감각이 날카롭게 서고, 숨이 거칠어졌다. 고작 입을 맞추고 있을 뿐인데, 영혼이 맞닿은 기분이었다.

율리아가 멈췄던 숨을 천천히 내쉬었다.

카루스가 그녀를 바라보았다. 그의 검은 눈에 지독한 열망이 들끓었다. 이성은 저 멀리 물러나고, 본능이 바짝 몸을 세웠다. 어쩌면 망가진 건 네가 아니라 나일지도 모른다.

"그만두라고 말해."

카루스가 율리아의 입꼬리에 입술을 문지르며 속삭였다.

그녀는 대답하지 않았다.

카루스의 입술이 뺨을 지나 입꼬리에 닿았다. 율리아는 지금 자신에게 무슨 일이 일어난 건지 몰라 잠시 멍하니 서 있었다. 그가 제 뺨을 깨물었다. 그리고 입을 맞추고 있다.

젖은 숨이 안타까움을 머금고 한숨처럼 흘러나왔다. 카루스는 괴로운 듯 얼굴을 찡그리고 있었다. 율리아의 입꼬리에 입술을 대고, 느릿느릿 숨을 뱉었다.

율리아는 웃고 싶었다.

당신이 지금 무슨 짓을 하는 줄 아느냐고, 나중에 얼마나 크게 후회하려고 이렇게 충동적으로 구는 거냐고 비웃고 싶었다.

그가 말했다. 그만두라고 말하라고, 율리아에게 선택권을 넘겼다.

비겁하잖아. 먼저 다가와 입 맞출 때는 언제고, 이제 와 그만두라고 하라고? 자신은 아무것도 하지 않을 테니까, 네가 거절하라고? 누구 마음대로?

율리아가 그를 살짝 밀었다. 그러곤 입을 열어 뭐라고 말하려고 했다. 하지만 카루스는 그녀에게서 떨어지려 하지 않았다. 조금 밀려났던 얼굴을 다시 가까이 하고, 이번에는 율리아의 턱을 깨물었다.

그러곤 잔뜩 짓눌린 목소리로 말했다.

"싫어."

싫다니. 아무 말도 안 했는데. 기가 막혔다. 율리아의 가슴이 그를 따라 빠르게 오르내렸다. 더운 기운이 목덜미에서 얼굴로, 이내 심장으로 번졌다.

카루스가 고개를 잔뜩 숙인 채 그녀의 턱을 깨물고 입술로 물었다.

율리아는 그를 힘으로 밀어내고 몸을 뒤로 물렸다. 그러곤 고개를 바짝 들어 올렸다.

그의 눈이 검었다. 까맣고, 어지러웠다. 불붙은 어둠이 그 안에 있었다. 율리아는 그 빨려 들어갈 듯한 검은 눈에 시선을 맞추었다.

뜨겁게 타오르는 불.

카루스가 손바닥으로 율리아의 눈을 덮었다. 그녀가 더는 자신을 보지 못하게 시야를 차단하고 한숨을 내쉬었다.

그의 숨소리가 불규칙했다. 잇새로 흘러나온 것이 한숨인지, 고통인지 알 수 없었다.

새카만 어둠 속에서, 율리아가 말했다.

"저는 경고했어요."

"싫어."

"뭐가 싫다는 거예요, 도대체."

"그냥."

카루스가 웃는 것처럼 느껴졌다. 보이진 않았지만, 그가 눈썹을 찡그리며 웃는 모습이 어른거렸다. 율리아는 자신의 눈을 덮고 있는 그의 손을 치우려 했지만, 그 전에 카루스가 입을 열었다.

"미친놈이 된 것 같아서 말 안 하려고 했는데……."

입술이 간지러웠다. 그가 가까이 다가와 있었다. 그의 입술 사이에서 흘러나온 숨이 율리아에게 닿았다. 그 정도로 가까웠다.

"실은 내가 무슨 말을 하고 있는지도 모르겠어."

네가 눈앞에 있으니까, 내 손에 닿아 있으니까. 그걸 방해하는 세상의 모든 걸 부정하고 싶어졌다고, 카루스가 중얼거렸다.

＿━ ‥ ＿━

율리아가 바바슬로프를 찾아와 자신을 왕궁까지 데려다달라고 말했다.

"나야 좋지. 네 덕에 오랜만에 육지도 좀 밟아보고…… 맛있는 것도 잔뜩 먹고 와야겠다. 맥스웰 자식이 숨은 맛집을 많이 알더라고. 탈탈 털어먹어야지."

바바슬로프는 카루스에게 무슨 바쁜 일이 있어 그러는 줄 알고, 순순히 고개를 끄덕이며 몸을 일으켰다.

날씨가 좋은 날엔 작고 날렵한 쾌속선을 이용할 수 있어 좋았다. 율리아는 바바슬로프를 재촉하며 배에 올랐고, 배가 출발한 뒤에야 안도의 한숨을 내쉬었다.

"무슨 일 있어?"

"아니요. 괜찮아요."

"고민 있으면 마음껏 털어놔. 난 머리가 나빠서 해결책 같은 건 제시하지 못해도, 네 편에서 욕하고 화낼 수는 있거든. 내가 또 욕을 아주 찰지게 잘하지."

정말 아무 일도 아니라고, 걱정하지 말라고 말하려던 율리아가 저도 모르게 손가락으로 입술을 더듬었다.

아직도 카루스의 입술이 닿아 있는 것 같았다. 그가 했던 행동, 말, 그의 입술 온도까지 생생하게 떠올라 괴로웠다. 무슨 정신으로 드추바 섬을 나왔는지 기억이 잘 나지 않았다.

그가 눈을 가렸고, 입술이 닿았다. 뭐라 말하려 입을 열었는데 뜨겁고 부드러운 게 들어와 멋대로 움직였다. 순식간에 집중력이 흐트러져 아무 생각도 나지 않았다.

"왜 그래? 누가 그랬어."

바바슬로프가 걱정스레 물었다. 율리아는 그를 멍하니 바라보다가 가까스로 말했다.

"아무것도 아니에요."

"뭐야, 진짜 무슨 일 있나 보네."

바바슬로프의 눈썹이 하늘 높은 줄 모르고 치솟았다. 그가 이를 꽉 다물고 얼굴을 일그러뜨리더니, 소매를 걷어 올렸다. 팔뚝에 바짝 선 근육이 꿈틀거렸다.

"어떤 개놈의 자식이 괴롭혔어? 말해. 내가 가서 확 죽여버릴 테니까."

그건 도저히 말할 수 없었다.

율리아는 바바슬로프와 함께 배를 타고 육지로 돌아와 맥스웰을 찾았다. 오랜만에 전당포 문을 열고 들어갔더니, 온갖 물건들로 어지러운 전당포 안에서 맥스웰이 심각한 얼굴로 뭔갈 노려보고 있었다.

"시녀님, 마침 잘 오셨습니다."

"무슨 일 있어요?"

"블라이스 백작이 해방군에게 제대로 된 병장기를 지원해주려고 하는 모양입니다."

율리아의 얼굴이 삽시간에 차갑게 가라앉았다. 어지럽게 들끓던 머릿속이 순식간에 정리되고, 맥스웰이 건넨 정보가 자리를 잡았다.

"제국에서 들여온 것인가요?"

"그렇습니다. 사실 지금까지 해방군이 한 짓이라고 해봤자, 저희 눈에는 귀족들 창고에 불 지르고 병사들 상대로 드잡이질이나 하는 수준이었는데 말이죠. 이 병장기들로 무장한 뒤라면 조금 문제가 달라집니다."

맥스웰이 들고 있던 쪽지를 내밀었다. 율리아가 그걸 받아 빠르게 읽었다.

"군마와 공성 병기?"

그건 본격적인 전쟁을 앞둔 자의 준비물이었다.

"오르테가엔 방어벽이나 수성 병기가 많지 않습니다. 그러니 바이칸에서 들인 군마와 공성 병기만 있으면 오합지졸 같은 해방군도 꽤 괜찮은 군단이 될 수 있겠죠."

"블라이스 백작은 해방군에게 그걸 쥐여주고 누굴 공격하려는 거죠?"

"모르겠습니다."

"네?"

"놈이 해방군 떨거지들을 이용하고 있다는 건 알겠고, 그걸 이용해서 오르테가에 분란을 일으키려고 한다는 것도 알겠는데, 놈의 다음 공격 대상이 누군지를 모르겠어요."

맥스웰이 한 손으로 덥수룩한 머리카락을 헤집었다.

바바슬로프가 슬그머니 끼어들어 말했다.

"최악의 경우엔 납치해서 고문하는 것도⋯⋯."

"안 돼, 인마! 황제의 사절이 오르테가에서 납치당하면 전쟁의 빌미가 된다고! 카루스 님이 했던 말 잊었냐? 우리가 해야 할 일은 오르테가를 정복하는 게 아니라, 남부를 지키는 거야!"

"그럼 어떻게 하라고!"

바바슬로프와 맥스웰이 다투기 시작했다.

율리아는 혼자 깊은 생각에 빠져들었다.

나라면 어떻게 할까. 내가 만약 블라이스 백작이라면. 해방군이라는 카드를 손에 쥐고, 무엇을 희생하고 무엇을 얻으려 했을까.

블라이스의 목적은 남부에 전쟁을 일으키는 것이다. 오르테가가 헤어 나올 수 없는 분란에 휩쓸리게 되는 것이다.

마조람과 그 세력, 국왕과 친제국파, 분열된 귀족들, 죽은 1왕자와 버려진 백성들.

나라면 이 판에 어떤 수를 던질 것인가.

생각을 마친 율리아가 퍼뜩 고개를 들고 말했다.

"왕궁이에요."

"예?"

"뭐라고?"

맥스웰과 바바슬로프가 되물었다. 율리아는 쪽지를 꽉 쥐어 구겨 버리곤, 그걸 등잔불 속에 집어넣었다.

"1왕자를 살해한 건 그들이 아니니까, 억울함을 표현하기 위해 왕궁을 공격할 거예요. 지금 여기서 마조람의 세력을 줄이는 것보다는, 왕을 공격하는 편이 훨씬 큰 충격을 줄 수 있어요."

마침 시기도 딱 좋았다.

여름 태풍 때 죽어간 백성들의 원한이 다 가시지 않았다. 사람들은 해변을 가득 채우던 흰 꽃들을 기억했다. 1왕자가 죽었다는 이유로 증거도 없이 잡아들인 무고한 자들의 피가 아직도 중앙 광장을 물들이고 있었다. 가족을 잃은 자들의 절규가 여전했다.

왕국은 친제국파를 옹호하는 자들과 그렇지 않은 자들로 나뉘어 저들끼리 싸웠다.

자금이 끊긴 마조람은 커다란 타격을 입어 숨을 죽였고, 국왕은 아들에 이어 왕비와 궁내부 대신까지 연이어 잃고 무력감에 빠졌다.

"해방군의 힘을 만천하에 보여주면서 국왕의 무능함을 드러낼 수 있는 절호의 기회예요. 제가 만약 블라이스 백작이라면 그렇게 할 거예요. 틀림없어요."

"왕궁을 친다, 라……. 그럼 시녀님, 놈이 공격하려는 대상은 왕궁입니까? 아니면 왕족입니까?"

"왕족이겠죠."

율리아가 말했다. 그녀의 목소리엔 강한 확신이 깃들어 있었다.

맥스웰이 골치 아프다며 두 손으로 얼굴을 쓸어내렸다.

"막아야 합니다."

"네, 저도 그렇게 생각해요."

여기서 왕족이 하나라도 더 죽었다간 왕가의 분노를 피하기 어려울 것이다. 학살이 일어나거나, 내전이 벌어질 수도 있었다.

그리고 율리아는 블라이스가 왕족을 노릴 거라는 건 예상했으나, 누구를 공격할지 그것까지는 확신할 수 없었다.

샤트린, 혹은 레위시아.

바바슬로프가 서둘러 몸을 움직였다.

"나는 곧장 섬으로 돌아가서 카루스 님께 알려야겠다. 율리아는 맥스웰 네놈이 데려다줘."

"그래, 쓸만한 정보가 들어오면 곧장 사람을 보내겠다고 말씀드려."

바바슬로프가 전당포 밖으로 나갔다. 율리아는 그의 뒷모습을 바라보다가 맥스웰에게 물었다.

"병장기는 언제쯤 들어온다고 하던가요?"

"15일에서 20일쯤 걸릴 예정입니다. 배를 통해 들여온다고 하니까, 바다에서 감시하는 편이 좋을 것 같고요."

이용해야겠다. 율리아가 결심을 마쳤다.

머릿속에 떠오른 생각을 정리하는 데는 그리 오랜 시간이 걸리지 않았다. 빠르면 15일, 늦어도 20일이라. 충분하다고 말할 수는 없었지만, 불가능할 것 같지도 않다.

판을 짜는 건 어렵지 않다. 심지어 이제 그녀는 혼자가 아니었다.

"맥스웰."

"말씀하십쇼."

"부탁이 있어요."

율리아의 목소리가 낮아졌다. 맥스웰이 그녀에게 바짝 다가와 귀를 기울였다.

━━◆ ◆ ◆ ◆ ━━

레위시아는 국왕의 집무실에 불려 와 있었다. 맞은편엔 샤트린이 의자에 앉아 그와 똑같은 표정으로 서류를 읽었다.

국왕의 업무 중 덜 중요한 것들이 두 사람에게 주어졌다. 규정에 따라 순서대로 처리하기만 하면 되는 것들이었다.

다만 그 규정이라는 걸 모두 외우고 있지 않으면 수십 권에 달하는 오르테가 법전을 펼쳐두고 비슷한 사례를 찾아 사건에 일일이 적용해야 했다.

심지어 설득력이 떨어지면 서류를 반려당했다. 국왕의 보좌관에게 꾸짖음을 당하는 것까지는 괜찮았다. 하지만 이 모든 순간이 왕위 후계자를 가리기 위한 경쟁이라는 게 엄청난 부담감으로 다가왔다.

"집중하십시오."

국왕의 집무실은 숨 막히는 곳이었다. 깐깐한 인상의 보좌관들이 쉼 없이 오가며 일을 처리했다. 왕궁 각 부서에서 날아오는 보고서와 귀족들, 그리고 왕국군에 이르기까지 하루에도 수십 가지 문제가 국왕에게 전해졌다.

레위시아가 서류 너머로 슬쩍 샤트린을 훔쳐보았다. 그러자 샤트린이 복화술 하듯 입술을 거의 움직이지 않고 물었다.

"뭘 봐?"

"그냥."

"놀지 말고 일해. 오늘도 너 때문에 늦어지면 가만두지 않을 거야. 알았어?"

전날 레위시아와 의견이 달라 늦게까지 국왕의 집무실에서 논쟁을 벌였던 샤트린이 피곤한 눈가를 문지르며 말했다.

레위시아도 힘들긴 매한가지였다. 그는 샤트린이 들고 있는 서류를 슬그머니 넘겨보려다가 도끼눈을 뜨는 그녀에게 제지당하곤 한숨을 쉬며 어깨를 늘어뜨렸다.

"내가 어제 너무 맞는 말만 했다는 건 알겠는데, 그렇게까지 언성을 높일 이유가 있었냐? 애도 아니고."

"닥쳐, 레위시아. 난 너처럼 무책임한 이상주의자가 제일 싫어. 왕족의 의무 같은 건 내팽개치고 혼자 멀리 떠나 살겠다고 노래를 부르더니, 이제 와 이러는 이유가 뭐야?"

"언제 적 얘길 하는 거야. 그리고 몇 번을 말해야 알아들을 거야? 죽기 싫으니까, 방법이 없다고 했잖아."

"그건 너무 이기적인 변명 아니야? 내가 널 죽이지 않겠다고 약속하면 이 소모적인 경쟁을 그만두기라도 할 거야? 아니잖아."

레위시아는 대답하지 않았다. 샤트린은 지난번 임명식에서 율리아와 그를 죽이겠다며 대놓고 선언했음에도 불구하고, 이번에는 또 그러지 않을 거라 말하면서 혼란을 부추겼다.

그가 샤트린의 말투를 똑같이 흉내 내며 빈정거렸다.

"너야말로 거짓말하지 마. 왕이 되자마자 내 목을 잘라서 왕궁 벽에 걸어놓을 속셈이잖아. 대단하신 샤트린 공주 전하께서는 형제고 나발이고 왕좌를 위해서라면 다 제거하실 수 있지."

"잘 아네?"

샤트린이 입술을 비틀며 웃었다.

"그러는 너는 얼마나 대단히 너그럽기에, 편찮으신 내 어머니를 이용해서 율리아를 수석 시녀로 앉혔을까?"

샤트린은 율리아가 왕비를 협박했다는 사실은 몰랐다. 하지만 그 과정이 자연스럽지 않다는 건 알았다.

"말해봐. 레위시아, 내 어머니께 무슨 말을 한 거야?"

"궁금하면 왕비 전하께 가서 물어봐. 나한테 이러지 말고. 애초에, 그 대단하신 왕비 전하가 나 같은 놈한테 휘둘릴 정도로 만만한 분이었나?"

샤트린이 들고 있던 서류를 레위시아의 얼굴에 집어 던졌다. 그의 뺨에 얇게 종이에 베인 상처가 났다.

책상 위에 쌓여 있던 서류 뭉치는 다 흐트러지고, 샤트린이 던진 종이 뭉치가 요란한 소리를 내며 바닥에 떨어졌다.

왕의 보좌관들이 모두 이쪽을 돌아보았다.

"두 분, 무슨 일입니까?"

"아무것도 아닙니다."

레위시아가 담담한 얼굴로 의자에서 일어나 떨어진 종이를 주웠다. 샤트린은 여전히 그를 노려보고 있었다.

"이곳은 국왕 전하의 집무실입니다. 여기서 결정되는 모든 것이 왕국과 연결되며, 백성의 삶을 보살핍니다. 한데 두 분은 이 중요한 곳에서 고작 싸움이나 하고 계시는군요."

늙은 보좌관이 샤트린와 레위시아를 꾸짖었다.

"오늘은 이만 돌아가십시오."

"이건 마저 처리하고……."

"돌아가십시오."

레위시아와 샤트린은 결국 국왕의 집무실에서 쫓겨날 수밖에 없었다. 아마도 오늘 두 사람이 한 일은 집무실에서 어린애들처럼 싸운 것밖에 없다고 보고될 것이다.

샤트린이 먼저 걸음을 옮겼다. 평소 공작새처럼 화려한 차림새를 즐기는 그녀도 왕의 집무실에선 치장을 자제한 모습이었다.

"샤트린."

"말 걸지 마."

"왕비 전하는 좀 어때?"

"네가 알 바 아니야. 어차피 네 친어머니도 아니잖아? 걱정하는 척도 하지 마. 그동안 그렇게 미워했으면서. 차라리 잘됐다고 비웃지 그래?"

"너는 내가 그분을 먼저 미워했다고 생각해?"

샤트린이 우뚝 걸음을 멈췄다. 그러곤 레위시아를 홱 돌아보았다.

"내 어머니가 너를 먼저 미워했으니까, 정당하다는 거야?"

"억지 부리지 마. 그분을 그렇게 만든 게 내가 아니라는 것쯤은 너도 잘 알 텐데."

"그걸 내가 어떻게 알아!"

"왕비 전하께서 그렇게 되자마자 네 곁에서 사라진 사람들을 떠올려보면 적당히 추려지지 않겠어?"

이렇게까지 말할 생각은 없었는데. 샤트린이 워낙 감정적으로 구니까, 레위시아도 자꾸 냉정함을 잃었다.

샤트린도 의심은 하고 있었다. 어머니가 정말 미친 건지, 아니면 미친 척하는 건지. 만약 미친 척하는 거라면, 누구를 피해 달아난 건지.

"마조람이라고 말하고 싶은 거야?"

샤트린이 물었다.

레위시아는 이번에도 대답하지 않았다.

"레위시아, 순진한 생각 하지 마. 그렇다고 해서 내가 마조람 후작을 적으로 돌리고 그와 싸우기라도 할까 봐?"

"그거야 네가 알아서 하겠지."

"율리아가 그렇게 말하라고 시켰어? 공주를 만나거든 이간질을 하세요, 이렇게 말했냐고."

"그런 거 아니야."

"내 말이 틀려? 넌 율리아가 시키면 뭐든지 하잖아."

"함부로 말하지 마, 샤트린."

"율리아를 아무리 사랑해도 그 아이는 네 아내가 될 수 없어."

레위시아가 덜컥 숨을 멈췄다. 갑자기 샤트린의 말투에서 비웃음이 사라졌다. 그녀는 무겁고 딱딱한 말투로 말했다.

"네가 그토록 증오하는 아버지처럼 될 뿐이야. 율리아는 왕비가 될수 없어. 침전에 갇힌 여자, 왕을 홀린 요부, 애첩이라고 불리면서 결국 온 세상 사람들의 손가락질이나 받겠지."

"닥쳐, 샤트린."

"너와 율리아, 왕비가 될 여자 모두가 불행해질 거야."

그러니까 포기해. 샤트린의 말은 그런 뜻이었다.

"네가 아버지와 어머니를 증오하게 된 것도 시작은 애정결핍이었지. 레위시아, 넌 결국 그 결핍을 채워달라고 율리아에게 무리한 요구를 하게 될 거야. 사랑은 주는 거지, 받아서 채우는 게 아니야."

"닥치라고 했어."

아무것도 모르면서 함부로 떠들어 대지 말라고 레위시아가 경고했다. 샤트린은 입을 다물었지만, 여전히 그를 측은하다는 듯 바라보고 있었다.

갑자기 모든 게 지긋지긋하다는 생각이 들었다. 레위시아는 고개를 설레설레 저으며 멈춰 선 샤트린을 지나쳐 걸었다.

그가 지나가는 곳마다 걸음을 멈춰 선 시종들이 공손하게 고개를 숙였다. 왕위 후계자가 아니었을 때는 은근히 그를 훔쳐보거나 슬그머니 피해 가기만 했던 자들이 이제는 멈춰 서서 확실하게 존경을 표했다.

그게 바로 권력이었다.

허탈했다. 그는 그토록 가기 싫었던 곳을 향해 가고 있었다. 그래서 사랑하는 여자한테 사랑한다는 말도 할 수 없었다.

샤트린의 말이 옳다. 레위시아는 율리아를 떠올릴 때마다 마음이 너덜너덜해지고 있다는 걸 알았다. 통증은 절대 익숙해지지 않는 감각이다. 갈수록 더 아프고, 갈수록 무기력해진다.

굳은 얼굴로 걷던 레위시아의 시야에 국왕이 나타났다. 최근에 살이 많이 빠진 왕이 레위시아를 보고 걸음을 멈췄다.

"돌아가는 거냐?"

"예, 내일 아침에 뵙겠습니다."

레위시아는 왕과 대화하고 싶지 않았다. 평생 증오했던 아버지였기에, 이렇게 매일 마주하는 게 달갑지 않았다.

그런데 왕이 그에게 말을 걸었다.

"요즘 힘든 거 안다."

"……예."

"많은 사람이 너를 지켜보고 있다는 걸 기억하거라."

표정 없이 서 있던 레위시아가 고개를 들었다.

왕은 할 말을 다 했는지 그를 지나쳐 걸어가고 있었다. 가까이서 본 그의 얼굴이 너무 쭈글쭈글했다. 보좌보다 더 가까운 위치에 의사가 붙어 있는 걸 보니, 건강이 좋지 않다던 말도 사실인 것 같았다.

건강하세요. 그 말은 죽어도 나오지 않았다. 어디 편찮으십니까. 이 말도 마찬가지였다. 레위시아는 어릴 때도 차라리 아버지가 없었으면 좋겠다고 말하고 다니던 아이였다.

그가 빨리 죽기를 바란 적도 있었다.

입술에 힘을 줘서 꾹 닫아 버린 레위시아가 가던 길을 다시 걸었다. 걸음걸음마다 국왕과 그의 거리가 멀어졌다.

레위시아가 돌아간 뒤, 국왕이 집무실 안으로 들어섰다. 그는 자신의 자리에 앉자마자 제일 먼저 약부터 삼켰다. 넓적한 대접에 담긴 쓴 약을 꿀꺽꿀꺽 마시고 나니, 의사가 대기하겠다며 옆방으로 물러갔다.

머릿속에 안개가 낀 것처럼 찌뿌둥했다. 몸이 고된 나머지 일과를 소화하는 것조차 힘이 부쳤다. 나이를 실감하게 되자, 자꾸 과거를 돌이키며 후회를 반복하게 됐다.

나는 왜 왕이 되려고 했던가. 왜 형제들을 죽였나. 마조람의 그늘에서 편하게 살고 싶어서 한 선택이었는데, 그게 실책이었나. 사랑하는 여자 하나 지키지 못한 자가 왕국을 지킨다는 게 말이나 되나.

"전하, 이것부터 보셔야 합니다."

보좌들이 서류를 가져와 책상 위에 쌓았다. 샤트린과 레위시아가 열심히 하고는 있지만, 그렇다고 왕의 업무가 확 줄어드는 건 아니었다.

왕이 한숨을 삼키며 서류를 손에 들었다.

"제국의 동태는 어떻지?"

"여전합니다. 남부를 주시하는 병력의 수는 그대로인데, 북부의 혼란한 상황이 계속되고 있습니다. 얼마 전엔 황제 직속 기사단이 북부로 향했다는 첩보가 있었습니다."

"전쟁인가……."

"그건 알 수 없습니다. 황제의 가장 강력한 검은 카루스 란케아인데, 그가 지금 저희 왕궁에 내려와 있으니까요."

"그는 왜 그런 선택을 한 거지? 몇 번 만나 보니, 카루스 란케아는 나이에 비해 신중한 사람이던데. 나 같으면 가장 가까이에 두고 이용했을 거야."

"황제는 이해할 수 없는 사람입니다."

"그래, 그래서……."

두려웠다. 국왕은 눈을 감고 그 말을 간신히 삼켰다.

백성들은 모른다. 20년 전, 황제는 오르테가를 불바다로 만들어버리고 남부 전체를 식민지로 삼으려 했다. 황제가 티타니아를 넘는 순간 오르테가의 백성들은 바이칸의 노예가 될 예정이었다.

그때 자신이 황제 앞에 무릎을 꿇고 충성을 맹세하지 않았다면, 다른 국가들과 마찬가지로 오르테가도 무참하게 정복당했을 것이다.

크세노 황제는 무서운 남자였다.

그래서 카루스 란케아가 더 대단해 보이는지도 몰랐다. 그 젊은 나이에 황제의 신임을 얻고 그의 두 번째 기사라는 높은 위치에 올라섰으니까.

이해할 수 없는 건 그토록 신임하는 부하를 황제가 오르테가 남부 함대로 쫓아냈다는 것이다.

"카루스 란케아가 두려웠던 것일까요?"

"말도 안 되는 소리."

국왕은 그럴 리가 없다고 생각했다. 크세노 황제는 두려움이 없는 사내로 보였다. 차라리 데네브라 황비와 카루스 란케아의 부적절한 관계 때문이라는 소문이 더 타당하게 들렸다.

"전하! 첩보입니다!"

갑자기 보좌 중 하나가 다급하게 집무실 안으로 뛰어 들어왔다.

"우리 왕국과 바이칸 제국 사이에 상당한 양의 자금이 오갔다는 정보를 입수했습니다. 게다가……."

"한두 번 있는 일인가."

"그동안엔 사용처를 파악할 수 없었는데, 이번에는 다릅니다."

보좌가 국왕에게 보고서를 내밀었다. 급한 첩보인 듯 휘갈겨 쓴 글씨가 빽빽했다. 국왕이 눈매를 찡그리며 보고서를 훑어보았다.

그러곤 시간이 멈춘 듯 한동안 종이에서 눈을 떼지 못했다.

왕이 시름과도 같은 한숨을 내뱉으며 말했다.

"당장 힌치 백작을 불러오라."

상인연합 본부. 힌치 백작은 밤늦은 시간에 국왕의 부름을 받았다. 그의 곁에는 조금 전 왕궁에서 도착한 코코가 서 있었다.

급히 입궁을 바란다는 국왕의 전갈을 받자마자, 힌치 백작이 코코를 바라보았다.

"제 말이 맞잖아요. 왕이 부를 거라니까요?"

코코가 속삭였다.

힌치 백작은 왕의 전령에게 차림새를 정돈하는 대로 출발하겠다고 대답했다. 그러곤 코코를 책망하듯 말했다.

"내가 전임 대표가 저지른 돈세탁에 대해 왕에게 보고하지 않았으면 어쩌려고 이런 짓을 벌여?"

"아빠를 믿었으니까."

"이번에도 율리아냐?"

코코는 대답하지 않았다. 그냥 새침한 얼굴로 뇌물로 받은 팔찌를 만지작거리며 웃었다.

힌치 백작이 의자에서 일어나 재킷을 집었다.

"바이칸 제국의 자금이 대량으로 오르테가에 들어왔는데, 그게 죄다 마조람 파벌의 귀족들에게 가고 있었다. 전임 상인연합 대표가 금고에 숨겨 뒀던 장부를 분석해본 결과, 그들이 해적의 금화를 제국으로 빼돌려 세탁한 뒤에, 다시 오르테가로 들여오고 있었다."

코코가 씩 웃었다. 힌치 백작이 재킷에 팔을 꿰며 계속 말했다.

"마조람 후작이 지시한 일이라는 결정적인 증거는 없었지만, 왕이 알고는 있어야 할 것 같아서 보고했지. 가타부타 답변이 없길래 왕은 아직도 놈의 손을 놓지 않으려고 하는구나, 싶었고."

"율리아가 말했어요. 마조람 후작이 자금줄을 잃으면 파벌이 흔들릴 거라고. 배신자가 나오기 시작하고, 몰래 뒷돈을 챙기는 자들이 등장하기 마련이라고요."

"그게 바이칸의 전쟁 자금이라고? 너무 심한 비약이야."

"해방군이 마조람의 수족을 넷이나 격파했어요. 그러니 슬슬 불안해지지 않겠어요? 이럴 때일수록 후작이 자기들을 지켜줘야 하는데, 왕궁에서 일어난 비극 때문에 입지가 더욱 좁아지기만 했죠."

"딸아."

"돈만 들어왔으면 여느 때처럼 이것들이 뒷돈 좀 챙기는구나, 했을 거예요. 그런데 아빠, 공성 병기예요. 이건 완전히 다른 문제죠."

"그거 해방군에게 가는 거라며."

"받는 사람이 누구건 우리가 알 게 뭐예요. 그 대단한 제국의 병장기가 우리 왕국에 온다는데! 아빠, 왕은 겁쟁이예요. 아마 오늘부터 한동안은 밤잠도 이루지 못한 채 벌벌 떨걸요."

재킷을 입고 입궁 준비를 마친 힌치 백작이 우묵한 눈으로 코코를 보았다. 못된 고양이처럼 음흉하게 웃고 있는 딸을 보자, 뱃속 깊은 곳에서부터 죄책감이 솟아올랐다.

"도대체 누가 널 그렇게 키운 거냐."

"아빠가."

"나쁜 새끼."

힌치 백작이 문을 열고 밖으로 나갔다. 왕궁으로 향하는 그의 얼굴이 비장했다.

━ •◆• ━

율리아는 2층 자신의 방 발코니에 나와 있었다. 달빛이 찬란했다. 둥글게 차오르는 달을 보니 적막한 왕궁도 평화롭게 보였다.

"시녀님, 간식 가져왔어요."

트루디가 둥근 쟁반을 들고 다가왔다. 달콤한 과자와 고소한 차가 올려져 있었다. 반짝거리는 은 식기가 시선을 끌었다.

시녀장이 된 이후, 코코는 궁내부를 쥐어짜다시피 괴롭혔다. 궁내부 대신이 자리를 비우자 코코를 막을 수 있는 사람이 아무도 없었다.

그녀는 그동안 궁내부가 2왕자궁을 얼마나 괄시했는지 수년 동안 모아놓은 증거를 들고 다니며 그들을 땅콩처럼 달달 볶았다.

은 식기와 지원금, 새로운 하녀들과 병사들까지. 확장 공사 비용도 모두 궁내부에서 나왔다.

"새로 들어온 하녀들은 잘 감시하고 있어?"

"네, 그럼요. 제가 언니들하고 한 명 한 명 지정해서 잘 감시하고 있어요. 수상해 보이는 애가 있으면 바로 말씀드릴게요."

"그래."

율리아가 트루디에게 쟁반을 받아들었다. 쟁반을 발코니 테이블에 올려놓고 과자부터 하나 입에 물자, 트루디가 눈치를 살피더니 가까이 다가와 속삭이며 물었다.

"조만간 궁내부에 불려갈 것 같아요. 코코 시녀님이 시녀장이 되고, 율리아 시녀님이 수석 시녀가 됐잖아요. 제 담당 관리가 저희 궁 소식을 궁금해해요. 아마도 마조람 후작가에서 재촉하는 거겠죠?"

율리아가 신기하다는 얼굴로 트루디를 바라보았다. 트루디는 이제 단순히 소식을 전하는 비둘기가 아니라, 저 혼자 생각하고 판단하는 수준에 이르렀다.

이러다 어느 날 진짜 큰 사고 치는 거 아닐까.

"아무 정보도 안 주면 너를 의심할 수도 있어."

"저도 그렇게 생각해요……."

"율리아 아르테가 해방군과 접촉하려 한다고 해."

"네에?"

트루디가 화들짝 놀라 저도 모르게 큰 소리를 냈다. 그렇게 대단한 정보를 흘려도 되는 건지, 그걸 물어보려는 것 같았다.

벌써 안절부절못하는 트루디와는 달리 율리아는 한없이 담담한 얼굴이었다.

"해방군이 마조람을 적으로 간주하고 공격하고 있으니까, 그들과 손잡으려 한다고 말해. 그럼 너한테 정확한 날짜와 장소를 알아오라고 할 거야."

"네, 네."

"그때 다시 얘기하자."

트루디가 정신없이 고개를 끄덕였다.

트루디가 돌아간 뒤에는 혼자서 달구경을 했다. 발코니 난간에 걸터앉아 달을 보며 과자를 먹고 있으려니, 문득 카루스의 얼굴이 떠올랐다.

남자다우면서도 기묘하게 매혹적인 얼굴선. 남부에서 드문 검은 머리카락과 눈동자는 언제나 그녀의 시선을 사로잡았다.

그는 예상과는 다른 사람이었다.

감정을 알아채기 어려울 정도로 낮은 목소리엔 언제나 미미한 열기가 깃들어 있었다. 처음엔 눈치채기 어려웠는데, 시간이 지날수록 선명하게 느껴졌다.

피도 눈물도 없어 무혈 제독이라고 불리는 사람이라기엔 어린애처럼 짓궂고 심술 맞은 구석도 있었다.

그와의 거리가 아슬아슬했다. 한 걸음 멀어졌더니 두 걸음 다가왔다. 두 걸음 멀어지려 하니까 발길을 붙잡았다.

율리아는 다시 시작하지 않을 생각이었다.

만약 이번에도 실패한다면 그녀는 아무것도 하지 않겠다고 결심했다. 죽거나, 달아나거나. 선택지는 없었다. 시간이 흐르면 흐르는 대로 자신에게 주어진 운명에 순응하기로.

그러니까 그와 이런 식으로 얽히는 것도 마지막이다.

카루스는 황제와 맞설 것이다. 그럴 수밖에 없었다. 지금은 황제가 북부에 정신이 팔려 남부에 신경을 덜 쓰고 있지만, 그 일이 해결되고 난 뒤에는 카루스와 같이 자신에게 대적할 수 있는 자를 남겨두지 않으려 하리라.

카루스는 언제나 황제에게 척결 대상이었다. 질투는 무서운 감정이다. 카루스는 황제가 가지지 못한 것들을 너무 많이 가지고 있었다.

무력은 말할 것도 없거니와 부하들의 진심 어린 충정, 그와 싸웠던 적들조차 경의를 표할 만큼 관대한 구석도 있었다. 심지어 젊고 아름답기까지 했다.

폭군이 영웅을 만들었다. 황제는 그가 쌓은 업보의 무게를 견디지 못하리라.

'조금 더 오래 살았으면 좋았을걸.'

마조람 후작가에 복수하겠다는 일념으로 자신을 장작처럼 태우며 살다 보니 매번 오래 살지 못하고 죽었다. 그래서 카루스와 황제의 전쟁이 누구의 승리로 끝났는지 알지 못했다.

그걸 알았다면, 그에 관한 정보까지 손에 쥐었다면.

카루스 란케아를 남부의 왕으로 만들어 역사를 바꿀 수도 있었을 텐데.

'나는 그와 어울리는 사람이 아니야.'

율리아는 자신이 그의 연인이 될 수는 없으리라고 생각했다. 저주는 불행을 먹고 산다. 제때 보살피지 않으면 남의 불행을 먹으려고 몸을 키운다.

자신은 그를 불행하게 만들 것이다.

과자를 다 먹어갈 때쯤, 율리아가 발코니 아래 정원을 내려다보았다. 확장 공사 때문에 왕자궁은 일부 벽을 허물어 개방된 상태였다. 일꾼들이 쌓아놓은 자재가 여기저기에 보였다.

그 사이에 한 남자가 서 있었다. 블라이스 백작이었다.

그는 몰래 들어온 듯 보였다. 언제부터 그 자리에 서 있었는지는 몰라도, 주머니에 손을 넣은 채 가만히 서서 율리아의 방을 올려다보았다.

어디를 다녀온 건지 옷은 구겨져 있고, 머리카락도 엉망으로 헝클어져 있었다. 그래도 얼굴만은 상처 하나 없이 깨끗했다.

'안녕.'

블라이스가 입술로 말했다.

율리아는 대꾸하지 않았다. 그냥 그 자리에 서서 그를 지그시 내려다보았다.

블라이스가 천천히 걸어 율리아의 방 아래까지 왔다. 그가 목을 바짝 들어 올려 율리아를 바라보았다.

"나 좀 초대해줄래?"

그녀는 이번에도 대답하지 않았다. 속을 알 수 없는 얼굴로 천천히 눈을 깜박이며 그를 응시할 뿐이었다.

"네 적을 대신 처치해줘도 거부하고, 내가 가진 가장 값비싼 것을 건네도 싫어하고……. 율리아, 네 관심을 받으려면 난 뭘 어떻게 해야 하지?"

아무것도 안 하면 된다. 그러면 수상해서 지켜보게 될 테니까.

"제국에서 전갈이 왔어. 내 주인께서 무척 화가 나셨더라고. 도대체 뭐 하는 거냐며, 어서 빨리 성과를 보이라고 재촉하셨지."

그에게 주인이란 황제가 아니라 데네브라 황비를 말하는 거였다. 율리아는 그 사실을 알고 있었기에 그가 말한 성과가 전쟁을 말하는 것이 아님을 알았다.

아마도 카루스와 관련된 일일 것이다.

"율리아."

블라이스가 웃으며 물었다.

"나와 함께 제국에 갈래?"

오늘은 그에게서 향수 냄새가 느껴지지 않았다. 바람이 불고 있어서 그런 것인지도 모른다.

이번에는 대답을 좀 해줄까.

"주인이 있는 개는 관심 없어요."

그녀의 목소리가 달빛과 함께 내려앉아 그의 심장을 움켜쥐었다.

"쓸모없으니까."

늘 차분하기만 하던 그녀의 목소리가 노래처럼 들렸다. 감정이 듬뿍 담긴 눈빛이 쏟아졌다. 오만하고 순수한 악. 율리아는 이야기로만 전해지는 북부의 악마 같았다.

그래, 저걸 원했다.

블라이스는 솟아오르는 기쁨을 주체할 수가 없었다. 데네브라에게 처음 무릎을 꿇고 복종을 맹세했을 때처럼 등줄기를 타고 오르는 짜릿함 쾌감에 어쩔 줄을 몰랐다.

율리아는 그를 두려워하지 않았다. 탐내지도 않았다. 그가 눈앞에 있으면 그저 바라볼 뿐이었다.

선을 넘으면 응징당한다. 선을 벗어나면 잊힐 것이다. 그러니까 아슬아슬하게, 그녀가 자신을 무시하지 못하게, 그 위태로운 선 위에서 놀아야 한다.

광대가 된 기분이었다. 데네브라는 그를 개처럼 바라보았기에 목줄을 채우고 복종하게끔 훈련을 시켰다.

그러나 율리아는 그를 자신의 선 위에 올려놓고, 다가오지도 벗어나지도 못하게 만들었다.

"널 황비보다 먼저 만났으면 좋았을 텐데."

그랬다면 블라이스는 율리아 아르테를 섬기는 번견이 되었을 것이다.

멀리서 종소리가 들렸다. 거리가 아주 멀었다. 바람을 타고 날아온 새의 날갯소리처럼, 귓가를 맴돌다 사르르 흩어지는 소리였다.

창백한 달빛을 조명 삼아 발코니 난간에 기대 서 있는 율리아는 블라이스에게 너무 먼 사람처럼 보였다.

신분은 고작 평민에 별것도 아닌 시녀. 모시는 왕족은 애첩의 아들이고, 데네브라처럼 눈에 띄는 미인인 것도 아니었다.

그런데 자꾸만 그를 끌어당겼다. 이러는 자신이 낯설었다. 꼭 덫에 걸린 느낌이었다. 한 걸음, 한 걸음 내디딜 때마다 바닥이 없는 늪으로 걸어 들어가는 기분이었다.

"레위시아 오르테가는 네게 아무것도 해줄 수 없어. 그 애송이는 그저 불나방처럼 네 주위를 맴돌다 운명이라는 불길에 타 죽겠지."

입이 멋대로 움직였다.

"너 같은 사람이 충성하기엔 너무 무가치한 왕족이란 말이야. 뒷배하나 없는 애첩의 아들. 왕은 심지어 평생 없는 자식처럼 무시하고 살았다면서. 그런 왕자가 정말 왕좌에 오를 수 있으리라 생각해?"

율리아가 그를 꿰뚫듯 바라보고 있었다. 그 시선에 취한 탓인지 말이 끊임없이 흘러나왔다.

"나와 함께 제국으로 가자. 율리아, 내가 널 끌어올려줄게. 네가 상상치도 못했던 높은 자리, 고귀한 자들이 사는 세계로."

"무가치해."

율리아가 작은 소리로 속삭였다. 그에게 한 말인지, 혼잣말인지는 알 수 없었다.

블라이스가 물었다.

"그럼 원하는 걸 말해."

"내가 원하는 꽃은 당신의 정원에 피지 않아요."

그녀는 바이칸에서 유명한 시인의 말을 인용해서 말했다.

그 시인은 몹시 가난했으나 재능이 뛰어난 사람이었다. 그녀를 후원하고 싶다는 귀족이 줄을 설 정도였다고 했다.

하지만 시인은 귀족들의 돈을 원하지 않았다. 그녀가 원하는 건 한 남자의 마음이었다. 그래서 후원을 거절할 때마다 저런 말을 했다고 전해졌다.

블라이스의 입술이 바짝 말랐다. 그는 율리아가 던진 말의 진의를 파악하려 머리를 굴리다가, 그러는 자신이 우스워 웃었다.

"난 내 주인을 배신할 수 없어. 몸과 마음과 영혼을 모두 바쳐 충성을 맹세했거든."

"배가 들어오는 날짜가 언제죠?"

율리아가 갑작스레 물었다. 창처럼 멀리서 훅 찔러 들어온 질문이었다. 말문이 막힌 블라이스가 입을 열었다가 닫고, 다시 열었다.

"배라니?"

"병장기를 실은 배가 오르테가로 오고 있잖아요. 그 배의 항로와 도착하는 장소, 예상 날짜를 말해주세요."

둘 사이에 짧은 침묵이 오갔다. 블라이스가 입술을 날카롭게 끌어올리며 웃었다.

"내가 그걸 알려주면?"

"무가치한 이 순간에, 어떤 의미 같은 게 생기겠죠."

"어떤 의미?"

"어쩌면 당신과 나 사이에 닮은 점이 있을 수도 있겠다는 생각."

율리아가 난간에서 몸을 뗐다. 그러곤 그에게서 한 걸음 더 멀어졌다. 달빛이 쏟아지는 발코니, 반듯한 자세로 서 있는 그녀의 실루엣이 블라이스의 망막에 새겨졌다.

"배는……."

그가 입을 열었다.

"서남부 먼바다의 옛 항로를 통해 오는 밀수선이야. 날짜는 확신할 수 없지만, 배를 댈 부두가 어딘지는 알지."

블라이스는 밀수선이 들어올 부두 이름과 위치까지 정확하게 말했다. 율리아가 그를 물끄러미 바라보았다.

"진짜야, 율리아. 거짓말 아니라고."

"알아요."

"그런데 왜 그렇게 의심스러운 눈으로 봐?"

블라이스는 그토록 대단한 비밀을 아무렇지도 않게 율리아에게 털어놓았다. 마치 이 모든 게 너를 위한 선물이라는 듯, 빈손을 내보이며 웃었다.

"지금 당장은 내 목적과 당신의 목적이 같으니까, 그래서 던져주는 미끼겠죠."

"율리아."

"내가 그 정보를 가지고 무슨 짓을 벌일지 그것까지 예상하니까."

은밀한 경로를 통해 들어오는 병장기. 그 속엔 바이칸의 정복 전쟁을 상징하는 공성 병기까지 있다고 했다.

블라이스가 두 손을 다시 주머니에 찔러 넣고 물었다.

"그래, 이번 선물은 어때. 마음에 드나?"

율리아는 아무 말도 하지 않았다. 그녀는 바닥이 없는 늪처럼 깊게 가라앉은 눈으로 그를 응시했다. 그렇게 그의 심장이 한 번, 두 번, 세 번…… 열댓 번 정도 뛰었을 때였다.

율리아가 웃었다.

얇은 붓으로 그린 것 같은 미소였다. 깨끗한 얼굴에 매혹적인 선이 그려졌다. 엄청난 변화였다. 늪인 줄만 알았던 초록색 눈이 그를 순식간에 다른 장소로 이끌었다. 푸르른 상록수로 가득 찬 정원이었다.

블라이스는 순간 자신의 가면이 벗겨진 줄도 모른 채 넋을 잃었다.

그 짧은 미소 하나에 정신을 차릴 수가 없었다. 블라이스의 정원엔 율리아가 원하는 꽃이 단 한 송이도 피어 있지 않았지만, 그녀의 정원은 그가 원하는 꽃으로 가득했다.

적을 향해 대신 칼을 휘둘러도, 값을 매길 수 없을 만큼 귀한 보석을 선물해도, 율리아는 그를 무가치하게 여겼다.

그런데 이번엔 달랐다. 그녀가 웃었다.

블라이스의 심장이 미친 말처럼 뛰기 시작했다. 경주마, 혹은 야생마처럼. 바퀴가 고장 난 마차처럼. 꼬리에 불을 붙인 황소처럼.

—◂ ◆ ◆ ▸—

힌치 백작이 왕의 집무실로 들어왔다.

"어서 오십시오, 백작님."

"오랜만이네."

자정을 넘긴 늦은 밤이었기에 방문하는 사람이나 맞이하는 사람이나 모두 표정이 좋지 못했다. 주름진 얼굴에 피로가 쌓여 보기 안쓰러울 정도였다.

왕의 보좌와 가볍게 인사를 나눈 힌치 백작이 집무실 안쪽으로 걸어 들어와 절도 있게 허리를 숙였다.

"전하, 부르셨습니까."

왕은 의자를 뒤로 돌린 채 창밖을 바라보고 있었다. 그의 책상 위엔 미처 다 처리하지 못한 서류가 가득했다. 시종들이 가져다놓은 것으로 보이는 간단한 음식은 손도 대지 않은 모습으로 쟁반 위에서 식어 갔다.

왕이 유리창을 통해 힌치 백작을 바라보았다. 그러곤 쉰 목소리로 말했다.

"자네를 상인연합 대표로 임명해야 한다고 말한 건 레위시아였어."

"알고 있습니다."

"부모보다 코델리아의 영향을 더 많이 받은 녀석이니까, 당연하다고 생각했지. 자네가 그 자리에 앉기에 가장 적합한 인사라는 점에서도 이견이 없었고."

"과분한 말씀입니다."

"자네가 올린 보고서를 읽고도 아무런 조치도 하지 않은 이유는 그게 못 미더워서가 아니야."

"전하."

"믿고 싶지 않았기 때문이지."

왕의 말투가 점점 거칠어졌다. 그가 의자에서 일어나 힌치 백작 앞에 섰다.

"말해주게. 바다를 통해 내 나라에 오고 있다는 바이칸의 병장기는 누가 주문한 것인가?"

힌치 백작이 고개를 들었다.

"병장기에 대해서는 알지 못합니다. 제가 알아낸 건 마조람 파벌의 귀족들이 해적의 금화를 제국으로 유통하며 불법적인 돈세탁을 해왔고, 그 기간과 액수가 상당하다는 것이었습니다."

"그게 반역을 일으키기 위한 자금이 아니라고 확신할 수 있나?"

"반역이라니요, 전하!"

"병장기라고 했어. 공성 병기라고! 바이칸의 황제를 통일 황제로 만들어준 그 공성 병기가 내 나라에 들어오고 있단 말이다. 도대체 누가, 왜! 어떤 놈이 감히 이런 짓을 벌여!"

왕이 주먹으로 책상을 쾅 내리쳤다. 화들짝 놀란 시종이 달려와 왕의 주먹을 붙잡았다. 노쇠한 왕은 시종의 손을 뿌리치려 애를 썼으나, 힘이 없어 그러지 못했다.

"놔라!"

"전하, 다치십니다. 제발!"

힌치 백작이 왕의 보좌를 향해 고개를 돌렸다. 왕과 함께 늙어 가는 수석 보좌관이 시름 깊은 얼굴로 백작에게 말했다.

"첩보가 있었소이다. 바이칸 제국에서 우리 왕국으로 병장기와 공성 병기가 들어올 것이라고."

"누가 그런 짓을……."

"그것까지는 알 수 없었습니다."

시종의 만류로 간신히 분노를 가라앉힌 왕이 힌치 백작에게 말했다.

"해군을 소집해야겠다. 왕국군을 모두 집합시키는 한이 있어도 막아야 해. 오르테가에 바이칸의 공성 병기 따위가 들어와서는 안 된다. 이게 반역이 아니면 무엇이란 말이냐! 감히…… 어떤 빌어먹을 놈이! 알아내기만 한다면 사지를 찢어 죽일 것이다!"

왕의 고함이 집무실을 쩌렁쩌렁 울렸다.

겁 많은 짐승이 내는 비명.

힌치 백작은 그의 고함을 그렇게 해석했다.

왕은 두려워하고 있었다. 공성 병기는 바이칸의 군사력을 상징하는 물건이었다. 심지어 왕은 그가 평생 의지했던 동지를 의심해야 하는 입장이었다.

왕권이 약한 나라의 왕은 눈치가 빨라야 한다.

왕은 그동안 마조람 후작과 그의 파벌 귀족들이 전임 상인연합 대표와 전임 남부 함대 사령관을 이용해 해적의 금화를 몰래 유통하고 있다는 사실을 대충은 알고 있었다.

힌치 백작이 의심스럽다며 올린 보고서에도 그런 내용이 기재되어 있었다.

하지만 왕은 모르쇠로 일관했다. 증거로 보이는 것들이 속속 발견되어도 불충분하다고 밀어냈다. 마조람 후작은 왕의 반신과도 같은 자였다.

그를 미워하거나 그의 세력을 견제할 수는 있어도, 그를 배신할 수는 없었다.

"전하, 해군을 움직이면 그들이 금세 눈치챌 겁니다."

힌치 백작이 무겁게 입을 뗐다. 왕의 곁을 지키는 늙은 보좌도 그의 말에 공감하며 고개를 끄덕였다.

"병장기를 들이려는 세력. 그들이 누군지는 몰라도, 해군이 움직이는 순간 물건을 빼돌리거나 멀리 달아날 가능성이 큽니다."

'병장기를 들이려는 세력.'

힌치 백작은 마조람 후작을 그렇게 돌려서 말했다. 왕의 마음을 조금이나마 편하게 해주기 위함이었다.

"그럼 어떻게 해야 하는가. 물건은 바다로 온다고 하는데."

"놈들이 예측하거나 대적할 수 없는 자에게 부탁하지요."

"뭐? 그게 누구지?"

"무혈 제독입니다."

왕이 입을 꾹 다물었다. 그러곤 힌치 백작을 한참 동안 주시했다.

그러고 보니, 카루스 란케아가 드추바 섬에 있었다.

그에겐 남부 함대가 있고, 유명무실한 오르테가 해군보다는 그가 거느리고 있는 제국군을 이용하는 편이 좋았다. 병장기를 들이려는 자들도 카루스가 움직일 거라고는 감히 눈치채지 못할 것이다.

카루스 란케아와 좋은 관계를 유지하길 잘했다는 생각이 들었다. 그가 남부에 파견된 신임 제독이란 걸 알았을 때, 적대하거나 배척하지 않아서 다행이었다.

왕의 표정을 살피던 힌치 백작이 적당한 때에 또 한 번 깊숙이 허리를 숙였다.

"전하, 충심으로 말씀드립니다."

"뭔가."

"반역을 저지르려는 자가 누군지 알게 된다면, 절대 용서하지 마십시오."

왕은 입을 열지 않았지만, 천천히 고개를 끄덕였다.

열흘하고도 이틀이 지났다. 카루스는 국왕의 부탁을 흔쾌히 들어주기로 했다.

맑은 가을 하늘에 둥그스름한 구름이 떠다녔다. 오랜만에 만난 순풍 때문인지, 돛이 세차게 펄럭이며 배의 속도를 더했다.

"저기 오네요."

선수에 아슬아슬하게 서 있던 바바슬로프가 망원경을 건네며 말했다. 카루스가 그에게서 망원경을 받아 멀리 수면 위를 바라보았다.

대형 무역선이 다가오고 있었다.

"가서 왕의 보좌와 기사들에게 알려."

"귀찮아 죽겠네."

바바슬로프가 빠르게 혀를 찼다.

그들의 군함엔 오르테가의 국왕이 신임하는 보좌와 8명의 기사가 함께하고 있었다. 상황을 파악해 왕에게 보고하기 위함이었다.

바바슬로프가 은근슬쩍 다가와 속삭였다.

"왕이라는 자가 말입니다. 자기 나라에 반역이 일어날지도 모르는 상황에 저렇게 무시무시한 게 들어오는 것도 막지 못한다니."

"그러니까 나한테 막아달라고 하잖아."

"그걸 왜 자기 힘으로 못한단 말입니까. 기사들한테 들어보니까 이 나라도 한때는 해상 전력이 강한 것으로 유명했다던데."

"왕년에 잘나갔다고 자랑하는 놈치고 진짜 대단한 놈을 본 적이 없어."

"그거야 그렇지요."

바바슬로프가 검은 깃발을 높이 들어 올렸다. 그러자 해군 병사들이 빠릿빠릿하게 움직이며 신호를 주고받았다. 저만치 떨어져 있던 왕의 보좌와 기사들도 서둘러 다가왔다.

"저희가 먼저 가서 확인하겠습니다."

혹시 모를 반격에 대비해 카루스의 기사들이 앞장서서 움직였다. 그들은 무역선과 가까워지기를 기다렸다가 다소 과격한 방법으로 놈들을 막아 세웠다.

그러곤 오르테가 남부 해상의 평화를 위한 불시검문이 있겠다며, 무역선에 넓은 판자 다리를 댔다.

그들은 모두 제국군임을 상징하는 제복을 입고 있었다. 거대한 군함엔 번들번들한 대포와 잘 훈련된 병사들이 가득했다.

무역선의 선원들은 겁에 질린 채 선상에 엎드렸다.

"이, 이게 무슨 일입니까. 예? 왜 이러시는데요."

군함에서 무역선으로 건너온 카루스가 중앙에 서서 배를 한 바퀴 둘러보았다. 그러곤 피식 웃으며 말했다.

"밀수선이군."

선원들이 고개를 숙인 채 슬금슬금 눈치를 살폈다. 그들도 무혈 제독이 누군지, 얼마나 대단한 사람인지 잘 알고 있었다.

"그…… 죄송합니다. 죽을죄를 지었습니다!"

"내가 질문하기 전까지 아무도 입을 열지 마라."

카루스가 시끄럽다며 얼굴을 찡그렸다. 선원들은 그가 두려웠던 나머지, 대답도 잊은 채 고개만 끄덕였다.

무역선 안엔 묵직하고 거대한 상자가 많았다. 카루스는 바바슬로프와 함께 몇 개의 상자를 뜯어 그 안을 들여다보았다.

"흠."

조립하기 전, 부품 상태의 공성 병기였다.

철갑 조각의 크기를 눈짐작으로 잰 바바슬로프가 공성 병기의 크기를 가늠하며 말했다.

"카루스 님, 이거……."

"그래."

그가 웃었다.

"이건 좀 놀랍군."

상자 안에 들어 있는 건 바이칸 제국에서도 아무나 함부로 소유할 수 없는 성능 좋은 공성 병기였다. 부품의 크기와 상태로 보건대 만들어진 지 얼마 되지 않은 것으로 보였다. 심지어 하나뿐인 것도 아니었다.

그가 그 사실을 왕의 보좌와 기사들에게 알려주었다. 그들도 막상 눈앞에서 소문으로만 전해 듣던 제국의 병기를 목격하게 되자, 말을 잃은 채 분노에 휩싸였다.

카루스가 밀수선 선원들에게 물었다.

"누가 주문한 거지?"

"예? 그런 건 모릅니다. 저희는 그저…… 이 물건들을 정해진 장소로 가져가라는 의뢰만 맡았을 뿐이에요. 그, 그게 뭔지도 몰랐어요!"

밀수선 선원들은 공포에 질려 있었다.

"공성 병기라뇨. 천만의 말씀입니다! 저희가 밀수 같은 짓거리나 하면서 사는 쓰레기인 건 사실이지만, 그런 건 절대 손대지 않습니다. 진짜예요! 그냥 돈을 많이 주길래 받은 의뢰입니다!"

"누가 한 의뢰인데?"

"그것도 잘……."

"다 털어놓을 때까지 한 놈씩 바다에 던져."

카루스가 손을 들어 올렸다. 그러다 겁에 질린 선원들이 억울하다며 그에게 애원했다.

"어마어마한 수고비였습니다. 이번 한탕만 해치우고 그만두자고 약속했을 정도로요! 그 안에 들어 있는 물건이 무엇인지 묻지 않는다는 게 조건이었습니다. 받는 사람도 누군지 몰라요. 저희는 그냥 이 상자들을 캄캄한 밤에 정해진 장소에 내려놓기만 하면……."

"거기가 어딘데?"

"바로 요 앞에 있는 부두요. 버려진 부두라고……."

카루스가 그들이 가리키는 방향을 향해 고개를 돌렸다. 멀리 수평선 너머에 작은 부두가 있었다.

갈매기 한 쌍이 하늘을 날았다. 그러곤 저만치 떨어진 수면에서 사이좋게 물고기 사냥을 하기 시작했다.

카루스는 맥스웰이 가져온 율리아의 전언을 떠올렸다.

"왕은 겁이 많은 만큼 의심이 많은 사람이니까, 그의 부하들을 보내 공성 병기를 직접 확인하게 할 거예요. 그건 제국에서조차 아무나 함부로 가질 수 없는 물건이라는 걸, 그들에게 알려주세요. 아무리 돈이 많아도 바이칸의 권력자와 인맥이 닿은 자가 아니면 절대 구할 수 없다고요."

처음엔 별거 아닌 일이라고 생각해 고개만 끄덕였다. 그런데 이어진 그녀의 전언에는 웃음을 터뜨리지 않을 수가 없었다.

"그 부두는 마조람 후작이 가문 대대로 물려받은 영지에 속해 있어요. 버려진 부두라고 불리지만, 범죄자들이 활발하게 이용해왔고요. 그곳이 후작가의 소유라는 걸 모르는 사람은 오르테가에 존재하지 않아요."

카루스가 남부로 오기 전에는 밤마다 해적들의 금화를 담은 상자가 오가던 곳이기도 했다.

"왕의 부하들에게 물어보세요. 선원들이 지목하는 목적지가 도대체 어디냐고. 카루스 님은 제국인이니까, 당연히 몰라서 묻는다고 생각할 거예요."

블라이스가 왕족을 공격하려 애써 준비한 공성 병기를 중간에 빼돌리고, 그걸 마조람 후작가에 뒤집어씌운다.

역모.

왕은 불같은 분노와 지독한 배신감에 잠도 이루지 못하게 되리라.

카루스가 천연덕스러운 얼굴로 물었다.

"버려진 부두라니, 이 앞에 그런 곳이 있나?"

"……"

왕의 보좌는 차마 입을 열어 말할 수 없었다.

"그대들이 가서 확인해보는 것이 좋겠군. 육지에서의 일까지는 도와드릴 수 없을 것 같으니, 국왕께 먼저 보고하는 편이 좋겠고."

"밀수선의 선원들도 저희가 데려가 조사하겠습니다."

"좋을 대로 해. 이 배는 통째로 끌고 가서 주둔지에 처박아 둘 테니, 언제든지 가져가시게."

"도움에 감사드립니다."

왕의 보좌가 진심을 담아 인사했다. 카루스는 별거 아니었다며 시원스레 그의 어깨를 두드려 주었다.

이날 국왕의 명령을 받은 왕실 기사단이 마조람 후작이 소유하고 있는 버려진 부두에 갑작스레 쳐들어와 그곳을 이 잡듯이 뒤졌다.

특히 커다란 창고를 소유하고 있거나, 무겁고 큰 물건을 싣고 내리는 장비를 가진 자들이 주요 대상이 되었다.

그들은 그 과정에서 수상한 창고를 여럿 발견했고, 다량의 밀수품을 압수하기도 했다.

그곳은 밀수업자들의 부두였다. 마조람 후작이 그걸 모르고 방관했을 리가 없었다. 왕은 그 모든 일이 후작의 묵인 아래 자행된 것이라 결론 내렸다.

"마조람 후작을 불러들여라."

마침내 왕의 명령이 떨어졌다.

27

이간질

"난 오랫동안 사네를 믿었어."

왕은 며칠 동안 거의 잠을 자지 못했다. 그의 눈 밑이 퍼렇다 못해 검게 변해가고 있었다.

시종이 한쪽 무릎을 꿇고 앉아 뜨거운 수건으로 왕의 손을 닦았다.

"무능한 놈이었으니까."

왕이 자기 입으로 한 말에 시종이 어찌할 바를 몰랐다.

마조람 후작은 집무실 중앙에 멀거니 서 있었다. 왕의 부름을 받았을 때, 후작은 왕실 기사들이 자신의 영지를 이 잡듯이 뒤지고 있다는 소식을 접한 상태였다.

분노한 가신들이 달려와 왕의 만행을 고발했다. 후작은 왕을 두둔하지도 못하고, 그들을 편들지도 못했다.

"이유를 알려주셔야 해명할 수 있습니다."

마조람 후작이 시종에게 눈짓하며 말했다. 할 일을 마쳤으면 어서 꺼지라는 뜻이었다. 시종이 재빨리 일어나 그에게 허리를 숙였다.

왕이 그 모습을 쳐다보다 웃었다.

"네놈의 왕은 누구더냐?"

"예?"

"후작이 네놈의 왕이냐고 묻는 것이다. 나가도 된다고 누가 허락했느냐? 대답해보아라."

시종이 새파란 얼굴로 무릎을 꿇었다. 제발 용서해달라고 말하며 왕에게 싹싹 빌었다.

"됐다. 네놈에게 무슨 잘못이 있겠느냐. 이 나라에 왕보다 높은 귀족이 있어 그런 것을."

"전하……. 죽을죄를 지었습니다."

"나가라. 꼴도 보기 싫구나."

왕이 시종에게서 시선을 거두었다. 어찌할 바 모르던 시종이 뒷걸음질로 집무실을 빠져나갔다. 앞으로 그가 다시 왕의 시중을 드는 일은 없을 것이다.

마조람 후작이 얕게 헛기침을 하며 말했다.

"변덕이 심해지셨습니다."

"늙어 그런 것이라고 말하고 싶은가? 정신 차려. 자네도 마찬가지라는 걸 알아야지."

"전하, 왜 그러셨습니까?"

"자네가 반역을 저지르려고 하니까."

왕이 갑작스레 본론을 꺼냈다.

마조람 후작이 일그러진 얼굴로 왕을 바라보았다. 그는 이런 순간일수록 말을 아껴야 한다는 걸 잘 알고 있었다. 해명은 짧게, 억울함은 감정적으로 전달해야 한다.

"누명입니다."

"누명이라고?"

"도대체 누가 무슨 말을 전하께 했는지 모릅니다만, 전부 억측일 것입니다. 마조람은 오르테가 왕가의 수호자이며, 전하의 충복이라는 걸……."

"그래서 그렇게 오랫동안 돈을 빼돌렸나?"

왕이 물었다. 마조람 후작은 그게 무슨 소리냐며 고개를 저었다.

왕은 책상 위에 있던 서류를 아무렇게나 움켜쥐고, 후작에게 집어 던졌다. 구겨진 종이가 이리저리 흩날렸다. 후작은 잠시 가만히 서서 화를 삼킨 후에 서류를 집어 들었다.

그건 전임 상인연합 대표가 마조람 파벌의 귀족들을 위해 착복해 왔던 비자금 장부였다.

"고작 이 정도로 제게 반역자라는 누명을 씌우려 하십니까?"

"후작!"

"차라리 솔직하게 말씀하십시오. 이제는 저와 제 사람들을 쳐내고 권력을 독식하려 한다고."

"네놈이 나를 배반하지 않았다면 왜 이런 일이 일어났겠어!"

"배반이라니요. 저는 변하지 않았습니다."

"네놈이 끝까지 왕을 기만하려 하는구나. 왕보다 큰 의자에 앉아 권력을 휘두르다 보니까 이번에는 이 자리에 앉아보고 싶더냐? 도대체 네놈에게 얼마나 더 많은 걸 내어줘야 하느냔 말이다!"

"전하."

"해적의 금화를 빼돌려 거하게 비자금을 만들고, 그걸로 파벌을 지배하고 있다는 것도 알고 있었다. 사람을 죽이거나 멋대로 권력을 휘둘러도 그러려니 했어! 네놈이 저지른 모든 죄악에 눈을 감았다! 못 본 척했어! 한데, 그런 내게 반역이라니!"

"그게 왜 저 혼자만의 죄악입니까?"

"뭐…… 뭐라고?"

"제가 저지른 죄악이 단 한 번이라도 전하께 누가 된 적이 있습니까? 아니요. 그 반대였지요. 전하는 제 덕에 왕좌에 앉았고, 그 자리에서 편하게 살고 계신 겁니다. 저와 제 사람들이 당신을 지키려고 했으니까요!"

후작의 목소리가 점점 커졌다.

"비자금이 의심스럽다고 하셨습니까? 그 돈이 어디에 쓰였을 것 같습니까. 당신을 지지하는 귀족들, 당신이 옳다고 말하는 귀족들, 왕가를 보살피는 자들의 손에 들어간 것입니다!"

"그걸 변명이라고 하는 것인가?"

"변명이라니요. 사실을 말하는 것입니다."

후작이 강하게 말했다. 그는 적당히 누명이라는 말만 반복하다가 돌아갈 생각이었으나, 왕의 분노가 생각보다 커 자신도 모르게 목소리를 높였다.

"결백하다고는 말하지 않겠습니다. 제 사람들에게 욕심이 없다고도 말하지 않겠습니다. 하지만 전하, 저는 지금까지 단 한 번도 당신을 배신하겠다는 생각을 해본 적이 없습니다. 맹세할 수 있습니다."

후작의 말이 길어질수록 왕의 얼굴에서 표정이 사라졌다. 열변을 토하는 마조람 후작을 앞에 두고, 왕은 그동안 내내 궁금했던 점을 물어보았다.

"자네는 왜 나를 선택했나?"

"전하."

"나보다 영리하고, 나보다 더 큰 지지 세력을 가진 형제들이 있었잖아. 나는 왕좌가 아니라 사랑을 선택했던 왕자였는데, 자네는 도대체 왜 나를 선택한 건가?"

다루기 쉬웠기 때문이다.

마조람 후작은 대답하지 않았으나, 왕은 그의 침묵에서 진실을 읽었다.

"후작, 마지막으로 하나만 더 묻지."

"저는 이 모든 게 누명이라는 말밖에 드릴 수 없습니다."

"바이칸의 공성 병기를 들인 이유가 무엇인가?"

왕이 마지막 기운을 쥐어짰다. 군주답게 서서, 군주답게 물었다. 높은 곳에 서서 오만한 자세로 후작을 내려다보았다.

마조람 후작이 입을 다물었다.

공성 병기라니. 그로서는 처음 듣는 얘기였다. 생각지도 못했던 질문이 떨어지자 후작은 본능적으로 입을 꽉 다물었다. 지금은 어떤 말을 해도 꼬투리가 될 수 있었다.

"크세노 황제와 손이라도 잡았나? 이제는 나보다 더 다루기 쉬운 왕이 필요해지기라도 했어?"

"……."

"올해 초부터였지. 자네가 내게 등을 돌리기 시작한 게."

왕이 후작을 노려보며 말했다.

"처음엔 그냥 철없는 아이들이 저지른 실수라고 여겼는데, 이제 와 생각해보니 그것조차 자네의 계획이었을 수도 있겠어."

바실리와 크리스틴이 왕족을 상대로 저지른 실수. 왕은 당시 일을 떠올렸다. 마조람 후작은 그때도 적극적으로 해명하는 대신 왕을 은근히 무시하는 태도를 보였다.

하나부터 열까지 모든 것이 의심스러웠다.

"전하."

후작이 주먹을 꽉 쥐었다.

"누명입니다. 제가 드릴 말씀은 이것 하나뿐입니다."

이런 식으로 나를 내친다면, 당신도 무사할 수는 없을 것이다. 후작은 그 말을 하려다 억지로 삼켰다.

왕이 손가락으로 문밖을 가리켰다. 더는 듣기 싫으니 썩 꺼지라는 뜻이었다. 딱딱하게 굳은 그의 얼굴을 보니, 어떤 말로도 설득하기 어려워 보였다.

마조람 후작이 몸을 돌렸다. 돌아선 그의 얼굴도 굳어 있긴 매한가지였다. 저 무능한 왕이 감히, 저가 지금까지 누구 덕에 그 자리에서 호의호식할 수 있었는지도 모르고.

불신이 깊었다. 왕은 후작의 반역을, 후작은 왕의 배신을 마음에 담았다.

머리가 두 개인 뱀. 한 몸과 다름없는 두 사람. 그렇게 불리던 왕과 후작이 서로를 적으로 인식한 순간이었다.

이 모든 게 한 시녀가 아홉 번의 삶을 거쳐 촘촘하게 깔아놓은 덫인 줄도 모르고.

마조람 후작의 영지, 버려진 부두에 지엄한 왕명이 내려졌다.

밀수업자와 노예 상인들의 은밀한 거래가 다수 발각되어, 부두 관리를 제대로 하지 못한 마조람으로부터 영지를 회수한다는 명령이었다.

고작 영지 하나. 그러나 그 반향은 엄청났다.

귀족들이 단체로 공황에 빠졌다. 왕가와 마조람은 떼려야 뗄 수 없는 사이인데, 이게 도대체 어떻게 된 일이냐며 그 이유를 찾기 위해 동분서주했다.

혹자는 마조람 후작이 오랫동안 국왕을 무시해 왔기에 그 해묵은 갈등이 터진 거라고 해석했고, 혹자는 국왕이 침몰하는 마조람 후작의 파벌과 이별한 것이라고 말했다.

오직 몇몇 사람만이 진실을 알고 침묵했다.

"시녀장님, 이거 보셨어요? 골동품인 것 같은데, 너무 아름답죠?"

"예쁘네. 현관 장식 테이블 위에 올려놔."

"이건요? 저는 그림은 볼 줄 몰라서…… 수석 시녀님도 그렇고, 알렉사 시녀님도 그림에 대해서는 문외한이라면서 시녀장님께 가져가라고 하셨어요."

"그건 그냥 창고에 넣어둬. 비싼 작품이긴 하지만, 계절에 어울리지 않으니까."

하녀들이 분주히 움직였다. 왕자궁의 증축을 축하한다며 어마어마한 양의 선물이 들어왔기 때문이었다.

"연회를 열어달라고 다들 난리예요. 증축 공사가 끝나고 나면 꼭 알려달라고 하던데요."

"정 많은 전하께서 왕가에 닥친 비극에 슬퍼하며, 이번 가을 동안 만이라도 자중했으면 좋겠다고 말씀하셨다고 전해."

왕비가 저렇게 되었는데 연회는 무슨. 코코가 중얼거렸다.

선물보다는 뇌물에 가까운 물건들이 끝없이 쌓였다. 자신의 서재에서 편지를 분류하던 코코의 얼굴에 심술궂은 미소가 떠올랐다.

"다들 꼬리 흔드느라 난리네. 엉덩이 떨어지겠어."

"내 시녀장은 왜 말을 꼭 저렇게 할까."

"모시는 분을 닮았나 보죠."

레위시아가 코코의 서재로 들어와 소파에 앉았다. 그러곤 코코의 하녀에게 다정하게 말을 걸었다.

"단것 좀 줄래?"

"예, 전하. 금방 준비하겠습니다."

하녀가 응접실로 달려가더니 달콤한 과자와 고소한 향이 나는 차를 쟁반에 담아 왔다.

"코코, 입맛이 변했어?"

"아뇨."

"이건 그럼……."

"율리아 먹으라고 가져다둔 거예요. 전하가 뺏어 먹고 있지만."

입맛이 떨어진 레위시아가 과자를 도로 내려놓았다.

"내가 이 궁의 주인이야."

"누가 아니래요?"

"오늘따라 왜 이렇게 화가 났어?"

"화난 거 아니에요. 기분이 너무 좋아서 화난 척하는 거죠."

코코는 그렇게 말하면서 얼굴을 더욱 차갑게 굳혔다. 자세히 보니, 두 눈은 무섭게 치뜨고 있는데 입술이 바르르 떨렸다.

웃음이 터지기 직전이다. 소파에서 일어난 레위시아가 코코에게 다가가 말했다.

"그냥 웃어. 우리 둘밖에 없으니까."

"으흐흐흐……."

코코가 어깨를 떨며 웃었다. 들고 있던 편지로 얼굴을 가리고, 온몸을 부들부들 떨었다. 레위시아가 한숨을 내쉬며 편지를 낚아채자, 악마처럼 사악하게 웃고 있는 코코의 얼굴이 드러났다.

"진짜 못됐다."

"기분 좋은 걸 어쩌라고요. 전하도 내숭 떨지 말고 그냥 웃으세요. 아까부터 입꼬리가 춤을 추고 있다고요."

"그럴까."

레위시아와 코코가 마주 보며 웃음을 터뜨렸다. 차마 박장대소할 순 없었지만, 한차례 웃고 나니 갑갑했던 마음이 좀 풀리는 것 같았다.

"이상하죠. 평소보다 일찍 일어났는데 피곤하지가 않아요. 세안 물이 너무 차가웠는데, 짜증이 아니라 시원해서 기분이 좋더라고요. 안 먹던 향신료도 향긋하게 느껴지고, 할 일이 이렇게 많은데 그것조차 재밌어요."

"나도 그래."

"세상이 조금 더 살만해졌어요. 이게 다 마조람 후작이 왕가와 갈라섰기 때문이에요."

코코가 책상 위에 있던 편지 중 하나를 레위시아에게 내밀었다. 마조람 파벌로 분류되던 중진 귀족의 초대장이었다.

"반역은 돌이킬 수 없는 죄지."

고작 영지 하나를 압수했을 뿐인데 귀족들의 동요가 거셌다. 마조람 후작도 그 사실을 모르지 않았기에, 가신 가문 전체에 비상 소집령을 내렸다고 들었다.

"그 거대한 파벌이 한 번에 와해되지는 않을 거야. 특히 나쁜 짓을 많이 저지른 것들이 그렇겠지. 악행은 여럿이 함께 저질렀을 때 죄책감도 줄어들고 서로의 약점을 틀어줄 수 있으니까."

레위시아가 손가락으로 마조람 파벌 귀족 가문의 수를 헤아리며 말했다. 그가 아는 가문만 해도 서른이 훌쩍 넘었다. 그런데 코코가 분류해둔 편지와 뇌물 목록을 보니, 이번 기회에 그중 절반은 후작에게 등을 돌릴 생각인 것 같았다.

웃음기를 지운 레위시아가 다시 소파에 앉았다.

"내가 걱정하는 건 부왕의 확신이야."

"국왕 전하요?"

"서로 사랑하는 연인보다 서로 미워하는 연인이 더 헤어지기 어렵다는 우스갯소리도 있잖아. 부왕은 끊임없이 망설일 거야. 이게 옳은 결정인지, 마조람 후작이 정말 반역을 저지르려 하는 건지, 내가 오해한 건 아닌지."

결정적인 증거가 없어서 더 그랬다. 비자금 장부는 물론이거니와 공성 병기도 마찬가지였다. 그 모든 게 후작을 가리키고는 있었으나, 대놓고 그의 이름이 적혀 있지는 않았기 때문이다.

"세상에 나 반역자요, 하고 얼굴에 쓰고 다니는 사람도 있어요? 이 정도면 사형을 내린다고 해도 다 그러려니 할걸요."

"난 후작이 저질러온 나쁜 짓들이 꼭 그 하나만을 위한 거라고는 생각하지 않거든."

"국왕 전하도 연루되어 있다는 말이에요?"

코코가 얼굴을 찡그리며 물었다. 그러곤 레위시아가 대답하기도 전에 혼자 이해했다며 고개를 끄덕였다.

"그럴 가능성이 크겠네요."

그럼 더 헤어지기 어려운 거 아닌가.

자꾸만 율리아가 했던 말이 머릿속에 떠올랐다. 머리가 두 개인 뱀의 이야기였다. 하나뿐인 몸을 차지하기 위해 서로 잡아먹으려 아귀다툼을 하다가 자멸하고 만다는 이야기.

생각에 잠긴 코코의 귓가에 레위시아의 부드러운 목소리가 들렸다.

"꿈을 꿨어."

"무슨 꿈이요?"

"율리아가 내 궁에 처음 왔던 날의 꿈."

그때는 뭐 이런 맹랑한 평민이 다 있나 했다. 무모하고 철없는 소녀라고 믿었다. 그러니까 바실리 같은 개자식한테 홀렸던 거라고.

브레웨 훈장의 주인이라는 사실은 놀라웠으나 공부를 잘한다고 해서 매사에 현명하다고는 할 수 없었기에, 레위시아는 율리아가 왕궁 생활에 적응하지 못하고 금세 떠날 거라 예상했다.

처음 마조람과 왕가를 이간질하겠다고 했을 때도 마찬가지였다.

"그때 진짜 어이없었는데."

"그 계집애가 지금 전하의 수석이에요."

"후작을 반역자로 만들었고."

돌이켜보면 소름 끼치도록 절묘한 순간들이었다. 운명의 신이 잠시 세상에 내려왔다가 갔다고 해도 믿을 수 있을 만큼.

코코와 레위시아가 율리아를 떠올리며 이른 봄부터 일어났던 사건들을 회상하고 있을 때, 율리아가 서재 안으로 들어왔다.

"두 분 뭐 하세요?"

아름다운 크림색 드레스에 산호색 허리띠가 잘 어울렸다. 긴 머리카락은 우아하게 땋아 늘어뜨렸다.

서재에 들어서자마자 화들짝 놀라며 자신을 바라보는 코코와 레위시아를 보고, 율리아가 말했다.

"국왕께서 왕비궁의 시녀장을 찾으셨대요."

레위시아는 코코를 바라보고, 코코는 율리아를 바라보았다.

왕이 왕비의 시녀장을 찾았다. 이건 아주 중요한 문제였다. 왕이 왕비의 시녀장에게 묻고 싶은 게 있다는 뜻이었으니까.

율리아가 완전히 서재 안으로 들어와 문을 닫았다. 그러곤 두 사람을 바라보며 담담하게 말했다.

"오늘 왕가와 마조람이 완전히 등을 돌릴 거예요. 이번 기회에 비어 있는 궁내부 대신의 자리에 우리 사람을 앉혀야 해요."

율리아의 말대로였다.

국왕이 왕비궁의 시녀장을 불러들였다.

"전하, 부르셨다고 들었습니다."

"왕비가 쓰러지기 전에 왕비궁에 무슨 일이 있었는지 낱낱이 고하라."

"예? 무슨…… 일이 있었는지, 라고 말씀하시면."

"마조람 후작 부인이 다녀갔다는 것은 이미 알고 있다. 자네도 그 자리에 있었겠지? 혹 후작 부인이 왕비를 괴롭히거나 협박했느냐? 조금이라도 그런 사실이 있다면 하나도 남김없이 고하도록 해라.”

“저는…….”

당황한 시녀장이 고개를 숙였다. 그녀 역시 왕이 마조람 후작을 내치기로 했다는 소문을 들어 알고 있었다. 그래서 그간 왕비에게 있었던 일을 다 말해야 할지, 아니면 모르는 척해야 할지 판단이 서질 않았다.

왕이 다시 말했다.

“왕비의 병이 깊어진 데에는 다 그만한 이유가 있을 것 아니냐. 왕비를 가장 가까이에서 모시는 자가 아무것도 모른다면 그 역시 큰 죄일 터, 당장 바른대로 말해라.”

“전하, 후작 부인께서 방문하신 것은 사실입니다.”

“와서 무슨 말을 했느냐.”

“특별한 대화를 나누지는 않으셨습니다. 왕비 전하께서 편찮으시어 화를 많이 내셨고, 후작 부인은 그런 전하를 달래주지 않으셨습니다. 어서 자리를 털고 일어나 왕비의 의무를 다하라고…….”

시녀장은 그날 있었던 일을 천천히 말했다. 후작 부인이 방문했을 때, 왕비가 얼마나 슬피 울고 있었는지. 하지만 궁내부 대신과 왕비 사이의 일까지는 말할 수 없어 적당히 건너뛰어야만 했다.

의아해진 국왕이 시녀장을 노려보며 물었다.

“숨기는 게 있구나. 죽고 싶으냐?”

“아닙니다. 전하, 절대 그런 것이 아닙니다.”

“너도 마조람 후작과 한패인 거냐? 그런 자가 감히 왕비궁의 시녀장 노릇을 하고 있었어?”

"아닙니다!"

시녀장이 무릎을 꿇었다. 그녀는 살기 위해, 그리고 가엾은 왕비를 위해 애써 감추고 있었던 비밀을 꺼낼 수밖에 없었다.

"후작 부인이 왕손을 숨겨놓고 있었습니다."

"……뭐?"

"죽은 1왕자 전하의 연인이었던 여자를 기억하십니까. 그 여자가 죽지 않고 살아서, 후작 부인이 비밀리에 마련해둔 안가에 감금되어 있었습니다. 그 사실을 안 왕비 전하께서 급하게 저를 보내었으나, 눈치 빠른 그들이 여자를 빼돌린 뒤였습니다."

"그게 무슨 말이냐. 1왕자의…… 아이를 가졌다던 그 여자?"

"그렇습니다. 전하, 제가 본 것은 산실이었습니다. 마을 산파를 불러 확인해본 결과, 그 여자가 맞았습니다. 겨울이 오면 태어날 거라고 ……."

"이 빌어먹을 것들이!"

왕의 분노가 폭발했다. 그가 책상 위에 있던 것들을 모조리 쓸어버리며 고함을 질렀다. 깜짝 놀란 시종이 의사와 함께 달려와 왕을 달래려 애를 썼다.

"반역이구나. 반역이 확실해! 내가 그 오랜 세월 동안 반역자를 믿었어! 감히 왕손을 빼돌려 왕좌를 찬탈하려 해? 나와 내 핏줄을 다 죽이겠다는 건가! 이 쳐죽일 놈들……!"

"전하, 진정하십시오!"

"도대체 얼마나 오만한 것이냐! 어디까지 나를 우습게 보는 거야! 허수아비로도 부족해서, 꼭두각시를 세우려 들다니!"

왕손이 저들의 손에 있다. 혼란이 확신으로 바뀌는 데는 그 사실 하나만으로도 충분했다.

"용서하지 않겠다! 절대로, 다시는!"

왕이 미친 듯이 분노하고 있었다. 시종들이 그의 발아래 엎드려 벌벌 떨었다.

—•◆•◆•—

율리아의 입가에 짧은 미소가 스쳤다.

왕비궁의 시녀장은 충성스러운 사람이었다. 왕은 시녀장에게 왕비와 후작 부인이 무슨 대화를 나누었는지 물어볼 것이고, 시녀장은 그에게 알맞은 정보를 전달할 것이다.

후작 부인이 방문했을 때 왕비의 상태가 얼마나 안 좋았는지, 그리고 왕손을 가진 여자가 살아 있다는 사실까지.

충성스러운 시녀장이 왕비에게 불리한 증언을 할 리 없었다. 궁내부 대신과의 관계라거나, 그 비밀을 몰래 알려준 사람이 레위시아 왕자궁의 수석 시녀 율리아 아르테라거나.

누군가의 약점을 손에 쥐고 있다는 건 이토록 강력한 힘이었다. 왕비는 4왕자의 출생의 비밀을 알고 있는 율리아를 절대 공격할 수 없었다.

다음 날, 왕의 집무실에 다녀온 레위시아가 시녀들을 모아놓고 말했다.

"부왕께서 힌치 백작을 또 불러들이셨어."

늦은 저녁이었다. 왕자궁의 세 시녀가 식사를 마치고 모여 앉아 증축 공사의 진행 상황에 대해 의견을 교환하고 있었다.

코코는 율리아에게 지금보다 더 큰 방과 응접실, 서재를 따로 마련해주겠다고 했다. 알렉시는 연무장과 기사 숙소를 원했다.

활발하게 의견을 교환하는 그들을 보며, 레위시아가 물었다.

"내 말 듣고 있는 거야?"

"그럼요."

코코가 설계도를 덮으며 그를 바라보았다. 레위시아가 율리아의 맞은편에 앉았다.

"힌치 백작은 나를 지지하는 사람들과 반제국파의 대표 격인데, 부왕께서 자꾸 불러들여 가까이에 두니까…… 밖에서 말이 많아."

"그렇겠죠."

"심지어 오늘은 나와 샤트린을 중간에 내쫓기까지 했어. 백작과 은밀하게 상의할 일이 있다는 뜻이겠지."

"샤트린 전하께서 화가 많이 났겠네요."

"나랑 한마디도 하지 않더라고."

"국왕 전하께서는 궁내부 대신의 빈자리에 누구를 앉혀야 하는지, 아버지와 그걸 상의하고 있을 거예요."

코코가 말했다.

"아버지한테 말씀드려두었어요. 전하께서 선택한 후보들의 명단이 왕께 전해졌을 거예요. 마조람 파벌과 과격한 반제국파는 모두 제외하되, 공정하고 학식이 높은 사람으로."

"이왕이면 날 좀 좋아해주면 더 좋고."

"무슨 당연한 소리를 하시는 거예요."

코코가 뇌물로 받은 목걸이를 만지작거리며 웃었다.

"다음 왕좌의 주인은 레위시아 전하여야 한다고 말하는 자를 특별히 엄선했죠."

정말로 공정하고 중립적인 귀족을 추천할 수도 있었다. 하지만 코코는 일을 일부러 어렵게 만들 필요는 없다고 생각했다.

레위시아 왕자가 샤트린 공주와 충분한 시간을 가지고 경쟁할 수만 있다면야 상황이 달랐을 것이다. 하지만 그들에겐 여유가 없었다. 궁지에 몰린 마조람 후작의 행보에 촉각을 곤두세워야 했기 때문이었다.

"후작 저택에 첩자를 심었어야 했습니다."

알렉사가 아쉽게 되었다며 혀를 찼다. 이럴 줄 알았으면 왕자궁의 시녀나 기사가 될 게 아니라, 마조람 후작가의 병사로 지원해서 은혜를 갚는 편이 나았을 수도 있겠다고 투덜거리기도 했다.

마조람 후작의 곁에 남은 귀족들의 수가 생각보다 많았다.

"후작과의 줄을 떼려야 뗄 수 없는 사람들일 거예요. 손을 놓는 순간 상대를 죽이거나, 자신이 죽는 결말만 남은 사람들이요. 마조람 후작을 배신하느니 왕가를 배신하는 게 낫다고 여기는 자들이기도 하고요."

율리아는 담담한 얼굴이었다. 하지만 마조람 후작에 관해 이야기할 때마다 그녀의 눈동자가 기이하게 빛나고 있다는 걸, 레위시아는 알았다.

"첩자는 심을 필요 없어요."

율리아가 조용히 속삭였다.

"저는 그 사람들이 생각하는 것보다 더 많은 걸 알고 있거든요."

처음부터 계획은 하나였다. 마조람 후작이 지배하는 그 높은 곳을 향해 가되, 그를 받치고 있는 세계를 무너뜨리는 것.

하나씩 차례대로 아래에서부터 차근차근, 그렇게 할 것이다. 나락에 떨어진 뒤에는 아무도 그를 돕지 못하도록.

바실리는 연막이었다. 그는 자신이 후작의 눈을 가리기 위해 율리아가 준비한 무대 위의 배우라는 걸 끝까지 눈치채지 못했다. 바실리로부터 시작된 국왕과 후작 사이 미움의 싹이 드디어 꽃을 피웠다.

이간질은 섬세하게 해야 한다. 누가 이 판을 짰고, 누가 이 판을 지배하는 사람인지, 아무도 모르게 해야 한다.

그래야 이길 수 있었다.

"마조람 후작은 가신들을 모아놓고 후계자를 발표해야만 할 거예요. 가문의 미래가 공고함을 알리기에 그보다 좋은 방법은 없으니까요."

"크리스틴이 후계자가 되겠군."

"그리고 그건 국왕 전하도 마찬가지예요."

마조람의 손을 놓아버린 국왕을, 귀족들은 불안하게 바라볼 것이다. 가뜩이나 1왕자의 죽음과 왕비의 병환으로 왕가에 흉조가 들었다는 말이 많았다.

왕은 후계자를 지명해야 한다.

레위시아가 허탈한 웃음을 흘리며 말했다.

"샤트린이겠네. 난 아직 그 정도로 존재감을 키우지 못했으니까."

"네."

"그 녀석에게서 마조람을 떼어냈다고 좋아했더니, 이런 복병이 기다리고 있을 줄이야. 정말 쉽게 넘어가는 법이 없구나."

우리가 언제는 그렇게 편하게 살았냐며, 어려운 문제일수록 풀었을 때의 쾌감이 큰 법이라고, 코코가 투덜거렸다.

"맞습니다. 강한 상대를 쓰러뜨리거나 이루기 어려운 경지에 도달했을 때가 가장 기쁘죠."

알렉사도 코코의 말에 공감하며 고개를 끄덕였다.

자정이 지난 시각, 다들 자러 가고 웬일로 늦게까지 남아 있던 율리아가 레위시아에게 말을 걸었다.

"레위시아 전하."

그녀는 그를 곧은 눈으로 바라보고 있었다.

"왜 그래? 무섭게."

"드릴 말씀이 있어요."

"뭔데 그래?"

"만약 누군가가 샤트린 공주 전하를 죽이려고 한다면, 그땐 어떻게 하실 거예요?"

"뭐?"

레위시아가 읽고 있던 책을 탁 소리 나게 덮었다. 그러곤 주위에 아무도 없다는 사실을 확인한 뒤에 의자를 끌고 율리아에게 가까이 다가왔다.

"지금 무슨 소리를 하는 거야."

"대답해주세요."

"당연히 막아야지."

레위시아는 망설이지 않고 말했다. 누군가 샤트린을 죽이려 한다면, 당연히 막아야만 한다고.

그러자 율리아가 감정이 담겨 있지 않은 얼굴로 물었다.

"샤트린 공주님이 돌아가신 뒤에는 전하께서 이 나라의 왕이 될 텐데요?"

이번에는 레위시아도 대답하지 못했다.

샤트린이 죽으면 그가 다음 대의 왕이 된다. 국왕이 그를 왕위 후계자라 여기지 않는대도 상관없었다. 4왕자가 가진 출생의 비밀을 아는 이상, 경쟁자는 존재하지 않는 것이나 다름없었다.

레위시아가 물었다.

"누가 샤트린을 죽이려고 하는데?"

"해방군이 왕족을 죽이려고 합니다."

"왜?"

"억울하고, 화가 나서요."

"그런다고 왕족을 죽여?"

"왕께서도 그랬으니까요."

율리아의 말에는 배려가 없었다. 온기도 없었다. 늘 그를 향하던 다정함도 없었다. 레위시아가 메마른 웃음을 터뜨렸다.

"부왕께서 해방군을 잡아 죽였으니, 그들도 똑같이 하려는 거라고?"

"바이칸에서 들어온 건 공성 병기뿐만이 아니에요. 다수의 병장기라고 했어요. 1왕자 전하를 살해했던 석궁처럼 좀 더 강력한 위력을 가진 무기들이 해방군의 손아귀에 들어갈 거예요."

"블라이스 그 개자식이……."

"증거는 없어요. 그들이 샤트린 전하를 노릴 거라는 건 순전히 저의 추측이에요. 처음엔 레위시아 전하를 노리지 않을까 걱정했는데, 이번에 확실히 알았어요."

율리아는 거의 확신하고 있었다.

"왕께서 샤트린 공주님을 후계자로 지목하면 해방군은 곧바로 그분을 노릴 거예요."

그러니까 선택해야 한다. 율리아는 최대한 감정이 담겨 있지 않은 눈으로 레위시아를 응시했다.

"어떻게 하시겠어요?"

샤트린에게 이 사실을 알릴 것이냐, 아니면 좀 더 빠르고 손쉽게 왕좌에 오를 것이냐.

선택은 레위시아의 몫이었다.

—•◆•—

율리아 아르테는 잔인하다.

레위시아는 밤새 한숨도 잠을 이루지 못했다. 율리아의 차가운 초록색 눈동자가 자꾸만 떠올라, 뒤척이고 괴로워하다가 해가 뜨기도 전에 자리에서 일어났다.

샤트린은 자신이 왕위에 오르면 레위시아를 죽여 없애겠노라고 공공연하게 말하고 다녔지만, 그래도 그는 그녀를 미워하지 않았다. 밉거나 증오스럽거나, 원망스럽지도 않았다.

레위시아가 샤트린에게 느끼는 감정은 약간의 동질감과 소속감, 그리고 미안함이었다.

바깥에선 어슴푸레하게 동이 트고 있었다. 본궁으로 갈 준비를 마친 레위시아가 1층으로 내려왔을 때, 그보다 더 일찍 일어난 율리아가 복도 저편에서 이쪽을 돌아보았다.

"벌써 일어나셨어요?"

"넌 왜 벌써 일어났는데?"

"잠을 못 잤어요."

율리아가 희미하게 웃었다. 레위시아가 그녀에게 다가가 말했다.

"난 지금 샤트린의 궁으로 갈 거야."

"……네."

"사실대로 말할 거고."

"공주님은 안 믿으실 거예요."

"그럼 그거야말로 그 녀석 탓이지."

위선자라고 욕해도 할 수 없었다. 레위시아는 샤트린을 죽여서라도 왕좌에 오를 생각이었으나, 해방군이 그녀를 죽일지도 모른다는 사실을 알면서 침묵할 수는 없었다.

"솔직하게 말해봐. 이렇게 될 거라는 걸 알고 있었지?"

"예상하긴 했어요."

"내가 만약 방관하겠다고 말했으면, 그땐 어떻게 할 생각이었어? 네가 나서서 샤트린을 구하진 않았을 것 같고…… 다른 사람을 통해서 정보가 새어 들어가도록 조종했으려나?"

율리아는 그의 질문에 대답해주지 않았다. 잠깐 망설이다가 고개를 저을 뿐이었다.

샤트린은 믿지 않았다. 믿지 않는 정도가 아니라, 경고하러 온 레위시아를 비난하기까지 했다.

"해 뜨자마자 남의 궁에 나타나서 한다는 소리가 고작 그거야? 해방군 따위가 내 목숨을 노릴 거라고? 심지어 누가 그런 헛소리를 했는지, 그건 알려줄 수가 없다?"

"샤트린."

"레위시아, 위기감을 느끼고 있다는 건 알겠어. 알겠는데…… 이건 너무 억지 아니야? 해방군은 오합지졸 폭도일 뿐이야. 오빠는 안일하게 굴다가 재수 없게 죽었지만, 난 아냐."

"난 경고했어."

"뭐라는 거야, 진짜. 나도 경고하나 할까? 아버지가 조만간 나를 왕위 후계자로 지목하실 거야. 너나 네 목숨 잘 지켜."

국왕과 마조람 후작이 반목하게 된 이후, 샤트린은 지지 세력을 상당히 잃고 조금 불안해진 상태였다. 게다가 최근 왕이 가장 가까이에 두고 조언을 듣는 사람은 힌치 백작이었다.

이대로 가다가는 레위시아에게 후계자 자리를 빼앗기고 목숨을 잃거나 멀리 추방당할지도 모른다는 생각이 불쑥 들었다.

"차라리 내가 죽었으면 좋겠다고 신한테 기도라도 해. 혹시 모르잖아? 신이 널 불쌍하게 생각해서 내 목을 대신 쳐주기라도 할지?"

"샤트린, 말조심해."

"왜? 내가 못 할 말 했어?"

"네가 걱정돼서 온 사람한테 그게 할 소리야?"

샤트린이 보란 듯이 웃음을 터뜨렸다. 날카롭고 불안해 보이는 웃음이었다.

"쓸데없는 소리 하려거든 내 궁에서 나가."

"너야말로 내가 꼴도 보기 싫을 만큼 미웠다면 궁 안으로 들이지 않았으면 되었잖아. 이렇게 얼굴을 마주하고 대화하는 것도, 실은 내가 그리 싫지 않으니까 가능한 거고."

"이게 아침부터 웃기고 있네?"

"네가 내 입장이었어도 똑같았을 거야. 만약 누군가 날 죽이려는 계획을 짜고 있고, 그걸 네가 알게 됐다면."

"그야 당연히……!"

"나한테 달려와서 목숨줄 좀 잘 붙들고 있으라고 온갖 짜증을 냈겠지. 왕자궁에 처박혀서 한 걸음도 나오지 말라고 화를 내면서."

아니라고 말하려던 샤트린이 입을 다물고 레위시아를 바라보았다. 그녀의 눈 속엔 여러 가지 감정이 깃들어 있었다.

미움, 질투, 염려, 짜증, 안쓰러움, 슬픔…… 그리고 안도.

레위시아는 샤트린의 감정까지는 다 알아챌 수 없었다. 하지만 그녀가 자신을 미워하면서 동시에 정을 느끼고 있다는 건 알 수 있었다.

그래서 말하기로 했다.

"1왕자를 죽인 건 해방군이 아니야."

레위시아가 샤트린에게 가까이 다가가 그녀의 귓가에 속삭였다. 시녀들은 듣지 못했을 만큼 작은 목소리였다.

"뭐?"

"사실이야."

샤트린이 고개를 빠르게 돌려 레위시아를 노려보았다. 한 손을 휘둘러 시녀들을 물러나게 한 그녀가 레위시아에게 물었다.

"그럼 누군데."

"블라이스 백작."

"너는 그걸 알면서……."

"내가 그걸 말하면, 누가 내 말을 믿어줄 것 같은데?"

아무도 안 믿을 것이다. 증거도 없고, 증명할 방법도 없었다. 하물며 레위시아는 외면받는 왕자였다.

샤트린이 다시 물었다.

"블라이스 백작이 왜 오빠를 죽였는데?"

"오르테가에 분란을 일으키려고."

"왜?"

"바이칸의 황제는 우리 왕국을 식민지로 만들고 싶으니까."

샤트린은 처음엔 이해할 수 없다는 얼굴이었다. 1왕자는 대표적인 친제국파였기에, 블라이스 백작이 바보 명청이가 아닌 이상 그런 짓을 할 리가 없다고 여겼다.

하지만 이어지는 레위시아의 말에 수긍하지 않을 수도 없었다.

"그는 마조람 후작의 세력을 깎는 동시에 해방군의 세력을 키우고 있어. 그래야 내전이 일어날 테니까. 만약 해방군이 공주인 너까지 공격한다면…… 그땐 부왕께서 민간인 학살을 일으킬 수도 있지."

가능성 많은 이야기였다. 실제로 국왕은 1왕자가 죽은 뒤, 죄 없는 민간인들을 고문하고 처형했다.

"이 모든 게 바이칸의 황제에겐 빌미가 돼. 명분도 되지."

"레위시아."

샤트린이 입을 열었다.

"앞으로도 그건 너만 알고 있어."

떨리는 목소리였다. 담담한 척하려고 애쓰고 있었지만, 말끝에 배어 나오는 잔 떨림까지 감출 수는 없었다.

"아무한테도 말하지 마. 알았지? 만약…… 누가 묻더라도 아니라고 해야 해. 너는 그래야 해."

"왜."

"안 그러면 우리 아버지가 죄 없는 백성을 학살한 무능한 왕이 될 테니까."

진범이 따로 있다는 게 밝혀지면 백성들의 분노는 모두 왕을 향하게 되어 있다.

가뜩이나 왕권이 약한 국가였다. 제국의 그림자 속에서 평생 눈치만 보며 살았던 왕이다. 왕보다 힘센 귀족이 있어도 큰소리로 나무라지도 못했다.

그런 그가 백성을 오해해서 죽였다는 것까지 밝혀지면, 왕의 권위는 밑바닥으로 떨어질 게 뻔했다.

폭동이 일어날지도 모른다. 해방군 몇몇이 일으키는 소규모 난동이 아니라, 왕국을 뒤흔드는 폭동.

그건 호시탐탐 왕을 노리는 마조람 후작과 왕국을 탐내는 바이칸의 황제, 모두에게 커다란 빌미를 제공하는 셈이었다.

레위시아가 샤트린에게 위험을 경고했다.

율리아는 그 사실을 알면서 그를 말리지 않았다. 뒤늦게 일어난 코코도 쓴웃음을 지으며 고개를 끄덕일 뿐이었다.

"그런 왕자님이니까 선택한 거야. 세상 미련 없는 나비처럼 굴면서, 쓸데없이 정은 많거든."

"알아요."

"난 레위시아 전하의 결정이 옳다고 생각해. 감히 이 나라 왕족을 죽이겠다니. 왕궁 시녀로서 그런 건 용납할 수 없어."

알렉사도 비슷한 의견이었다.

"레위시아 전하는 당연히 샤트린 공주님을 위험에서 구하려고 하지 않을까요. 직접 몸을 던지지만 않는다면, 경고하는 정도는 괜찮다고 생각합니다."

"그런가요."

"율리아의 생각은 다릅니까?"

알렉사가 물었다.

지금의 삶이 여덟 번째였다면 율리아는 샤트린이 죽게 내버려두었을 것이다. 틀림없었다.

하지만 이제는 차마 그렇게 해야 한다는 말이 나오질 않았다. 레위시아에게 선택을 맡긴 것도 그런 이유였다.

머리로는 샤트린이 죽어야 일이 쉬워진다는 걸 알고 있는데, 목에 자물쇠가 채워진 것처럼 그 말을 꺼내기가 쉽지 않았다.

레위시아가 상처 입을까 걱정되고, 그를 바라보는 코코가 걱정스러워할까 걱정이 되었다. 알렉사를 실망케 하고 싶지 않았고, 샤트린이 그리 싫지도 않았다.

삶을 반복하며 마모되어 사라진 줄 알았던 감정들이 불쑥불쑥 솟아올랐다. 사람에 대한 정, 관계에 대한 미련. 복수에는 전혀 도움 되지 않는 연약하고 거추장스러운 감정들.

"저도 그렇게 생각해요."

그래서 대충 웃으며 얼버무리고 말았다.

코코가 골치 아프다는 듯 이마를 문지르며 자리에 앉았다.

"전하께서 샤트린 공주님이 죽는 걸 원하지 않는다면, 그 마음을 지켜드리는 게 시녀장의 의무지."

"수석 시녀의 의무이기도 한가요?"

"뭔 당연한 소리를 하고 있어?"

그럼 이제 어떻게 한다. 코코가 한숨을 내쉬었다. 왕은 조만간 샤트린을 후계자로 삼을 텐데, 정적인 공주를 지키기까지 해야 한다니.

율리아가 알렉사의 곁에 앉아 두 눈을 내리깔았다.

28
군림하는 장미와 부러진 칼

오르테가의 가을은 짧은 편이었다. 여름 더위가 가시는가 싶었는데, 금세 겨울이 다가왔다. 바다를 찾는 자들이 줄고, 땔감을 비축하려는 상인들이 산맥 앞에 무리를 이뤘다.

왕이 신임 궁내부 대신에 힌치 백작의 오랜 친구이자 반제국파로 분류되는 중진 귀족을 임명했다. 이 일은 오르테가의 귀족들에게 어떤 신호처럼 여겨졌다.

왕은 마조람 후작과의 전쟁을 선포할 것인가.

어쩌면 버림받은 왕자였던 레위시아 오르테가가 왕좌에 오를 수도 있다.

하지만 그런 것치고는 샤트린 공주에 대한 왕의 신뢰가 굳건했다. 집무실에 샤트린만 남겨두고 레위시아에게는 이제 본궁에 나올 필요가 없다며 왕자궁으로 돌아가라고 명령한 것이다.

그러곤 귀족들이 우왕좌왕하는 틈에 돌발적으로 왕위 후계자를 발표했다.

"샤트린 오르테가를 나의 후계자로 삼겠노라."

가을의 마지막 날, 샤트린을 위한 후계자 발표 연회가 개최되었다. 왕궁에서 가장 큰 연회 홀이 개방되고, 오르테가의 모든 귀족이 초대장을 받았다.

레위시아는 그 연회에 참석하지 않았다. 그가 거기 오리라고 기대하는 자도 없었다.

놀라운 일은, 샤트린이 후계자로 임명되었음에도 레위시아를 믿고 따르는 자들이 점점 늘고 있다는 것이었다. 본궁에서는 샤트린의 후계자 임명식이 치러지고 있는데, 은밀하게 2왕자궁의 문턱을 넘는 귀족들이 있었다.

그들은 연회에 참석하기 전에 레위시아를 만나선 짧은 인사와 함께 그를 응원하고 돌아갔다.

그렇게 하루가 저물어갈 무렵이었다.

"큰일 났습니다!"

석양이 내려앉은 정원에 기사들이 들이닥쳤다. 레위시아는 편한 옷을 입고 저녁 식사를 막 끝낸 참이었다.

"왕자 전하, 무탈하십니까?"

"왜 그러지? 내가 멀리 도망이라도 쳤을까 봐?"

"그게 아닙니다. 전하, 당분간 외출을 삼가시라는 말씀을 드리러 왔습니다."

"왜?"

"후계자 임명식이 끝난 뒤, 원로들과 함께 왕가의 무덤으로 가시던 샤트린 공주 전하께서 습격을 받으셔서……."

샤트린은 임명식이 끝나면 원로들의 손을 잡고 왕가의 무덤으로 가서 선조들께 인사를 올려야 했다. 그런 뒤에는 왕궁 밖으로 나가 중앙 광장에서 중앙 부두까지 행진하는 게 순서였다.

레위시아는 샤트린이 왕궁 밖 가도를 행진할 때 해방군의 습격이 있으리라 예상했다.

하지만 율리아는 그렇지 않을 거라며 고개를 저었다.

행진할 때는 왕실 기사단이 사방에 포진해 공주를 철통같이 지키게 되어 있었다. 그러나 선조들의 무덤에 갈 때는 비교적 적은 인원이 이동한다.

율리아는 그 점을 지적하며, 해방군이 블라이스의 지휘로 움직인다면 오히려 그때를 노릴 것이라고 말했다.

"샤트린은? 많이 다쳤느냐?"

"말에서 떨어져 발목이 부러지셨습니다. 몇 군데 상처가 있긴 하지만, 그 외엔 가벼운 부상으로 보입니다."

"죽은 사람은?"

"원로들이 두 분…… 그리고 왕실 기사단이."

기사들의 얼굴이 분노로 일그러져 있었다. 어느새 다가온 율리아가 레위시아에게 재킷을 내밀었다. 그녀 역시 드레스 위에 긴 코트를 걸치고 있었다.

레위시아가 재킷을 걸치며 문밖으로 나섰다.

"샤트린에게 가자."

샤트린은 레위시아의 말을 완전히 믿지 않았다. 반신반의했다고 하는 편이 좋을 것이다. 절대 그럴 리가 없다고 생각하면서도, 마음 한쪽에 약간의 불안이 맴돌았다.

하지만 그 불안은 국왕이 그녀를 후계자로 임명하면서 어느 정도 자취를 감춘 상태였다. 샤트린은 아버지에게 왕좌를 약속받았다. 이제 이대로 시간이 흐르기만 하면 그녀가 왕이었다.

전례 없이 화려한 임명식 연회를 직접 준비하면서, 샤트린은 몇 번이나 레위시아를 떠올렸다.

나는 그 녀석을 죽여야 할까. 미혼인 왕족이 으레 그렇듯, 혼인 외교의 희생양으로 써먹어야 할까. 아니면 멀리 추방령이라도 내려서 다시는 오르테가에 돌아오지 못하게 만들어야 하나.

한데 그중 어느 것도 내키지 않았다. 샤트린은 자신을 걱정스레 바라보던 레위시아의 부드러운 눈동자를 떠올렸다.

'연기하는 거야. 거짓일 거야. 그 자식이 날 걱정하다니.'

어디서 우연히 비명횡사라도 하라고 기도하면 모를까, 걱정이라니. 샤트린은 말도 안 된다고 코웃음 쳤다.

그사이 국왕은 마조람 후작과의 연결 고리를 착실하고 섬세하게 끊어내고 있었다. 왕궁을 뒤져 후작이 심은 사람을 솎아내고, 그쪽 파벌에 속하는 귀족들을 따로 분류했다. 후작 부인이 데려갔다는 왕손을 찾기 위해 비밀리에 병사들이 파견되기도 했다.

샤트린은 그녀의 아버지가 생각보다 꼼꼼한 성격이라는 걸 깨달았다. 국왕은 자신의 궁 안에 마조람 후작의 흔적이 남는 걸 원하지 않았다. 하다못해 후작이 선물한 골동품까지 모조리 치워버렸다.

궁내부 대신이 바뀌고, 그 아랫사람들까지 한차례 폭풍 같은 물갈이가 이루어졌다.

궁내부 다음은 왕실 기사단이었다. 공공연히 후작에게 충성했던 몇몇 기사들이 이유도 없이 강등되거나 먼 지방으로 전출 명령을 받았다.

임명식 당일, 샤트린은 얼마 전에 왕실 기사단장을 꺾었다는 알렉사의 방문을 받았다.

"레위시아 왕자 전하와 코코 시녀장님, 그리고 율리아 수석 시녀께서 저에게 오늘 하루 동안 샤트린 공주 전하의 호위 기사로 자원하라는 부탁을 하셨습니다."

기가 막혔다. 샤트린은 실제로 알렉사를 눈앞에 두고 큰 소리로 웃었다.

"이게 무슨 애들 장난 같은 짓이야? 하하하하! 네가 날 죽이러 온 자객일지 어떻게 알고?"

그런데 알렉사는 웃지 않았다.

"저는 공주 전하를 지키러 왔습니다. 거절하신다면 이대로 돌아가겠습니다."

"날 왜 지키려 하는데?"

"제가 지키려 하는 사람들이 공주님을 지키길 원하기 때문입니다."

말문이 막혔다. 샤트린은 알렉사에게 돌아가라고, 내 눈앞에서 꺼지라고 말하려 했다. 하지만 거울처럼 맑은 그녀의 눈동자를 보곤 하려던 말을 삼키고 다시 물었다.

"왜 오늘 하루만인데?"

"오늘이 공주 전하께 가장 이목이 집중되는 날이라고, 율리아 수석 시녀께서······."

"내가 널 어떻게 믿어?"

"저는 목숨을 걸었습니다."

알렉사는 긴말로 샤트린을 설득하려 하지 않았다. 목숨을 걸었다는 그녀의 말은, 오늘 알렉사가 샤트린을 해치기라도 하면 자신이 공주의 사람들에게 목숨을 잃을 수도 있음을 지적하는 것이었다.

샤트린과 공주궁의 시녀들은 알렉사가 누군지 안다. 누구에게 충성하는지, 무엇을 목적으로 왕궁에 들어왔는지.

알렉사는 자신의 존재를 드러냄으로써 샤트린을 설득했다.

"좋아."

샤트린이 고개를 끄덕였다.

"잘 들어. 네가 딴 맘을 먹는다면, 왕자궁의 그 잘난 시녀들까지 모조리 죽여버리겠어."

"그대로 전해드리겠습니다."

알렉사가 씩 웃으며 고개를 숙였다.

습격이 일어났을 때, 샤트린은 우아하게 치장한 말 위에 앉아 있었다. 의전용 말은 무척 온순했다. 승마를 좋아하는 그녀는 부드럽게 갈기를 쓰다듬곤 능숙하게 말을 몰았다.

"공주를 죽여라!"

해방군은 처음 보는 병장기로 무장하고 있었다. 샤트린은 사방에서 날아드는 석궁 화살을 피해 몸을 숙였다. 하지만 갈기 사이에 콱 박히는 화살을 보곤 서둘러 말 위에서 내리려고 했다.

다급해진 샤트린이 허둥거리는 사이, 고통에 몸부림치던 말이 그녀를 떨어뜨렸다. 자칫 잘못했다간 말에 깔리거나 해방군에게 목숨을 잃을 수도 있는 상황이었다.

하지만 알렉사가 엄청난 속도로 달려와 샤트린의 망토를 붙잡고 끌어당겼다.

"전하! 이쪽으로!"

발목이 부러졌는데, 통증이 느껴지지 않았다. 샤트린은 알렉사의 한쪽 팔에 매달려 섰다. 왕실 기사임을 증명하는 방패가 시야를 가리는가 싶더니, 그 위에 화살이 부딪치는 소리가 났다.

"제 뒤에 붙으세요."

알렉사가 샤트린을 등 뒤로 보내곤 날아오는 화살을 쳐냈다. 기사들이 해방군에 맞서 치열하게 싸우고 있었다.

"무슨 일이 있어도 제 앞으로 나오면 안 됩니다. 이 방패로 얼굴과 가슴을 가리고, 기사들 사이로 빠져나가는 겁니다."

샤트린은 대답 없이 빠르게 고개를 끄덕였다. 해방군의 습격은 매서웠지만, 뒤늦게나마 정신을 차린 왕실 기사들이 대열을 정비해 맞서고 있었다.

불안해진 샤트린이 예정보다 호위 기사의 수를 두 배로 늘린 덕이었다.

"내 앞을 막아라!"

알렉사의 목소리가 우렁찼다. 기사들은 자연스럽게 알렉사의 명령에 따랐다.

"안전한 곳까지 후퇴한 뒤에 말을 탈 겁니다. 괜찮으세요?"

"알렉사…… 앞에!"

해방군 전사들이 샤트린이 있는 곳을 눈치채고 달려들었다. 그들에게도 목숨을 건 도박이었다. 살아 돌아가고자 하는 자가 없었다.

그러나 알렉사 콴에게 해방군이란 그저 갑옷 입은 하룻강아지일 뿐이었다.

알렉사의 검이 은빛 궤적을 그릴 때마다 검붉은 핏물이 튀었다. 그녀의 하얀 머리카락에 핏방울이 튀었다. 오싹하면서 아름다웠다.

샤트린은 자신에게 달려들던 해방군이 알렉사의 검에 쓰러지는 모습을 넋을 잃은 채 바라보았다.

"괜찮으십니까?"

"나 발목이 부러진 것 같아."

"업히세요."

알렉사는 주위에 있던 해방군을 처치한 뒤, 망설임 없이 샤트린을 등에 업었다. 그러곤 기사들을 방패 삼아 그곳을 벗어났다.

"레위시아 왕자 전하께서 오셨습니다."

의사들에게 둘러싸여 치료를 받고 있던 샤트린이 고개를 번쩍 들어 올렸다. 의사가 안정을 취하라고 말했으나 소용없었다. 샤트린이 고집스러운 얼굴로 문을 노려보며 말했다.

"들어오라고 해."

"공주 전하! 지금은……."

"어서 들어오라고 해. 모두 물러가라. 다 나가 있어!"

의사와 시녀들이 한숨을 내쉬며 문밖으로 나갔다. 국왕이 다녀간 지도 얼마 되지 않았는데, 또 방문자라니. 죽다 살아난 환자가 자기 몸 추스를 생각이나 하지, 왜 이렇게 손님을 반긴단 말인가.

"괜찮냐?"

레위시아가 안으로 들어오며 물었다. 율리아가 그를 따라 들어오며 공손하게 인사했다.

샤트린은 웃고 있었다.

"내가 안 죽어서 서운하지?"

"말하는 꼬락서니하고는. 괜히 왔네. 가자, 율리아."

"넌 쓸데없이 정이 많아서 그렇다 치고, 율리아. 네가 말해 봐. 왜 그랬어?"

샤트린이 가까이 오라며 손짓하고 있었다. 레위시아는 율리아를 데리고 그녀의 곁으로 다가가 의자에 앉았다.

"율리아 너라면 나를 해방군의 손에 죽게 놔두자고 말했을 것 같은데, 왜 그랬냐고. 레위시아가 우겼니?"

"아니요."

율리아가 무표정한 얼굴로 대답했다.

"공주 전하께 빚을 지워놓고 싶어서요."

"빚?"

"네."

"언제, 무엇으로 갚아야 하는데? 후계자 자리를 내놓으라고 말할 거면 돌아가. 더 얘기할 필요 없어."

"그런 건 아니에요."

율리아가 고개를 저었다. 그녀는 레위시아와 샤트린을 한 번씩 응시하곤 목소리를 낮춰 말했다.

"언젠가 레위시아 전하께 공주님의 도움이 필요할 때, 그때 오늘의 일을 기억해주세요."

겨울의 첫날, 마조람 후작이 가신 가문과 파벌 귀족들을 불러 모았다. 국왕과 드러내놓고 반목하게 되면서 한동안 외부 활동을 하지 않았던 후작이 자신의 저택을 개방한 것이다.

"마조람의 다음 후계자를 발표할까 하오."

귀족들의 시선이 후작에게 쏟아졌다. 후작 부인은 완벽하고 우아한 모습으로 그의 곁을 지켰다.

"크리스틴 마조람, 내 하나뿐인 딸이 마조람의 무게를 짊어질 것이오."

크리스틴이 집사의 손을 잡고 걸어 나왔다.

왕궁 연회장 못지않은 거대한 홀에 모여 있던 사람들이 두 갈래로 갈라지며 길을 만들었다.

크리스틴은 꼿꼿한 자세로 그 가운데를 지나쳐 걸었다. 예쁘장한 얼굴엔 차가운 가면을 쓰고, 앳된 눈엔 진한 화장을 했다. 크리스틴은 마조람 후작과 후작 부인 앞에서 한쪽 무릎을 꿇었다. 묵직한 드레스는 짙은 보라색이었다. 허리엔 번쩍거리는 황금색 띠를 둘렀다. 긴 머리카락은 싹둑 잘라 이목구비가 잘 드러나도록 했다.

마조람 후작이 크리스틴에게 물었다.

"가주의 책임과 귀족의 의무, 후계자로서 배움을 게을리하지 않겠다고 맹세하겠느냐."

"맹세합니다."

"가문의 무게를 오롯이 짊어지고, 영광과 죄악을 모두 끌어안겠느냐."

"맹세합니다."

크리스틴은 망설임 없이 대답했다. 단단하고 차분한 목소리였다.

후작이 그녀에게 후작가의 후계자임을 뜻하는 반지를 건넸다. 크리스틴은 그걸 손가락에 끼우고 천천히 일어났다. 반지를 바라보는 그녀의 눈빛이 기묘하게 빛났다.

이걸 갖기 위해 얼마나 노력했던가. 바실리는 그저 먼저 태어났다는 이유로 후계자가 되었는데, 그녀는 자기가 가진 모든 것을 잃은 후에야 간신히 기회를 잡았다. 귀족들이 다가와 축하 인사를 건넸다. 앞으로 잘해달라며 당부하는 자도 있었다.

크리스틴은 그들 모두에게 똑같은 모습으로 대답했다.

꼿꼿하면서 단정한 자세, 우아한 태도, 단단한 눈빛.

그녀는 자신이 그토록 질투하는 율리아를 흉내 내고 있다는 사실조차 깨닫지 못했다. 그저 한 계단 올랐을 뿐인데, 이 작은 권력에도 취하고 중독되었다.

'내가 이뤄낸 거야.'

크리스틴은 자신이 후계자가 되는 데 아버지나 어머니의 도움은 받지 않았다고 여겼다. 죄악을 짊어지겠다고 결심한 순간부터 그녀에게 바실리는 형제가 아니라 경쟁자, 적이었다.

연회는 밤늦게까지 이어졌다. 국왕이 마조람의 적으로 돌아선 이상, 남은 이들은 뭉치는 수밖에 없었다. 연회가 끝나도 집으로 돌아가는 사람이 없었다. 밤이 새도록 술과 회의, 토론이 이어졌다.

새벽이 깊어갈 무렵 크리스틴은 후작 부인과 단둘이 대화하고 있는 후작을 발견했다.

"아버지."

후작의 표정이 영 좋지 못했다. 크리스틴이 다가가자, 재빨리 표정을 수습한 후작이 딸의 어깨를 두드리며 연회장 밖을 가리켰다.

"다 즐겼으면 들어가서 쉬어도 된다. 수고했어."

"무슨 일 있으세요?"

"아무것도 아니다. 넌 몰라도 돼."

후작은 습관적으로 크리스틴을 배제했다. 무슨 중요한 대화를 나누고 있던 것 같은데, 그녀에게는 말해주지 않았다.

"아버지, 이제 말씀해주셔도 되잖아요."

"응? 뭐라고 했느냐?"

"이제 저한테도 말해주세요. 국왕의 배신으로 가문에 위기가 닥쳤다는 것도 알고, 제가 어려운 시기에 가신들을 달래기 위해 미봉책으로 선택된 후계자라는 것도 알아요."

"크리스틴, 얘야."

"저는 맹세했어요."

크리스틴의 눈빛에서 광기가 일렁였다. 후작은 난처한 얼굴로 그녀를 바라보았다.

그런데 남편 곁에서 크리스틴을 물끄러미 바라보던 후작 부인이 불쑥 말을 꺼냈다.

"어제 샤트린 오르테가 공주가 왕위 후계자로 내정되어 임명식을 치렀다는 건 알고 있겠지?"

"네, 어머니."

"선조들께 인사를 드리기 위해 왕가의 무덤으로 가던 공주가 웬 불한당들의 습격을 받았다."

"네?"

크리스틴이 깜짝 놀라 물었다. 그녀의 목소리가 절로 낮아졌다.

"범인이 누군데요?"

"아직 밝혀지지 않았어. 공주궁에 심어놓은 첩자가 말하길, 공주는 발목이 부러진 것 외에는 크게 다치지 않았다고 하더구나."

크리스틴은 다행이라고 말하려다 그 말을 꿀꺽 삼켰다.

후작 부인이 그녀에게 말했다.

"크리스틴, 네 의견을 듣고 싶구나."

허락이 떨어졌다. 크리스틴은 손가락 끝에서부터 간질거리는 열기가 올라오고 있다는 걸 깨달았다. 바실리를 외면했을 때처럼 끈적끈적하고 더럽고, 짜릿한 기운이 머릿속을 지배했다.

"아버지, 어머니."

"그래."

"우리는 해방군과 손을 잡아야 해요."

마조람 후작은 크리스틴을 아직 사랑스러운 딸일 뿐이라고 여기고 있었다. 그래서 그녀가 어떤 철없는 말을 해도 용서해줄 의향이 있었다.

하지만 해방군이라니. 얼굴을 일그러뜨린 후작이 크리스틴을 윽박지르듯 말했다.

"그런 소릴 하려거든 그만 방으로 돌아가거라."

"아버지, 제 얘길 들어보세요."

"차라리 가서 공부나 더 해."

그놈의 공부. 크리스틴이 이를 악물고 웃었다.

"공부하면 뭐 해요. 저기 있는 귀족들도 어차피 다 알아요. 제가 권력을 이용해서 학력을 갈취한 파렴치한이라는 걸."

"크리스틴!"

"가주는 영리한 자가 오르는 자리가 아니라면서요. 그런데 제가 여기서 더 공부할 필요가 있을까요?"

"도대체 무슨 말이 하고 싶어서 이러는 게냐."

"적의 적은 나의 벗이잖아요. 국왕이 갑자기 힌치 백작을 가까이에 두는 이유가 뭐겠어요. 그가 우리 가문의 오랜 적이니까 그렇죠. 해방군은 국왕을 증오해요. 왕가를 무너뜨리고 싶어한다고요. 그런 그들이 우리의 벗이 되지 못할 이유가 뭐가 있어요?"

크리스틴의 말이 길어질수록 후작 부부의 얼굴이 딱딱하게 굳었다. 후작 부인은 그들과 대화하고 싶어 가까이 다가오려던 귀족들 눈짓으로 물리치고, 조금 더 낮은 소리로 말했다.

"해방군은 왕가만큼이나 마조람을 증오해."

"국왕을 더 증오하잖아요."

"우리더러 반제국파가 되라는 말이니?"

"친제국파니, 반제국파니 그런 건 아무 상관없어요. 사실이 그렇잖아요. 알 게 뭐예요. 모두가 원하는 건 이 나라에서 가장 힘센 권력자가 되는 건데. 바이칸의 황제도 마찬가지일걸요. 남부를 통째로 식민지로 만들 수만 있다면, 친제국이니 반제국이니 누구의 손이건 상관치 않고 잡겠죠."

크리스틴의 말은 틀린 구석이 없었다. 후작 부부도 그걸 알고 있었다. 하지만 크리스틴은 해방군이 왜 그토록 마조람을 증오하는지, 그 자세한 이유까지는 알지 못했다.

침묵하는 후작을 대신해, 이번에도 후작 부인이 입을 열었다.

"우리는 오랫동안 해방군에게 몰래 자금을 지원해왔어."

"네?"

"검은돈이었고, 그들 중 일부만 아는 사실이었지. 그런데 놈들이 별안간에 1왕자를 죽였잖아. 아무래도 낌새가 수상해서 꼬리를 잘라내려다가……."

"죽였어요?"

"다 죽였단다."

그런데 놈들이 그걸 알아버렸다. 어떻게 알았는지는 몰랐으나, 해방군은 그 일에 대한 보복으로 마조람의 가신 가문 4개를 공격했다.

"그들은 우리와 손을 잡지 않을 거야."

후작 부인이 냉정하게 말했다. 후작도 그녀의 말에 고개를 끄덕이고 있었다. 이럴 줄 알았으면 그때 꼬리를 자르지 말 걸 그랬다고 후회하기도 했다. 그랬으면 지금 국왕을 상대로 함께 싸울 수도 있었을 텐데.

크리스틴이 마른침을 삼켰다. 가문의 원수라고 생각했던 자들이 실은 이쪽에서 지원해주는 돈으로 생계를 꾸리고 있었다니. 적과 동침하면서도 그걸 몰랐다니. 생각지도 못했던 사실이었다.

그래서 다시 물을 수 있었다.

"그럼 이번에야말로 진짜 바이칸 제국과 손을 잡는 건 어때요?"

◆ ◆ ◆

공주궁의 시녀가 찾아왔다.

율리아는 알렉사와 함께 새로 지어진 연무장을 돌아보고 있었다. 넓고 깨끗한 연무장과 무기고, 작은 기사단 숙소까지. 아름답기만 했던 왕자궁이 어엿한 왕족의 공간으로 탈바꿈되고 있었다.

"수석 시녀님, 샤트린 전하께서 부르십니다."

언젠가 왕자궁에 심부름 왔던 앳된 시녀였다.

율리아가 고개를 기울이며 물었다.

"이유를 물어도 될까요?"

"저, 그것까지는 저도 잘……."

"지금 찾아뵈면 될까요?"

"네, 네!"

심지어 그녀는 빈손이 아니었다. 그녀를 따라온 공주궁의 병사들이 왕자궁 입구에 커다란 상자를 쌓아놓았다. 그 안엔 연회용 기사 예복과 온갖 사치품들이 한가득 들어 있었다.

"샤트린 전하께서 알렉사 시녀님께 하사하는 것들입니다."

알렉사가 입술을 씰룩이며 율리아를 보았다. 그러곤 그녀에게 귓속말로 속삭였다.

"공주 전하께서는 고맙다거나 미안하다는 말을 해야 할 때, 사치품을 보내는 습관이 있나 봅니다."

"다녀올게요."

율리아가 웃으며 걸음을 뗐다.

공주궁으로 가는 도중엔 앳된 얼굴의 시녀와 도란도란 이야기를 나누었다. 주로 그녀가 말하고 율리아는 대답하는 쪽이었는데, 샤트린이 습격을 받은 이후 공주궁 시녀들의 분노가 하늘을 찌르는 중이라고 했다.

"시녀님들이 다들 가문에 사람을 보내서 빨리 범인을 잡아 족치라고…… 어머, 죄송해요. 범인을 체포해 오라고 화를 내시는 것 같았어요. 우리 궁엔 기사 가문 출신이 많거든요. 샤트린 전하는 이제 곧 왕이 되실 분이기도 하고요."

"그래서 다들 알렉사를 좋아하시나 봐요."

"네! 알렉사 시녀님은 너무 멋있고, 또……."

그녀는 솔직해서 미워할 수 없는 사람이었다. 시녀는 모시는 왕족을 닮는다더니. 레위시아가 했던 말이 떠올라 율리아가 부드럽게 웃었다.

두 사람이 병사들과 함께 공주궁의 문턱을 넘었을 때였다. 쏘는 듯한 말투로 익숙한 목소리가 들렸다.

"들어와."

샤트린이었다.

의사가 한동안 침대에서 꼼짝도 하지 말라고 으름장을 놓았는데도 샤트린은 목발을 짚은 채 정원에 나와 있었다.

부러진 다리를 율리아가 걱정스레 바라보자, 샤트린이 턱짓으로 안쪽 응접실을 가리켰다.

"따라와."

그러곤 안으로 들어가자마자 율리아에게 다짜고짜 말했다.

"해방군을 만나게 해줘."

"네?"

"넌 왠지 할 수 있을 것 같아서 물어보는 거야. 내 주위엔 해방군에 대해 아는 사람이 없으니까. 날 죽이려는 놈들을 내가 직접 찾아다닐 수도 없고. 또 이걸 아버지가 알면 난리가 날 게 뻔하니까."

"그들을 왜 만나려고 하세요?"

"오해를 풀고 친하게 지내보려고."

샤트린다운 발상이었다. 해방군을 용서하겠다는 말이기도 했다.

율리아도 그녀의 배포엔 감탄하지 않을 수가 없었다. 너무 단순해서 철없어 보이는 게 문제일 뿐, 의도 자체는 나쁘지 않았다.

"샤트린 전하, 그들은 전하를 해치려고 했어요."

"누가 그걸 몰라? 어젯밤엔 진통제 없었으면 엉엉 울었을 수도 있어. 생각보다 훨씬 아프단 말이야."

"그런데 왜……."

"레위시아가 말해줬어. 오빠를 죽인 게 해방군이 아니라며."

샤트린은 강한 진통제를 먹고도 밤새 잠을 이루지 못했다고 투덜거렸다. 해방군에 대한 생각 때문이었다.

"억울했겠지. 이해해. 날 죽이려고 하는 건 이해할 수 없지만, 억울해하고 있다는 건 알겠어. 그러니까 한 번은 용서해주려고."

"반제국파가 되시려고요?"

"그게 그렇게 되나."

"해방군은 오르테가가 바이칸의 그늘에서 벗어나 완전한 독립 국가로서 바로 서야 한다고 외치는……."

"율리아, 나 그렇게 바보 아니야."

샤트린이 웃었다. 부러진 발목에서 때때로 올라오는 통증 때문에, 눈매는 찡그리고 입으로만 웃었다.

"해방군이 그렇게 순수하고 착한 놈들이 아니라는 것쯤은 알지."

판에 박힌 말로 샤트린을 설득하려던 율리아가 입을 딱 다물었다. 그러곤 잠시 공주를 지그시 응시했다.

샤트린은 율리아의 시선을 피하지 않았다.

그래, 그냥 공주가 아니다. 왕이 되려는 여자다. 형제를 죽이고서라도 그 자리에 오르겠다고 결심한 사람인데, 사고방식이나 행동 양식이 단순하다고 해서 머릿속까지 평면인 건 아닐 터.

해방군은 복잡한 집단이었다. 오르테가의 독립을 원하지만 친제국파로부터 활동 자금을 지원받았고, 급진파와 온건파로 나뉘어 저들끼리 싸웠다.

블라이스와 손잡은 이들은 급진파였다. 그들은 마조람 후작의 손에 죽은 간부들이 원수와도 같은 그들로부터 거액을 받아왔다는 걸 모르고 공격을 감행한 게 틀림없었다.

그리고 율리아가 판단하기에, 온건파는 그 사실을 알면서도 능구렁이처럼 모른 척하며 비겁하게 명분과 실리를 모두 챙긴 자들이었다.

샤트린이 생각에 잠긴 율리아에게 말했다.

"난 아버지 같은 왕이 되지는 않을 거야. 그건 진짜 왕이 아니잖아. 아버지한테는 미안한 말이지만, 하나뿐인 공주가 귀족들이 다 보는 앞에서 파혼을 당했어도 후작 따위에게 큰소리 한 번 치지 못하셨지."

샤트린은 여태 그 일을 마음에 담아 두고 있었다.

"군림하는 장미, 관상용 왕. 그 이상도 이하도 아니었어. 아버지도 뒤늦게나마 그 사실을 알고 발악하고 계신 걸 테고."

왕이 들었다면 입에 거품을 물고 쓰러질 이야기였다. 샤트린은 그렇게 말하면서도 왕이 안쓰러웠는지, 무거운 한숨을 내뱉었다.

"이대로라면 난 부러진 칼이 되겠지."

부러진 칼로는 아무것도 할 수 없다. 끊임없이 주위를 경계하며 공허한 위협만 가할 뿐이다.

군림하는 장미와 부러진 칼. 샤트린은 약하고 무능한 왕을 그렇게 불렀다.

"왕가를 위협하는 세력이 둘인 건 곤란해. 다행히 그 둘이 서로를 원수처럼 여기고 있으니까, 둘 중 하나는 나와 손을 잡게 해야지."

"그래서 택한 게 해방군이군요."

"그래, 마조람 후작보다는 낫잖아."

율리아는 샤트린의 말에 동의하지 않았다. 그녀가 아는 해방군은 상상 이상으로 한심하고, 무지하고, 비겁한 놈들이었다.

하지만 레위시아는 샤트린의 의견에 반대하지 않았다.

율리아가 왕자궁으로 돌아가 샤트린과의 대화를 털어놓자, 그는 온건파에 속하는 해방군의 손을 잡을 수만 있다면 그 이상 좋은 방법이 어디 있겠냐고 물었다.

"어찌 됐건 우리 왕국의 독립을 주장하는 사람들이잖아. 냅다 칼부터 휘두르는 급진파 놈들하곤 달리 제정신이니까 온건파라고 불리는 거 아니야? 괜찮을 거 같은데?"

"그게 그렇게 간단한 문제는 아니지만……."

고민하던 율리아가 레위시아를 바라보았다. 그의 맑은 눈이 자신을 거울처럼 비추고 있었다.

아무래도 이번에도 선택은 레위시아가 하는 게 옳을 것 같았다. 왕이 될 사람이니까, 그가 직접 겪어보는 게 좋았다.

왕위 후계자의 임명식을 엉망으로 만든 습격자들에 대한 수배령이 떨어졌다. 그들은 바이칸에서 들여온 병장기를 두른 정체불명의 폭도들이었다.

많은 사람이 해방군을 의심했다. 마조람 후작을 의심하는 자도 있었다. 왕은 그들을 어떤 이름으로도 부르지 않고 긴급 수배령만을 내렸다.

해방군은 조급해졌다. 잡히면 최소한 사형이었다. 샤트린 오르테가를 죽이는 데 실패한 것도 모자라 꽤 많은 수의 동료를 잃기까지 했다. 그들은 더욱 깊은 음지로 숨어들었고, 점점 더 블라이스의 지원에 의존하게 되었다.

그러던 어느 날이었다. 반제국파의 젊은 귀족들이 주로 찾는 은밀한 사교 클럽에 한 여인이 나타났다.

티타니아였다.

어두운 클럽엔 담배 연기가 가득했다. 술에 취하지 않은 사람보다 술에 취한 사람이 훨씬 많았다. 달콤한 술과 어지러운 조명에 취한 사람들이 매캐한 연기를 내뿜으며 대화를 나누었다.

음악 소리가 컸다. 커다란 테이블 위엔 거액의 도박판이 벌어지고 있었다.

"티타니아! 이쪽입니다!"

한 젊은 귀족이 레위시아에게 다가와 술잔을 내밀었다. 그 역시 이미 반쯤은 취한 상태였다.

"당신이 그동안 내 초대를 계속 거절해서 고국으로 돌아간 줄로만 알았습니다. 이렇게 와줘서 얼마나 기쁜지!"

"아가씨께선 몸이 좋지 않아 요양중이셨습니다."

"하하하! 그렇군요. 어쩐지…… 전보다 더 아름다워지신 것 같은데요? 새삼 반할 것만 같습니다."

레위시아 대신 대답하던 맥스웰이 난처한 얼굴로 그를 돌아보았다. 왕자가 기분 나빠하면 어떡하나 싶어서 그런 것이었다.

그런데 레위시아가 웃었다. 진한 화장으로 뒤덮인 눈매에 유혹적인 곡선이 그려졌다.

젊은 귀족이 멍하니 풀린 눈으로 레위시아를 바라보았다.

"하하…… 제가 오늘 당신을 위해 이 클럽에서 가장 비싼 술을 준비해두었습니다. 가시죠."

레위시아는 잘 취하지 않는 편이었다. 그리고 잡기에 능해 도박에도 소질이 있었다.

술에 취한 젊은 귀족들과 어울리는 건 레위시아에게 그리 어렵지 않은 일이었다. 그가 말을 하지 않는대도 상관없었다. 그들은 듣는 것보다 말하는 걸 훨씬 좋아하는 자들이었고, 어떤 말이든 잘 들어주는 레위시아에게 금세 호감을 느꼈다.

"티타니아! 당신이 또 이겼군. 세상에, 오늘 얼마나 딴 거야?"

"이제 카드는 지겹지 않나? 새 술병도 땄겠다, 잠시 앉아서 담배나 피우자고."

레위시아를 이 클럽에 초대하기 위해 애썼던 젊은 귀족은 그에게 잘 보이기 위해 점점 과장된 말과 행동을 하기 시작했다.

"이 친구가 누구냐면, 아버지가 그 유명한 노란 수염 백작인데. 아, 이렇게 말하면 모르는구나. 아무튼, 대단한 귀족이랄까. 우리 왕국에서 손꼽히는…….."

혀가 꼬이고 다리가 휘청거렸다. 그런데도 그는 말을 멈추지 않았다.

"여긴 정말 특별한 사람들만 들어올 수 있는 클럽이거든요. 당신도 사실 나 아니었으면…… 예? 초대받지 못했을 거란 말입니다. 끅! 아시겠어요?"

거들먹거리며 으스대는 그에게 레위시아가 고맙다는 뜻으로 살짝 고개를 숙여 보였다.

늘 오만하고 도도하게만 굴던 티타니아가 자신을 존중한다는 생각에, 젊은 귀족이 입을 크게 벌리며 웃었다.

"영광으로 여기는 게 좋을걸요? 당신…… 진짜 특별한 곳에 와 있는 거거든. 우리가 어떤 사람들이냐면……."

모두가 친해지고 싶어 안달하는 티타니아의 친구가 되었다는 사실에 고무된 나머지, 그는 안 해도 될 말까지 입에 담았다.

"우리가…… 독립 왕국으로 오롯이 설 수 있는 그날까지…… 여기서 피의 맹세를 했다는 거 아닙니까!"

그렇구나.

레위시아가 부드럽게 웃었다.

여기가 해방군의 본거지로구나. 여기서 해방군이 만들어졌구나.

"우린 늙은이들처럼 비겁하게 타협하지 않습니다. 미래는 저항하는 자의 것이란 말입니다! 자, 말해보게! 누가 나의 전우인가!"

"여기!"

"나다!"

그가 잔을 들어 올리자, 다른 테이블에 있던 자들이 너도나도 잔을 들었다.

레위시아도 제 몫의 잔을 높이 치켜들었다가, 단번에 비웠다.

"이제 슬슬 돌아가야 할 것 같습니다."

시간을 확인한 맥스웰이 다가와 말했다. 좋은 정보를 손에 쥔 그의 눈동자도 반짝반짝 빛나고 있었다.

이곳은 오르테가의 젊은 귀족들을 상대로 하는 회원제 클럽이었다. 클럽 안에 있는 자들은 주로 20대에서 40대였다. 그중엔 친제국파 귀족의 자제도 있었고, 반제국파 귀족의 자제도 있었다. 부유한 상인이나 예술가들도 있었다.

해방군은 이들이 술에 취해 만든 집단이었다.

국왕이 피눈물 흘리며 황제 앞에 무릎을 꿇었던 게 누구를 지키기 위함이었는지도 모르고. 귀족으로 태어나 잘난 부모덕에 온갖 사치스러운 삶은 다 누렸으면서 해방군이라는 무용담까지 갖고 싶었던 자들.

취한 척 비틀거리며 클럽을 벗어난 레위시아가 마차 안에서 참았던 웃음을 터뜨렸다.

　　"언젠가 전하께서 지키고자 하는 이들이 그리 정의롭거나 선하지 않다는 사실을 깨닫게 되는 순간이 올 거예요. 백성은 천사가 아니에요. 그들의 이야기는 낭만적이거나, 사랑스럽지도 않고요. 그들은 약하지 않아요. 멍청하지도 않아요. 귀족도 마찬가지예요."

그때 그는 율리아에게 누가 그걸 모르냐고, 그들도 사람인데 무슨 당연한 얘기를 하는 거냐고 대답했다. 인간은 누구나 탐욕스럽고 비열한 거라고. 남에겐 날 선 칼을 들이대고 휘두르면서, 자기 자신은 깃털로 간질이고도 아파 죽는다고 엄살을 떠는 족속이라고.

"해방군의 정체를 알게 된 뒤에도 전하께서 그들을 안고 가겠다고 말씀하신다면, 저는 족쇄와 채찍을 준비해두고 있겠습니다."

율리아는 잔인하다.

레위시아는 그녀를 만나고 왕이 가져야 할 자질에 대해 배웠다. 왕이 알아야 할 것들에 대해 배웠다. 왕의 자리가 어떤 의미인지 배웠다. 이제 그녀는 그에게 왕이 걸어가야 할 길을 보여주고 있었다. 그 길이 얼마나 외로운지, 얼마나 아픈지, 얼마나 더러운지.

선택은 언제나 당신의 몫이라고, 왕은 끊임없이 선택하며 그에 따른 희생자를 만드는 사람이라고 가르쳤다.

"괜찮으십니까?"

맥스웰이 걱정스러운 얼굴로 레위시아를 보았다. 저 속을 알 수 없는 정보 상인조차 그를 염려했다.

"괜찮아."

레위시아는 장갑을 벗고 자신의 두 손을 바라보았다. 남자치곤 희고 고운 손이었다. 펜을 잡거나 책을 넘기는 것 외엔 아무 고생하지 않고 살아왔기 때문이다.

떠돌이 소금 장수가 되고 싶었으면 무거운 짐을 들 수 있도록 몸을 단련했어야 했다. 집시가 되어 떠나고 싶었으면 노래와 시를 배웠어야 했다.

왕족을 혐오한다면서 왕가의 돈으로 사치스럽게 놀기만 했던 왕자. 왕을 부정하면서 왕이 되려는 왕자. 살고 싶어서라는 말로 포장해두고, 실은 한 여자를 위해 권력을 갖고 싶어하는 왕자.

레위시아는 저들에게서 자신의 얼굴을 보았다.

"끔찍하네."

"예? 뭐가 말입니까?"

"다들 모르고 왕이 되는 건지…… 알면서 외면하는 건지."

레위시아가 혼잣말로 중얼거렸다. 그를 걱정스레 바라보던 맥스웰이 마부에게 서두르라는 뜻으로 벽을 두드렸다.

"맥스웰."

"말씀하십시오."

"자네는 바이칸의 황제를 본 적이 있어?"

"그야…… 있죠. 저도 오래전에는 그의 기사였으니까요."

"그는 어떤 사람이지?"

많은 의미가 내포된 질문이었다. 어떻게 대답해야 할지 몰라 고민하는 맥스웰에게, 레위시아가 다시 물었다.

"그는 무정한 사람인가? 양심이나 부끄러움이 없어? 측은지심이나 수치스러움, 그런 거 말이야."

"그거야 황제 본인이 아니고서야 알 수 없는 일이지 않겠습니까. 갑자기 왜 그러시는 건데요? 안에서 무슨 일 있었습니까?"

"아무것도 아니야."

레위시아가 다시 웃음을 터뜨렸다. 허망하고 공허해 보이는 웃음이었다.

그는 이날 처음으로 왕좌의 바닥을 보았다. 수치심을 이긴 욕망. 그 위에 위태롭게 놓인 의자. 왕좌란 그런 것이었다.

잠행을 마치고 돌아온 레위시아가 아침이 되자마자 식당으로 내려와 말했다.

"안고 가자."

그는 상처받은 얼굴이었다.

잠을 쫓으려 미간을 문지르던 코코와 커다란 고기를 잘게 썰어 율리아의 접시에 놓아주던 알렉사가 동시에 고개를 들어 그를 바라보았다.

"무슨 일 있으셨어요?"

코코가 묻자, 레위시아가 그녀의 옆자리에 앉았다.

"별거 아냐. 심심한 귀족들이 무용담을 갖고 싶어서 만든 집단이 해방군이라 불리고 있다는 걸 알아버렸을 뿐."

"별거 아닌 게 아닌데요?"

코코가 잠이 확 깬 얼굴로 몸을 꼿꼿이 했다.

율리아는 말없이 레위시아를 살펴보고 있었다. 그의 표정과 눈빛, 그리고 그가 내뱉는 말.

레위시아는 해방군을 미워하고 있었다. 그리고 꼭 그만큼 자기 자신을 탓하고 있기도 했다. 사교 클럽 안의 귀족들에게서 권력자의 민낯을 보았기 때문이리라.

그는 좋은 사람이었다. 어쩌면 정말 좋은 왕이 될 수 있을지도 모른다. 타의에 의해 선택한 왕족이었으나, 최선으로 평가될 사람.

율리아는 레위시아가 해방군을 업신여긴대도 이해할 수 있었다. 그녀 역시 과거에 해방군의 손을 잡았다가 크게 배신당한 경험이 있었다. 그들은 마조람 후작가를 향한 율리아의 복수심을 자신들의 싸움에 이용해놓고, 막판엔 그녀를 팔아넘겼다.

"해방군은 오르테가의 젊은 권력자들이 부모 몰래 만든 조직이에요. 말로는 왕국의 미래를 위해 용맹하게 싸우며 뭐든 희생할 것처럼 떠들어대지만, 마지막엔 결국 가문으로 돌아갈 테죠."

냉정하기 짝이 없는 평가였다. 코코가 찬물을 들이켜고 말했다.

"그게 귀족이지."

"이해해요. 그래서 전하의 선택을 존중하고요."

한없이 차가운 질타가 이어질 것 같았는데, 율리아가 갑자기 레위시아의 결정을 존중한다고 말했다.

그가 얼떨떨한 얼굴로 물었다.

"존중한다고? 반대하는 게 아니고?"

"제가 왜 전하의 선택을 반대해요. 말씀드렸잖아요. 전하께서 그들의 민낯을 보고도 포용하겠다고 결심하신다면, 저는 족쇄와 채찍을 준비하겠다고요."

"그 족쇄와 채찍이라는 게 뭔데."

"지금까지 그들이 저지른 잘못을 각 가문에 공개하고, 멸시와 조롱의 대상으로 삼는 거요."

그들이 가장 두려워하는 건 탄압이 아니었다. 율리아는 그 점을 지적하며 레위시아에게 말했다.

"상상해본 적도 없을걸요. 귀족이 아니게 되는 결과 같은 건."

가문의 힘이 없으면 아무것도 아닌 자들.

"정말 불쌍한 건, 그들에게 선동당한 줄도 모르고 막무가내로 싸우는 진짜 해방군이에요."

"하……."

이 세상은 어쩌면 인간이 망치고 있는 게 아닐까. 레위시아가 중얼거렸다.

이날 이후 레위시아는 한동안 밤마다 잠행을 나갔다. 티타니아가 아무나 받아주지 않는다던 은밀한 사교 클럽의 귀빈이 되는 데는 그리 오랜 시간이 걸리지 않았다.

레위시아의 드레스룸엔 점점 드레스와 장갑, 가발과 스카프 등이 쌓이고 있었다. 덩달아 신난 맥스웰이 물심양면으로 그를 도왔다.

율리아는 레위시아가 가져오는 정보와 자신의 기억을 바탕으로 해방군 수뇌부의 명단을 완성했다.

"이게 뭐야?"

그리고 샤트린에게 그걸 쥐여주었다.

"해방군을 만든 귀족들의 명단이요."

명단을 바라보던 샤트린이 끔찍한 욕설을 입에 담았다. 율리아는 무표정한 얼굴로 그녀의 침대 앞 의자에 앉았다.

"만나고 싶다고 하셨잖아요. 전하를 그들이 있는 곳으로 데려갈 수는 없으니까, 그들이 누군지 알려드려야겠다고 생각했어요."

"이 새끼들이 날 죽이려고 한 거야?"

"그건 아닐 거예요. 그쪽은 블라이스 백작에게 넘어간 급진파이고, 이 명단에 있는 건……."

"해방군을 만들고 조종하는 자들이라는 거지."

샤트린이 또 한 차례 욕설을 쏟아내었다. 보면 볼수록 기가 막혔다. 그 안엔 왕의 충신으로 구분되는 자의 아들도 있었고, 반제국파의 딸도 있었으며, 친제국파의 후계자도 있었다.

"샤트린 전하."

율리아는 샤트린의 혼란을 달래주지 않았다. 물리쳐야 하는 대상에게 정을 주고 싶지 않아서였다.

"이제 대가를 주세요."

"대가?"

명단에 있는 이름을 태워 죽일 기세로 노려보던 샤트린이 고개를 들어 율리아를 바라보았다.

"언젠가 레위시아에게 도움이 필요할 때, 그때 갚으라면서. 왜? 마음이 바뀌었어?"

"그건 전하의 목숨을 구해드린 대가잖아요. 이 명단의 대가는 따로 받고 싶어요."

"하."

샤트린이 짧게 웃었다가 멈추고, 다시 웃음을 터뜨렸다.

"하하하하!"

"저는 전하의 시녀가 아니니까요."

"알아, 빌어먹을."

샤트린이 아픈 다리를 이불 밖으로 꺼냈다. 그러곤 침대에서 일어나 율리아를 내려다보았다.

"좋아. 원하는 걸 말해. 율리아 아르테."

샤트린은 하나뿐인 왕의 후계자였다. 왕이 마조람을 잃고 휘청거리고 있는 지금, 이용할 수 있는 최상의 패이기도 했다.

계산은 진작 마쳐놓았다. 해방군의 배신으로 한 번 죽었으니, 그게 아깝지 않을 만큼의 대가를 받아야 수지가 맞는다.

율리아가 샤트린을 올려다보며 말했다.

"거기 적힌 이름 중에서 마조람 파벌에 속하는 자들만을 골라 해방군 수뇌부임을 공개하고, 반역자의 낙인을 찍어주세요."

다른 건 필요 없었다. 마조람을 무너뜨릴 수만 있다면.

"너…… 그게 무슨 말인 줄 알고 하는 소리야?"

"네."

당연히 안다. 아홉 번째를 살면서 해방군을 어떻게 이용해야 할지 정해두지 않았다면 거짓말이다.

그들은 친제국파를 무너뜨리기 위한 제물이었다.

—•◆•—

과거 율리아 아르테는 해방군이었다.

다섯 번째 삶, 알렉사를 만나기 전에 그녀는 해방군으로 들어가 친제국파를 대표하는 마조람 파벌을 상대로 싸웠다.

해방군 수뇌부는 복수심에 불타 물불 가리지 않는 율리아를 무척 좋아했다. 그녀는 그들 사이에 파고들어 자리를 잡았고, 한때는 왕국의 독립이라는 신념에 취해 명예를 좇기도 했다.

그러나 해방군은 마조람을 상대하기에는 턱없이 약한 세력이었다. 해방군이 활약할수록 마조람과 왕가는 하나로 똘똘 뭉쳐 그들을 탄압했다.

율리아는 지고 싶지 않았다. 그래서 수단과 방법을 가리지 않았다.

반제국파가 무너져가던 해방군에 가담한 것도, 해적과 손을 잡은 것도 모두 그녀가 한 짓이었다.

해방군은 율리아가 두려워졌다. 그녀 때문에 오르테가에 내전이 일어났다고 판단했다.

때마침 국왕이 바이칸의 황제에게 도움을 요청하면서, 해방군 수뇌부는 마조람 후작에게 율리아를 넘기는 조건으로 투항을 결정했다.

"재밌어질 거예요."

과거를 되새기던 율리아가 샤트린에게 준 것과 똑같은 명단을 코코에게 넘기며 말했다.

"친제국파가 와해될 거예요. 자식이 해방군 따위를 만들어 왕족을 공격했으니, 부모는 왕 앞에 납작 엎드려 빌고 빌어야죠. 친제국을 부르짖던 자들은 목소리를 잃게 될 거고, 끝까지 마조람 후작의 곁에 남았던 자들은 극도로 몸을 사리게 될 거예요."

자식을 잃느니 명분을 잃는 게 낫잖아요. 율리아가 웃으며 꺼낸 말에, 코코가 혀를 차며 물었다.

"나머지는?"

"누명을 벗으려고 발악하겠죠."

"블라이스 백작에게 속아 넘어간 급진파를 족치겠구나."

동료들이 반역자가 되어 끌려가는 걸 보면서 남은 자들은 생각할 것이다.

어떻게 하면 살아남을 수 있을까. 누구에게 잘 보여야 할까. 급진파를 붙잡아 공주에게 바치면, 누명을 벗고 제자리로 돌아갈 수 있을까.

"블라이스 백작에게 선물이라도 하나 할까 봐요."

"왜?"

"해방군을 제물 삼아 마조람을 족치려면 아직 멀었다고 생각했는데…… 이렇게 일을 쉽게 만들어줘서요."

율리아가 속눈썹을 나비처럼 팔랑이며 웃었다.

그는 지금쯤 무슨 생각을 하고 있을까. 억울해하고 있진 않을까. 샤트린을 죽인 뒤에 대규모 학살과 폭동을 일으키려 했을 텐데, 그 모든 게 어그러져버렸다.

블라이스가 1왕자를 죽이지 않았다면, 해방군에게 바이칸의 병장기를 쥐여주지 않았다면, 샤트린을 습격하지 않았다면.

율리아는 아주 오랜 시간 동안 정성을 들여 다른 판을 짜야 했을 것이다.

배를 통해 들어온 공성 병기는 눈속임이었다. 블라이스가 정말 숨겨야 했던 건 병장기를 짊어진 채 산맥을 넘어온 데네브라의 병사들이리라.

"뭐가 좋을까요."

"귤이라도 한 바구니 보내줘."

"귤이요?"

"겨울이잖아."

나쁘지 않네. 율리아가 고개를 주억거렸다. 여름 복숭아의 답례라고 하면 될 것이다. 이왕이면 장미 꽃바구니에 부러진 칼이라도 꽂아서 보내고 싶었지만, 그건 참아야겠지.

29
내 심장을 먹어요, 나는 텅 빈 채로 살아갈 테니

"전쟁이 일어났습니다."

샤트린 오르테가가 열 명이 넘는 해방군 수뇌부를 잡아들였던 날, 바이칸 북부에 전쟁이 발발했다는 소식이 도착했다.

카루스는 배에서 내리자마자 맥스웰을 만나 그 이야기를 들었다.

"황제는?"

"친정 선언을 했답니다. 황제의 기사단을 이끌고 북부로 가겠죠."

"데네브라가 날뛰겠군."

카루스는 황제가 북부에서 무슨 짓을 해도 상관하지 않을 자신이 있었다. 하지만 한동안 황제의 감시에서 벗어나게 된 데네브라 황비가 무슨 짓을 벌일지 모른다는 생각에 벌써부터 골치가 아팠다.

"마조람 후작의 동태는 어떻지?"

어쨌거나 지금은 율리아의 일이 우선이었다.

언젠가부터 카루스 란케아는 자신에게 일어나는 모든 일보다 율리아의 소식이 먼저였다.

"파벌 가문이 또 한 차례 대거 탈주한 모양입니다. 자식이 반역자가 되어 잡혀갔으니, 국왕을 찾아가 발바닥이라도 날름날름 핥아야죠."

"더러운 새끼."

"아니, 제가 핥겠다고 했습니까? 왜 그러시는 거예요?"

"마조람 후작도 이제 곧 발가벗겨지겠군."

카루스가 기분 좋게 웃었다.

처음 율리아에게 공성 병기를 빼앗아달라는 말을 들었을 때는 일이 이렇게까지 확대되리라고는 전혀 예상치 못했다. 기껏해야 마조람 후작에게 누명을 씌워 왕과 반목하게 만드는 정도라고 생각했다.

한데 그녀는 블라이스를 역이용해 해방군을 와해시키고, 후계자가 된 샤트린을 움직여 친제국파를 쳤다.

도대체 그 여자의 머릿속엔 무엇이 들어 있는 걸까. 가끔은 그 안을 들여다보고 싶다는 강렬한 충동이 일어났다.

"율리아는?"

"저녁에 모시러 갈 예정입니다."

"축하 선물이라도 해야 하나?"

"마음 놓지 말라던데요. 가진 게 많은 자와는 싸우기 쉽다면서요. 맞는 말입니다. 후작이 왜 지금까지 가만히 당하고만 있었겠습니까? 지킬 게 너무 많아서 하나씩 쳐다보기만 해도 바쁘니까 그렇죠."

"누가 그걸 몰라?"

"상대하기 가장 어려운 건 잃을 게 없는 자라고 하셨습니다. 지금까지는 율리아 시녀님이 후자였기 때문에 괜찮았는데…… 마조람 후작에게 잃을 게 없어지면, 그때야말로 본격적인 개싸움으로 가는 거라고.”

“율리아가 이길 거야.”

“저도 압니다. 아는데요.”

“아는데 뭐가 걱정이야?”

“개싸움이면 차라리 괜찮아요. 그게 뭐 별겁니까? 힘세고 쪽수 많은 쪽이 이기는 건데. 그런데 만약에…… 그쪽이 우리가 생각하는 것보다 더 비겁한 놈들이면 어떻게 합니까.”

맥스웰은 진심으로 율리아를 염려하고 있었다. 카루스가 그런 그를 물끄러미 바라보다 말했다.

“바바슬로프 같은 놈.”

“뭐요?”

맥스웰이 진심으로 화를 냈다. 카루스는 피식 웃으며 그의 어깨를 툭 치고 말에 올랐다. 기지로 돌아갈 시간이었다.

맥스웰도 카루스를 따라 말에 올랐다. 보고해야 할 일이 산더미였다. 사람 많은 부두에선 제대로 된 대화를 나눌 수가 없었다.

겨울인데 따뜻했다. 바람이 세게 부는데, 춥지는 않았다. 코트도 없이 셔츠에 조끼만 입고 돌아다니는 남자들도 있었다.

“이게 남부의 겨울인가.”

말을 탄 채 사람들 사이를 빠져나가던 카루스가 중얼거렸다. 맥스웰이 그의 곁으로 바짝 다가와 말했다.

“따뜻하죠? 이게 무슨 겨울인가 싶고. 제가 오르테가에 처음 왔을 때도 겨울이었는데, 여기서 평생 살아야겠다고 다짐했습니다. 바이칸으로 돌아가고 싶지 않더라고요."

"바바슬로프는 아직도 반바지만 입고 잔다고 하던데."

"무식한 새끼."

맥스웰이 욕을 했다.

"그러는 너는 뭐 입고 자는데?"

"반바지요."

"미친놈."

카루스가 혀를 쯧 찼다. 그러는 그도 여태 반바지만 입고 잔다는 건 말하지 않았다.

기지에 도착하자마자 카루스의 집무실까지 따라 들어와 그간의 일을 보고한 맥스웰이 율리아를 데리러 가겠다며 왕궁으로 갔다.

카루스는 느긋하게 율리아가 오기를 기다렸다. 오랜만에 저녁이나 함께 먹고, 밤바다를 거닐 생각이었다. 남부의 겨울은 따뜻하니까 밤바다에 데리고 나가도 괜찮을 것이다. 옷을 얇게 입고 온다면 자신의 코트라도 대충 걸쳐주면 되겠지.

카루스는 그런 생각을 하면서 창문 앞에 섰다.

남부도 겨울엔 해가 짧았다. 푸르던 하늘이 점점 연한 보랏빛으로 변하고 있었다.

그는 요즘 깊은 잠을 이루지 못했다.

자꾸만 그날의 율리아가 떠올라 몸이 뜨거웠다. 녹아 사라질 것만 같았던 여린 뺨이나 젖은 입술, 짙게 가라앉은 눈동자가 아른거렸다. 여름이 한창일 때보다 겨울인 요즘이 더 덥게 느껴졌다. 찬물로 샤워를 해도 소용없었다.

의도적으로 다른 생각을 하려고 해봐도 소용없었다. 한번 잠을 설치기 시작하면 밤새도록 그녀와의 일을 되새기고 또 되새겼다. 첫 만남부터 지금에 이르기까지 율리아의 모든 것을 기억하려고 뇌가 미친 것처럼 움직였다.

　　자신이 무언가에 그렇게까지 집중해본 일이 있었던가.

　　처음 검을 배울 때도, 처음 전쟁터에 나갔을 때도 이 정도는 아니었던 것 같은데.

　　'피하지 않았지.'

　　율리아는 그를 피하지 않았다. 그가 그녀의 뺨을 물어도, 입술을 헤집어도 밀어내지 않았다.

　　그저 심해와도 같은 눈으로 그를 바라볼 따름이었다.

　　이 감정은 무엇인가. 카루스는 자신의 마음에 이름이 있다면, 그건 사랑이 아니리라고 생각했다.

　　'그런 간지럽고 아름다운 느낌이 아니야. 따뜻하거나 충만하지도 않고. 다정해지는 것도, 벅차오르는 것도 아니다.'

　　미칠 것 같은 갈증, 끝없는 욕망, 자기 파괴적인 헌신. 그런 것들이 모여 하나의 덩어리를 이루었다. 이 이야기가 다시없을 비극으로 치닫는대도 괜찮았다.

　　불행하면 어떤가. 상관없었다. 율리아는 그가 불행해진다는 걸 알면서도 자신이 갖고 싶어질까 봐 두렵다고 했지만, 카루스에게 그 말은 지독한 쾌감으로 느껴질 따름이었다.

　　율리아 아르테의 삶에 새겨지고 싶다. 그 지친 영혼을 입에 물고, 잘근잘근 씹어서 제 것으로 만들고 싶다.

　　한편으론 바실리 마조람을 죽이고 싶기도 했다. 영혼까지 갈기갈기 찢어서 다시는 이 땅에 발붙일 수 없게 만들고 싶었다. 율리아의 머릿속에 있는 놈의 기억을 끄집어내서, 한 줌의 재로 만들어 삼키고 싶기도 했다.

레위시아도 마찬가지였다. 카루스는 왕자의 아름다운 얼굴을 떠올릴 때마다 불쑥불쑥 치솟는 살의에 저도 모르게 웃음을 터뜨렸다.

죽음이 난무하는 전장에서도 이렇게까지 미친놈처럼 굴지는 않았는데.

"카루스 님."

문밖에서 덩치 큰 기사가 그를 찾았다. 한 손으로 얼굴을 쓸어내린 카루스가 애써 침착함을 되찾았다.

"들어와."

"바이칸 북부에서 온 연락입니다."

기사가 집무실 안으로 들어와 문을 닫았다. 그는 카루스에게 살짝 고개를 숙여 보이곤, 묵직한 목소리로 말했다.

"붉은 산의 다이아몬드를 무사히 북부 독립군에게 보냈습니다. 돌려받은 자는 광산 주인의 후계자로, 보석을 받자마자 암시장 경매에 부쳤다고 합니다."

"괜찮은 방법이군."

"보석은 곧 황제에게 전해질 듯합니다."

바이칸의 암시장에 나오는 물건은 모두 황제에게 보고된다. 그곳은 아주 귀하거나 특별한 것들만 취급하는 경매장이기 때문이었다.

황제는 이번에도 붉은 산의 다이아몬드를 손에 넣게 될 것이고, 데네브라와 블라이스가 북부 독립군과 모종의 관계를 맺고 있는 것은 아닌지 의심하게 되리라.

카루스가 피식 웃으며 고개를 끄덕였다.

"수고했어."

"그리고 이것을……."

덩치 큰 기사가 묵직한 편지 봉투를 내밀었다. 그 안엔 꽤 많은 양의 보고서가 들어 있었다.

카루스가 의아해하며 봉투를 열어보았다. 그러곤 보고서를 하나하나 읽어보기 시작했다.

그의 얼굴에서 순식간에 웃음기가 사라졌다.

[죽지 못하는 자에 대한 기록은 대부분 소실되어 정확한 출처를 파악하기 어려웠습니다. 그러나 얼음산의 부족민들과 해적왕, 바이칸 이전에 대륙에 존재했던 부족 국가의 옛 문헌에서 간혹 그런 전설이 내려온다는 사실을 확인했습니다.]

율리아의 저주, 그에 관한 조사 보고서였다.

[구전된 이야기는 객관성이 없어 제외하되, 기록으로 남은 것은 아무리 허무맹랑한 전설일지라도 특이점이 있는지 살펴보았습니다. 그러던 중, 죽음에 관한 저주에 하나의 공통점이 있다는 걸 발견했습니다.]

보고서를 넘기는 카루스의 손놀림이 빨라졌다. 그의 심장이 점점 거칠게 뛰고 있었다.

[저주는 보석의 형태를 띠고 있고, 주인을 선택해 찾아간다는 것이었습니다. 저희는 이 사실을 확인한 뒤부터 저주받은 보석에 대해 집중적으로 조사하였습니다. 대부분은 북부 부족 국가의 샤먼들이 꾸며낸 이야기라고 추측하였으나, 경악스럽게도 저 먼 남부의 해적들에게 똑같은 전설이 전해지고 있다는 걸 알게 되었습니다.]

카루스가 고개를 번쩍 들어 올렸다. 덩치 큰 기사가 우묵한 눈으로 그를 바라보고 있었다.

"남부의 해적?"

"남부까지 조사하기엔 손이 부족했을 것입니다."

"하……."

돌고 돌아 이곳이었다. 카루스가 보고서를 꽉 움켜쥔 채 덩치 큰 기사에게 말했다.

"맥스웰은 쓸 수 없다. 놈은 당분간 해야 할 일이 많아."

"제가 직접 움직이겠습니다."

"부탁한다. 정말…… 중요한 일이야."

율리아를 괴롭히는 저주의 정체를 알아낼 수만 있다면, 그는 무엇이든 대가로 내놓을 수 있었다. 카루스는 묵묵히 자신을 바라보는 덩치 큰 기사에게 이렇게 말했다.

"내 모든 걸 던져서 지키고 싶은 여자다."

"알겠습니다."

덩치 큰 기사가 입매를 꿈틀거리며 웃었다.

생각이 많아 자리에 가만히 앉아 있을 수가 없었다. 카루스는 재킷만 걸친 채 기지 밖으로 나와 해안가를 걸었다.

그가 지나는 자리마다 모래가 움푹 파여 둥근 발자국이 남았다. 멀리서 그를 지켜보던 기사들도 주위에 아무도 없다는 사실을 확인하곤 각자의 자리로 돌아갔다.

파도가 밀려들었다. 하얀 거품을 일으키며 부서지는 파도를 보고 있자니, 복잡했던 머릿속이 조금씩 정리되었다.

"후……."

카루스는 파도를 좋아하는 편이었다. 바다도 마찬가지였다. 단단하게 대지를 디디고 서 있던 두 발이 불안하게 흔들리는 배 위로 올라가 바다에 의지하게 됐을 때, 카루스는 기이한 안도감을 느꼈다.

언제부터였을까.

황제의 곁에서, 혹은 황제의 대리인으로 전장을 누비던 카루스는 어느 날 문득 지독한 타성에 젖어버린 자신을 발견했다.

전쟁이 터지면 싸우고, 적장의 머리를 베어 황제에게 바쳤다. 정복한 땅이 정상화되기도 전에, 다른 곳에서 전쟁이 터지면 또 그곳으로 가서 싸웠다.

싸우고 이동하고, 싸우고 이동했다. 카루스 란케아의 삶은 온통 전쟁터에 있었다.

'내겐 황제를 욕할 자격이 없다.'

카루스는 언젠가부터 그런 생각을 해왔다. 정복당한 자들이 세상의 온갖 증오를 담아 황제를 욕하고, 바이칸의 귀족들이 혼자 모든 것을 차지하려는 황제를 비난할 때마다, 꼭 저를 탓하는 것 같다고 생각했다.

그가 정복했던 한 왕국의 왕은 비열한 폭군이었다.

자식을 죽이고, 형제를 죽이고, 여자와 술을 탐했다. 백성들의 고혈을 쥐어짜 금으로 왕궁을 칠하기도 했다.

카루스는 그의 목을 벨 때 죄책감을 느끼지 않았다. 당연한 일을 하는 거라고 여겼다. 그가 왕을 죽이고 나면, 그 땅이 조금 더 살만한 곳이 될 거라고 믿었다.

한데 그가 그다음 전장으로 떠나려 말에 올랐을 때, 왕국의 백성들이 전장의 하이에나가 되어 몰래 그를 따르고 있다는 걸 알게 됐다.

그들은 죽은 자들의 주머니를 털었고, 정복당한 땅에서 바이칸 제국인 행세를 하며 패전국 백성을 착취했다.

악이 돌고 돌았다. 모든 게 지긋지긋했다.

그는 부상을 핑계로 함대로 돌아갔다. 통일 제국을 부르짖던 황제도 어쩐 일인지 그때부터는 카루스를 찾지 않았다.

육지로 돌아가고 싶지 않았다. 바다가 편했다.

파도 소리를 들으면서 잠들고 깨면 땅에서 일어난 모든 일에서 멀어진 기분이 들었다. 위태롭게 흔들리는 배와 자비 없는 바다가 그를 되레 편안하게 했다.

우습게도 황제는 그때부터 카루스를 죽이려는 계획을 짜기 시작했다.

직접 손을 쓰지는 않았으나, 이후 그에게 내려진 명령을 돌이켜보면 그렇게밖에 해석할 수 없었다.

"해적왕의 기물을 찾아서 내게 가져오라. 미궁의 위치를 들켜서는 안 되니, 그대 혼자 들어가야 할 것이다."

"산 마일라의 남편을 죽여라."

"데네브라의 연회에 나를 대신하여 참석하라."

해적왕의 기물 같은 건 없었다. 미궁에 처박아놓고 죽인 뒤에 사고로 처리하려 했을 뿐이다.

산 마일라는 바이칸에서 가장 유명한 암살자였다. 그녀의 남편을 죽이면, 카루스는 산 마일라에게 평생 쫓기는 삶을 살아야만 했다.

데네브라는 카루스를 너무 사랑한 나머지 미쳐가고 있었다. 황제는 황비의 연회에 카루스를 저 대신 보내, 두 사람의 불륜을 공식화하려고 했다. 그래야 무혈 제독의 완전무결한 위명에 오물을 끼얹을 수 있으니까.

"폐하, 제게 왜 이러십니까."

"나야말로 묻고 싶구나. 카루스 란케아, 두 번째 기사여. 너는 누구에게 충성하는 것이냐?"

황제는 카루스를 끝없이 의심했다. 충성을 맹세하라고 강요했다. 그가 지금까지 황제를 위해 했던 모든 일은 당연한 거라 말했고, 그보다 더한 증명을 바랐다.

바이칸 제국에 황제보다 카루스를 무서워하는 자들이 더 많아졌다는 건 나중에 알았다. 그래서 황제가 그를 질투하며 견제하고 있다는 것도.

카루스 란케아는 부하로 삼기엔 너무 완벽한 사령관이었다.

"무슨 생각을 그렇게 하세요?"

맑은 목소리가 들렸다. 기지에 도착한 율리아가 어느새 그의 뒤로 다가와 서 있었다.

"언제 왔어?"

"조금 전에요."

"기사들이 알려줬나 보군."

"요즘 다들 저한테 묘하게 친절해진 것 같은 기분이 들어요. 말수가 워낙 적어서 잘은 모르겠지만……."

율리아가 자연스럽게 그의 곁으로 와서 함께 걸었다. 속도를 맞춘 두 사람이 모래 위에 일정한 간격으로 발자국을 남겼다.

"무슨 문제 있어요?"

"그렇게 보여?"

"멀리서 보는데…… 몇 걸음 걷다가 멈춰 서고, 또 몇 걸음 걷다가 멈춰 서시더라고요. 그래서 무슨 심각한 고민이 있는 건가 싶어서 빨리 다가왔어요."

"별거 아니었어. 네 말대로 북부에 전쟁이 터졌다는 소식을 들었거든. 정복한 지 꽤 오래된 땅이니까, 황제도 안일하게 관리했던 거겠지."

"심각하대요?"

"황제는 어지간해서는 황도를 떠나지 않아. 한데 이번에는 친정하겠다고 선언했다는군."

"저의 지난 삶에서는 언제나 당신이 그곳으로 파견되었어요."

율리아의 말에 카루스가 짧은 웃음을 터뜨렸다.

"난 좀 등신이었나."

"왜 그렇게 말씀하세요?"

"황제가 날 죽이려고 갖은 수를 쓰고 있다는 걸 알면서도 그를 위해 북부로 가서 독립군을 저지했다는 게."

"저도 처음엔 당신이 아무것도 모른 채로 황제에게 충성하고 있다고 생각했어요. 그런데 이제 그게 아닌 걸 알잖아요."

율리아는 카루스에게 다른 꿍꿍이가 있었을 거라고 말했다.

"북부 독립군을 당신의 손아귀에 넣으려고 했을 수도 있고, 북부를 청소하는 척하면서 뒤에선 몰래 그들을 지원했을 수도 있죠."

"네 이전 삶의 나는 북부 독립군을 완벽하게 저지했어?"

"아뇨."

율리아가 생긋 웃으며 그를 올려다보았다.

"남부에 전해진 소문으로는, 무혈 제독이 북부 독립군에게 항복 선언을 받아냈다고 했어요."

"전멸시킨 게 아니라?"

"네."

"가짜 항복이었을 수도 있겠군."

"당신이 남부를 통일한 뒤에 북부 독립군과 함께 위아래로 바이칸을 압박하며 황제의 야욕을 무너뜨리자고 약속했을 수도 있다는 생각이 들어요."

카루스가 고개를 끄덕였다. 분명 그랬을 것이다.

바이칸은 거대한 제국이었다. 황제를 저지하려면 남부를 통일하는 것만으로는 모자랐을 수도 있다.

"난 아마 북부 독립군뿐만 아니라 해적 세력과도 손을 잡았을 거야. 어쩌면 바이칸 내부에 세력을 키워 내전을 유도했을 수도 있고.

최악의 경우에는 황제를 암살하려 했을지도."

"성공했을 것 같아요."

"그걸 어떻게 알아?"

"카루스 님이 충성스러운 기사였을 때도 황제는 당신을 견제했어요. 한데 무혈 제독이라는 위명에 대륙 최고의 함대와 기사단, 그리고 남부 통일까지 이루어냈다면……."

"밤잠 좀 설쳤겠군."

"저는 증오의 또 다른 이름은 두려움이라고 생각해요."

황제는 카루스를 두려워한다. 율리아는 그렇게 말하고 걸음을 멈췄다.

파도가 높았다. 가까이 다가서니 우르르 밀려와 부서지는 소리가 웅장하게 들렸다.

이리저리 휘날리던 머리카락이 입술에 달라붙었다. 어쩐지 짠맛이 나는 것도 같았다.

카루스는 율리아가 손가락으로 머리카락을 대충 떼어내는 모습을 지그시 바라보았다. 그러다 지나가는 투로 물었다.

"어릴 때 삼켰다던 보석은 어떤 모양이었어?"

"그냥 평범한 보석이었는데…… 색이 무척 아름다웠다는 것만 기억나요."

"그 보석의 주인이었던 해적이 누군지는 모르고?"

"몰라요. 그때는 해적의 처형식이 매주 있었으니까요. 이름 높은 선장쯤 되면 기억이 날 텐데…… 아! 그러고 보니."

오래전의 일을 떠올리던 율리아가 문득 생각나는 게 있다며 카루스를 바라보았다.

"북부인이었어요."

"북부인이라고?"

"키가 무척 크고, 피부가 희었어요. 해적들은 대부분 피부색이 짙은 편이거든요. 흰 편이었던 사람도 바다에서 한 계절만 지내고 나면 까무잡잡하게 변해요. 그런데 그 사람은 피부가 희고 수염이 노란색이었어요."

"북부인이 왜 남부에서 해적 노릇을 하고 있었지?"

"모르겠어요. 저도 그게 신기해서 눈여겨봤던 기억이 나요. 아버지가 그와 비슷한 외모를 갖고 있었거든요."

"네 아버지가 북부인이었을 수도 있다는 거군."

"어머니는 아니었을 수도 있고, 그가 진짜 제 친아버지가 아니었을 수도 있고. 어쩌면 해적선에 팔린 노예였을 수도 있고……."

"아버지의 얼굴은 기억해?"

율리아가 발끝으로 모래를 쓱 훑었다. 뾰족한 구두코에 쓸린 모래가 긴 선을 그렸다.

"네, 너무 선명하게 기억나서 이상할 정도로."

"만약 그를 찾는다면 어떻게 하고 싶어?"

바로 대답하지 못하고, 율리아가 잠시 입을 다물었다. 그녀는 카루스를 바라보던 시선을 돌려 이번에는 바다를 바라보았다.

새파란 바다 위에 한 무리의 새가 떠돌고 있었다. 먹이를 찾으려는 모양이었다.

"찾고 싶지 않아요."

"어째서."

"죽었다는 걸 확인하고 싶지 않으니까요."

그냥 어딘가 멀리에서 바보처럼 힘들게 살아가고 있을 거라고, 그렇게 생각하고 싶다. 가난하고 비굴하게, 버린 딸에게 죄책감을 느끼면서 구질구질하게 살아가고 있을 거라고.

율리아가 다시 카루스를 보며 짓궂게 웃었다.

"해적의 딸이니까 해적이 되었겠죠? 제가 만약 보육원에 버려지지 않았다면, 카루스 님은 처형장에 매달려 있는 제 시신을 보게 되었을 수도 있어요. 오르테가 국법상 해적은 무조건 사형이거든요."

"그게 무슨……."

카루스가 눈살을 찌푸리며 뭐라 반박하려던 순간이었다.

"카루스 님!"

멀리서 그의 부하가 빠르게 달려와 절도 있게 묵례했다. 그러곤 율리아와 카루스를 한 번씩 응시하며 말했다.

"샤트린 공주가 해방군 조직에 가담한 친제국파 귀족 중 여덟 명의 작위를 박탈하고, 주동자 두 명을 처형한다고 합니다."

"처형?"

"예, 공개 처형장에서 태형으로 다스릴 거란 발표가 있었습니다."

태형이라, 참 샤트린다운 형벌이었다. 귀족 작위를 영구적으로 박탈하는 동시에 백성들이 보는 앞에서 매를 치다니.

율리아가 요구한 건 그들에게 반역자의 낙인을 찍는 거였다.

샤트린은 깊이 고민했을 것이다. 어쨌거나 친제국파는 오랫동안 왕가의 지지자였으니까. 마조람이 돌아섰다고 해도 그들 전체를 적으로 돌리는 게 과연 옳은 판단인지 혼란스러웠겠지.

죄는 똑같이 지었는데 한쪽 파벌만 치죄한다는 것도 샤트린의 입장에선 몹시 찝찝하고 불쾌했으리라.

그래서 이런 방법을 택한 거였다. 가문 전체를 벌하는 대신 죄지은 자에게만 형벌을 내리는 것. 사형 대신 태형을 내리되, 처형장으로 끌고 나와 죽음보다 더한 수치를 안겨 주는 것.

저들은 영원히 귀족으로 돌아갈 수 없었다. 가문에 남을 수도 없을 것이다. 평범한 백성이 되어 살아갈 수도 없었다.

"제가 원한 방식은 아니지만……."

샤트린 오르테가.

괜찮은 선택이었다.

공주가 처음부터 마조람의 적이었다면, 레위시아보다 먼저 만났더라면, 어쩌면 율리아는 그녀를 택했을지도 모른다.

피식 웃음을 터뜨린 카루스가 율리아를 바라보며 물었다.

"구경하러 갈래?"

"좋아요."

율리아가 흔쾌히 고개를 끄덕였다.

◆━•••━◆

율리아는 카루스와 함께 공개 처형장으로 향했다.

"귀족이 아니게 됐다며? 그럼 뭐야. 이제부터 우리처럼 평민이라는 거야?"

"작위만 박탈하면 뭐 해. 여전히 돈은 많을 거 아냐. 우리네랑은 다르지."

"그럼 뭐가 형벌이라는 거야? 귀족님네는 반역죄를 저질러도 대충 봐주는 건가?"

웅성거리는 소리가 갈수록 커졌다. 기습적인 발표였는데도 꽤 많은 사람이 모여 있었다.

형장이 마련되고, 해방군 조직의 주동자들이 끌려 나왔다.

"그러니까 해방군이라는 게…… 저 젊은 양반들이 만든 거였다고? 왜? 부모는 친제국파라며? 왕족을 공격한 것도 저들이래?"

"알 게 뭐야."

"그럼 그동안 억울하게 끌려가서 고문당했던 불쌍한 청년들은?"

"속은 거지. 저 새끼들한테."

사람들은 각자의 추측대로 이야기를 나누었다. 대부분은 처형장에 끌려 나온 귀족들을 비난하는 내용이었고, 간혹 왕가와 마조람 후작을 거론하는 자들도 있었다.

작위를 박탈당한 여덟 명의 해방군 수뇌부가 나란히 섰다. 태형에 처해진 건 그중 두 명의 주동자였다.

"죄인은 엎드려라!"

높은 단상 위엔 샤트린이 자리를 잡고 앉아 있었다. 왕실 기사들이 그녀를 겹겹이 둘러싸고 있어, 얼굴은 보이지 않았다.

율리아는 카루스와 함께 조금 떨어진 건물 위에서 처형장을 내려다보았다.

형틀에 묶인 자들의 입에서 울분에 가득 찬 고함이 튀어나왔다. 그들은 샤트린을 바라보며 고래고래 소리를 질렀다.

"우리한테 왜 이러십니까! 공주 전하께서는 우리가 왕가를 공격한 놈들과 아무 상관 없다는 걸 아시지 않습니까! 이러지 마십시오! 우리는 언제나 왕가의 편이었습니다!"

"해방군은 왕가에 도움이 됐으면 됐지, 절대 불필요한 조직이 아니었습니다! 해방군 덕에 친제국파인 국왕께서 명분을 얻은 게 아닙니까!"

"억울합니다!"

그들의 외침이 길어질수록 형장에 모인 사람들의 표정이 냉랭해졌다.

"뭐야, 그런 거였어?"

"그럼 마조람 후작은 뭐야? 아니, 애초에 1왕자는 왜 죽었는데?"

"다 거짓말이야. 거짓말이야!"

한 여인이 거짓말하지 말라며 형틀을 향해 작은 돌을 던졌다. 죄인을 때리진 못했으나, 그 순간을 계기로 꽤 많은 사람이 그들을 향해 손가락질하며 욕설을 퍼부었다.

샤트린이 한 손을 들어 올리자, 그녀의 곁에 있던 기사가 큰 소리로 외쳤다.

"집행하라!"

길고 넓적한 형구를 든 집행인이 죄인에게 다가갔다. 그러곤 주위를 한 바퀴 둘러본 뒤, 형구를 힘껏 치켜들었다가 빠르게 내리쳤다.

퍼억!

"으으으윽!"

샤트린은 주동자 두 명에게 100대의 매를 치라고 명령했다. 중간에 기절하거나 상태가 안 좋아지면 형 집행을 멈추고 며칠간 치료한 뒤에 다시 때린다고 했다.

형장 가득 볼기를 치는 소리와 비명이 번갈아 울려 퍼졌다. 율리아는 건물 난간에 기대어 형장을 내려다보았다.

고통스럽고, 수치스러운 얼굴.

그 모습을 보면서도 딱히 만족스럽진 않았다. 그들은 율리아에게 복수의 대상은 아니었으나, 그들을 경멸하는 마음은 여전했다.

한때는 그들을 찾아가 왜 나를 배신했느냐고 물어보고 싶었다. 하지만 몇 번 더 살고 나니 그 이유조차 궁금하지 않았다.

그냥 원래 그런 놈들이었다.

볼기가 터지면서 옷이 피로 물들었다. 억울하다고 고함을 지르던 입에선 침이 줄줄 흘렀다. 놈들은 이제 울면서 애원하고 있었다.

잘못했다고, 용서해달라고, 살려달라고 빌었다.

어린아이처럼 엉엉 울음을 터뜨리는 그들을 보면서 율리아는 과거의 자신을 떠올렸다.

나는 울었던가. 애원했던가. 매달리기라도 했던가.

다 했던 것 같다. 울면서 애원하고 매달렸다. 하지만 저들은 율리아를 배신하면서 양심의 가책조차 느끼지 않았고, 그러게 왜 별것도 아닌 걸로 일을 크게 만드냐고 되레 화를 냈다.

"살려…… 살려주세요, 제발……!"

지금이라도 가까이 가서 물어볼까. 저들은 기억 못 하겠지만.

그때 왜 나를 마조람 후작에게 넘겼냐고, 너희 때문에 나는 노예선에 팔려 가다가 알렉사를 희생시키고, 그 뒤엔 악귀처럼 살다가 비참하게 죽었는데.

율리아는 난간에 기대선 채 이런저런 생각에 빠져들었다. 카루스가 자신을 물끄러미 쳐다보고 있다는 것도 느끼지 못했다.

한참 동안 율리아를 지켜보던 카루스가 소리 없이 몸을 빼, 그들을 지키듯 뒤쪽에 서 있던 덩치 큰 기사에게 다가갔다.

그러곤 은밀히 명령했다.

"남부에서 활동하던 북부인 해적들에 대해서도 알아봐. 큰 키, 흰 피부에 노란 수염. 하나는 처형당했다고 하니, 기록을 뒤져서라도."

"알겠습니다."

"대략 12년 전부터."

덩치 큰 기사가 묵묵히 고개를 끄덕였다. 카루스는 그에게서 벗어나 다시 율리아의 곁으로 돌아왔다.

"재미있나?"

"아니요. 괜히 왔다고 생각하는 중이에요."

"그래?"

"저 형틀에 묶여 있는 사람이 마조람 후작이었으면 좀 더 재밌게 구경할 수 있었을 텐데."

율리아가 심드렁하게 중얼거렸다. 맞는 걸 보는 것도 지겨워졌다. 그녀의 시선이 형장을 벗어나 주위에 모여 있는 사람들에게 향했다.

그때 그녀의 시야에 익숙한 실루엣이 들어왔다.

"크리스틴?"

크리스틴이 처형장에 와 있었다.

그녀는 온몸을 가리는 로브를 뒤집어쓴 채, 몸집 큰 병사들에게 둘러싸여 보호받고 있었다.

그런데도 한눈에 알아봤다. 신기한 일이었다. 시선이 빨려 들어간 기분이었다. 아마도 아홉 번의 삶을 사는 동안 지독하게 얽혔던 두 사람의 악연 때문이리라.

율리아가 카루스에게 속삭였다.

"저 잠시만 내려갔다 올게요."

크리스틴은 율리아가 가까이 다가가자마자 홱 고개를 돌려 그녀를 바라보았다.

둘 사이에 어떤 인력이 존재하기라도 하는지, 크리스틴도 이 시끄럽고 혼란스러운 곳에서 놀랍도록 정확하게 율리아를 인식했다.

크리스틴이 이를 악다문 채 입술만 움직여서 율리아를 불렀다.

"율리아."

"오랜만이에요. 마조람 영애."

율리아가 우아하게 웃었다. 말간 얼굴에 진한 미소가 그려졌다.

"두문불출하신다고 들었는데, 건강해 보여 다행이네요. 그동안 잘 지내셨어요?"

율리아의 목소리는 노래처럼 들렸다. 웅성거리는 소음과 매 맞는 소리, 비명이 난무하는 가운데서도 음악처럼 은근하게 주의를 끌었다.

크리스틴이 형장을 향해 있던 몸을 돌려 율리아를 노려보았다.

"그깟 왕궁 시녀. 그게 뭐 대단한 감투라도 되는 줄 아나 본데…… 아직은 내가 네까짓 게 함부로 굴만큼 바닥으로 떨어지진 않았어."

"그럼요. 제가 감히. 마조람의 후계자이신데."

후작가의 병사들이 눈짓을 주고받더니 율리아를 위협하듯 한 걸음 앞으로 걸어 나왔다. 비켜서지 않으면 밀어내겠다는 뜻이었다.

율리아가 두 손을 살짝 들어 올렸다.

"왜들 이러세요. 제가 아가씨를 위협한 것도 아니고. 오랜만에 만나서 안부 정도 여쭌 걸 가지고."

비아냥대는 솜씨도 일품이었다.

크리스틴이 신경질적으로 손을 휘저어 병사들을 물러서게 했다.

그러곤 율리아를 향해 뭐라고 말을 했는데, 형장에서 울려 퍼지는 비명 때문에 잘 들리지 않았다. 입술을 보니 두고 보자는 협박인 것 같았지만, 율리아는 일부러 못 알아들은 척 고개를 갸웃거리며 물었다.

"안 들려요. 뭐라고 하셨어요?"

"따라와."

크리스틴이 앞장서서 걸었다. 그녀는 인파를 헤치고 처형장 밖으로 나가 한 상가 안으로 들어갔다.

"누구십니까?"

"비켜라."

병사를 대동하고 나타난 마조람 영애에게 대들 수 있는 상인은 없었다. 상인은 크리스틴이 던져주는 금화를 손에 쥔 채 굽신거리며 가게 밖으로 뛰쳐나갔다.

이내 문이 닫히고, 소음이 잦아들었다.

"율리아, 마지막 경고야. 이쯤에서 그만둬. 내가 널 죽여버리기 전에."

크리스틴이 짐짓 무서운 얼굴로 말했다.

진심이라는 듯, 두 주먹을 꽉 쥐고 차가운 얼굴로 율리아를 노려보기까지 했다.

'얘가 지금 뭐라는 거야.'

율리아는 터질 것 같은 웃음을 간신히 눌러 참았다.

죽여버리다니, 누가 누구를? 네가 나를? 크리스틴 마조람이 율리아 아르테를? 네 아버지도, 하이에나도, 국왕이나 해방군, 하물며 신조차 죽이지 못한 나를?

네가 어떻게?

할 말은 많았으나, 율리아는 현명하게 입을 다물었다. 가게 입구를 지키고 서 있는 마조람의 병사들 때문이었다.

크리스틴은 율리아가 침묵하자 제 경고가 먹혀들었다고 생각했는지, 한층 자신감 있는 목소리로 다시 말했다.

"가문에서 바실리를 포기했어. 너도 알고 있겠지만, 이제는 내가 마조람의 미래를 책임질 후계자야."

크리스틴은 이번에도 자신이 율리아를 흉내 내고 있다는 걸 깨닫지 못했다. 우아한 자세와 꼿꼿한 등. 율리아처럼 차분하게 말하려 애썼지만, 감정 조절이 잘 되지 않았다.

"아버지와 어머니는 왕가를 상대하고 가신들을 챙기느라 바쁘시지. 하지만 난 아냐. 난 얼마든지 널 죽일 수 있어. 마조람 영애는 아무 힘 없는 아가씨에 불과했지만, 후계자는 그렇지 않거든. 가문의 힘을 휘두를 수 있지."

드디어 깨달았구나. 가문의 힘이 없으면 네가 아무것도 아니라는 사실을.

율리아는 웃는 얼굴 그대로 크리스틴을 응시했다.

크리스틴이 한 걸음 더 바짝 다가왔다. 로브 아래 드러난 머리카락이 짧았다. 마른 얼굴에 이목구비가 앙상하게 드러나 신경질적으로 보였다.

"이 모든 일을 네가 꾸몄다는 걸 다 밝혀낼 거야. 바실리와 샤트린 전하의 일부터 국왕 전하와 아버지까지. 다 네 짓이잖아. 지금이라도 늦지 않았으니까 멀리 도망치시지. 이번에는 하이에나가 아니라, 진짜 기사들이 널 추적해서 사형대에 세울 테니까."

애는 정말 다 알고 이런 말을 하는 걸까. 아니면 그냥 떠보는 건가.

그것도 아니면 망상이 커져서 현실인 줄 아는 걸까?

고민하던 율리아가 마침내 입을 열었다.

"아가씨."

언젠가 그들이 서로를 친구라 부르며 많은 시간을 함께 보냈던 그 때처럼, 친근하고 다정한 말투였다.

"무슨 말씀을 하시는 거예요, 무섭게. 저는 아무 짓도 안 했어요."

"율리아!"

"정말이에요. 무슨 짓을 한 건 아가씨와 그쪽 사람들이잖아요? 왜 저한테 잘못을 뒤집어씌우세요. 이제는 뭐가 옳고 그른 건지, 뭐가 좋고 나쁜 건지, 뭐가 더 비겁하고 악독한 건지, 그것도 모르시겠어요?"

"무슨 말을 해도 소용없어. 난 이제 네가 끔찍하니까. 널 증오해. 미치도록 싫어. 네가 처참하게 죽었으면 좋겠다고! 내 눈앞에서 영원히 사라져버렸으면 좋겠어!"

"뭐야."

율리아의 목소리가 작았다. 입구에서 이쪽을 노려보는 병사들에 겐 들리지 않을 만큼, 아주 작았다.

"누가 할 소릴."

"너……."

"나는 아주 오래전부터 그랬어. 몰랐던 모양이구나?"

율리아가 웃었다. 그녀의 눈에 해묵은 광기가 넘실거렸다.

그걸 정면에서 마주한 크리스틴은 지독한 열등감과 공포심에 물들어, 저도 모르게 주춤 뒷걸음질 쳤다.

처형장에서 해방군의 비명이 울려 퍼지던 시각, 블라이스는 데네브라의 심복을 마주하고 있었다.

"꿇어라.'"

심복이 감정 없이 말했다. 그는 한 손에 데네브라의 명령서를 들고 있었다. 명령서라고는 하지만 편지에 가까운 글이었다.

블라이스는 토 달지 않고 곧바로 무릎을 꿇었다.

"블라이스, 나를 언제까지 기다리게 할 셈이냐. 얼마나 더 실망케 해야 속이 시원하겠느냐. 너를 믿고 큰일을 맡겼는데, 너는 아직도 족쇄에 묶인 포로를 자처하며 두려움에 떨고 있구나.'"

데네브라의 심복이 편지를 읽다 말고 블라이스를 내려다보았다.

"황비 전하께서 내게 채찍을 건네셨소."

"때려라."

"이 편지를 다 읽을 때까지 온 힘을 다해 치라고도 명령하셨소."

"괜찮으니까 때려."

"백작, 당신이 제국으로 돌아갈 날은 아직 멀었으니…… 돌아가 거짓을 고할 수도 있소."

심복의 목소리엔 감정이 없었으나, 그는 블라이스를 동정하고 있었다.

데네브라는 블라이스를 폭력으로 굴복시킨 여자였다. 그래서 이렇게 멀리 떨어져 있는데도 일을 좀 더 빨리 진행하지 못한다는 이유로 심복을 보내 채찍질을 시켰다.

심복은 블라이스를 위해 거짓을 고할 작정이었다. 그런데 블라이스가 말없이 재킷을 벗었다. 꿇어앉은 자세 그대로, 거친 몸짓으로 서츠까지 연달아 벗어 던졌다. 그러곤 심복을 똑바로 바라보며 말했다.

"동정하지 말고 때려, 새끼야."

드러난 몸에 흉터가 가득했다. 채찍과 칼자국, 화상 자국까지 없는 게 없었다. 그 위에 그려진 문신이 섬뜩하게 느껴졌다.

심복이 채찍을 꺼내 들고 한숨과 함께 말했다.

"얼굴에 상처를 내지 말라고 하셨으니…… 머리를 조아리시오."

블라이스가 가볍게 웃음을 터뜨렸다. 그는 키득거리고 웃으면서도 심복의 말대로 몸을 둥글게 말아 엎드렸다. 두 팔로 머리를 감싸 보호하는 것도 잊지 않았다.

"'황제 폐하의 명령을 듣지 말라는 것이 아니다. 폐하의 명령을 우선하되, 카루스 란케아가 남부에서 무슨 짓을 하는지 낱낱이 감시하고 보고하여라.'"

채찍이 허공을 날았다. 데네브라가 즐겨 쓰던 뱀 가죽 채찍이었다. 철썩, 블라이스의 살갗을 파고들듯 달라붙은 채찍이 끔찍한 마찰음을 냈다.

블라이스는 신음조차 흘리지 않았다.

"'겨울이 지나기 전에 오르테가에 내전을 일으켜라. 내가 직접 폐하를 대신하여 남부를 토벌할 것이다.'"

채찍이 한 번, 두 번, 세 번 연달아 휘둘러졌다. 블라이스의 등과 어깨, 팔뚝에 뱀이 지나간 것처럼 긴 상처가 남았다.

심복은 편지를 빠르게 읽었다. 블라이스의 고통을 줄여주기 위해서였다. 그러나 데네브라는 유희하듯 쓸데없이 긴 내용의 편지를 썼고, 채찍질이 끝났을 때 블라이스는 쓰러져 피를 흘리고 있었다.

심복이 두 눈을 질끈 감았다가 떴다. 블라이스가 바닥에 쓰러진 채 가쁜 숨을 몰아쉬었다.

"어서 의사를……."

"데네브라 님께 가서 고해. 대규모 병력을 준비해야 할 거라고."

"백작, 지금 뭐라고 하셨소?"

"내전이건 폭동이건, 그런 건 아무것도 아니야. 황비께 가서 이렇게 말해. 카루스 란케아가 변절하여 제국을 배신하고 오르테가를 수호하려 하니, 황비 전하의 병력을 모두 동원해서라도 막아야 한다고."

내내 무표정했던 심복의 얼굴에 커다란 동요가 일어났다.

카루스 란케아가 변절하다니.

그는 그 사실을 믿지 못해 몇 번이나 되물었고, 그때마다 블라이스는 입가에 비웃음을 머금은 채 같은 말을 반복했다.

"황제는 카루스 란케아를 죽일 거야. 황비께서 서둘러 행동하지 않는다면, 그는 다른 사람의 손에 죽겠지."

묘한 말이었다. 블라이스는 황비에게 경고하고 있었다. 조만간 그의 죽음마저 빼앗기게 될 것이라고.

"도대체 그가 왜……."

"여자 때문에."

"뭐라고 말하셨소?"

심복이 놀라 되물었다. 생각지도 못했던 이유가 튀어나왔기 때문이었다.

블라이스가 몸을 일으켜 앉았다. 그러곤 새끼손가락에 끼고 있던 반지를 빼 황비의 심복에게 건넸다.

"이 반지를 전해. 지난겨울 데네브라 님의 명령으로 국경 산맥에 잠복해 있을 때, 카루스의 목숨을 구한 여자가 이 반지를 끼고 있었다고. 그 여자 때문에 제독은 바이칸을 배신할 거야."

진실 섞인 거짓이었다. 거짓을 입힌 진실이기도 했다.

"그게 사실이라면 한시가 급하오. 서둘러 돌아가야겠소."

블라이스가 씩 웃었다. 몸을 가눌 수 없을 만큼 혹독한 채찍질을 당한 사람이라고는 믿을 수 없을 만큼 진한 미소였다.

데네브라 황비는 상당수의 병력을 거느린 권력가였다. 그 병력을 모두 데려올 수만 있다면, 남부를 북부처럼 초토화하는 것도 시간문제였다.

카루스는 그때 죽이면 된다.

블라이스는 언젠가부터 율리아 아르테를 향한 굶주린 욕망을 절제할 수 없었다. 붓으로 그린 듯한 그 미소가 떠오를 때마다 눈 가린 경주마처럼 몸이 달았다. 심장을 빼앗긴 사람처럼 가슴에서 무언가가 줄줄 흘렀다.

율리아를 갈망한다. 카루스 란케아의 곁이 아니라 제 곁으로 오게 만들고 싶다.

아니, 저가 직접 그녀의 곁으로 가서 그 아래 똬리를 틀고 싶다. 늪을 닮은 그 눈동자에 들어가고 싶다. 손목에, 발목에 감겨 살고 싶다.

그러기 위해서는 먼저 카루스 란케아를 없애야만 했다.

━━ ◆ ・・◆・・ ◆ ━━

율리아는 크리스틴의 경고에도 흔들림이 없었다. 크리스틴을 비웃거나 비아냥거릴 때도 그녀의 눈동자는 소름 끼칠 정도로 고요하게 가라앉아 있을 따름이었다.

그래서 더 섬뜩했다. 바람 한 점 불지 않는 호수처럼 멈춰 있는 저 눈 속에 지독한 광기가 감춰져 있다는 걸 알았으니까.

크리스틴이 애써 동요를 감추며 말했다.

"후회하게 될 거야."

"만나서 반가웠어요. 마조람 영애."

율리아가 천천히 움직였다. 상가 입구를 지키던 병사들이 꺼림칙한 얼굴로 그녀를 지켜보다 문 앞에서 비켜섰다.

문을 열자, 바깥의 소음이 한꺼번에 밀려들었다. 아까보다 더 많은 인파가 모여 고함을 지르고 있었다. 율리아는 그들 사이로 걸어갔다.

"죽여라!"

"죽여버려! 이게 다 저놈들 때문이야!"

뜨거운 열기가 처형장을 가득 채우고 있었다. 사람들은 각기 다른 이유로 분노했지만, 내뱉는 말은 하나같았다.

"사형을 집행하라! 저들을 죽여라!"

그때였다. 처형장 한쪽에서 기이한 움직임이 일어났다.

물 위에 뜬 기름처럼 부자연스러운 물결이 번졌다. 섬뜩함을 느낀 율리아가 그쪽을 바라보았다.

무기를 든 해방군이 인파를 헤치며 달려 나오고 있었다.

율리아가 두 눈을 크게 떴다. 비명이 터져 나올 것 같아, 그녀는 한 손으로 입을 틀어막았다.

저들은 형장에 서 있는 주동자들에게 이용당한 진짜 해방군이었다. 한눈에 알아볼 수 있었다. 딱딱하게 굳은 얼굴과 붉게 충혈된 눈,

손에는 날이 번쩍이는 칼이 들려 있었다.

"죽여라!"

누군가 큰 소리로 외쳤다. 그게 신호였다.

인파를 헤치고 나타난 해방군 청년들이 한꺼번에 형장 위로 올라갔다.

그들은 당황한 집행인을 밀어 떨어뜨리고, 형틀에 묶여 매 맞고 있던 두 명의 주동자에게 다가가 머리채를 잡더니 단칼에 목을 베었다.

율리아는 그 자리에 멈춰선 채 형장 위를 바라보았다.

해방군 청년들은 주동자를 처리한 뒤, 나머지 귀족 수뇌부에게 달려들었다. 그들이 내뱉는 비명이 귀를 찢듯 파고들었다.

피가 튀고, 또 피가 튀었다.

처형장은 순식간에 아수라장이 되었다.

비명이 난무했다. 겁에 질린 사람들이 질서 없이 아무 방향으로나 달아나기 시작했다. 넘어진 자를 밟고, 서로를 밀쳤다.

가만히 서 있던 율리아도 사람들에게 밀려 위태롭게 휘청거렸다. 넘어지면 깔려 죽을 판이었다. 가까스로 정신을 차린 그녀가 서둘러 몸을 피하려던 순간이었다.

누군가 뒤에서 율리아를 밀었다.

"……!"

중심을 잡을 수가 없었다. 율리아는 허우적거리며 인파에 파묻혔다. 공포에 질린 사람들이 그런 그녀를 마구 밀치며 달려갔다.

그렇게 이리저리 부딪치다 바닥에 쓰러지던 순간, 율리아는 병사들의 보호를 받으며 재빨리 달아나는 크리스틴의 뒷모습을 보았다.

"하…… 하하!"

율리아가 웃음을 터뜨렸다. 사람들에게 밟히고 채이면서도, 그녀는 웃지 않을 수가 없었다.

"비켜! 비키라고!"

"사람 살려!"

크리스틴이 율리아를 밀었다. 비겁한 방법이었지만, 이번에야말로 자신의 손으로 율리아를 죽이려 했다. 병사들에게 시킨 것도 아니고, 후작 부부에게 고자질한 것도 아니었다.

일어날 수가 없었다.

누군가 쓰러진 율리아의 등을 밟았다. 머리도, 손도, 다리도 밟혔다. 고통스러웠다. 몸부림쳐도 소용없었다. 사람들이 달아나며 그녀를 밟고 또 밟았다.

형장 위에선 아직도 비명이 끊이지 않고 있었다. 뒤늦게 달려 나온 병사들이 해방군을 상대로 칼을 휘두르며 싸웠다.

율리아는 할 수 없이 최대한 몸을 둥글게 말았다. 두 손으로 머리를 감싸안고 이 시간이 빨리 지나가기만을 기다렸다. 밟혀 죽는 건 사양이었다. 아직 죽고 싶지 않았다. 해야 할 일이, 해야 할 말이 너무 많았다.

복수를 끝마치지 못했다. 레위시아를 왕위에 올리지 못했다. 코코와 알렉사의 곁을 떠나고 싶지 않았다.

마지막인 듯 살라던 카루스의 말이 떠올랐다. 네가 가여워서 참을 수 없다던, 너를 다시 만날 수만 있다면 저주에 걸려도 괜찮을 것 같다던 그의 목소리가 맴돌았다.

죽고 싶지 않아. 아직은. 이번에는 죽고 싶지 않아. 이렇게 아무도 없는 곳에서 혼자 죽고 싶지 않아. 다시 시작하고 싶지 않아. 처음으로 돌아가고 싶지 않아. 제발.

　살고 싶어.

　율리아는 저도 모르게 기도했다.

　살고 싶어. 제발.

"율리아!"

　그러자 진짜 카루스가 나타났다.

"율리아! 괜찮아?"

　카루스가 커다란 몸으로 율리아를 감싸안았다. 그는 옷이 더러워지는 것도 아랑곳하지 않은 채, 바닥에 엎드려 제 몸으로 율리아를 덮었다.

　그러곤 서릿발 같은 고함을 내질렀다.

"당장 비키지 않으면 전부 죽이겠다!"

　카루스를 따라 달려온 그의 기사들이 무기를 꺼내 들었다. 겁에 질린 사람들이 두 갈래로 갈라지며 거리를 벌렸다.

　율리아는 카루스의 품에서 간신히 고개를 들었다. 인파에 밟혀 엉망이 된 그녀가 짧은 숨을 몰아쉬고 있었다.

　곱게 묶었던 머리카락은 지저분하게 풀어 헤쳐지고, 깨끗했던 드레스는 온통 흙발에 짓밟혀 오물투성이가 되었다. 눈에 보이지 않을 뿐이지, 온몸에 멍이 들 게 분명했다.

"율리아."

"……카루스 님."

"이리 와."

　카루스가 율리아를 번쩍 안아 들었다. 그러곤 기사들과 함께 서둘러 그 자리를 벗어났다.

"이만하길 천만다행입니다."

끌려오다시피 달려온 의사가 땀을 훔치며 미소 지었다.

"멍이 심하게 들긴 하겠지만, 부러진 데는 없어 보입니다. 그런 상황에서 용케 몸을 보호하셨군요."

"고맙습니다."

"고맙긴요. 시녀님께서 잘 대처하셨습니다. 오늘은 여기저기 많이 부어서 아프실 겁니다. 수시로 냉찜질하시되, 부기가 가라앉은 뒤에는 몸을 따뜻하게 하세요."

의사가 몇 가지 약을 지어주었다.

율리아는 침대에 누운 채 가만히 숨을 몰아쉬었다. 꼼짝없이 압사당하는 줄 알았는데, 별다른 부상조차 없다는 게 그녀도 믿기지 않았다.

이게 다 카루스가 서둘러 달려와준 덕이었다.

고마운 마음에 고개를 들었더니, 카루스가 무시무시한 눈으로 의사를 노려보고 있었다.

"상처가 있잖아. 피가 났다고. 이게 멀쩡한 거라고?"

"예? 제독님, 그…… 그 상황에서 이 정도면."

의사가 당황해서 눈을 끔벅거렸다. 그는 제국군에 고용된 의사였고, 주로 병사들을 치료해왔다. 그래서 카루스가 이런 반응을 보이는 게 낯설었다.

율리아가 두 사람 사이에 끼어들었다.

"고맙습니다. 약도 잘 먹을게요."

의사가 카루스의 눈치를 슬그머니 보더니, 율리아에게 물었다.

"그…… 시녀님, 제가 직접…… 소독이라도 해드릴까요?"

"무슨 소리를 하는 거냐. 놓고 나가."

카루스가 눈짓으로 의사를 쫓아냈다. 그러곤 침대 옆으로 의자를 가져와 앉았다.

그는 꼭 화난 것처럼 보였다. 입을 꽉 다물고 앉아선 의사가 놓고 간 소독약을 집어 들었다.

하얗고 보드라운 천이 상처에 닿을 듯 말 듯 했다.

"제가 할게요."

"넌 가만히 있어."

"이럴 거면 의사한테 맡기지, 왜 쫓아내셨어요?"

율리아가 웃으며 물었다. 상처를 소독해야 하는데, 카루스가 자꾸만 망설여서 시간만 늦어지고 있었다.

그가 무거운 한숨을 내쉬었다.

"내가 만지면 더 아플 것 같아."

"그런 게 어딨어요. 누가 만져도 똑같이 아파요. 그러니까 제가 할게요. 이리 주세요."

"그냥 있어."

카루스가 이번에는 제대로 상처를 소독했다. 조심스러운 건 여전했지만, 율리아가 직접 하게 둘 수는 없다고 했다.

"다들 걱정할 텐데……."

"왕궁엔 맥스웰을 보내놨어. 다 나을 때까진 여기 있도록 해."

율리아가 힘없이 고개를 끄덕였다. 최대한 괜찮은 척하고 있는데, 온몸이 너무 아팠다. 의사가 지어준 약에 수면제라도 들어 있는지 고통스러운 와중에도 자꾸만 의식이 멀어졌다.

"널 혼자 보내는 게 아니었는데."

카루스가 자책하고 있었다. 그의 혼잣말이 자장가처럼 들렸다.

"애초에 거길 데려가는 게 아니었어. 내 생각이 짧았다."

"거기…… 크리스틴이 있었어요."

율리아가 잠에 취해 중얼거렸다.

"아마 그 애가 밀었을 거예요."

"뭐?"

소독을 마치고 상처에 약을 바르던 카루스가 고개를 번쩍 들어 올렸다. 율리아가 눈을 느리게 깜박이더니 그를 향해 고개를 기울이고 말했다.

"구해주셔서 고마워요."

"됐어."

"아까 쓰러졌을 때, 그런 생각이 들었어요. 이렇게 죽고 싶지 않다고…… 다시 시작하고 싶지 않다고. 신기하죠. 살고 싶다고…… 제발 살려달라고 빌었거든요."

약기운이 돌기 시작했다. 몸에 열이 오르고 있었다.

"처음이었어요."

"율리아."

"헤어지고 싶지 않아서……."

율리아의 목소리가 뚝뚝 끊어졌다. 그녀는 이제 눈을 깜박이는 것조차 힘겨워하고 있었다. 그 모습을 지켜보던 카루스가 손바닥으로 그녀의 눈을 가려주었다.

율리아는 금세 잠들었다.

가슴이 작게 오르내렸다. 카루스는 지쳐 잠든 그녀의 얼굴에서 시선을 떼지 못했다.

살고 싶다고 했다.

율리아가 잠결에 취해 내뱉은 말이 그를 떠나지 않고 맴돌았다. 이렇게 헤어지고 싶지 않다고, 죽고 싶지 않았다고.

가슴이 벅찬데 괴로웠다. 율리아가 또 죽을 뻔했다는 사실이 견딜 수 없을 만큼 화가 났다. 할 수만 있다면 그 광장에 있던 사람을 모두 죽이고 싶었다.

그 역시 처음이었다. 헤어지고 싶지 않았다.

전쟁중에도 이 정도로 진한 살의를 느껴본 적이 없었다. 율리아가 바닥에 쓰러진 채 사람들에게 밟히고 있다는 걸 알았을 때, 그는 반쯤 미쳐 있었다.

어떻게 해야 널 지킬 수 있을까.

하마터면 그곳에서 학살을 저지를 뻔했다. 율리아가 아무것도 모른 채 잠들어버려서 다행이었다.

'살고 싶다고.'

카루스가 손끝으로 율리아의 눈매를 매만졌다. 그녀의 눈썹을, 고운 속눈썹을, 눈꼬리를 훑고 지나갔다. 그러곤 커다란 손으로 그녀의 얼굴을 살짝 덮었다.

따스하고 촉촉한 숨이 손바닥에 느껴졌다. 간지러울 만큼 약한 숨이었으나, 유난히 그를 괴롭히는 온기였다.

'한입에 삼켜.'

카루스는 자신의 심장이 하는 말을 들었다.

달콤할 것이다. 끝없이 갈구하게 되리라. 율리아가 숨 쉴 때마다 그 숨을 조금의 낭비도 없이 온전히 삼키고 싶어 안달하게 되겠지.

그녀는 모질고 사나운 짐승이었다. 그를 사냥하곤, 잡아먹지 않고 내버려두었다. 어차피 그는 달아나지 못하게 된 지 오래였다.

어쩌면 이 갈증은 그 때문인지도 모른다.

카루스 란케아의 심장은 이미 율리아 아르테의 것이었다.

그는 언제인지도 모르게 의자에서 일어나 있었다. 율리아의 얼굴을 덮고 있던 손을 치우고 침대에 걸터앉아, 양팔로 그녀를 가두었다.

얼굴을 기울이자 그녀의 숨이 느껴졌다. 그는 자신이 미친놈처럼 굴고 있다는 걸 알았다. 그런데도 멈출 수가 없었다. 비겁하다는 걸 알면서도 수만 가지 이유가 쏟아지며 그를 부추겼다.

카루스가 고개를 기울여 율리아의 목덜미에 키스했다. 잠옷 사이 드러난 흰 살결에 입술을 묻고, 가만히 숨을 들이마셨다.

두근. 두근. 두근.

그의 심장이 광기를 머금고 그녀를 탐했다. 아직은 그의 가슴에 있으나, 그녀의 숨으로 살아가는 존재였다.

'한입에 삼켜.'

심장은 그가 아니라, 그녀에게 말하고 있었다.

30
독사

밤새도록 열이 올랐다. 의사가 경고했던 것보다 심한 열이었다. 해열제를 먹고 차가운 수건으로 찜질을 해도 소용없었다.

카루스는 아예 의사를 불러다 옆방에 대기시켜놓았다. 그러곤 율리아가 열 때문에 잠에서 깨거나 헛소리를 할 때마다 무시무시한 얼굴로 달려와 그녀를 보살폈다.

맥스웰은 왕궁으로 달려가 처형장에서 있었던 일을 최대한 객관적으로 전달하려 애썼다.

"시녀님이 광장에서 크리스틴 마조람을 발견하곤 잠시 이야기를 나누겠다며 내려가셨습니다. 하필 그때 해방군 청년들이 처형장을 급습했고, 시녀님은 달아나는 인파에 밟혀……."

"율리아는 어디에 있죠?"

"카루스 님의 관저에서 치료를 받고 계십니다."

"앞장서세요."

코코가 벌떡 일어났다. 알렉사도 마찬가지였다. 뒤늦게 그 소식을 들은 레위시아는 재킷도 걸치지 않은 채 마차를 향해 달렸다.

큰 부상이 아니라는데도 소용없었다. 그들은 율리아가 무사하다는 걸 눈으로 확인하기 전까진 안심할 수 없다고 우겼다.

맥스웰은 결국 그들을 모두 데리고 카루스의 관저로 돌아왔다.

"율리아는요?"

코코의 얼굴이 창백했다. 문 앞을 지키고 서 있던 바바슬로프가 말했다.

"해열제를 계속 먹이고는 있는데, 열이 떨어지지 않는 모양입니다. 카루스 님이 안에서 지켜보고 있습니다."

"들어가게 해주세요."

마음 같아서는 다 비키라고 소리 지르고 율리아를 왕궁으로 데려가고 싶었지만, 코코의 목소리는 작고 차분했다. 혹시 잠들어 있는 율리아를 깨울까 걱정되었기 때문이다.

레위시아와 알렉사가 바바슬로프를 노려보았다. 들여보내주지 않으면 그를 때려눕힐 기세였다.

"알겠습니다."

바바슬로프가 헛기침을 하며 문을 열었다.

"카루스 님, 레위시아 왕자 전하와 시녀들이 찾아왔습니다."

율리아의 이마에 맺힌 땀을 닦아주던 카루스가 몸을 일으켰다. 코코와 알렉사, 레위시아가 다급하게 안으로 들어와 율리아의 안색을 살폈다.

레위시아가 시녀들을 대신해서 물었다.

"어떻게 된 일이지?"

"크리스틴 마조람과 할 이야기가 있다면서 내려갔다가 일어난 일이다. 서둘러 데려오긴 했는데, 타박상이 심해."

"우연한 사고인가?"

"나도 그런 줄 알았는데……."

카루스가 짧게 망설이다 레위시아를 보고 말했다.

"율리아가 잠들기 전에 그런 말을 했어. 크리스틴 마조람이 민 것 같다고."

"뭐?"

레위시아가 얼굴을 일그러뜨렸다. 율리아를 살펴보면서도 귀로는 두 사람의 대화를 듣던 코코가 벌떡 일어나 물었다.

"율리아가 정말 그렇게 말했어요? 마조람 후작가의 계집애가 자길 밀었다고?"

"그래."

"쓰레기 같은 게, 진짜 죽고 싶어서 환장했구나."

코코가 진심을 가득 담아 뇌까렸다.

율리아는 자신이 잠을 자고 있다고 생각했다.

머릿속이 뿌옇고 몸은 무거웠다. 제 몸이 자꾸만 땅 밑으로 가라앉고 있었다. 깊은 잠에 빠진 것 같았으나, 실은 반쯤 깨어 있는 상태였다. 열이 내리지 않아 연달아 독한 약을 삼켜야 했다. 잠결에도 몸이 아파 계속 애처로운 신음을 내뱉었다.

율리아는 자신의 이마를 닦아주는 사람이 누군지도 모른 채 그에게 부탁했다.

차라리 깨워달라고.

그런데 그 사람은 그녀의 부탁을 들어주지 않았다. 시원한 수건으로 얼굴을 닦아주면서, 닥치고 잠이나 자라고 혼을 냈다. 그러면서도 손으로는 가슴을 부드럽게 토닥였다.

율리아는 그가 누군지 궁금했다.

"누구……."

"얘는 자면서도 왜 이렇게 궁금한 게 많은 거야. 닥치고 좀 자라니까?"

"그게 간호하는 사람의 자세입니까? 차라리 저한테 맡기고 가서 쉬세요."

누군가 토닥거리며 싸우고 있었다. 익숙한 목소리였다.

고통에 찡그러져 있던 율리아의 얼굴에 희미한 웃음기가 묻어났다.

"어쭈, 이 계집애가 웃긴 왜 웃어. 징그럽게 진짜."

"그냥 가세요. 이러다 마음의 병까지 걸리겠습니다."

"너라고 뭐 다를 줄 알아?"

아, 알겠다. 코코였다. 코코가 제 곁에 있었다. 뾰족한 목소리로 걱정을 가득 담아 투덜거렸다.

율리아는 약에 취해 제대로 된 판단을 할 수 없었다. 지금이 언제인지, 여기가 어디인지. 꿈인지 현실인지도 몰랐다. 그래서 아무 말이나 내뱉었다.

"이번에 죽으면…… 다신 안 찾을 테니까."

"지금 뭐라는 거야. 이게."

"나 때문에 죽게 해서 미안……."

코코가 손을 멈추었다. 그녀의 붉은 눈이 한차례 크게 흔들렸다.

율리아는 웅얼거리면서도 때때로 몸이 아픈지 이맛살을 찡그리고 있었다. 코코는 그 모습을 지켜보며 입술을 질끈 깨물었다.

"야."

나 때문에 죽게 해서 미안하다니. 그게 무슨 말인가. 누구에게 하는 말인가.

지금 물어보면 율리아는 대답할지도 모른다. 그동안 숨겨왔던 비밀들에 대해서. 약에 취해 제정신이 아닌 것 같으니 지금 살살 구슬려서 물어보면, 어쩌면.

"골치 아픈 계집애."

코코가 짜증을 내며 자리에서 일어났다. 그러곤 들고 있던 수건을 알렉사에게 건넸다.

"난 왕자님하고 대책이나 논의하러 갈 테니까, 네가 간호해."

"알겠습니다."

코코가 율리아를 등지고 돌아섰다. 아무래도 여기 계속 있다간 아픈 사람을 꼬치꼬치 심문하게 될 것 같았다.

레위시아는 카루스의 집무실에서 그와 마주 앉아 있었다. 두 사람 사이에 무거운 침묵이 이어졌다.

할 수만 있다면 지금 당장 마조람 후작가로 쳐들어가서 크리스틴 마조람을 광장으로 끌고 나와 형틀에 세우고 싶었으나, 그렇게 할 수 없다는 걸 알기에 가슴에 울화가 쌓였다.

레위시아가 신음과도 같은 한숨을 내뱉자, 카루스가 그에게 찬물 한 컵을 건넸다.

"마셔."

"묻고 싶은 게 있어."

"쉬운 질문이었으면 좋겠군. 나도 그다지 머릿속이 여유로운 편이 아니라서."

카루스가 피식 웃자, 레위시아도 그를 따라 짧게 웃었다. 그러곤 찬 물을 단번에 들이켜고 물었다.

"왕이 되고 싶다는 생각은 해본 적 없어?"

카루스의 눈썹이 역으로 휘었다. 그가 입술을 씰룩이며 레위시아를 노려보았다.

"난 왕족이 아니다."

"그게 아니라, 내 말은…… 왕족으로 태어나고 싶다거나 왕이 되는 길을 꿈꿔보지 않았냐고 묻는 거야. 바이칸 황제의 폭정이나 우리 부왕의 우유부단함을 지켜보다 보면 그런 생각을 한 번쯤은 해봤을 것 같아서."

"없어."

"한 번도?"

"뭔가 착각하고 있는 모양인데, 왕자."

"그냥 레위시아라고 불러."

레위시아가 가볍게 웃었다. 카루스는 팔짱을 끼고 앉아, 그를 향해 말했다.

"바이칸에 있는 내 영지가 오르테가보다 커."

"뭐? 지금 그런 걸 묻는 게 아니잖아."

"이 작은 왕국의 왕 따위가 되어봤자, 내가 원하는 그림은 그릴 수 없어."

"지금 오르테가를 무시하는 거냐?"

"왕좌를 무시하는 거겠지."

카루스가 비웃음을 터뜨렸다. 레위시아는 그가 자신을 비웃는 게 아니라, 진심으로 왕좌를 비웃고 있다는 걸 알아챘다.

"네가 그리는 그림이라는 게 뭔데."

"흩어져 저들끼리 싸우는 남부를 통일하고, 권력과 병력을 중앙 집권화하는 것. 해적 세력을 이용해서 남부로 향하는 거대 항로를 감시하는 것. 북부 패전국 연합과 손잡고 크세노 황제의 야욕을 견제하는 것."

"뭐…… 그게 뭐야."

"마조람 후작과 그 떨거지들을 지옥 밑바닥으로 떨어뜨려 다시는 율리아의 삶에 끼어들지 못하게 하는 것."

카루스는 자신의 속내를 감추지 않았다. 마음에는 들지 않지만 레위시아는 율리아가 왕으로 선택한 남자였다. 그러니 이 정도는 말해 두는 편이 좋았다.

레위시아가 카루스에게 물었다.

"그걸 다 하려면 최소한 왕이어야 하는 거 아닌가."

"나더러 너와 너희 가족을 다 죽이고 오르테가를 차지하라는 소린가?"

"차라리 그렇다고 말해. 말하는 걸 보니 남부를 거점으로 크세노 황제와 한판 겨뤄볼 모양인데, 사람 바보 취급하지 말고."

레위시아가 화를 내는 것도 당연했다. 카루스가 원하는 걸 모두 이루려면 왕가를 섬멸하고 오르테가의 왕좌에 앉는 편이 가장 효율적이었으니까.

하지만 카루스는 고개를 저으며 그게 아니라고 말했다.

"왕좌엔 네가 앉아야지. 나는 가만히 의자에 앉아서 명령을 내리는 사람이 되려는 게 아니야."

"뭐?"

"그 의자에 앉는 순간, 뭐든지 할 수 있을 것 같았던 것들이 대부분 그렇지 않다는 걸 알게 될 거다. 왕은 조율하고 결정하는 사람이지, 나서서 싸우는 자가 아니거든."

"그러니까 네 말은…… 의자에 앉아서 욕먹는 건 내가 하고, 너는 바깥에서 네 멋대로 적을 무찌르고 다니겠다는 거네."

"이해가 빠른 녀석이었군."

카루스가 사납게 웃었다. 분명 웃고 있는데, 위협적인 얼굴이었다.

레위시아는 화내지 않았다.

고함을 치거나 멱살을 잡을 수도 있었지만, 그는 그저 가만히 생각에 잠겨 있을 따름이었다.

그렇게 짧은 침묵이 오가고, 레위시아가 다시 고개를 들었다.

그의 아름다운 얼굴에 그늘이 졌다. 살이 조금 빠졌는지 얼굴선이 날카로웠다. 한껏 멋을 부리고 다니던 과거의 모습은 온데간데없고, 단정한 무채색 옷이 그의 마음을 감추었다.

슬픔 혹은 우울. 레위시아의 색은 비 오는 바다를 연상케 했다.

"난 율리아를 사랑해."

그래서 그의 고백은 아름답게 들리지 않았다.

카루스의 얼굴에 맴돌던 사나운 기운이 흔적도 없이 사라졌다. 그가 레위시아를 뚫어지게 바라보고 있었다.

"너무 사랑해서 내가 이상하게 느껴질 만큼."

"레위시아."

"가끔은 율리아를 만난 걸 후회해. 아무것도 모르는 철부지 왕자로 살다가 어느 날 갑자기 죽었으면 좋았으리라고 생각해. 그러면 최소한 죽이고 싶을 만큼 싫은 남자와 손잡지 않아도 되었겠지."

"그게 나인가."

"나는."

레위시아가 웃었다.

슬픔이 침잠하여 너울처럼 드리워진 미소였다.

"카루스 란케아, 네가 거슬려."

경고라고 하기엔 너무 부드러운 목소리였다. 카루스는 화내지 않았다. 레위시아를 위협하지도 않았다.

그는 그냥 이렇게 말했다.

"왕이 되어라."

"그래야겠지."

"그리고 평생 혼자 살아."

카루스의 말은 가벼운 농담처럼 들렸지만 둘 중 누구도 웃지 않았다. 그는 알고 있었다. 레위시아의 마음은 가볍지 않았다. 그렇다고 해서 율리아를 왕비로 만들 수도 없었다. 레위시아는 왕이 되어야 했고, 그래서 율리아에게 사랑한다고 말할 수 없었다.

처형장에 침입해 해방군 수뇌부와 주동자를 살해한 범인은, 그들에게 속아 지금까지 자신들이 오르테가의 구원자인 줄로만 알았던 순진한 해방군 청년들이었다.

해방군이 해방군을 죽였다. 급진파로 분류되던 그 청년들은 블라이스를 통해 진짜 전쟁터에서 쓰는 제국산 병장기로 무장했고, 샤트린의 판결에 불복하며 직접 보복에 나선 것이다.

수녀부는 모두 목이 잘려 죽었다. 그들 나름의 처형이었다.

처형장엔 샤트린을 호위하는 왕실 기사단과 병사들이 다수 포진되어 있었다. 해방군 청년들은 수녀부를 죽이는 데는 성공했으나, 일을 마친 뒤 무사히 달아나는 것까진 성공하지 못했다.

많은 사람이 죽었다. 그중엔 사로잡힌 자들도 있었다. 그들은 심문을 당하면서도 한결같은 말을 내뱉었다.

"우리는 우리의 손으로 배신자를 처단했을 뿐이다!"

"마조람 후작과 친제국파를 모두 죽이지 않으면 왕국에 미래는 없다!"

문제는 그들에게 동조하는 사람이 점점 늘고 있다는 것이었다.

힌치 백작을 중심으로 뭉치기 시작한 반제국파와 마조람 후작을 배신하고 돌아선 자들까지.

마침내 저울의 추가 반대로 기울었다.

◄ ·◆· ►

이틀 동안 열이 올라 고생하던 율리아가 드디어 정신을 차렸다. 이정도면 가벼운 부상이라고 진단했던 의사가 민망할 정도로, 그녀는 심하게 앓았다.

광장에서 인파에 깔려 죽을 뻔했던 게 직접적인 원인이었으나 갑작스레 찾아온 심리적 변화가 더 큰 영향을 끼쳤으리라고, 율리아는 생각했다.

시퍼런 멍이 온몸을 물들이고 있었다. 얼굴에도 상처가 있었고, 가장 많이 차였던 등과 팔은 멀쩡한 부분이 별로 없었다.

"세상에."

코코가 나지막이 욕설을 내뱉었다.

"아무리 무서워도 그렇지, 발밑에 사람이 있는데 무작정 밟고 도망
쳤단 말이야? 최소한 피하려고 노력은 해야지."

"어떻게 그래요. 자기들도 밀리고 밀려서 그랬겠죠."

"깔려 죽은 사람이 있으니까 하는 소리지."

"죽은 사람이 있어요?"

"그래."

코코가 한숨을 내쉬며 율리아의 등에 약을 발랐다. 하녀한테 시키
라고 말해도 소용없었다. 코코는 왕궁으로 돌아가지 않고 카루스의
관저에 남아, 율리아를 직접 간호했다.

"시녀장이 이렇게 자리를 오래 비워도 되는 거예요?"

"어차피 당분간 후계자는 샤트린 공주니까 우리랑은 상관없어. 가
뜩이나 혼란스러운데 일이나 실컷 하라지."

"레위시아 전하랑 알렉사는요?"

"왕궁으로 돌려보냈어. 여기 있으면 너무 눈에 띌 것 같아서."

코코가 제일 눈에 띌 것 같았지만, 율리아는 그냥 입을 다물었다.

등을 문지르는 손길이 섬세했다. 조금만 자극해도 통증이 올라올
걸 알기에, 코코는 상처를 세게 누르지 않도록 집중해서 약을 발랐다.

"크리스틴 그 계집애가 널 밀었다며."

"넘어지면서, 달아나는 뒷모습을 봤어요. 아마 그 애겠죠."

"왜 만난 거야. 보기만 해도 짜증 나는 애를."

"그토록 원하던 가주 후계자가 되었으니까, 얼마나 달라졌나 관찰

하고 싶어서요.”

“달라졌어?”

“조금?”

코코가 흐응, 하며 콧소리를 냈다.

“어디가 어떻게 달라졌는데? 열등감 덩어리 계집애가 갑자기 독 오른 독사라도 된 거야?”

“절 죽이려고 시도할 거예요.”

죽으라고 직접 밀기까지 했으니, 앞으로는 좀 더 가까운 위협이 닥칠 가능성이 있었다. 잠시 고민하던 율리아가 코코에게 물었다.

“만약 코코가 크리스틴이라면 어떻게 할 것 같아요?”

“걔처럼 멍청하게 행동하진 않겠지.”

약을 다 바른 코코가 율리아의 옷을 여며주었다. 그러면서도 생각에 생각을 거듭하더니, 코웃음을 흘리며 말했다.

“아무리 생각해도 모르겠는데? 크리스틴 그 계집애가 왕궁 안에서 하는 싸움에 대해 뭘 아는지도 모르겠고, 어디까지 독해질 수 있는지도 모르겠고.”

“아무것도 몰라요.”

“응?”

“자기가 아무것도 모른다는 것도 몰라요. 전보다 무모해졌을 뿐이죠. 우리가 고려해야 할 점은 그 애가 마조람의 후계자라는 거예요. 가문의 힘을 멋대로 쓸 수 있으니까.”

“뭐야.”

코코의 붉은 눈이 위험하게 빛났다.

“그러면 좀 재밌어지지.”

코코의 입에서 몇 가지 계책이 쏟아졌다. 그녀는 만약 자신이 크리스틴 마조람이라면 이렇게 하겠다, 혹은 저렇게 하겠다며 온갖 못된 짓을 구상했다.

율리아는 그중 크리스틴이 쓸법한 것들을 추려냈다. 크리스틴에 대해 잘 아는 사람만이 할 수 있는 예측이었다.

"크리스틴은 그다지 노련하지 않아요. 무모한 짓을 저지르면서도 지금 자신이 가진 걸 잃을까 두려워할 거고."

"그럼 직접 손쓰지 않으면서 의심도 받지 않으려고 하겠네."

그런 게 뭐가 있을까. 멍든 몸을 주무르던 율리아가 쟁반 위에 담긴 약그릇을 바라보았다.

은을 입힌 식기가 햇빛을 받아 반짝거렸다.

율리아가 카루스의 관저에서 치료를 받는 동안 트루디는 주인이 없는 방을 열심히 청소하며 지냈다.

전속 하녀는 모시는 시녀님이 자리를 비우면 딱히 할 일이랄 게 없었다. 심심해진 트루디는 율리아에게 받은 금화를 주머니에 넣고 왕궁에서 사귄 친구들을 만나러 돌아다녔다.

율리아가 궁을 비운 지 닷새째 되는 날이었다. 트루디는 이날도 아침 청소를 마치자마자 공주궁에서 일하는 하녀를 만나러 가기 위해 금화를 챙기고 있었다.

그런데 한 심부름꾼이 찾아와 궁내부 관리가 급하게 찾는다고 알려 주었다.

"또?"

요즘 궁내부 관리가 트루디를 찾는 일이 잦았다. 전에는 한 달에 한

번만 보고하면 된다고 하더니, 그 횟수가 점점 증가하고 있었다.

트루디는 싫은 마음을 애써 감추고 궁내부로 갔다.

"찾으셨어요?"

안으로 들어갔더니 평소보다 더 굳은 얼굴을 한 궁내부 관리가 그녀를 기다리고 있었다.

"앉아라."

"무슨 일이세요? 보고드린 지 며칠 안 된 것 같은데……."

"후우. 이번에는 정말 중요한 일이야."

"뭔데 그러세요?"

궁내부 관리가 못마땅해하는 얼굴로 트루디를 흘깃거리더니 서랍에서 웬 주머니를 하나 꺼냈다.

"그동안 내가 널 소홀히 대하는 것 같아 서운해했다는 거 안다."

"네?"

"널 시험했던 거야. 하녀들은 대체로 돈을 많이 주는 사람을 따르게 되어 있으니까. 충성스러운 녀석인지 아닌지 파악할 시간이 필요했다."

트루디가 입을 살짝 벌렸다가 다시 닫았다. 그러곤 궁내부 관리가 내민 주머니를 받지 않고 망설였다.

"받아라."

"이게…… 뭔데요."

"받으라면 받아."

그가 트루디의 손에 억지로 주머니를 쥐여 주었다. 묵직했다. 살짝 벌어진 입구에서 번쩍이는 금화가 눈에 띄었다.

"백 개다."

"네?"

트루디가 화들짝 놀라 되물었다. 둥근 눈을 크게 뜨고, 주머니를 손에 든 채 어색하게 만지작거렸다. 생각지도 못하게 큰돈을 받아 당황한 모습이었다.

"트루디, 이번에는 네게 아주 중요한 일을 맡길 생각이다. 만약 시키는 대로 잘만 해준다면…… 열 배의 보상을 받을 수 있어."

10배면 금화가 1천 개였다. 트루디의 가슴이 세차게 두근거리기 시작했다.

"제가 뭘 하면 되는데요?"

"공주궁에서 일하는 식당 하녀에게 이걸 건네줘라."

궁내부 관리가 이번에는 작은 병을 몇 개 건넸다. 그 안엔 정체를 알 수 없는 액체가 담겨 있었다.

"공주가 먹는 음식에 쓰는 거다."

"네? 도대체 이게 뭔데요?"

"그건 알 것 없다. 알겠지? 식당 하녀에게 주고, 아무 음식에나 적당히 넣으면 된다. 네가 일을 잘했다는 것만 확인하고 나면 곧바로 보상을 해주마. 멀리 도망칠 수 있게 새 이름과 신분도 마련해주겠다."

"그러다 들키면요?"

"들키지 않게 해야지. 만약 누가 널 의심하거나 캐묻거든…… 네가 모시는 사람의 이름을 대."

모시는 사람의 이름. 트루디가 주머니를 두 손으로 꽉 쥐고 중얼거렸다.

"율리아 아르테."

트루디는 그날 바로 공주궁 하녀를 만났다. 평소 친하게 지내기도 했거니와, 트루디가 건네주는 금화로 쏠쏠한 재미를 보던 친구였다.

트루디는 그 하녀에게 작은 병을 건넸다. 그러곤 샤트린 공주가 먹는 음식에 넣으라고 시켰다.

"싫어! 그런 위험한 짓은 절대 안 해."

"이거 보고 말해."

트루디가 하녀에게 주머니를 건넸다. 그 안엔 궁내부 관리가 준 1백 개의 금화가 번쩍거리는 빛을 뿜어내고 있었다.

"그냥 넣기만 하면 돼. 그렇게 위험한 약도 아니야. 좀 앓기야 하겠지만, 멀쩡하게 일어나실 거라고."

"도대체 왜 이런 짓을 하는 거야?"

"그걸 우리 같은 무지렁이가 어떻게 알아. 그냥 시키는 대로 하고, 돈이나 받아서 튀면 되는 거지."

"그건 그렇지만……."

"성공하면 천 개를 준댔어."

"어?"

"금화 천 개. 너 다 줄게. 약만 넣고 바로 도망쳐. 그럼 내가 금화를 받아서 너한테 갖다줄 테니까."

"정말?"

"우리 전에 놀러 갔던 바닷가 기억하지? 그 여관에 가 있어. 금화 천 개면 그 정도 되는 여관도 살 수 있어. 왕궁에서 하녀 노릇 평생 하는 것보다 낫잖아."

"그래도 좀 무서운데……."

공주궁 하녀는 선뜻 그러겠다고 나서지 않았다. 무서운 게 당연했다.

어떻게 설득할까 고민하던 트루디가 율리아를 떠올렸다.

협박과 회유. 그녀는 공주궁 하녀를 흘깃 노려보며 말했다.

"내 부탁 안 들어주면 그동안 네가 나한테 돈 받아먹은 거랑 공주궁에서 있었던 일 떠벌리고 다닌 거 다 고발할 거야."

"뭐어?"

"처맞고 빈손으로 쫓겨날래, 금화 천 개 들고 떵떵거리며 살래?"

선택지는 하나뿐이었다.

—◆•◆•◆—

샤트린 공주가 쓰러졌다.

불의의 사고로 발목이 부러지긴 했지만, 건강 하나는 타고난 편이었던 공주가 갑자기 쓰러진 것이다.

공주는 몸이 붉게 달아오르더니 자꾸만 흰 거품을 토한다고 했다. 입과 혀가 마비되고 잔 경련을 일으키기도 한다고 했다.

독이었다.

왕궁이 발칵 뒤집혔다. 중독 치료를 전문으로 하는 의사들이 달려와 샤트린을 치료했다. 분노한 국왕이 기사들을 대동해 공주궁을 봉쇄하고, 안에 있는 모든 사람에게 강도 높은 심문을 가했다.

기사들은 오래 지나지 않아 공주궁 식당에서 식재료 손질을 맡았던 한 하녀의 소지품에서 독이 담겨 있는 병을 발견했다.

하녀는 서둘러 달아난다고 달아났으나, 기사들의 추적을 피할 수는 없었다.

"제가 아니에요! 정말 아니에요. 살려주세요, 네? 트루디가…… 트루디가 시켰어요. 위험한 약이 아니라고 했어요. 그냥 좀 앓다가 마는 약이라고, 정말이에요!"

"트루디?"

"2왕자궁에서 일하는 하녀예요. 트루디요. 율리아 시녀님의 전속 하녀예요. 그 애가 시켰어요! 저를 막 협박하면서…… 금화를 천 개나 준다고 했어요!"

"뭐라고?"

"그 시녀님이 시킨 걸 거예요. 트루디는 평소에도 그 시녀님한테 엄청 많은 돈을 받는다고 자랑했거든요."

기사들이 굳은 얼굴로 국왕을 바라보았다.

"이게 무슨……."

비틀거리던 국왕이 힘없이 의자에 앉았다. 기사들이 왕을 대신해 하녀에게 다시 물었다.

"2왕자궁의 하녀가 네게 이 병을 건넸고, 공주의 식사에 섞으라고 시켰다고?"

"네, 정말이에요. 맹세할 수 있어요. 제발, 살려주세요. 시키는 대로 하지 않으면 가만두지 않겠다고 해서 어쩔 수가 없었어요!"

화살의 방향을 틀어야 한다. 그래야 살 수 있었다.

본능적으로 그 사실을 깨달은 공주궁의 하녀가 트루디와 율리아를 헐뜯기 시작했다.

"율리아 시녀님은 무서운 분이라고 했어요. 귀족들보다 더 높은 곳으로 올라가기 위해서는 뭐든지 할 사람이라고. 그러려면 왕자님을 후계자로 만들어야 한다고. 트루디는 그 시녀님한테 세뇌당해 있었다고요. 저는 너무 두려워서……!"

공주궁의 하녀는 눈물 콧물을 다 쏟으며 빌었다. 거짓이라고 의심할 수 없을 만큼 절박한 태도였다.

국왕이 핏기 없는 얼굴로 2왕자궁이 있는 방향을 바라보았다.

레위시아의 수석 시녀 율리아 아르테가 그를 왕위에 올리기 위해 후계자인 샤트린 공주를 독살하려 했다.

가슴이 서늘했다. 악운의 연속이었다. 올해는 왕가에 악운이 끼었다고밖에는 설명할 말이 없었다.

국왕이 눈을 꽉 감으며 말했다.

"왕실 기사단을 보내 2왕자궁을 전면 봉쇄하고, 한 사람도 빠져나가지 못하게 하라."

"알겠습니다!"

"수석 시녀 율리아 아르테와 그 하녀의 신병을 확보하고, 두 사람의 거처를 샅샅이 뒤져라. 왕자궁의 시녀와 고용인들을 모두 심문하고, 두 사람의 행적을 낱낱이 보고하라."

"예, 전하!"

"그리고……."

마지막 왕의 목소리가 힘없이 땅으로 떨어졌다.

"레위시아 2왕자와의 연관성에 대해서도."

— • • • • —

왕궁 기사단이 2왕자궁을 포위하고 출입을 통제하기 시작했다.

왕자는 물론이거니와 세 명의 시녀와 고용된 하녀들, 그리고 병사들과 단순 심부름꾼에 이르기까지 안에 있던 자들은 절대 밖으로 나올 수 없게 되었다.

바깥에 있는 사람과 연락을 주고받을 수도 없었다. 심문이 끝날 때까지는 아무도 움직이지 말라는 명령이었다.

왕명을 받은 기사들이 왕자궁을 점거하고 트루디와 율리아의 방을 뒤엎었다. 그들은 벽과 바닥을 뜯고, 화분 속에 있는 흙까지 탈탈 털어가며 증거를 찾았다.

"찾았습니다!"

한 기사가 트루디의 방에서 작은 약병이 든 상자를 발견했다. 그 안엔 상당한 양의 금화도 있었다.

"하녀 트루디를 감옥에 가두고, 심문관을 파견하라!"

트루디는 울지 않았다. 억울하다고 소리를 지르거나 몸부림을 치지도 않았다. 얼굴은 잔뜩 겁에 질려 있었지만, 도대체 무슨 생각을 하는지 끌려 나가면서도 조개처럼 입을 꽉 다문 채 바닥만 노려보았다.

"이게 무슨 짓들이야? 여기가 어디라고 함부로 들어와! 너희 눈엔 왕자 전하께서 이 자리에 계시다는 게 보이지 않니? 예의와 절차를 갖춰라! 이거 놔! 놓으라고!"

시녀장 코코의 목소리가 높았다. 기사들은 왕자궁에서 일하는 모든 사람을 감시하면서 수색이 끝난 방에 차례로 가두었다.

"모함이다. 모함이야! 국왕께 가서 고해. 왕자궁은 모함을 당하고 있는 거라고! 두고 봐라. 우리가 결백하다는 게 밝혀지고 나면, 내 절대 이 일을 그냥 넘어가지 않을 거니까!"

코코도 예외는 아니었다. 그녀는 창고와도 같은 작은 방에 갇혔고, 레위시아는 자신의 침실에서 한 걸음도 움직일 수 없게 되었다.

군은 얼굴로 자신을 막아선 기사들을 향해 레위시아가 물었다.

"알렉사는?"

"알렉사 콴은 기사단 숙소에 머무르고 있습니다."

기사단 숙소에 갇혀 있다는 말이었다. 그들도 알렉사가 힘으로 탈출할까 두려웠는지, 그녀를 왕자궁으로 데려오지 않고 그곳에 가두었다.

레위시아가 다시 물었다.

"율리아는?"

"율리아 수석 시녀는…… 국왕께."

"뭐라고?"

기사들은 이걸 말해야 하나, 말아야 하나 고민하는 기색이었다. 그러나 레위시아의 얼굴이 점점 분노로 물들자, 한 기사가 나지막이 한숨과 함께 고했다.

"국왕께서 직접 심문한다 하시어 그쪽으로 끌려갔을 것입니다."

율리아는 이날 아침 일찍 카루스의 관저를 떠나 왕자궁으로 돌아온 참이었다. 며칠 동안 궁을 비워 미안한 마음에 이것저것 간식까지 사 들고, 반갑게 인사하는 하녀들에게 손수 나눠 주었다.

왕자궁에서 제일 늦게 일어나는 코코가 웬일로 율리아를 맞았다. 눈 밑이 까칠한 게, 그녀가 간밤에 제대로 잠을 이루지 못했다는 것도 금세 알 수 있었다.

율리아는 태연했다.

코코에게 장난을 치고, 레위시아에게 걱정시켜 죄송하다면서 인사했다. 기사단으로 출근하는 알렉사를 배웅하기도 했다.

그러곤 자신의 방으로 갔다.

트루디가 그동안 얼마나 정성스레 청소했는지, 전보다 더 깨끗해
진 방이 눈에 들어왔다. 율리아는 차분하게 서서 자신의 방을 눈으로
훑었다. 그러곤 만족스럽다는 얼굴로 고개를 끄덕였다.

그 후엔 드레스룸으로 가서 옷을 갈아입었다. 카루스의 관저에 머
무르는 동안 입었던 옷을 벗고, 우아한 크림색 드레스를 꺼냈다. 부드
러운 질감에 도톰한 두께, 소매엔 부풀린 장식이 있었다. 드레스 안엔
목까지 올라오는 흰 블라우스를 입었다.

긴 머리카락은 아무런 장식 없이 땋아 내렸다. 대신, 수석 시녀임을
나타내는 산호색 허리띠에 반짝거리는 장식을 둘렀다.

그렇게 준비를 마친 율리아가 창가로 다가가 창문을 열었다.

기사들이 몰려오고 있었다. 살벌한 기세였다. 샤트린이 쓰러졌다
는 소식 때문에 가뜩이나 뒤숭숭한 왕자궁에 폭풍이 휘몰아쳤다.

"모두 멈추시오!"

왕실 기사단장이 명령했다. 왕자궁을 지키던 병사들도, 이리저리
오가며 바삐 일하던 하녀들도 깜짝 놀라 머리를 조아렸다.

국왕의 명령이었다. 봉쇄, 감금, 심문. 율리아는 왕실 기사들이 왕
자궁으로 쳐들어오는 모습을 창가에 선 채 지켜보았다.

"왜 이러세요! 이거 놔요!"

하녀들이 복도에서 비명을 지르는 소리가 들렸다. 눈썹을 움찔한
율리아가 뒤를 돌아보았다.

네 명의 왕실 기사가 군화를 신은 채 그녀의 방으로 들어와 칼을 겨
누었다.

"국왕 전하의 명령이다. 율리아 아르테! 샤트린 공주 전하를 시해

하려 한 죄, 낱낱이 자백해야 할 것이다!"

그녀를 쏘아보는 기사들의 눈빛이 무시무시했다.

율리아는 당황하지 않았다. 그럴 필요가 없다고 생각했다. 억울하다고 소리치고 화를 내는 건 그녀의 몫이 아니었다.

이대로 감옥으로 끌려가게 되는 건가. 아니면 일단 아무 데나 감금해놓고 조사부터 하려나. 율리아가 그런 생각을 하고 있을 때였다.

왕의 시종이 기사들을 제치고 나타났다.

"네가 2왕자궁의 수석 시녀 율리아 아르테인가?"

"그렇습니다."

"국왕께서 부르신다. 따라오도록."

직접 심문인가. 의외라는 생각이 들었다. 겁이 많고 심약한 국왕의 성격을 생각할 때, 원로들이나 기사단에 조사를 일임할 거라고 여겼는데.

왕의 시종을 따라 나가는 율리아의 눈에 이리저리 끌려가고 있는 왕자궁 하녀들의 모습이 들어왔다. 하녀들은 잔뜩 겁을 먹긴 했으나 율리아를 의심하거나 원망하는 것 같진 않았다.

되려 걱정스러워 못 견디겠다는 얼굴로 그녀를 바라보았다.

'괜찮아요.'

율리아는 하녀들을 향해 미소 지었다. 무표정해 보였던 얼굴에 신기하리만치 부드러운 미소가 걸렸다.

하녀들이 율리아를 보며 눈동자를 깜박거렸다.

"따라와라."

왕의 시종이 걸음을 서둘렀다.

율리아는 묻고 싶은 게 많았다. 코코는 어떻게 하고 있는지, 레위시아 왕자는 어디에 있는지, 알렉사가 탈출하려고 난동을 부리지는 않을지. 이런저런 생각이 머릿속에서 둥둥 떠다녔다.

하지만 그녀를 압박하듯 사방을 막아선 채 호송하는 기사들 때문에 아무것도 시도하지 못한 채 왕 앞으로 끌려가야만 했다.

국왕이 율리아를 바라보았다.

왕족을 시해하려 한 죄로 기사들에게 끌려온 시녀라고 하기엔 너무 담담한 얼굴이었다. 우아한 차림새는 흠잡을 데 없고, 초록색 눈동자는 한없이 깊어 속내를 짐작할 수가 없었다.

"꿇어라!"

왕의 시종이 율리아의 어깨를 지그시 눌렀다. 그녀는 반항하지 않고 왕 앞에 무릎을 꿇었다.

구겨진 치맛자락이나 살짝 내리뜬 눈, 느리게 오르내리는 어깨까지 모든 것이 자연스러웠다.

마치 이 순간을 예상하기라도 했던 것처럼.

"율리아 아르테."

왕이 물었다.

"네가 하녀를 이용해 샤트린의 식사에 독을 넣었느냐."

아니라고 할 것이다. 억울하다고. 공구중의 하녀가 자신을 모함했다거나, 하녀 트루디가 혼자 저지른 짓이라고.

모두가 그렇게 예상했다.

한데 율리아는 그러지 않았다.

"네."

그녀는 깔끔하게 자신의 짓임을 인정하고 왕을 바라보았다.

"제가 하녀를 시켜 공주 전하의 식사에 약을 넣었습니다."

응접실 가득 숨 막히는 침묵이 들어찼다. 국왕과 그의 시종, 입구를 지키는 기사들까지 율리아를 죽일 듯 노려보았다.

왕이 의자에서 일어나 율리아에게 한 걸음 다가섰다. 그의 목소리가 분노로 떨리고 있었다.

"한낱 평민 시녀가 어찌 그럴 수 있느냐. 고작…… 시녀 따위가 어찌! 레위시아를 왕으로 만들고 싶어서 그리하였느냐? 네가 그 천한 신분으로도 왕궁에서 시녀 노릇을 하고 있으니, 이제는 왕의 자리까지 우스워 보이더냐? 말해보아라!"

"아닙니다, 전하."

"아니긴 뭐가 아니란 말이냐! 샤트린은 이 나라의 하나뿐인 공주다. 다음 대의 왕이 될 아이란 말이다! 왕의 후계자는 왕국의 명운을 짊어지는 자다. 한데 어찌, 어찌 너 따위가……!"

"샤트린 공주 전하께서는 무사하실 것입니다."

"닥쳐라! 사지를 못 박아 화형대에 세워야 이실직고하겠느냐!"

분노에 잠식된 왕은 율리아를 윽박지르며 고함을 치는데, 정작 꿇어앉은 그녀는 한없이 차분해 보였다. 심지어 그녀의 목소리엔 흔들림조차 없었다.

"저는 사실대로 말씀드리고 있습니다."

"끌고 나가라! 당장 끌고 나가서 자백을 받아내!"

왕의 시종과 기사들이 움직였다. 그들은 꿇어앉은 율리아를 이대로 감옥으로 끌고 가, 모든 사실을 자백할 때까지 심문할 생각이었다.

그런데 율리아가 국왕을 똑바로 바라보며 말했다.

"전하, 제 말을 들어주세요. 그 잠깐의 시간만 허락해주신다면, 제가 이 자리에서 오늘 일의 주범을 밝혀드릴 것입니다."

"닥치라고 하지 않느냐."

왕의 시종이 율리아를 일으키려 그녀의 팔을 잡았다. 멍든 팔이 아팠다. 긴 소매로 가리고 있지만, 그녀의 몸은 여전히 검붉은 멍으로 가득 찬 상태였다.

시간이 없었다. 율리아는 이마를 짚은 채 돌아서려는 왕을 후려치듯 큰 소리로 말했다.

"크리스틴 마조람입니다!"

왕의 시종이 팔을 놓쳤다. 기사들도 움직임을 멈추었다.

국왕이 다시 율리아를 바라보고 있었다. 그의 얼굴이 아주 천천히 일그러졌다.

율리아는 그 틈을 놓치지 않고 단호하게 말했다.

"크리스틴 마조람이 저와 왕자궁을 음해하기 위해 공작한 일입니다. 샤트린 전하는 무고한 피해자이며, 이 일의 주범은 제가 아니라 마조람의 후계자인 크리스틴입니다."

"그걸 지금 변명이라고 하는 것이냐?"

"트루디에게 약병을 건넨 자는 궁내부 관리이며, 그는 마조람이 집어넣은 첩자로 수년째 궁내부에 기생하고 있습니다."

"뭐?"

"전하, 저는 하녀를 이용해 공주 전하의 식사에 약을 섞었습니다. 하지만 그건 마조람의 첩자가 건넨 독약이 아니라, 비슷한 증상을 일으키는 해독제일 뿐입니다."

그것 또한 죄라는 걸 안다. 그러니 치죄하시겠다면 어떤 벌이든 달게 받겠다. 하지만 이 일의 주범은 크리스틴 마조람이며, 왕께서는 그 사실을 반드시 아셔야만 한다.

율리아의 말이 길어질수록 왕은 혼란스러워졌다.

믿을 수 없었다. 율리아 아르테는 출세하고자 왕궁에 들어온 겁 없는 평민이었다. 그리고 샤트린을 죽여 레위시아를 왕으로 만들기에 충분한 용의가 있다.

그런 자가 잡혀 와 죽기 전에 내뱉는 말을 어찌 믿을 수 있겠는가.

왕이 그 사실을 지적하려던 순간이었다. 율리아가 다시 입을 열었다.

"샤트린 전하는 곧 일어나실 겁니다. 지금 당장 의사를 보내 전하의 용태를 보고케 하세요."

차분하다 못해 부드러운 목소리였다. 그리 크지 않은 목소리에 떨림 없이 잔잔한 눈동자. 율리아는 왕국의 왕을 앞에 두고도 흔들림 없이 제 할 말을 다 했다.

"트루디의 방에서 찾은 약병은 궁내부 관리가 건넨 맹독으로, 샤트린 전하께서 드신 것과는 다를 것입니다. 또한, 트루디가 공주궁 하녀에게 건넨 주머니엔 오르테가에서 유통이 금지된 해적의 금화가 섞여 있을 것입니다."

왕이 더는 참지 못하고 짧은 시름을 내뱉었다.

"허."

율리아가 꿇어앉은 무릎 앞에 두 손을 모았다. 그러곤 국왕을 향해 공손하게 절을 올렸다. 산호색 허리띠가 흘러내리며 옷감을 스치는 소리가 들렸다.

"마조람의 야욕이 왕가에 닿아 있습니다. 레위시아 전하께 충성하는 시녀로서, 목숨을 걸고 탄원합니다. 존경하는 국왕 전하. 저들의 죄를 낱낱이 밝히시고, 감히 왕족을 해하려 한 죄를 물어주십시오."

"율리아 아르테."

"감히 왕궁을 혼란에 빠뜨린 죄는 무엇이든 달게 받겠습니다."

불규칙하게 오르내리던 왕의 호흡이 천천히 잦아들었다. 그는 말리는 시종을 손짓으로 물리치고, 머리를 조아린 율리아 앞에 섰다.

"무엇이든?"

"예, 전하."

"목숨을 걸었다고 했느냐?"

"예, 전하."

"만약 네가 한 말 중, 사실과 다른 것이 단 하나라도 존재한다면……."

"제 목숨을 거두소서."

율리아의 목소리가 단호했다.

목에서 쓴 물이 올라와 가슴이 쓰렸다. 깊게 심호흡한 왕이 마침내 입을 열었다.

"너와 네 하녀, 너와 뜻을 함께한 자들이 전부 효수될 것이다."

국왕의 목소리가 웅혼하게 울렸다.

왕실 기사단이 또 한 번 은밀하게 움직였다.

그들은 궁내부로 달려가 율리아가 지목한 궁내부 관리를 제압하고, 그의 사무실을 뒤집었다.

트루디가 공주궁 하녀에게 건넸다는 약병과 금화 주머니, 그리고 트루디의 방에서 발견된 약병과 금화, 마지막으로 궁내부 관리의 방에서 압수한 금화. 국왕에게 그 모든 증거가 전해졌다.

왕이 왕궁 의사들을 불러 약병을 하나씩 검사하라 명했을 때였다.
쓰러졌던 샤트린이 일어나, 아버지인 국왕을 찾았다.

—•◆•—

샤트린 오르테가는 율리아 아르테에게 목숨을 빚졌다.

그 맹랑한 시녀는 해방군이 왕족을 습격하리라 예상하여 알렉사를 보내 샤트린을 지키게 했다. 그녀는 그 사실을 한시도 잊어본 적이 없었다.

언젠가는 그 빚을 갚을 것이다. 샤트린은 왕족의 명예를 걸고 약속했다.

레위시아를 위해 후계자 자리에서 물러나라고 압박하거나 왕국에 해를 끼치는 일이 아니라면, 무엇이든 들어주겠노라 다짐도 했다.

그게 이런 식이 될 줄은 몰랐지만.

깊은 밤 레위시아와 함께 샤트린의 궁을 찾은 율리아가 말했다.

"샤트린 전하, 저를 한 번만 더 믿어주시겠어요?"

율리아는 샤트린이 해방군 주동자를 처형하던 광장에 나와 있었다고 했다. 그 자리에서 크리스틴 마조람을 만났고, 미쳐 날뛰는 인파 속으로 밀쳐져 몸을 다쳤다.

샤트린은 율리아의 몸을 물들이고 있는 끔찍한 멍 자국을 보면서 몇 번이나 혀를 찼다. 마조람 영애가 그렇게까지 망가져 있을 줄은 몰랐다며, 목숨이 아깝다면 다시는 그렇게 무모하게 굴지 말라고 충고도 했다.

그런데 율리아는 그것으로 끝이 아닐 거라고 추측했다.

> "마조람 후작 부인은 독을 잘 쓰기로 유명해요. 부인이 지금까지 식중독으로 위장해 죽인 사람의 수가 열 손가락을 넘죠. 크리스틴은 분명 저와 공주 전하, 둘 중 하나를 독살하려 할 거예요."

죽이려면 너를 죽이지, 왜 자신이 거기에 껴야 하느냐고 비웃었다. 그런데 율리아는 그런 샤트린에게 이렇게 말했다.

> "전하께서 독을 먹고 쓰러지기만 해도 온 세상이 저희 왕자궁을 의심할 거예요. 크리스틴은 이중으로 덫을 놓을 거고요."
> "이중이라니?"
> "첫 번째는 저를 범인으로 몰아넣는 것이고, 두 번째는 진범인 자신을 감추기 위해 중간 연결책을 쓸 거라는 거예요."

설마설마했다. 설마. 크리스틴 마조람 후작 부인이 아무리 율리아 아르테를 미워하고 열등감에 미쳐가고 있다고 해도, 왕족인 자신을 이용하려고?

한데 그 순간 마조람 후작 부인의 얼굴이 샤트린의 뇌리를 스치고 지나갔다.

'그 여자의 딸이니까.'

어쩌면 가능할 수도 있겠다는 생각이 들었다.

그래서 물었다. 뭘 어떻게 할 작정이냐고.

율리아는 상처와 멍을 교묘하게 가리고 서 있었다. 레위시아는 그런 율리아를 지키듯 한 걸음 떨어진 곳에 서 있었는데, 이번에는 그가 샤트린을 향해 말했다.

"네 도움이 필요해."
"무슨 도움."
"처음엔 아픈 척을 좀 해달라고 하려고 했는데, 네 그 끔찍하게 단순한 성격으로는 실감 나는 연기를 할 수가 없으니까……."
"레위시아, 지금 시비 거는 거야?"
"가짜 독이라도 먹고 잠깐 쓰러져줘."

부러진 발목 때문에 아직도 의사를 달고 사는 샤트린이었다. 멋대로 돌아다닐 수가 없어서 가뜩이나 답답해 죽겠는데 이제는 아예 쓰러져달라고 요구하는 레위시아의 뻔뻔한 얼굴을 보며, 꼴도 보기 싫으니까 당장 내 앞에서 꺼지라고, 샤트린은 퉁명스럽게 말했다.

그런데 이어지는 율리아의 말에는 같은 대답을 할 수가 없었다.

"샤트린 전하, 오랫동안 왕가를 좀먹던 마조람의 그림자를 찢어발기고 싶지 않으세요?"

율리아의 말은 샤트린의 정곡을 쿡 찌르다 못해 후벼 파는 수준의 제안이었다.

그동안 왕가를 쥐락펴락했던, 왕의 머리 꼭대기에서 오만하게 군림하며 살아왔던 마조람 후작가를 찢어발긴다니.

가슴이 뛰었다. 그건 샤트린의 숙원이었으며, 이제는 왕의 소원이 기도 했다. 그렇게만 할 수 있다면 샤트린은 가짜 독보다 더한 것도 삼킬 수 있었다.

마조람. 이제는 왕가의 원수가 된 그 이름.

샤트린은 악마에게 영혼을 파는 심정으로 율리아에게 물었다.

"네 말대로 한다고 쳐. 하지만 그래서 어쩌겠다는 거야? 이번 일로 크리스틴의 머리채를 잡을 수 있다 해도…… 마조람 후작 가 전체를 어찌할 수 있는 건 아냐. 막말로 후작이 딸을 넘기고 나 몰라라 해버리면 어쩔 건데?"

"함정을 팔 거예요."

"함정?"

"제가 노리는 건 크리스틴이 아니거든요."

율리아가 웃었다. 파리한 얼굴에 드리워진 야수와도 같은 미소가 샤트린의 심장을 콱 움켜쥐었다.

━ • ◆ • ━

독을 삼키고 쓰러졌다던 샤트린이 집무실에 나타났을 때, 국왕은 궁내부 관리의 사무실 금고에서 찾았다는 해적의 금화를 손에 쥐고 있었다.

"샤트린?"

놀란 국왕이 서둘러 딸을 향해 달려왔다. 샤트린은 그런 아버지를 향해 다짜고짜 말했다.

"죄송해요, 아버지."

"뭐가 말이냐?"

"제가 먹은 건 독을 강제로 몸에서 빼내는 해독제였어요. 증상이 비슷해서 모두 착각했던 거고."

"뭐? 그럼 그 시녀의 말이 사실이었어? 도대체……."

샤트린은 율리아가 했던 말을 떠올리고, 국왕에게 그대로 전했다.

"해적의 금화가 왕족을 해치는 일에 이용되고 있다는 걸 수면 위로 끌어올리려는 계책이었어요. 크리스틴 마조람이 저지른 일이지만, 첩자인 궁내부 관리가 실토하지 않는 이상 이번에도 심증만 남을 거예요. 우리에겐 시간이 필요해요."

궁내부 관리가 실토한다 해도 시간이 걸린다. 그는 주인을 배신하지 않으려 애쓸 테고, 심문관을 고문관으로 교체해야 하리라.

"그렇다 해도 왜 이렇게 무모한 짓을 벌였단 말이냐!"

"마조람 후작을 끌어내리려고요."

"샤트린……."

"누군가 왕위 후계자를 독살하려 한 정황이 포착되었고, 그자가 해적의 금화를 공급받고 있었다고 발표하세요."

샤트린을 꾸짖으려던 국왕이 멈칫 입을 다물었다. 그의 눈가에 깊은 주름이 졌다.

"아버지."

"하, 그래. 무슨 말인지 안다."

해적의 금화를 유통하는 자. 그자가 범인이다. 그렇게 발표하고, 병사를 풀어 마조람 후작가를 압박한다.

하지만 국왕은 고개를 설레설레 저었다.

"불가능해. 오르테가의 병사를 모두 동원한다고 해도, 마조람 후작이 어디에 해적의 금화를 숨겨두고 있는지 어떻게 찾아낸단 말이냐."

"제가 알아요."

"뭐?"

"제가…… 아니, 율리아 아르테가 알아요."

율리아는 샤트린에게 마조람 후작이 해적의 금화를 어디에 보관하는지 이미 알려준 상태였다.

"마조람 후작의 창고를 뒤집어 해적의 금화를 확보하고, 그가 달아날 수 없도록 손발을 묶어 버리는 거예요. 그런 뒤에 궁내부 관리를 고문하면……."

"크리스틴 마조람이 독살을 사주했다는 것까지 밝힐 수 있겠지."

국왕이 머리를 짚었다.

어지러웠다. 현기증이 날 정도였다. 이게 도대체 어떻게 된 일인지, 누가 누구에게 저지른 일인지 도무지 제대로 파악할 수가 없었다.

국왕보다는 나았지만, 샤트린의 심정도 크게 다르지 않았다.

무모하게 일을 벌인 건 크리스틴 마조람이었다. 한데 그것마저 율리아의 손바닥 안에 있었다.

그동안 누구도 접근할 수 없었던 마조람의 연못에 미끼가 가득했다. 전부 율리아가 던져놓은 것들이었다. 크리스틴은 그게 미끼인 줄도 모르고 덥석 물었을 것이다.

율리아 아르테. 왕자궁의 수석 시녀.

독을 잘 쓴다던 후작 부인은 알고 있을까. 크리스틴은 독사가 되지 못했다. 애초에 상대가 되지 않는 싸움이었다.

마조람의 악취가 사라진 자리에 율리아의 그림자가 어른거렸다.

31
눈에는 눈, 이에는 이

율리아는 본궁에 감금돼 있었다.

그녀는 평온해 보이는 얼굴로 구겨진 드레스를 탁탁 털어 펴더니 방 안을 여유롭게 거닐며 창밖을 내다보았다.

본궁 앞을 바삐 오가는 기사들이 보였다. 하나 같이 다급하고 살벌해 보이는 얼굴이었다.

'괜찮아.'

율리아는 멍든 팔을 주무르며 되뇌었다.

'이제부터 시작이니까.'

율리아가 왕과 대화를 나눈 이후, 해독제를 다 토해낸 샤트린이 본궁을 찾았다.

애초에 율리아가 샤트린에게 먹인 건 중독 환자에게 급하게 쓰는 해독제였다. 궁내부 관리가 준 진짜 독약은 트루디의 숙소에 잘 보관

되어 있다가 왕의 손으로 넘어갔고, 샤트린은 먹은 음식을 다 토한 뒤에 기력을 회복하자마자 왕을 찾았다.

그사이 몇 가지 사실이 밝혀졌다.

공주궁 하녀가 대가로 받은 건 해적의 금화였고, 진짜 독약은 트루디의 숙소에 뜯지도 않은 상태로 보관되어 있었다. 궁내부 관리의 사무실 금고에선 하녀가 받은 것과 똑같은 해적의 금화가 상당량 발견되기도 했다.

물론 이 모든 건 율리아가 꾸민 일이었다.

트루디는 궁내부 관리가 부르기 전부터 율리아에게 미리 언질을 받은 상태였다. 그녀는 왕자궁으로 돌아오자마자 율리아의 방으로 달려가 금고를 열고, 주머니 속 금화를 해적의 금화로 바꿔치기했다.

코코가 모든 일을 주도했다. 율리아의 금고는 곧바로 치워졌으며, 독약도 해독제로 바꾸었다.

트루디가 공주궁 하녀에게 일을 의뢰하는 사이, 코코는 궁내부 관리의 사무실에 해적의 금화를 가져다놓았다.

코코가 관리하던 왕궁 내 첩자들이 큰 역할을 했다. 맥스웰이 봄부터 왕궁에 심어두었던 첩자들이 율리아의 통해 코코의 손아귀에 들어갔고, 그들은 인심 후한 고용주를 위해 적극적으로 움직였다.

"이거 놓으십시오! 억울합니다!"

궁내부 관리가 끌려오고 있었다. 그가 고래고래 소리를 지르는 통에 본궁 앞이 소란스러워졌다. 율리아의 시선도 자연스레 그에게 향했다.

트루디는 율리아를 배신하지 않았다.

그 탐욕스러운 아이는 결국 돈을 더 많이 주는 고용주를 위해 일하게 되어 있었다. 율리아는 저 궁내부 관리가 트루디에게 저보다 더 많은 대가를 제시하지 않으리란 걸 알았다.

카루스의 관저에 있던 율리아가 샤트린을 만나기 위해 왕궁에 들어왔던 날이었다.

"시녀님, 이게 도움이 될까요?"

"그게 뭔데?"

"제가 그동안 궁내부에 불려 갈 때마다 날짜와 시간, 했던 이야기를 적어놓은 수첩이에요. 처음엔 이런 걸 쓸 생각조차 하지 못했는데…… 그 관리가 매번 이만한 수첩을 꺼내놓고 제가 하는 말을 받아 적더라고요."

"그래?"

"그래서 저도 최대한 기억하고 있다가 숙소로 돌아와서 똑같이 적었는데……."

"트루디."

"네?"

"그 궁내부 관리가 가지고 있다던 수첩, 그걸 찾게 해줄래?"

"제가요?"

"그래, 그럼 내가 전에 약속했던 걸 줄게."

트루디는 숨도 쉬지 못하고 율리아를 바라보았다.

전에 했던 약속. 그건 율리아의 침대 밑에 있는 금화로 가득 찬 상자였다. 트루디에겐 저 하늘의 별처럼 느껴지던, 손 닿을 수 없는 꿈.

율리아가 그걸 주겠다고 했다.

트루디는 바보가 아니었다. 일이 잘못되면 하녀인 자신의 목숨이 파리처럼 짓이겨질 거란 것도 알았다. 하지만 그녀는 이 순간이 자신의 인생에 다시 오지 않을 기회라는 것도 알았다.

율리아가 약속을 잘 지키는 사람이라는 것도.

궁내부 관리에게 독약을 건네받았던 날, 트루디는 그가 금화 주머니를 꺼내던 서랍을 눈여겨보았다. 수상함을 들키지 않으려고 일부러 덥석 받지 않고 머뭇거리는 척하기도 했다.

궁내부 관리가 트루디의 손에 주머니를 억지로 쥐여주려 몸을 숙인 순간, 그녀는 원하는 걸 찾을 수 있었다.

서랍 안에 수첩이 있었다. 끄트머리만 보였지만, 그가 늘 무언가를 받아 적던 그 수첩이었다.

그걸 확인하고 돌아온 뒤에는 코코에게 그 사실을 알렸다. 코코는 궁내부 관리의 사무실에 해적의 금화를 가져다놓으면서 그 수첩을 확보하는 데 성공했다.

그건 그가 자백하지 않을 경우를 대비한 보험이었으며, 이 일을 마조람 후작가와 연결 지을 증거이기도 했다.

크리스틴은 반드시 제가 판 함정에 빠지게 되어 있었다.

'빠져나갈 수 없을걸.'

이제부터는 왕의 역량에 맡겨야 한다.

사실 이건 도박이나 다름없는 계획이었다. 코코도 반대할 만큼 변수가 많았다.

크리스틴이 정말로 궁내부 관리를 이용할지, 트루디가 배신하지는 않을지, 공주궁 하녀가 뜻대로 움직여줄지, 마조람 후작가에서 크리스틴을 버리는 패로 사용하지는 않을지.

그 모든 걸 감수하고도 시도해볼 가치는 있었다. 실패해도 상관없었다. 바로 이런 순간을 위해 샤트린에게 빚을 지워두었으니까.

문제는 국왕이 얼마나 마음을 굳게 먹느냐였다.

해적의 금화는 결정적 증거로서 힘을 발휘할 수 없었다. 그건 오르테가의 귀족과 상인이라면 개나 소나 만지는 돈이었기 때문이다.

하지만 시간을 벌어줄 수는 있었다.

심문관이 진실을 밝혀낼 시간. 그리고 마조람 후작이 궁내부 관리를 죽여 이 일을 덮지 못하게 발목을 붙잡고 있을 시간.

"출발하라!"

왕의 기사들이 왕궁 밖으로 달려 나갔다. 오늘 아주 많은 병사가 동원될 것이다.

왕의 명령으로 마조람 후작가가 봉쇄되었다. 병사들이 거대한 저택을 둘러싸고 삼엄한 경계를 이어갔다. 후작의 창고에서 발견된 해적의 금화가 샤트린을 독살하는 데 쓰였다는 게 이유였다.

마조람 후작은 거세게 반발했다. 그의 가신과 파벌 귀족들이 전부 들고일어나 국왕을 비난했다.

해적의 금화라니. 고작 그게 이유냐며, 이는 마조람을 쳐내려는 미친 왕의 폭정이라고 비난을 서슴지 않았다.

국왕은 물러서지 않았다. 그는 그동안 단 한 번도 보여준 적 없었던 적극적이고 강인한 왕의 모습을 보였다.

왕은 독약을 건넨 궁내부 관리가 수년간 마조람의 첩자로 왕궁 내에서 일하고 있었다는 사실을 거론하며 더욱 거세게 후작을 몰아붙였다. 그의 사무실에서 발견된 금화와 수첩, 그게 증거였다.

마조람 후작은 자신은 모르는 일이라며, 후작가에 충성하는 누군가 저지른 일일 거라 발뺌했다.

국왕과 후작의 살벌한 기세 싸움이 이어졌다. 이는 어느 쪽도 물러설 수 없는 싸움이었다. 왕가와 가문의 존속이 걸린 문제였으니까.

그리고 며칠 뒤, 지독한 고문 끝에 궁내부 관리가 독살을 사주한 자의 정체를 털어놓았다.

"크리스틴 마조람입니다."

국왕은 곧바로 율리아와 왕자궁 모두에게 내려진 감금 명령을 거두었다.

왕이 선언했다. 앞으로 오르테가에서 해적의 금화를 유통하는 자는 해적과 내통한 죄를 물어 국법으로 다스릴 것이라고. 이는 암암리에 퍼져 있던 검은돈의 흐름을 막는 중요한 사건이었다.

"반역자를 잡아들여라!"

같은 날, 크리스틴 마조람이 반역자의 낙인을 쓴 채 투옥되었다.

➤ • ◆ • ➤

감옥 문이 열렸다.

귀족을 위한 호화로운 감옥이 눈에 들어왔다.

오물 가득한 돌바닥에 차가운 쇠창살을 기대했는데, 그냥 평범한 방이었다. 언뜻 보기에도 보육원 아이들이 단체로 잠자는 방보다 훨씬 좋은 공간이었다. 침대는 작고 소박했으나 두툼한 이불이 있었고, 안쪽엔 작은 화장실까지 딸려 있었다.

"고맙습니다."

"밖에서 대기하고 있겠습니다."

문을 열어준 병사들이 율리아에게 눈짓으로 인사했다. 문밖에선 알렉사가 팔짱을 낀 채 벽에 기대 서 있었다.

율리아는 방 안으로 들어와 문을 닫았다. 그러곤 침대 위에 온몸을 웅크린 채 누워 있는 크리스틴을 바라보았다.

"크리스틴."

크리스틴은 대답하지 않았다. 방에 들어온 사람이 율리아라는 걸 알 텐데, 고개도 돌리지 않고 시체처럼 누워 있기만 했다.

율리아가 중얼거렸다.

"안쓰럽게 됐네."

거짓말이다. 안쓰럽지 않았다. 불쌍하지도 않았다. 율리아가 그렇게 말한 이유는 그래야 크리스틴이 발작할 거란 걸 알기 때문이었다.

아니나 다를까. 누워 있던 크리스틴이 이불을 집어 던지며 몸을 일으켰다.

"닥치고 나가."

"싫은데."

"나가라고 했어! 너 도대체 여긴 왜 온 거야?"

그야 할 말이 있으니까.

"고마워, 크리스틴. 네 덕분에 난 곧 귀족이 될 것 같거든. 왕께서 내게 작위를 약속하셨어."

크리스틴이 경악한 얼굴로 율리아를 노려보았다.

"뭐…… 작위? 이 미친……."

"말조심해. 넌 이제 귀족이 아니게 될지도 모르는데, 나한테 그렇게 건방지게 굴면 안 되지."

율리아가 우아하게 걸어와 크리스틴 앞에 섰다. 그러곤 다정하게 웃으며 말했다.

"내가 널 처음 만났을 때처럼 무릎을 꿇고 머리를 조아려봐. 그리고 빌어. 귀하신 분, 제발 도와주세요. 며칠째 굶고 있거든요. 이렇게 말해봐."

"미친…… 미친!"

"혹시 모르잖아. 내가 네 목숨을 구해주고 싶어질지도."

크리스틴은 이 상황을 받아들일 수가 없었다.

독약을 쓴 것도, 그걸 들킨 것도, 이렇게 감옥에 갇힌 채 율리아에게 조롱당하고 있다는 것도. 아카데미 졸업 자격이 취소되고 바실리의 생존을 외면했을 때, 크리스틴은 자신에게 더 떨어질 곳은 없으리라 여겼다. 그때 그녀가 서 있는 곳이 지옥의 밑바닥이었다.

그런데 더 떨어지고 있었다. 바닥도 없는 암흑 속으로.

율리아는 초라해 보이는 크리스틴의 모습을 눈에 새겼다.

비쩍 말라 신경질적인 얼굴, 깊이 그늘진 눈매. 입술의 생기는 다 어디로 갔는지 허연 껍질이 일어나 있고, 자신감 넘치던 목소리엔 우울한 떨림이 느껴졌다.

첫 번째, 두 번째 삶의 율리아도 저랬을까. 그녀는 자신의 과거를 반추해보았다.

바실리의 배신과 끔찍했던 죽음. 동경했던 사람들의 민낯을 목격한 뒤, 율리아는 큰 충격을 받았다.

귀족이 되고 싶었다. 저 빛나는 세계에 살고 싶었다.

크리스틴과 바실리, 후작 부부에게만 허락된 세상. 빛과 금, 명예와 아량으로 가득 찬 곳.

하지만 그곳은 율리아가 살던 시궁창보다 더한 지옥이었다.

배신과 죽음이 난무하고, 금이 칼보다 무서우며, 인간은 한낱 도구로 소모되었다.

거기까지는 괜찮았다. 후작가의 비리 장부를 조작하면서도, 율리아는 언젠가 진짜 명예로운 곳으로 올라갈 수 있으리라고 믿었다.

다 착각이었다.

"크리스틴."

방은 좁았으나 두 사람의 대화가 새어 나갈 걱정은 없어 보였다. 율리아는 크리스틴을 떠올릴 때마다 때때로 궁금했던 점을 이번 기회에 물어보기로 했다.

"너희 가문에서 내게 하이에나를 보냈고 바실리가 날 배신했다는 걸 알았을 때, 기분이 어땠어?"

"뭐? 지금 그런 게 중요해?"

"대답해봐. 그때 기분이 어땠는지."

"몰라."

"안타까웠어? 불쌍했다거나. 혹은…… 기뻤어? 골치 아픈 경쟁자가 사라져서, 언젠가 네 치부를 밝힐지도 모르는 평민이 죽게 돼서 안심했어?"

"몰라! 모른다고 했잖아!"

"왜 몰라. 네 마음인데."

율리아가 크리스틴에게 한 걸음 가까이 다가왔다. 그러곤 침대에 앉아 있는 그녀를 내려다보면서 말했다.

"난 기뻤는데."

기뻤다.

크리스틴이 뒤집어쓰고 있던 그 얄팍한 가면을 벗겼을 때, 훈장을 빼앗았을 때, 벼랑 끝으로 몰았을 때, 그리고 이렇게 내려다보게 되었을 때.

율리아는 자신의 솔직한 마음을 있는 그대로 인정했다.

크리스틴이 괴로워해서 기뻤다. 상처받고 무너져서 즐거웠다. 저 높은 곳에서 공주님처럼 떠받들어져 살았으면서 뭐든지 다 아는 것처럼 건방지게 굴던 걸 생각하면 속이 뒤집혔다.

"크리스틴, 너한텐 지금 이 모습이 딱 어울려."

율리아가 비웃자, 크리스틴이 이를 갈며 소리쳤다.

"닥쳐! 넌 천박한 평민이야. 더러운 사기꾼이야! 악랄한 배신자야!"

율리아도 그대로 돌려주었다.

"넌 추잡한 위선자야. 오만한데 멍청하기까지 한 계집애고. 이제는 간사한 반역자이기도 해."

"뭐…… 뭐?"

한 번도 다른 사람에게 그런 말을 들어본 적 없던 크리스틴이 입술을 바르르 떨었다. 목 아래 깊은 곳에서 뜨겁고 미끌미끌한 기운이 울컥울컥 솟아올랐다. 토악질이 나서 괴로웠다.

할 수만 있다면 율리아를 죽이고 싶었다. 정말로 죽이고 싶었다.

아니, 그들은 애초에 만나지 말았어야 했다. 그 비루한 보육원과 굶주린 율리아를 보면서 불쌍하다고 연민을 느꼈던 과거의 자신이 미웠다.

"널 진작……."

"죽였어야 했지."

하지만 실패했다. 율리아가 고개를 끄덕이며 말했다.

"크리스틴, 우리가 사는 세계에서는 말이야. 너 같은 애가 나 같은 애를 죽이려다 실패하잖아? 그럼 죽지 않고 살아난 나는 사력을 다해서 너를 죽여야만 하는 거야."

그래야 살아남을 수 있다.

"우리는 처음부터 공정하지 않은 싸움을 했지."

마조람 후작 가문의 귀한 아가씨와 평민 고아. 두 사람의 위치는 처음부터 정해져 있었다.

크리스틴을 내려다보던 율리아가 노래하듯 속삭였다.

"내가 이제 공정하게 만들어줄게."

내가 올라가거나, 너를 끌어내려서.

국왕은 율리아에게 작위를 제안했다. 샤트린의 입김이 닿은 결과일 것이다. 그녀가 원한다면 누군가의 양녀가 되거나 결혼하지 않아도 '아르테'라는 성을 오르테 귀족 계보에 올릴 수 있었다.

그에 반해, 반역을 저지른 것으로 최종 판결이 나면 크리스틴은 작위는커녕 신분을 박탈당하고 목숨까지 잃게 될 것이다.

"뭐가 공정해."

"공정하지. 처지가 바뀌는 건데."

율리아가 몸을 숙여 크리스틴에게 얼굴을 가까이했다. 그러곤 평소 크리스틴이 자주 쓰던 말투를 똑같이 흉내 내며 말했다.

"세상에, 불쌍한 것 좀 봐. 굶었나 봐. 왜 이렇게 마른 거야? 보기 흉해라. 이 애들은 부모가 없어? 왜 이러고 살아? 평민은 다 이런 거야?"

"닥쳐……. 닥쳐, 율리아."

"넌 이런 거 먹어본 적 없지? 음, 어디 가서 자랑하고 다니지는 마.

평민들은 질투심이 심하다고 들었거든. 넌 못 먹고 살아서 그런가, 왜 그렇게 식탐이 많니? 음식을 그렇게 빨리 먹으면 어떡해."

"닥쳐! 닥치라고!"

"어머니가 너한테 내 대리 시험을 맡겼다고 들었어. 그렇다고 너무 기고만장하지 않는 게 좋을걸? 난 할 일이 너무 많아서 너처럼 공부만 하고 있을 수 없거든. 귀족의 의무지. 넌 모르겠지만."

"시끄러워!"

크리스틴이 율리아를 거세게 밀었다. 광장에서처럼, 두 손으로 있는 힘껏 밀치고 벌떡 일어섰다.

"그만해! 이제 끝난 싸움 아냐? 내가 졌어, 내가 졌다고! 사형장까지 따라와서 옛날 얘길 늘어놓을 거야? 어차피 난 너 때문에 반역자가 됐는데!"

"그게 왜 나 때문이야?"

"당연히 너 때문이지. 네가 아니었으면 내가…… 왜 그런 짓을 저질렀겠어. 난 샤트린 공주를 미워하지도 않았는데. 그러니까…… 이건 다…… 너 때문이잖아. 네 탓이야. 네 탓이라고! 네가 아니었으면 이 모든 일은 일어나지도 않았을 거야!"

중얼거리다가 소리치기를 반복하는 크리스틴을 응시하며, 율리아가 마지막으로 말했다.

"크리스틴, 난 후작 부인에게 말할 거야."

율리아의 목소리가 좁은 방에 가득했다. 크리스틴의 앞에서, 뒤에서, 머리 위에서 들렸다.

"딸을 살리고 싶거든 왕가의 후손을 내놓으라고."

"뭐……?"

"하나뿐인 딸과 왕가의 후손. 마조람의 실세인 후작 부인은 누구를 선택할까? 크리스틴, 넌 어떻게 생각해?"

"왕가의 후손이라니? 그게…… 무슨 소리야?"

"모르는 척하지 마. 죽은 1왕자의 아이, 너희 가문에서 숨기고 있다는 걸 내가 모를 줄 알고."

"그런…… 억지가 어딨어. 난 모르는 일이야."

"모른다는 말로 도망치지 마. 후작 부인이 그럴 거라는 걸 딸인 네가 예상하지 못했으면 그것도 죄야."

크리스틴은 대답하지 못했다. 율리아의 말에 휘둘리고 싶지 않은데, 그럴 수 없으니 차라리 입을 다무는 쪽을 택한 것이다. 하지만 굳은 얼굴과 흔들리는 눈동자까지 숨길 수는 없었다.

율리아가 만족스럽게 웃었다.

"넌 졌어."

그러곤 등을 돌려 방 밖으로 걸어 나갔다.

"이긴 적도 없고."

크리스틴은 반박하지 못했다. 애초에 상대가 안 되는 싸움이었다는 걸 이제야 깨달았다.

이제 어떻게 하나. 율리아가 귀족이 되어버리면, 뭐 하나 잘난 것 없는 자신이 신분으로도 우월감을 느낄 수 없게 되면.

그땐 어떡하나.

"아…… 아아!"

혼자 남은 크리스틴이 큰 소리로 울음을 터뜨렸다.

밖으로 나온 율리아가 알렉사에게 고개를 끄덕였다. 그러자 알렉사가 병사들에게 잘 부탁한다며 몇 마디 귓속말을 건넸다. 병사들은 별것도 아닌 일이라며 호탕하게 웃었고, 두 사람은 왔던 길을 걸어 왕자궁으로 돌아갔다.

같은 날 늦은 밤 마조람 후작 부인이 크리스틴이 갇혀 있는 감옥을 찾았다.

누구도 들이지 말라는 왕의 엄명이 있었으나, 병사들은 후작 부인이 내민 묵직한 금화 주머니를 보곤 슬그머니 문을 열어주었다.

후작 부인은 크리스틴에게 몇 가지 당부의 말을 건넸다.

절대 아무것도 자백해서는 안 된다고, 누가 어떤 증거를 들이밀어도 모른다고 잡아떼야 한다고, 가문에서 반드시 널 구해낼 거라고 말했다.

그런데 영혼이 빠져나간 사람처럼 멍하니 앉아 있던 크리스틴이 후작 부인에게 물었다.

"어머니, 왕가의 후손을 넘기기로 했어요?"

"뭐라고? 크리스틴, 그게 무슨 말이니?"

"저를 살려주실 거죠? 왕가의 후손이 아니라, 저를 선택하실 거잖아요. 저는 어머니의 딸이니까……."

"도대체 무슨 소리를 하는 거야. 누가 너한테 그딴 소리를 지껄였어? 왕가의 후손이라니, 거짓말이다. 정신 똑바로 차려, 크리스틴. 넌 속은 거야."

후작 부인은 딸에게조차 그 비밀을 공유하지 않았다. 하물며 이곳은 왕궁 감옥이었다. 어디에서 어떻게 말이 새어 나갈지 알 수 없으니 뒤늦게나마 설명해 줄 수도 없었다.

그런데 크리스틴이 일그러진 얼굴로 웃었다.

"어머니가 데려갔잖아요. 그 여자. 그 여자가 낳은 왕가의 후손을 몰래 숨겨놓고, 아니라고 잡아뗄 셈이에요? 저는 이제 죽게 생겼는데…… 그 아이가 더 중요한 거예요?"

"크리스틴!"

"저는 도대체 뭐예요?"

마조람의 보석, 후작가의 공주님.

크리스틴 마조람은 후작 부부의 사랑을 한몸에 받는 귀한 딸이었다. 그녀는 뭐든지 할 수 있었다. 후작 부부의 묵인 아래 왕족처럼 살았다.

"전 이제…… 버림받는 거예요?"

크리스틴이 울었다. 눈물을 뚝뚝 흘리면서 우는 줄도 모르고 울었다.

감옥이 너무 추웠다. 이곳이 아무리 귀족을 위해 만들어진 곳이라 해도, 자신의 침실과 비할 바는 아니었다.

그녀는 두 팔로 제 몸을 끌어안았다. 손끝이 덜덜 떨렸다. 찬기가 팔다리를 타고 심장까지 올라왔다. 이대로 얼어 죽을 것만 같아, 크리스틴은 제 몸을 둥그렇게 말았다.

— • ◆ • —

왕자궁으로 돌아온 율리아가 트루디를 방으로 불렀다. 감옥에서 풀려나 제자리로 돌아온 트루디는 한결 편안해진 얼굴이었다.

"시녀님, 부르셨어요?"

"괜찮아?"

"저는 괜찮아요. 그냥 감옥에 갇혀 있었을 뿐인데요. 고문을 당한 것도 아니고."

"많이 무서웠을 텐데."

"그 정도 각오는 했어요."

트루디가 마른침을 꿀꺽 삼키며 재빨리 대답했다.

그녀는 이제부터 율리아가 무슨 말을 할지 알고 있었다. 가슴이 두근두근 뛰었다. 언젠가 열렬히 첫사랑에 빠진대도 이렇게 심장이 나대지는 않을 것 같았다.

긴장한 어깨가 아팠다. 트루디는 나무토막처럼 뻣뻣한 자세로 율리아 앞에 섰다.

율리아가 트루디에게 웬 주소가 적힌 종이를 건넸다.

"이게 뭐예요?"

"여관 주소."

"여관이요?"

"그래, 네가 공주궁 하녀를 꾀어낼 때 약속 장소로 지목했던 그 여관. 트루디 네 이름으로 방이 예약되어 있을 거야. 가서 침대 밑을 봐."

거기에 금화가 가득 찬 상자가 있을 것이다.

"국왕 전하께서 한동안 해적의 금화를 강력하게 단속할 예정이니까 당분간은 사용하지 않는 편이 좋을 거야. 혹시 환전하고 싶어지면 나나 코코에게 도움을 요청해도 되고."

"어…… 정말…… 정말이요?"

"그래, 네 거야."

트루디가 두 손을 벌벌 떨면서 종이를 받아 쥐었다.

별에 손이 닿았다.

너무 가난해서 부둣가 뒷골목에서 구걸이나 하면서 살았던 소녀. 남의 것을 훔치는 게 왜 나쁜지조차 이해하지 못할 만큼 결핍으로 가득했던 트루디의 영혼이 황금빛에 물들었다.

율리아가 트루디에게 준 건 상상조차 해본 적 없을 만큼 거액의 돈이었다. 이제부터 평생 놀고먹을 수도 있었다.

"그동안 수고했어."

율리아가 담백하게 말했다.

이렇게 큰돈을 아무렇지도 않게 주면서, 어떻게 그렇게 아무렇지도 않을 수가 있어요? 트루디는 쏟아질 것 같은 말을 입에 물고 율리아를 바라보았다.

목숨을 건 도박을 했던 건 사실이다. 무섭지 않았다는 건 거짓말이다. 처음 감옥으로 끌려갔을 때, 트루디는 그 안에서 온갖 고문과 사형법을 떠올리며 몸시리를 쳤다. 울음조차 나오지 않을 만큼 무서웠다.

다만 트루디는 궁내부 관리보다 율리아가 더 무서웠다. 더 대단한 사람이라고 생각했다. 그래서 믿었다.

이 싸움의 승자는 우리 시녀님일 거라고, 철석같이 믿었다.

"제 거예요?"

"그래."

"저 이제…… 부자예요?"

상상했던 것처럼 웃음이 터지지는 않았다. 미친년처럼 춤이라도 출 줄 알았는데, 심장이 쿵쿵 뛴다는 걸 제외하면 그저 그랬다. 실감이 나지 않아서 그런 것 같았다.

트루디가 종이를 꽉 움켜쥐고 율리아를 바라보았다.

"시녀님, 저……!"

"가봐."

율리아가 고개를 끄덕였다.

허락이 떨어졌다. 트루디는 다다닥 발소리가 나는 것도 아랑곳하지 않고 율리아의 방에서 뛰쳐나갔다. 복도에서 마주친 하녀들이 두 눈을 휘둥그레 뜨고 트루디를 바라보았다.

"트루디, 어디 가?"

대답할 겨를이 없었다. 트루디는 하녀복을 펄럭이며 왕자궁 밖으로 달렸다. 그러곤 이내 왕궁 밖으로 나가 제일 먼저 보이는 마차를 잡아탔다.

"동쪽 부두로 가주세요!"

바닷가 여관으로 가는 길이 너무 멀었다. 놀러 갈 때는 한없이 짧게 느껴지던 길이, 꼭 영원히 이어질 것처럼 길게만 느껴졌다.

"아저씨, 빨리요. 빨리!"

"어이구, 요즘 분위기 살벌해서 그렇게 막 달리면 안 돼. 거리에 병사들이 쫙 깔렸다고."

해적의 금화를 단속하면서 마조람 후작과 그 세력을 압박하기 위해 왕명을 받은 병사들이 거리를 오가고 있었다.

"그래도 빨리…… 조금만 더 빨리요."

트루디는 두 손을 모은 채 발을 동동 굴렀다.

바깥 분위기는 살벌한데, 마차 안의 트루디에겐 웅성거리는 소음조차 천국의 노래처럼 들렸다. 목적지에 가까워질수록 설렘과 불안이 널뛰듯이 오락가락 마음을 흔들었다.

'난 이제 부자야.'

여관에 도착했을 때는 어두컴컴한 밤이었다. 트루디는 율리아가 준 종이를 꽉 쥔 채 방으로 들어갔다. 그러곤 안에서 문을 잠그고 천천히 심호흡했다.

침대 밑에 상자가 있었다.

상자를 여는 느낌이 낯설었다. 묵직한 상자 뚜껑이 오늘은 깃털처럼 가벼웠다. 등불도 켜지 않은 컴컴한 방 안에서 달빛에 의지한 채, 트루디는 상자를 가득 채우고 있는 금화를 보았다.

무섭고 기쁘고 가슴 벅찼다. 어쩌면 사람들은 이런 순간을 운명이라고 부를지도 모른다.

트루디가 두 팔을 벌려 상자를 끌어안았다.

하지만 곧 그녀는 그 많은 금화를 끌어안고도 감옥에 갇혀 있을 때보다 더 큰 두려움과 마주했다. 그녀는 이 많은 금화를 어떻게 지켜야 하는지에 대해서는 고려해본 적이 없었다.

마조람 후작 부인이 크리스틴이 갇혀 있는 감옥을 다녀갔다. 문 앞을 지키던 병사들이 알렉사에게, 알렉사가 율리아에게 그 소식을 전했다.

병사들은 마조람 후작 부인과 크리스틴이 무슨 대화를 나누었는지는 듣지 못했다고 미안해했다. 다만 감옥을 나서는 후작 부인의 표정이 몹시 굳어 있었고, 안에서 크리스틴이 절규하는 소리가 들렸다고 했다.

'그 정도면 충분해.'

충분하다 못해 차고 넘쳤다. 율리아는 일이 모두 계획대로 되고 있다고 생각했다.

"부르셨습니까?"

늦은 밤 맥스웰이 왕자궁을 찾았다. 율리아가 그에게 다가와 말했다.

"후작 부인이 미끼를 물었어요."

"정말입니까?"

"맥스웰, 지금부터가 아주 중요해요."

크리스틴을 비롯해 마조람 후작 부인, 국왕과 샤트린까지. 율리아는 이번 일을 계획하면서 그 모든 사람을 속였다.

크리스틴은 율리아에게 누명을 씌우기 위해 샤트린을 독살하려는 음모를 꾸몄다. 그 사실을 미리 눈치챈 율리아가 샤트린과 손을 잡고 크리스틴을 역으로 함정에 빠뜨렸다. 크리스틴은 율리아가 자신에게 복수하기 위해서 이 모든 일을 꾸몄다고 착각했다.

진짜 함정은 거기에 있었다.

"마조람 후작 부인이 왕가의 후손을 감춰놓은 장소를 옮기려고 할거예요. 크리스틴을 통해 누군가 그 사실을 알고 있고, 추적하고 있다는 걸 알았으니까요."

"허허, 그럼 이제 후작 부인을 감시하면 됩니까?"

맥스웰이 감탄하며 묻자, 율리아가 고개를 저었다.

"집사를 감시하세요."

"집사요?"

"마조람 후작 부인은 바실이나 크리스틴보다도 그 집사를 신뢰해요. 부인의 그림자로 움직이며 가문의 더러운 일을 처리하는 건 집사의 몫이거든요."

율리아를 죽이기 위해 하이에나를 불러들인 것도 그 집사였다.

"하……. 진짜 징글징글한 놈들이네요."

"후작 부인은 혹시 모를 감시의 눈을 피해 후작과 함께 공개적으로 움직일 거예요. 그 사이에 집사가 왕가의 후손을 빼돌릴 거고요."

"집사도 직접 손을 쓰려고 하진 않겠네요?"

"네, 그래서 집사의 행적과 주변 사람을 모두 주시해야 해요. 편지, 심부름꾼, 하다못해 그가 만나고 말을 섞는 모든 사람."

"그런 거라면 맡겨두시죠. 제가 오르테가에서 지난 십 년간 해온 일이 바로 그거거든요."

맥스웰이 호언장담했다.

애초에 이번 사건은 크리스틴을 잡기 위한 함정이 아니었다.

크리스틴은 처형장에서 율리아를 만나지 말았어야 했다. 널 꼭 죽이고 말 거라고 협박하지도 말았어야 했다.

율리아는 치료를 목적으로 침대에 누워 있는 동안 이 모든 일을 계획했다. 그러니까 이게 다 너 때문이라는 말은 크리스틴이 아니라 율리아가 해야 하는 것이었다.

"부탁해요. 마조람 후작 부인이 왕가의 후손을 빼돌려 감금하고 있다는 증거만 있으면, 크리스틴이 아니라 더 큰 사냥감을 쓰러뜨릴 수 있어요."

맥스웰이 여러 번 고개를 끄덕였다.

그가 일을 시작하겠다며 서둘러 돌아간 뒤, 율리아는 달빛 가득한 창가를 거닐었다.

유난히 달이 밝은 밤이었다. 촛불도 없는 방에 그림자가 졌다.

트루디가 없어 등잔불이 꺼져 있는 줄도 몰랐다. 율리아는 방을 돌아다니며 손수 촛불을 켰다. 왕실 기사들이 그녀의 방을 얼마나 공들여 뒤졌는지 멀쩡한 곳이 없었다. 가구는 여기저기 망가졌고, 바닥과 벽지가 뜯어져 흉물스러웠다.

내일은 망가진 가구부터 버리고 방을 새로 단장해야 할 것 같았다. 청소만으론 본래의 모습을 찾기 어려웠다.

겨울이니까 두꺼운 커튼을 달고, 고무나무로 만든 가구를 들여야지. 바닥은 기술자들에게 맡기고 그 위에 카펫을 깔아야겠다.

그런 생각을 하면서, 율리아는 언젠가 마조람 후작 저택에서 봤던 크리스틴의 방을 떠올렸다. 새하얀 가구와 색색의 커튼이 겹겹이 휘날리는 창문. 발코니엔 대리석 조각이 장식되어 있고, 수십 개의 촛불 장식이 방 전체를 은은하게 밝히고 있었다.

크리스틴은 그 안에서 왕족이 부럽지 않을 정도로 사치스러운 생활을 했다.

보석이 너무 많아 뭐가 있는지도 몰랐다. 드레스는 한 번 입으면 질린다며 다시 쳐다보지도 않았다. 유행하는 신발은 모두 사 모았으며, 읽지도 않을 고서를 고집스럽게 수집했다. 그게 귀족 영애의 우아한 취미라고 믿었기 때문이다.

크리스틴은 아마 몰랐을 것이다. 그건 사실 크리스틴이 아니라 율리아의 취미였다.

가난했던 그녀는 비싼 책을 읽기 위해 크리스틴을 이용했다.

율리아는 보고 싶은 책이 있을 때마다 크리스틴에게 넌지시 속삭였다. 학자들이, 귀족들이 그 책을 구하고 있다더라. 그러면 크리스틴은 명예라고 포장된 허영심을 채우기 위해 그 책을 샀다.

"멍청이."

이용당하는 줄도 모르고 으스대던 꼴이 우스웠다. 그러고 보면 크리스틴이 했던 말이 아예 틀린 것도 아닌 것 같았다.

"천박한 평민, 더러운 사기꾼, 악랄한 배신자."

상관없었다. 착하게 살고 싶었으면 복수 같은 건 꿈도 꾸지 않았다. 용서보다 위대한 복수는 없다는 가식적인 말로 자기 위로나 했겠지.

아홉 번을 사는 동안 얼마나 많은 사람의 죽음을 목격하고, 의도했던가.

크리스틴, 네 말대로 나는 끔찍하고 사악한 영혼을 가졌을 거야. 그래도 난 너처럼 정의로운 척하면서 역겹게 굴지는 않았어.

나중에 또 단둘이 한 공간에 있게 된다면, 그때는 꼭 말해줘야겠다는 생각이 들었다.

'아직도 모르겠어?'

크리스틴이 얼마나 하찮은 상대였는지.

'너를 사냥하려고 놓은 덫이 아니라는 걸. 그만한 가치도 없으면서. 넌 그냥 미끼였을 뿐이야.'

후작 부인이라는 괴물을 사로잡기 위한 덫.

크리스틴은 그 위에 놓인 작은 치즈 조각일 뿐이었다.

━ ◆ ◆ ◆ ━

맥스웰은 율리아를 만난 뒤 자신이 오르테가에서 움직일 수 있는 모든 인원을 동원했다. 그러고도 마음이 놓이지 않아 카루스에게 허락을 구한 뒤 바바슬로프와 함께 직접 몸을 움직였다.

"고작 한 놈 감시하는 데에 이렇게 많은 사람이 필요하다고?"

바바슬로프는 이해할 수 없다는 얼굴이었다.

후작가의 집사는 후작 저택 밖으로 나오지 않는 자였다. 그러니 대충 첩자나 두어 명 심어놓으면 되는 것 아니냐고 물었다.

맥스웰이 답답하다는 듯 가슴을 치며 말했다.

"바보야. 그러니까 더 많은 사람이 필요하지. 집사 놈이 안에서 안 나오니까, 나오는 모든 사람을 감시해야 할 거 아냐."

"뭔 소리를 하는 거야. 저 큰 집에 얼마나 많은 사람이 들락거리는데……"

거기까지 말했던 바바슬로프가 뭔가를 깨달았는지 손바닥으로 무릎을 쳤다.

"맞다! 왕한테 감시당하고 있지!"

"그래, 인마. 평소 같았으면 어려웠을 텐데…… 시녀님이 작전을 기가 막히게 짠 덕분에 후작 저택이 국왕의 감시를 받고 있어. 함부로 외출도 못 한다고."

그건 저택 안에 있는 모든 사람에게 해당하는 이야기였다.

왕이 보낸 병사들이 저택을 둘러싸고 철저하게 출입을 통제하고 있었다. 크리스틴의 재판이 끝날 때까지 물러서지 않을 게 분명했다.

"지금은 첩자를 넣을 수 없는 대신, 안에서 나오는 놈들을 감시하기에도 딱 좋은 시기야."

어떤 방식이 될지 모른다. 집사가 만나는 모든 사람이 연락책이 될 수 있었다. 하녀나 일꾼, 병사, 혹은 귀족일 수도 있었다.

후작 부인은 음흉한 사람이다. 그러니 집사도 비슷한 방식으로 일을 처리할 것이다.

맥스웰은 오르테가에서 그림자 정보 상인으로 잔뼈가 굵은 사내였다. 그의 머릿속에 온갖 정보들이 떠다녔다. 후작 부인은, 그녀의 수족인 집사는 어떤 식으로 왕가의 후손을 옮기려 할 것인가.

"맥스웰 님."

마조람 저택을 감시하던 병사 하나가 은밀히 움직여 두 사람에게 다가왔다. 그러곤 맥스웰에게 여러 사람의 인적사항이 적힌 종이를 내밀었다.

"오늘 출입한 자들의 명단입니다."

"감시는?"

"모두 붙여두었는데, 대부분 평소와 다름없었다고 합니다."

"알았으니까 가 봐. 계속 지켜보고."

병사가 고개를 끄덕이며 자신의 자리로 돌아갔다.

맥스웰이 빠르게 명단을 훑었다. 이름과 나이, 직업, 후작과의 관계, 주소와 출입 기록까지.

"흠."

그때, 그의 곁에서 머리를 쭉 내밀고 명단을 읽던 바바슬로프가 손가락으로 누군가를 가리켰다.

"이거 바이칸에서 쓰는 작명법 아니냐?"

"어?"

"시골에서 아직도 쓰잖아. 애들 이름 지을 때 태어난 장소랑 날짜에 해당하는 글자 섞는 거. 내 이름도 이런 식인데?"

바바슬로프의 이름은 '바레프의 집에서 가을에 태어난 사내아이'라는 뜻이었다. 그는 그걸 설명하면서 종이에 적힌 어떤 이의 이름을 지목했다.

맥스웰이 생각지도 못했다며 턱을 매만졌다.

"오호라······. 그러고 보니?"

"넌 인마, 아무리 오르테가에서 오래 살았기로서니 바이칸에 대한 건 다 잊어버렸냐?"

"난 도시에서 태어났거든. 너 같은 촌놈 이름이 어떻게 지어지는지 알게 뭐냐."

"이 새끼가······."

바바슬로프가 맥스웰의 눈앞에서 주먹을 휘둘렀다.

이후 두 사람은 매수한 병사가 가져오는 명단을 바탕으로 추적을 이어 나갔다. 대부분은 상인과 일꾼이었으나, 가끔 가까운 귀족들이 방문하기도 했다.

맥스웰은 그들 중 한 상인이 의심스럽다고 했다.

상인이 판매하는 건 각종 사치품이었는데, 크리스틴이 투옥되고 국왕이 눈에 불을 켜고 후작 저택을 감시하고 있는 지금, 철없이 사치나 부릴 사람은 저택에 남아 있지 않았다.

마침 그 상인의 이름이 제국식 작명법을 따르고 있었다.

노련한 정보 상인의 감각이 날카롭게 곤두섰다. 맥스웰은 얼마 전 율리아와 대화할 때 마조람 후작 부인이 왕가의 후손을 국경으로 빼돌린 것 같다는 말을 한 적도 있었다.

'바이칸인가.'

그의 예상이 맞아떨어졌다. 왕가의 후손이 오르테가 안에 있다면 이렇게까지 완벽하게 감출 수 없었으리라. 게다가 지금쯤이면 아이가 태어났을 텐데, 갓 태어난 아이와 산모의 흔적을 완벽하게 지우는 건 쉬운 일이 아니었다.

"이 자식인 거 같다."

맥스웰이 중얼거렸다.

그는 바바슬로프와 함께 그 상인을 추적했다. 상인의 주변인과 행적, 그리고 그가 취급하는 물품이 어디로 오가는지 그 모든 경로를 뒤졌다. 그러다 그가 오르테가 북쪽 국경을 통해 값비싼 암염을 들여오고 있다는 사실을 알게 되었다. 새벽에 소금을 가져오라며 갑작스레 일꾼을 파견했다는 것도.

"북쪽 국경?"

바바슬로프가 덥수룩하게 자란 수염을 만지작거리며 물었다.

"티타니아 산맥을 말하는 건가? 우리가 율리아를 처음 만났던 곳."

"암염은 귀하니까 배로 들여오지 않거든."

"국경 어디서 넘어오는데?"

"산맥 너머에 있는 바이칸 국경 도시."

바바슬로프가 멀리 산맥이 있는 북쪽을 바라보았다. 그러곤 지금부터 전속력으로 그곳에 간다면 얼마나 걸릴지 계산해보았다.

"얼마나 빨리 찾느냐에 따라 다르겠지만, 국왕이 그동안 버텨줄까? 그 사이에 마조람 후작이 무력으로 왕궁을 치면 어떡하냐."

"그것도 못 막으면 그냥 왕좌에서 내려오라고 해."

이날 맥스웰이 부하 몇 명과 바바슬로프를 데리고 국경 산맥으로 떠났다. 얼마나 급하게 출발했는지 율리아에게 직접 보고도 하지 못했다.

율리아는 그들이 단서를 찾았고, 그걸 쫓아 극비리에 움직였다는 사실을 며칠이 지난 후에야 알게 되었다.

이른 아침이었다. 밤사이 난로가 꺼져 공기가 추웠다. 아무래도 더 두꺼운 이불을 덮어야 할 모양이었다.

침대에서 일어난 율리아가 가운을 걸치며 슬리퍼를 찾았다.

"일어나셨어요? 제가 장작을 좀 더 넣었어야 했는데, 죄송해요. 내일부터는 이런 일 없도록 할게요."

싹싹하고 야무진 목소리가 들렸다. 율리아가 고개를 들었다.

트루디가 부산스럽게 움직이고 있었다. 그녀는 앞치마 주머니에서 장갑을 꺼내 끼더니, 밤사이 꺼진 난로에 불쏘시개를 올리고 장작을 넣었다. 그러곤 방을 이리저리 돌아다니며 등잔불에 불을 밝혔다.

율리아가 두 눈을 가늘게 뜨고 트루디를 바라보았다.

"……."

"해가 이렇게 늦게 뜨는 걸 보니까 겨울은 겨울인가 봐요. 뜨거운 물은 받아 놨는데, 제가 먼저 식당에 내려가서 식사 준비를 부탁할까요?"

"트루디."

"네, 시녀님!"

율리아가 물었다.

"왜 돌아왔어?"

트루디는 곧바로 대답하지 못했다. 장갑을 벗어 손에 쥐고, 꼬물꼬물 움직이며 생각에 생각을 거듭했다. 아마도 말을 고르느라 그러는 것 같았다.

일 잘하고 눈치 빠른 하녀였지만 신중함과는 거리가 좀 있었는데.

율리아가 속으로 웃으며 다시 물었다.

"그걸로는 부족해?"

"네? 아니요! 그런 거 아니에요!"

"그럼 왜 돌아왔어. 멀리 떠나서 행복하게 사는 편이 좋았을 텐데."

"저…… 율리아 시녀님, 뭐 하나만 물어봐도 되나요?"

"그래."

율리아가 선선히 고개를 끄덕였다. 그녀는 가운을 여미며 트루디가 불씨를 키워놓은 난로 앞에 섰다.

금방 일어난 사람이라고는 생각할 수 없을 만큼 또렷한 율리아의 눈을 보면서, 트루디가 마른침을 꿀꺽 삼키고 물었다.

"시녀님은 귀족이 되려 하시는 건가요?"

타닥타닥. 마른 장작에 금세 불이 붙었다.

불꽃을 응시하던 율리아의 시선이 트루디를 향했다.

"그게 궁금해?"

"건방진 소리라는 건 알지만……."

"건방지지 않아. 돌아온 걸 보니 내 전속 하녀 노릇을 계속하고 싶은 모양인데, 그럼 궁금할 수도 있지."

"대답해주실 거예요?"

"귀족이 될 거야."

율리아는 별다른 고민도 없이 대답했다. 겁내며 물어본 게 허탈해질 만큼 깔끔한 인정이었다.

귀족이 되겠다는 율리아는 덤덤한데, 트루디가 조급해하며 물었다.

"이번에 국왕 전하께서, 그러니까…… 이번 일로 귀족 작위를 내리시는 거예요? 그럼 얼마 안 있어서 시녀님은 귀족이 되겠네요?"

"아니."

"네? 하지만 방금……."

"이번 일이 아니라, 다음 일로 귀족이 될 거야."

율리아는 거기까지만 말하고 살짝 고개를 저었다. 더 묻지 말라는 뜻이었다.

입술을 몇 차례 우물거리던 트루디가 조심스레 자신의 진심을 털어놓았다.

"너무 무서워서 아무 데도 갈 수 없었어요."

"무서워서?"

"솔직히 저 같은 무지렁이 천민이 그런 돈을 가지려면 다시 태어나는 수밖에 없다고 생각했거든요. 크리스틴 마조람처럼요. 그런 집에서 환생하는 수밖에 없다고."

"환생을 믿어?"

"그럼요! 바닷가에 사는 사람치고 안 믿는 사람이 어딨어요."

"그래, 그래서 무서워서 돌아온 거야?"

"저는 하녀 일 말고는 할 줄 아는 게 없어요. 그리고 저한테 돈이 많다고 해서 여기보다 더 안전할 것 같지 않았어요. 시녀님, 저처럼 어린 계집애가 운이 좋아서 부자가 되면…… 그 끝이 행복할까요?"

"그거야 모르는 일이지."

"전 아니라고 생각해요. 아마 소리 소문 없이 살해당할 거예요. 제 주위엔 온통 사기꾼만 득실거리겠죠. 너무 무서워요. 시녀님, 제발 여기서 계속 일하게 해주세요."

의외였다. 매사에 온갖 가능성을 염두에 두는 율리아도 트루디가 다시 돌아올 거라고는 예상하지 못했다.

"시녀님은 귀족이 될 거잖아요. 그냥 귀족도 아니고, 저 높은 자리로 올라갈 거잖아요. 그런 분의 전속 하녀 자리가 얼마나 귀한데요."

"난 널 믿지 않아."

"알아요. 그래도…… 일은 제가 제일 잘해요."

참 신기한 아이였다. 욕심은 많은데 야망이 없고, 무모한 것 같은데 겁이 많았다.

트루디를 물끄러미 바라보던 율리아가 말했다.

"식당에 내려가서 식사 준비를 부탁하고, 오전 중엔 의사를 불러 줘. 내 방과 네 방, 수색하느라 망가진 곳들을 수리해야 하니까 일꾼들한테도 잘 말해두고."

"네, 네! 시녀님!"

"옷은 내가 알아서 입을게. 따뜻한 물 받아줘서 고마워."

율리아는 그렇게 말하고 돌아서서 욕실로 들어갔다.

트루디가 불러온 의사는 왕궁 의사였다. 그는 율리아의 몸에 있는 멍을 보자마자 한동안 말을 잇지 못했고, 자초지종을 들은 뒤에는 아예 말을 더듬었다.

"크, 크, 크리스틴…… 마조람 영애가 밀었, 밀었다고요?"

"네."

"왜 고발하지 않으시고……."

"제 말을 아무도 믿어주지 않을 것 같아서요."

크리스틴이 감옥에 갇혀 있지 않았다면 율리아의 말을 누가 믿어주었을까. 그녀는 평민이고, 크리스틴에게 악감정이 있다고 알려져 있었다.

의사가 피부에 바르는 약을 만들어주었다. 어차피 중요한 치료는 카루스의 관저에서 다 받았기 때문에 의사도 그것 말고는 딱히 해줄 게 없었다.

"약을 바르고 환부를 살살 문지르면 된단다. 알았지?"

"네, 의사 선생님! 저만 믿으세요."

트루디가 달려와 의사가 만들어준 약을 두 손으로 받았다. 그러곤 조심스러운 손길로 율리아의 몸에 약을 발랐다.

상처는 낫는 중이었다. 멍도 옅어지고 있었다. 그런데도 율리아의 몸은 보는 사람이 얼굴을 찡그릴 만큼 심하게 얼룩덜룩했다.

"시녀님, 아…… 안 아파요?"

"괜찮아."

의사가 가방을 챙기며 돌아갈 준비를 했다. 그는 샤트린이 쓰러졌을 때 공주궁에 불려 갔던 여러 명의 의사 중 하나였다.

가방을 챙기던 그가 힐긋, 율리아를 바라보았다.

이 평민 시녀는 곧 귀족이 된다.

왕궁에 소문이 돌았다. 왕자궁의 수석 시녀 율리아 아르테가 국왕으로부터 조만간 작위를 받게 될 거란 이야기였다.

아마 대단한 작위는 아닐 것이다. 샤트린 공주를 구하고 크리스틴 마조람의 흉계를 밝혀냈지만, 그 과정이 깨끗하거나 정의롭지 못했기 때문이다. 기껏해야 남작 혹은 준남작, 아마도 세습 불가능하도록 제한을 두지 않을까. 국왕은 혈통과 권위를 중시하는 사람이니까 평민에게 그 이상의 작위를 약속하진 않으리라.

그래도 귀족인 게 어디인가. 보육원 출신 평민이 왕궁에 들어와 시녀가 된 것도 왕궁 역사에 기록될만한 일인데, 국왕으로부터 귀족 작위까지 받게 된다면? 어쩌면 '율리아 아르테'라는 이름은 평민들에게 출세와 신분 상승의 상징으로 남을지도 모른다.

"그 외에도 아픈 곳이 있거나 불편한 점이 있으면 언제든지 찾아오세요. 왕궁 의사는 왕궁에서 일하는 분들을 위해 존재하니까요."

의사가 친절하게 말했다.

율리아가 고개만 돌려 의사를 바라보았다. 그녀의 얼굴에 의례적인 미소가 드리워졌다.

"고맙습니다."

"그럼 또."

의사가 가볍게 묵례하며 방을 나섰다.

율리아의 시선이 멀어지는 의사의 뒷모습을 관찰하다가 다시 제자리로 돌아왔다. 트루디가 입술을 비틀며 웃고 있었다.

"웃기지 않아요? 왕궁 의사들이 무슨 왕궁에서 일하는 사람을 위해 존재한대? 왕궁에서 일하는 귀족님네를 위해 존재하는 거지."

"그러게."

"시녀님이 귀족이 될 것 같으니까 태도가 아주 그냥……."

트루디가 투덜거리는 소리를 한 귀로 듣고 한 귀로 흘리면서, 율리아는 저 의사가 얼마나 입이 가벼울까 생각해보았다.

아마 민들레 홀씨 정도 되지 않을까.

의사는 크리스틴 마조람이 율리아 아르테를 죽이려고 했다가 실패하고, 또 죽이려고 했다가 실패했다고 말하고 다닐 것이다. 율리아 아르테는 어쩔 수 없이 방어한 거라고. 온몸에 멍이 들어, 보기 안쓰러웠다고 말할지도 모른다. 광장에서 그 많은 인파에 밟히고도 용케 살아남았다고.

가엾고 불쌍한 사람이 고생 끝에 성공하고 행복해지는 결말을 싫어하는 사람이 어디 있을까.

율리아는 의사의 입을 통해 자신의 이야기가 어떤 식으로 꾸며질지 상상해보다가 별안간 웃음을 터뜨렸다.

"왜 그러세요?"

"웃겨서."

"뭐가요?"

"아무것도 아니야."

국왕은 율리아에게 준남작 작위를 준다고 했다. 의사의 추측은 정확했다. 세습 불가능한 반쪽짜리 귀족 작위. 국왕과 샤트린은 그 정도면 괜찮은 대가라고 여기는 것 같았다.

우스웠다. 고작 그 정도로 자신이 만족하리라고 생각했다는 게.

"트루디."

"네?"

"왕궁 마차를 불러줄래. 국왕께 갈 거라고."

"국왕께…… 본궁이요?"

"그래."

트루디가 입술을 우물거리더니 아무 말 없이 방 밖으로 달려 나갔다. 궁금한 게 많은 모양인데, 어차피 곧 알게 될 것이다.

율리아는 지난번 국왕에게 끌려갔을 때와 마찬가지로 우아한 드레스에 허리띠를 매고, 머리카락을 땋아 내렸다.

"시녀님, 마차가 준비됐어요!"

"다녀올게."

왕자궁을 나서는 율리아의 뒤로 많은 시선이 따라붙었다. 그녀를 믿고 의지하는 왕자궁 사람들의 시선이었다.

국왕은 율리아의 알현 신청을 무시했다.

이번 일에 큰 공을 세웠다고는 하나, 국왕은 일개 평민 시녀가 아무 때나 만날 수 있는 사람이 아니었다. 마조람 후작과의 신경전으로 아프지 않은 날이 없다더니, 어쩌면 몸져누웠을지도 모르는 일이었다.

율리아는 예상했다는 얼굴로 머리를 숙였다.

"제가 생각이 짧았습니다. 중요하게 드릴 말씀이 있었던지라."

"전하께서는 몹시 바쁘십니다. 그렇게 중요한 일이라면 보좌관을 통해 전해드리기는 하겠습니다."

율리아를 상대하고 있는 건 보좌관도 아니고, 일개 시종이었다. 율리아는 그에게조차 공손히 예의를 갖추어 말했다.

"국왕 전하께서 약속해주신 모든 호의에 감읍하고 있으나, 감히 귀족의 작위만은 받을 수 없다고 아뢰어주세요."

"예?"

"저는 레위시아 왕자 전하의 시녀입니다."

시종은 율리아의 말을 이해하지 못한 것 같았다. 하지만 그녀는 더 설명해주지 않고 담백하게 등을 돌렸다.

본궁을 떠나는 율리아의 발걸음이 빨랐다. 그녀는 마차에 오르자마자 마부에게 왕자궁으로 돌아가달라고 말했다. 그러곤 마차 의자에 기대앉아 주의를 기울였다.

"잠시만요!"

마차가 방향을 돌려 왕자궁으로 출발하려던 순간, 아까 그 시종이 달려 나와 율리아를 잡았다.

"율리아 시녀! 전하께서 부르십니다!"

당황한 마부가 다급하게 고삐를 잡아당겼다.

마차 문이 열렸다.

"시녀님, 내리시지요. 전하께서 특별히 시간을 내주시었습니다."

"알겠습니다."

"가실까요?"

율리아는 시종이 내민 손을 잡고 다시 본궁 정원에 발을 내디뎠다.

정원을 지나 복도를 걷는 동안 시종은 국왕이 바쁜 와중에도 알현을 허락해준 게 얼마나 감격할만한 일인지 떠들었다.

율리아는 그의 말에 대충 고개를 끄덕이면서 걸었다. 알현실이 가까워질수록 기세 삼엄한 왕실 기사와 늙은 보좌관들의 모습이 보였다.

"전하, 왕자궁의 수석 시녀입니다."

"들어오라."

문이 열렸다.

죄인처럼 질질 끌려와 만났을 때는 미처 몰랐는데, 왕이 사는 공간에 은은한 약 냄새가 퍼져 있었다. 1왕자가 죽은 뒤부터 연이어 닥친 왕가의 비극에 심약한 왕이 약을 달고 산다더니, 그새 건강이 더 나빠진 것 같았다.

율리아는 알현실 안으로 들어오자마자 입구에서 한 번 허리를 숙여 공손히 인사하고, 시종의 안내를 따라 왕 앞으로 간 뒤에는 조심스레 무릎을 꿇었다.

"됐으니까 일어나라."

왕이 한 손을 휘저었다. 율리아는 고개를 살짝 숙인 채 그의 앞에 섰다.

"왜 작위를 받지 않겠다는 것이냐? 성에 차지 않아서 그런 건가? 건방진 평민이라는 말은 여러 차례 들었으나, 네게는 신분이 우스우냐?"

"그렇지 않습니다."

"말을 해보아라. 왜 그러는 것인지."

국왕은 율리아와 길게 말하는 것조차 성가시다는 표정이었다. 빨리 해결하고 내보내려는 속셈이 분명했다. 왕의 보좌관도, 하다못해 호위 기사와 시종까지 율리아를 이해할 수 없다는 얼굴로 보았다.

"저는 레위시아 왕자 전하의 시녀입니다."

"그래, 그게 어떻다는 것이냐."

"시녀의 첫 번째 덕목은 충성심이라고 배웠습니다. 크리스틴 마조람이 꾸민 흉계로부터 왕자 전하를 지키고자 이번 일의 진상을 밝혀낸 것은 그분의 충성스러운 시녀로서 해야 할 마땅한 일이었습니다."

교과서적인 대답이었다. 너무 뻔해서 지루하기까지 한. 그걸 알면서도 율리아는 뻔뻔하기 짝이 없는 얼굴이었다.

"의무를 행했을 뿐인 일에 작위는 가당치 않습니다. 거두어주소서."

"허, 입에 발린 소리는 됐으니 본심을 털어놓아라."

"저는 그분의 시녀로 족합니다, 전하."

국왕이 율리아를 노려보았다. 이제 고작 20대 초반, 왕궁에 들어온 지 채 1년이 안 된 평민 시녀 주제에 국왕을 앞에 두고도 벌벌 떨지 않는 게 괘씸했다.

"네 말에는 어폐가 있어. 왕궁 시녀의 두 번째 덕목이 품위라는 건 모르느냐? 스스로 드높여야 하지."

그러니 작위를 받을 기회를 차버리는 것도 모시는 왕족에게 누가 된다고, 국왕이 지적했다.

율리아가 고개를 들어 왕을 바라보았다.

건방진 태도였으나, 왕은 이제 그녀가 무슨 말을 할지 그게 더 궁금했다.

"하면 제가 아니라 레위시아 전하께 주십시오."

"뭐?"

"제가 아니라, 모시는 분을 드높이는 것이 저의 품위입니다."

"네 공을 레위시아에게 돌리겠다는 것이냐?"

"그렇습니다."

감히 국왕을 앞에 두고 이토록 양보 없는 발언이라니.

"허……."

왕이 저도 모르게 긴 감탄을 내뱉었다.

다음 날엔 비가 오고, 그다음 날엔 서리가 내렸다. 추워지는가 했더니 다시 따뜻해지고, 또 비가 내렸다.

남부의 겨울다운 날씨였다.

수리를 마친 왕자궁에서 일꾼들이 만세를 외쳤다. 시녀장 코코가 봉급을 아주 후하게 쳐주었기 때문이다.

연무장이 생긴 알렉사는 병사들을 훈련시키느라 매일 바빴고, 그녀에게 검을 배우고자 하는 기사들이 연일 왕자궁을 찾았다.

레위시아는 오랜만에 힌치 백작과 오찬을 즐기고 있었다.

거대한 식탁에 두 남자가 거리를 두고 앉았다. 식기 부딪치는 소리를 제외하곤 침묵으로 일관된 식사였다.

답답했던 레위시아가 찬물을 들이켤 때마다 힌치 백작이 붉은 눈을 부리부리하게 뜨고 그를 지켜보았다. 레위시아는 식사를 다 마치지도 못하고 포크와 나이프를 내려놓았다.

"벌써 그만 드시는 겁니까?"

"속이 좋지 않아서……."

"왜 속이 좋지 않으십니까."

"체할 것 같습니다."

힌치 백작이 눈썹을 찡그렸다. 그러곤 레위시아의 얼굴과 그가 남긴 음식들을 한 번씩 노려보았다.

음식 남겼다고 잔소리라도 하려는 건가. 식사를 안 하니까 비쩍 말라 허약해 보이는 거라고 혼내려고 그러나. 그게 아니면 왕위를 노리는 자는 멋대로 아파서도 안 된다고 하려는 건가.

온갖 생각이 머릿속을 어지럽혔다. 냅킨으로 입을 닦아낸 레위시아가 다시 물을 들이켜려던 순간이었다.

힌치 백작이 접시 하나를 치우고 그 자리에 다른 접시를 놓았다.

"이건 소화가 잘되는 거니까 드십시오."

"예?"

"드시라고 했습니다."

왜 먹는 것까지 강요하는 거야.

레위시아는 정말 반항하고 싶었다. 음식에 문제가 있는 게 아니라 당신이 조성하는 이 분위기가 불편한 거라고.

먹기 싫은 음식을 억지로 먹는 꼬마 아이처럼, 레위시아가 포크를 손가락 끝으로 잡고 들어 올렸을 때였다.

"카루스 란케아를 만났습니다."

힌치 백작이 입을 열었다.

"그가 정말로 전하의 편이 되어줄 자라면, 그게 남부 함대 전체의 뜻인가 확인해야 할 것 같아서 말입니다. 어쨌거나 그들은 황제에게 녹봉을 받은 병사들이니 카루스 란케아가 아무리 대단한 남자라 해도 함대 없이 혼자서는 어렵지 않겠습니까."

"그렇군요. 그가 뭐라고 말하던가요?"

"함대는 그의 뜻을 따를 거라고 말하더군요."

힌치 백작이 만족스러운 웃음을 터뜨렸다. 레위시아는 그가 이런 식으로 웃는 걸 본 적이 없었다.

"소문이란 과장되기 마련이라고 생각했는데, 그 이상이었습니다. 그가 남부 함대 제독으로 부임하자마자 가장 먼저 한 일이 뭔지 아십니까?"

"모르겠습니다."

"병사들이 뭍에 발을 내리지 못하게 하는 거였습니다. 그 많은 해군이 모두 바다 위에서만 살게 했죠. 선임 사령관과 함께 간접적으로나마 범죄에 가담했으니, 그 벌을 받으라면서 말입니다."

"바다 위에선 선상 반란이 자주 일어난다고 들었는데, 괜찮을까요?"

"그게 참 대단한 점입니다."

힌치 백작이 너털웃음을 지었다. 그는 카루스와 만났던 날의 일을 이야기하며, 마치 젊은 시절로 돌아간 것 같았다고 말했다.

"배에서 내리지 못하면 정보로부터 차단됩니다. 그 말은, 황제로부터 차단했다는 말과도 같죠. 카루스 란케아는 남부 함대 전체를 길들여 자신의 수족으로 만들고 있습니다."

"그게 가능하다고요?"

"도주로가 없는 곳에 갇힌 자에게 승리를 반복시켜주면 그렇게 됩니다."

남부 함대는 해적의 금화를 유통하면서부터 전투다운 전투를 해본 적이 없었다. 사령관이 적과 동침을 종용했으니 오죽했으랴.

한데 카루스 란케아가 부임한 뒤부터는 해적들이 바람난 마누라 추궁하는 남편처럼 발작하며 그들을 괴롭혔다. 그들은 싸울 수밖에 없었고, 카루스가 없는 곳에선 몇 번 패배하기도 했다.

"그는 무혈 제독입니다. 바다에선 진 적이 없다더니, 그가 손을 대기만 해도 승리가 잇따랐습니다. 해적에게 굽실거리며 금화 상자나 나르던 병사들이, 짐승 같은 군함을 조종하며 대포에 불을 붙이게 된 거죠."

"가슴이 부풀었겠군요."

"드추바 섬에서 일어난 전투가 결정적이었다고 합니다."

"드추바?"

"해적 놈들이 그 섬을 정말 갖고 싶었던지, 여태까지와는 달리 저들끼리 연합을 만들어 대규모 해상 전투를 계획했다는데……."

카루스 란케아가 나타나 그들을 파리 쫓듯이 쫓아버렸다.

"전하, 그를 반드시 아군으로 삼으셔야 합니다."

힌치 백작이 강하게 말했다. 그게 바로 레위시아의 할 일이라는 듯, 카루스가 없으면 안 된다고 강조했다.

"……."

진짜 체할 것 같았다.

레위시아가 들었던 포크를 다시 내려놓았다. 힌치 백작이 눈썹을 꿈틀거리며 그의 손을 노려보았지만, 이번에는 정말 아무것도 먹고 싶지 않았다. 카루스를 찬양하는 그의 말을 듣다 보니 여태까지 자신에게는 없는 줄 알았던 뒤틀린 반항심까지 고개를 들었다.

레위시아가 툭 진심을 내뱉었다.

"백작 때문에 체할 것 같습니다."

"제가 왜요."

"밥 먹을 때는 날씨 얘기나 서로의 안부, 소소하고 기분 좋은 주제로 대화하는 게 좋다고 알고 있는데······."

"제가 뭘 잘못 말했습니까?"

"백작이 저를 도마 위에 올려놓은 생선처럼 쳐다봤지 않습니까. 대가리부터 칠지 내장을 발라낼지 고민하는 어부처럼."

"예?"

"카루스 란케아와는 잘 이야기해보겠습니다. 그 남자는 사실 제 편을 들어줄 수밖에 없는 상태이긴 합니다만······."

그게 그가 율리아를 사랑하기 때문이라는 말은 차마 꺼낼 수 없어서, 레위시아가 대충 말을 얼버무리려던 순간이었다.

바깥에서 웅성거리는 소리가 들렸다.

또 무슨 일인가 싶어 고개를 들어 올리는데, 힌치 백작이 혀를 쯧쯧 차며 말했다.

"전하께서 식사하시는데 저런 소란이라니. 왕자궁의 기강이 도대체 왜 이렇습니까?"

"기강은 시녀장이 잡는 겁니다."

제가 아니라.

힌치 백작이 처음으로 할 말을 잃은 채 그를 바라보았다. 레위시아가 떨리는 입꼬리를 슬쩍 들어 올렸다. 어쩐지 코코를 연상케 하는 미소였다.

"전하!"

때마침 응접실 문이 벌컥 열렸다. 두 사람이 제 이야기를 하는 줄도 모르고, 코코가 나타나 버럭 소리를 질렀다.

"레위시아 전하! 이리 나와 보세요. 지금 아빠랑 식사하는 게 중요한 게 아니에요. 어서요!"

"코코…… 코델리아 시녀장, 이게 무슨 무례한 행동인가!"

"아빠도 빨리요. 국왕 전하께서 사자를 보냈단 말이에요."

"부왕께서?"

레위시아의 분위기가 갑자기 착 가라앉았다.

"별일 아닐 겁니다."

힌치 백작이 재빨리 레위시아의 곁으로 다가왔다.

왕의 사자는 공식적인 왕의 의사를 전달하는 사람이었다. 소식을 전하는 전령과 비슷하지만 이미 결정된 왕의 의견을 전한다는 점에서 조금 더 강제성이 있었다.

"알현실로 가죠."

레위시아를 기다리고 있던 왕의 사자는 그가 나타나자마자 이렇게 말했다.

"국왕 전하께서 말씀하셨습니다. 레위시아 오르테가 2왕자 전하를 왕국의 수호자로 임명하며, 북부 왕국령의 주인으로 발표하신다고 합니다."

북부 왕국령. 티타니아 산맥.

"뭐?"

레위시아가 코코를 바라보았다. 그녀 역시 그와 별반 다르지 않은 얼굴을 하고 있었다.

왕위 후계자가 아닌 자식에게는 권력을 주지 않는다. 있는 권력도 빼앗아 왕위에 도전하지 못하게 한다. 그것이 정설이었다.

레위시아가 이대로 샤트린에게 패배한다면 그는 죽거나, 왕궁에서 추방당하거나, 타국으로 팔려갈 게 뻔했다.

그런데 국왕이 그를 왕국의 수호자로 삼았다. 북부 변방이라고는 하나, 왕국령까지 선사했다. 이는 지금까지 차별 속에 살아왔던 레위시아를 진짜 왕족으로 인정한다는 뜻이었으며, 샤트린이 왕이 된 뒤에도 그에게 정착할 곳을 마련해준 것과 다르지 않았다.

율리아가 준남작 작위를 거절했던 일이 부메랑이 되어 돌아왔다.

덩치를 불리고 거대한 땅이 되어서.

◆ ·◆· ◆

'찾았다.'

맥스웰은 집요했다. 그는 바바슬로프와 함께 산맥을 넘은 뒤, 제국식 이름을 가진 상인과 그가 보낸 일꾼들이 지나간 곳을 이 잡듯이 뒤졌다.

바이칸의 국경 도시는 황제가 남부를 견제하기 위해 만든 계획도시였고, 다른 도시에 비해 병사의 비중이 높았다. 맥스웰은 그곳에서 잠도 거의 안 자고 며칠 동안 움직였다.

그렇게 고생한 끝에, 그는 마조람 후작 부인이 왕가의 후손을 숨겨둔 장소를 마침내 찾아냈다.

"하."

1왕자의 연인이었던 여자가 암염 광산 앞 건물 꼭대기 층에 감금 된 채 아이를 키우고 있었다. 그곳은 소금을 가져가는 상인을 제외하 면 외부인이 거의 다니지 않는 곳이었다.

"어떡하지?"

감시하는 용병이 많았다. 후작 부인에게 고용된 자들일 것이다. 실 력은 말할 것도 없어 보였다.

하지만 맥스웰에겐 바바슬로프와 그의 부하들이 있었다.

"작전이나 짜고 있을 시간은 없어. 그냥 치자."

"나한테 맡겨."

그들은 밤이 되자마자 움직였다.

맥스웰과 바바슬로프, 그의 부하들이 용병들과 격렬한 전투를 벌 였다. 광산 입구를 지키던 자들은 혼비백산해서 달아났고, 여기저기 서 비명이 끊이질 않았다.

"죽기 싫으면 꺼져!"

바바슬로프의 활약이 눈부셨다. 그는 카루스의 측근답게 난전에 강했다. 전쟁터 한복판에서도 사령관을 지키며 싸웠는데, 이 정도는 아무것도 아니라고 큰소리쳤다.

갓 태어난 아기와 어미를 가둬놓고 인질 삼은 놈들 따위는 그에겐 쳐 죽여 마땅한 짐승과 다를 바가 없었다.

"나쁜 새끼들아! 정의의 철퇴를 맞아라!"

한 손엔 도끼, 한 손엔 철퇴를 든 그가 미친놈처럼 건물을 들쑤시는 동안 맥스웰이 여자와 아기를 찾았다.

"우리와 함께 가시죠. 시간이 없습니다. 빨리."

"시…… 싫어, 당신들이 누군지 알고 따라가라는 거예요?"

"여기 있으면 마조람 후작 부인에게 왕손만 빼앗기고 당신은 죽어요. 우리를 따라오면 왕족으로 살지는 못하겠지만 목숨은 보장해드릴 겁니다."

"당신이 누군데요?"

"율리아 아르테, 왕자궁의 수석 시녀님이 보내서 왔습니다."

여자의 눈이 빠르게 흔들렸다.

왕자궁. 수석 시녀. 율리아 아르테. 욕심 많고 계산적인 여자인 만큼 머릿속에 별의별 생각이 다 들었을 것이다.

그러나 그녀는 아기가 칭얼거리며 보채기 시작하자, 그 모든 망설임을 내려놓고 벌떡 일어났다.

"후작 부인이 고용한 용병은 이들이 전부가 아니에요. 추적당할 거라고요."

"산맥은 넘지 않습니다."

"그럼 어디로 가는데요?"

"배를 탈 거예요. 후작 부인이 절대 추적할 수 없도록."

맥스웰이 손을 내밀었다. 여자가 입술을 꽉 깨물고 그의 품에 아기를 맡겼다. 그러곤 그를 따라 달리기 시작했다.

크리스틴 마조람의 재판이 시작되었다.

국왕과 샤트린 공주의 입장은 단호했다. 크리스틴이 왕자궁을 음해하기 위해 왕족을 대상으로 독살을 사주한 대역 죄인이라는 것이었다.

이는 참형에 처할 일이었다. 크리스틴이 마조람의 하나뿐인 후계자라고 해도 피할 수 없었다.

반면 마조람 후작은 왕의 결정에 동의할 수 없다고 격렬하게 반발했다.

크리스틴은 가엾게도 이용당했을 뿐이라며, 고문에 굴복한 궁내부 관리의 진술을 제외하면 그들에게 무슨 증거가 있느냐고 따졌다.

그러자 궁내부 관리가 트루디에게 건넨 진짜 독약과 금화가 공개되었다.

국왕은 그의 사무실에 있던 해적의 금화가 바로 전임 상인연합 대표가 전임 남부 함대 사령관과 함께 암암리에 유통하던 검은돈이라는 사실을 밝혔다.

해적이 약탈로 번 돈을 귀족이 세탁해주고 있었다고. 그리고 그 주범이 마조람 후작이라고 몰아붙였다.

"마조람 후작, 입이 있으면 해명해보란 말이다!"

국왕의 고함이 본궁 회의장을 가득 메웠다.

"반역을 저지르려거든 최소한 더 나은 세상을 위했어야지! 그대는 백성들의 고혈을 빨아 덩치를 키운 짐승에 불과하잖은가!"

"전하!"

"샤트린을 죽여서 뭘 얻으려고 했는지 바른대로 고하지 않으면 그대의 딸을 왕족 시해죄로 참형에 처하겠다!"

"그 궁내부 관리가 꾸며낸 말일뿐입니다! 모함을 당하고 있는 건 오히려 이쪽이란 말입니다!"

"닥쳐라!"

"전하야말로 왜 이러십니까! 왕가의 수호자였던 마조람을 배신하고 무너뜨리려는 이유가 무엇이냔 말입니다!"

"네놈이 반역을 저지르려 하니까!"

한 치의 양보도 없는 설전이 이어졌다.

회의장을 가득 메운 중앙 귀족들은 어찌할 바를 모른 채 숙덕거렸다. 왕가의 원로들도 마찬가지였다.

"저희가 백성의 고혈을 빨아 배를 불렸다면, 전하께서도 다르지 않을 것입니다! 저희가 검은돈을 유통하며 범죄자들과 내통했다면, 그 또한 왕가의 묵인 아래 저지른 짓이었겠지요!"

"후작, 지금 감히 왕을 위협하는 것이냐?"

"보십시오! 제 딸은 전하와 저를 이간질하려는 간특한 자들에 의해 짓지도 않은 죄를 뒤집어쓴 것입니다! 현실을 좀 보세요! 놀아나지 말란 말입니다!"

"닥쳐라, 네 이놈!"

국왕이 자리에서 벌떡 일어나 후작을 노려보았다. 그의 손이 부들부들 떨렸다. 귀족들이 동요하고 있었다.

샤트린은 침통한 심정으로 그런 아버지를 바라보았다.

마조람 후작의 말이 옳았다. 그는 범죄자였으나, 그 모든 죄는 국왕의 조력과 묵인 아래 행해졌다. 왕은 절대 자신의 잘못을 인정하지 않으려 들 것이다. 자신의 잘못을 감추기 위해 더욱 크게 화를 내고, 더욱 거칠게 반응하리라.

후작은 말하고 있었다.

마조람을 배신하면 공범인 국왕도 함께 나락으로 가게 될 것이라고.

마조람 후작이 회의장에서 국왕을 상대로 생존을 건 싸움을 하고 있을 때, 후작 부인은 왕가의 원로들이 머무는 별궁을 찾았다.

그곳엔 병이 깊어 남 앞에 나설 수 없게 된 왕비가 4왕자와 함께 칩거하고 있었다. 왕비의 병세는 의사들의 노력과 시녀들의 극진한 보살핌으로 순조롭게 회복 중이라고 알려져 있었다.

"마조람 후작 부인께서……."

후작가에 원한이 깊었던 왕비는 당연히 후작 부인을 만나지 않으려고 했다. 그러나 막무가내로 밀고 들어오는 후작 부인을 막을 수 있는 사람이 별궁엔 없었다.

"왕비 전하."

후작 부인이 왕비를 향해 우아하게 절했다.

"긴한 부탁이 있어 무례를 무릅쓰고 이렇게 찾아뵈었습니다."

왕비는 말하는 법을 잊어버린 사람처럼 가만히 앉아 있었다. 그녀는 후작 부인이 어떤 말로 자신을 회유해도 넘어가지 않을 자신이 있었다.

하지만 후작 부인은 왕비를 회유하거나 뭔가를 부탁하기 위해 별궁을 찾은 게 아니었다.

"크리스틴을 석방해주십시오."

협박하기 위해 온 것이었다.

"그렇지 않으면…… 왕비께서 외간 남자와 정을 통해 4왕자를 낳은 뒤 모두를 속인 채 왕족으로 키우고 있음을 온 세상이 알게 될 것입니다."

왕비가 새파랗게 질린 얼굴로 후작 부인을 노려보았다.

"증거가 불충분하여 크리스틴 마조람이 저지른 짓임을 단정 지을 수 없다고, 그렇게 발표해주세요. 궁내부 관리는 저희 쪽에서 처리할 것입니다."

미친 척도 한계였다. 왕비도 후작 부인도 알고 있었다. 더는 물러설 데가 없다는 것을.

"그 대신 이렇게 하지요."

후작 부인의 두 눈에서 번쩍거리는 안광이 흘러나왔다.

"마조람은 4왕자를 다음 대의 왕좌에 앉혀드릴 것입니다."

혈통에 상관없이, 4왕자를 왕으로 만들어주겠다.

이건 독이 든 성배였다. 왕비도 그 사실을 모르지 않았다. 하지만 후작 부인의 말대로 하지 않을 수도 없었다.

왕비가 떨리는 손을 움켜쥐고 말했다.

"그럼 율리아 아르테를 죽여주세요."

후작 부인이 두 눈을 가늘게 뜨고 왕비를 바라보았다.

32

붉음보다 더 붉은, 암흑보다 더 검은

이제는 시간 싸움이다. 재판이 끝나기 전에 맥스웰이 도착해야 한다. 그래야 후작 부인을 잡을 수 있었다.

율리아는 냉정한 눈으로 크리스틴의 재판을 지켜보았다.

왕자궁의 모든 사람이 초조한 마음을 애써 감추며 맥스웰의 소식을 기다리는 동안, 율리아의 시선은 크리스틴과 후작 부인, 그리고 왕비에게 집중되어 있었다.

후작 부인이 왕비를 만나고 돌아간 뒤부터 왕비의 친정 가문에서 적극적으로 크리스틴을 감싸고돌기 시작했다. 왕비궁의 시녀들과 그 가문들도 마찬가지였다.

국왕의 주장에 동의하는 세력과 마조람 후작가를 보호하려는 세력이 팽팽하게 싸웠다.

그러던 어느 날이었다. 서로를 물어뜯느라 모두가 분주해진 그때,

감옥에 갇혀 있던 궁내부 관리가 유서를 남겨놓고 스스로 목숨을 끊었다.

어처구니없는 일이었다. 그는 철저하게 감시당하고 있었다. 그가 갇혀 있는 곳은 아무나 들어갈 수 없는 지하 감옥이었으며, 왕가의 충실한 병사들이 교대로 감옥 입구를 지켰다.

하지만 궁내부 관리는 죽어버렸다.

유서만 달랑 한 장 남겨두고.

이 모든 건 크리스틴을 모함하기 위해 율리아 아르테가 꾸민 함정이며, 자신은 이용당했을 뿐이라는 내용의 유서였다.

왕궁이 발칵 뒤집혔다.

대부분은 마조람 후작가에서 재판을 엎기 위해 왕비를 매수한 뒤에 증인을 죽였다고 생각했다. 국왕도 당연히 그러리라고 생각했다.

그러나 궁내부 관리가 증언을 뒤집고 죽어버렸기에, 더는 크리스틴이 독살을 사주한 주범이라고 증명해줄 사람이 없었다.

게다가 죽은 자의 유서에서 율리아 아르테라는 이름이 나왔다.

"율리아 아르테, 왕명을 받으시오!"

왕자궁에 기사들이 들이닥쳤다.

━ ◆ ● ● ◆ ━

율리아는 이른 아침부터 일어나 따뜻한 물로 씻고 새 옷으로 갈아입었다.

트루디가 솜씨 좋은 하녀들과 함께 율리아의 머리카락을 손질해주었다. 구두는 굽이 낮고 소리가 나지 않는 것으로 고르되, 장갑과 소매 장식은 우아하고 고급스러운 것으로 맞췄다.

저 대단한 귀족들의 눈에도 마땅히 귀해 보일 만큼.

율리아는 이번 삶에서 귀족이 되려고 마음먹었다. 평민인 채 복수한 뒤에 기분이 어떠냐고 비웃어줄까 했지만, 처지를 바꾸어 우러러보게 하는 편이 더 재밌을 것 같았다.

그러니 귀족이 될 것이다. 나도 너희처럼 그 더럽고 추악한 자리에 올라 똑같이 해줄 것이다.

"시녀님, 본성에서 기사님들이 왔어요."

트루디가 불안해하는 얼굴로 말했다. 바깥에서 웅성거리는 소리가 들렸다.

드디어 시작인가.

율리아가 고개를 끄덕이며 문을 열었다.

"율리아 아르테, 재판이 진행되는 회의장으로 데려오라는 왕명입니다."

기사들이 나타나 손을 내밀었다. 순순히 따라나서지 않으면 강제로 끌고 갈 기세였다.

발끈한 코코가 나서려는 찰나, 율리아가 빙그레 웃으며 걸음을 뗐다.

"물론입니다."

—●·◆·●—

누가 더 빠를 것인가.

왕가의 후손을 데려가는 자신인가, 아니면 왕가의 후손을 빼앗겼다는 소식을 전할 놈들인가.

맥스웰은 불안했다. 율리아는 그에게 무조건 놈들보다 빨리, 재판이 끝나기 전에 왕가의 후손을 데려와야 한다고 말했다. 그래야 마조람 후작가에서 대비책을 마련하지 못하게 할 수 있다고.

누가 더 일찍 도착할 것인가.

장담할 수 없었다. 어지간한 일에는 자신감 넘치는 맥스웰도 이번만은 초조함을 숨기지 못했다.

"더 빨리, 응? 더 빨리 가자고!"

"아니, 바람이 불어야 빨리 가지요! 배가 말입니까? 재촉한다고 빨리 가게?"

"태풍이라도 좀 불러봐! 이놈의 바다는 왜 급할 때만 이렇게 잠잠한 거야?"

"뭔 태풍을 불러요? 다 같이 죽자고요? 그렇게 급하면 노잡이 노예를 잔뜩 싣고 있는 대형 선박이라도 섭외하시지! 왜 어중간한 상선에 올라서 이 난리입니까?"

"시끄러워!"

맥스웰이 부하와 싸우는 동안 바바슬로프는 선수에 서서 먼바다를 노려보고 있었다. 그 역시 마음이 급했다. 이럴 줄 알았으면 군함이라도 끌고 나오는 건데, 극비리에 진행된 일이라서 그러지 못한 게 한이었다.

그때였다. 한 선원이 손바닥을 펼친 채 하늘을 바라보며 중얼거렸다.

"어? 눈 온다?"

바다에 눈이 오고 있었다.

맥스웰과 바바슬로프, 선원들이 모두 하늘을 바라보았다. 작은 눈송이가 먼지처럼 휘날리고 있었다. 아침엔 맑았던 날씨가 점점 흐려지는가 싶더니, 기어이 눈이 내렸다.

"남부에 눈이라니……."

맥스웰이 얼떨떨해하며 중얼거렸다. 남부엔, 특히 오르테가엔 겨울에도 눈이 거의 내리지 않았다. 티타니아 산맥을 경계로 기온이 확 올라가기 때문이었다.

눈은 사선으로 떨어지고 있었다. 처음엔 먼지에 가까웠는데, 시간이 지날수록 탐스러운 함박눈이 되었다.

"어어, 이거 설마?"

맥스웰과 고래고래 소리를 지르며 싸우던 항해사가 주머니에서 나침반을 꺼내 들었다. 그러곤 나침반과 눈송이가 떨어지는 모습을 번갈아 바라보다 꽥 소리를 질렀다.

"이런 제기랄!"

"아이 씨, 깜짝이야! 왜 갑자기 소리를 지르고 지랄이야?"

"북풍입니다!"

"어?"

"북풍이 분다고요! 저거 티타니아 산맥에서부터 부는 바람이라고! 거긴 겨우내 눈이 오잖아요!"

"어?"

"이 무식한 양반아! 뭐 해? 돛을 펴라고!"

선원들이 분주히 움직이기 시작했다. 돛을 최대한 넓게 펼치고 밧줄을 고정하니, 항해사가 신이 나서 키를 잡았다.

"대장, 걱정하지 마십쇼. 눈보라 헤치면서 산맥을 넘어야 하는 놈들은 북풍을 타고 내려가는 우리를 절대 이길 수가 없어.”

“이 빌어먹을 예쁜 새끼!”

맥스웰이 두 팔을 벌려 항해사를 끌어안았다. 옆에 서 있던 바바슬 로프도 함박웃음을 터뜨리며 두 사람을 끌어안았다.

재판이 진행되는 회의장에 율리아 아르테가 나타났다.

왕족과 귀족, 원로들의 시선이 그녀에게 집중되었다. 율리아는 그 모든 관심을 담담하게 받아냈다.

회의장 한쪽에 크리스틴이 앉아 있었다. 그사이 또 살이 빠져 드레 스가 헐렁해진 모습이었다.

전에는 그래도 율리아가 나타나면 독살스럽게 노려보기라도 했는 데, 이제는 그저 시선을 피하기 바빴다.

율리아는 크리스틴의 맞은편에 앉았다.

국왕의 보좌관이 앞으로 나와 큰 소리로 말했다.

“율리아 아르테, 왕자궁의 수석 시녀. 이 재판은 왕족 시해 사주라 는 중대한 범죄를 다루고 있기에, 단 한마디의 거짓도 용납되지 않는 다. 그대는 국왕 전하와 귀족 참여인, 왕가의 원로 앞에서 진실만을 말해야 할 것이다.”

그렇지 않으면 참형에 처하리라. 뒷부분엔 그런 말이 적혀 있었다.

하지만 국왕의 보좌관은 잠시 머뭇거리다가 그 말을 어렵게 삼키 고 자리로 돌아갔다.

그냥 평민이면 아무렇지도 않게 참형에 처하리라는 말을 했을 것이 다. 그러나 율리아는 레위시아 2왕자의 수석 시녀이면서 국왕에게 서 작위를 주겠다는 제안까지 받았다.

귀족을 대하듯 해야 하나, 아니면 평민을 대하듯 해야 하나.

율리아는 그 짧은 문서를 읽으면서도 고민이 많았을 보좌관을 보며 생긋 웃었다.

국왕이 무거운 한숨과 함께 입을 열었다.

"율리아 아르테."

"예, 전하."

"독살을 지시한 궁내부 관리가 스스로 목숨을 끊으면서 유서를 남겼다. 이 모든 일의 배후에 네가 있다는 내용이었지."

범인은 크리스틴 마조람이 아니라 율리아 아르테다.

귀족들이 웅성거렸다. 두 사람의 악연이 워낙 유명한 이야기였기에, 어느 쪽에도 충분히 그럴만한 이유가 있다고 여겨졌다.

"묻겠다, 율리아."

"네, 전하."

"샤트린 공주를 독살해 크리스틴 마조람에게 뒤집어씌우려고 했느냐?"

"그렇지 않습니다."

"하면 궁내부 관리가 남긴 유서는 무엇이란 말이냐."

"조작되었거나, 협박당해서 썼다고 생각합니다."

"뭐라? 감히 누가 그런 짓을 한단 말이냐!"

"마조람 후작 부인입니다."

율리아는 아주 담백하고 깔끔하게 말했다.

군더더기가 하나도 없어 경쾌하게까지 느껴지는 그녀의 답변에 어안이 벙벙해진 귀족들이 헛웃음을 내뱉었다.

누구나 의심하고 있지만, 누구도 입 밖으로 꺼내어 말하지 않던 이름.

마조람 후작 뒤에 숨어 후작가를 좌지우지하던 후작 부인의 이름이 한낱 평민의 입에서 튀어나왔다.

국왕이 다시 물었다.

"그렇게 주장하는 까닭이 무엇이냐?"

"얼마 전까진 국왕 전하께 동조하며 마조람 후작 가문에서 저지른 범죄를 추궁하고 크리스틴을 벌해야 한다고 소리치던 몇몇 가문이, 요 며칠 사이 손바닥 뒤집듯 태도를 바꾸었을 것입니다."

왕의 시선이 왕비의 친정 가문과 그 주변인들에게 향했다.

"그들을 움직일 수 있는 단 한 사람. 그리고 그분의 치부까지 속속들이 알고 있어, 그걸 무기 삼아 협박할 수 있는 한 사람."

왕비와 후작 부인이었다.

"그 두 사람의 권력이면 철통같던 왕궁 지하 감옥의 경비도 손쉽게 뚫을 수 있었겠지요."

"무엄하다!"

"그러니 유서를 조작하고 사람 하나 죽이는 것쯤은 아무 일도 아니었을 것입니다."

율리아의 맑은 목소리가 회의장을 가득 채웠다. 목소리가 크거나 특이하지도 않은데, 신기하게 주의를 끄는 말투였다.

"마조람 후작 부인은 오래전부터 저를 죽이려 했던 사람입니다. 제가 브레웨 아카데미에서 크리스틴의 시험을 대신 쳐주고 과제를 대신 해준 것도 모자라, 바실리와 가까워졌기 때문입니다."

고작 1년 전의 일인데, 꼭 수십 년은 지난 일 같았다. 그녀는 자신의 과거를 남의 일인 것처럼 건조하게 늘어놓았다.

"학비를 대가로 대리 시험을 치게 해놓고 그 사실을 발설할까 봐, 후계자였던 아들이 평민이랑 결혼하겠다며 가문의 명예에 먹칠할까 봐, 아무리 후려치고 짓밟아도 고분고분해지지 않던 건방진 평민이…… 적이 될까 두려워서."

그래서 죽이려고 했다. 몇 번이나. 계속해서.

"전하, 저는 살기 위해 왕궁에 들어왔습니다."

국왕의 시선이 회의장 맨 끝에 모여 앉은 왕자궁 사람들에게 향했다. 레위시아를 중심으로 코코와 힌치 백작이 양옆을 차지하고 앉아 있었다.

"그런데 마조람 후작 부인은 왕족을 협박하고 이용하면서까지 저를 죽이려 하고 있습니다."

교묘하면서 교활했다. 국왕은 분명 네가 범인인가 물었는데, 율리아는 크리스틴도 아닌 후작 부인을 물고 늘어졌다.

진실 속에 거짓을 조금 보태고, 왕비를 직접 거론하지 않음으로써 적의 범위를 좁혔다.

국왕이 이번에는 마조람 후작과 그의 부인을 바라보았다.

두 사람의 얼굴엔 이렇다 할 표정이 없었다. 후작 부인은 평소처럼 우아한 자태로 앉아 그저 가만히 율리아를 노려보았다. 후작은 딱딱하게 굳은 얼굴로 국왕의 다음 말을 기다렸다.

이를 어쩐다.

돌파구가 보이지 않았다. 이 회의장에 있는 모든 사람 중에서 국왕의 머릿속이 가장 복잡했다.

율리아의 말을 믿어주고 싶지만, 증거도 없이 평민의 편을 들어 귀족을 핍박할 수는 없었다.

그렇다고 이대로 마조람 후작 부인의 간계에 속아 넘어가줄 수도 없었다.

이 모든 게 왕비 때문이었다. 왕이 짜증스레 물었다.

"후작 부인도 할 말이 있으면 하시오."

율리아에게 집중되었던 시선이 이번에는 후작 부인에게 쏟아졌다. 고개를 푹 수그리고 있던 크리스틴도 몸을 움찔거리며 어머니를 바라보았다.

후작 부인이 천천히 자리에서 일어났다.

드레스 스치는 소리가 났다.

"존경하는 국왕 전하."

묵직하면서도 부드러운 후작 부인의 목소리가 회의장을 울렸다.

"저는 사랑하는 딸을 위해 신성한 브레웨 아카데미의 이름에 먹칠을 했습니다. 아들이 공주 전하와의 성혼을 앞두고 있었기에, 감히 딴마음을 품어서는 안 된다고 혼을 내기도 했습니다."

"죄를 인정하는 것인가?"

"하지만 저 가엾은 평민 아이를 죽이려는 시도는 하지 않았습니다."

후작 부인이 측은하다는 듯 율리아를 내려다봤다.

"율리아가 자란 보육원은 너무나 가난하여, 아이들이 직접 구걸을 나서거나 도둑질을 해서 주린 배를 채우던 곳입니다. 원장은 다 자란 아이들을 노예선에 팔아넘기기도 했어요."

귀족들의 입에서 안타까운 탄식이 흘러나왔다.

"데려오지 않을 수가 없었습니다. 학비를 지원해준 것도, 가문에서 일하며 돈 걱정 없이 살게 해준 것도…… 그저 가엾어서 그런 것입니다. 율리아는 크리스틴과 같은 나이였으니까요."

율리아가 고개를 들어 후작 부인을 바라보았다. 두 사람의 시선이 맞물렸다.

"크리스틴을 지나치게 질투한 나머지, 딸의 것을 모두 빼앗으려고 하는 줄은 몰랐습니다."

어둡게 가라앉은 진한 초록색 눈동자와 축축하게 번들거리는 갈색 눈동자.

후작 부인은 슬픔을 가장해 율리아를 비웃었다.

"그저 너무 가엾어 베푼 호의였는데 이런 식으로 돌아올 줄 몰랐습니다. 가난은 사람을 병들게 하고, 천민은 왕족의 곁에 있어선 안 됩니다. 너무 귀한 것을 보고 만지면 탐하게 되는 것이 인간의 본능이기 때문입니다."

오르테가의 신분제는 신앙과도 같았다. 귀족들은 후작 부인의 말에 공감했다. 국왕도 후작 부인의 말에 설득력이 있다고 생각했다.

"전하, 부끄러운 일이지만 율리아는 저희 가문에서 오랫동안 일했습니다. 그 궁내부 관리는 크리스틴보다 율리아와 더 가까웠던 자입니다."

후작 부인이 마지막 쐐기를 박았다.

"저희 가문은 샤트린 전하를 공식적으로 지지해왔습니다. 한데 저희가 왜 공주 전하를 위험에 빠뜨리겠습니까."

크리스틴보다 율리아의 동기가 더 강력하다.

후작 부인은 그렇게 말하고는 국왕을 향해 우아하게 절을 올렸다.

신분은 타고나는 것이다. 인간의 귀천 또한 타고나는 것이다. 귀족이 평민보다 귀하고, 왕족은 그보다 더 귀하다.

이는 진리이자 섭리였다. 그러니 평민이 귀족이 되려면 천지가 개벽할 정도로 큰 변화가 있어야 한다는 우스갯소리마저 있었다.

율리아 아르테는 이번 삶에서 귀족이 되기로 했다. 더도 덜도 말고 마조람 후작만큼 높은 곳에 오르겠다고 결심했다.

인간의 몸으로 천지개벽을 이뤄낼 수야 없겠지만 적어도 이 고루한 왕궁에 그 정도의 충격을 던져줄 수는 있었다.

율리아가 후작 부인을 바라보았다.

"당신을 우러러봤을 때도 있었어요."

나지막한 그녀의 목소리가 회의장에 울려 퍼졌다. 앳된 얼굴에서 뿜어져 나오는 기이한 카리스마에 국왕조차 입을 다물고 상황을 지켜보았다.

"당신이 나를 처음 귀족의 마차에 태웠을 때, 그 넓은 저택에 데려갔을 때, 아카데미에 다니게 해주었을 때, 열심히 노력해서 언젠가는 너도 귀한 사람이 될 수 있을 거라고 말했을 때."

율리아는 후작 부인을 향해 우아하게 웃었다.

"당신처럼 되고 싶었죠."

불가능한 꿈이었다는 건 그리 오래 지나지 않아서 알았다. 평민은 귀족이 될 수 없었고, 후작 부인이 율리아에게 베풀었던 건 호의가 아니었다.

"짐승을 길들일 때 쓰는 방식이었어요. 굶주린 배에 먹을 걸 채워

주고, 험한 곳에서 굴린 뒤에는 다정한 척 안아줬죠. 복종이 습관이 되도록 가르쳤어요. 크리스틴의 그림자가 되어 살다가, 마조람의 노예로 남도록."

후작 부인은 아무 말도 하지 않았는데, 후작이 아내 대신 나서서 율리아에게 역정을 부렸다.

"닥쳐라! 지금 무슨 말을 지껄이는 게냐!"

"후작 부인."

율리아가 웃으며 물었다.

"제가 아깝지 않으셨어요?"

하이에나에게 내 목을 가져오라고 의뢰했을 때, 아깝다고 생각하지 않나. 당신은 아무것도 아니었던 율리아 아르테의 가능성을 처음 발견하고 비뚤어진 방법으로 성장시킨 스승이었으니까.

회의장에 불편한 침묵이 흘렀다. 율리아와 후작 부인은 다른 귀족들은 아랑곳하지 않고 오직 서로만을 뚫어지게 응시했다.

국왕이 못마땅한 기색으로 헛기침을 했다. 그러곤 율리아를 윽박지르며 훈계했다.

"율리아 아르테, 이곳은 신성한 재판장이다. 네 개인적인 사연을 풀어놓는 장소가 아니야. 평민인 네가 귀족의 방식으로 재판을 받고 있다는 걸 유념해라."

"전하."

"더는 너의 방종을 눈감아주지 않겠다."

국왕은 모든 걸 포기한 얼굴이었다. 궁내부 관리가 증언을 뒤집고 죽어버렸으니, 이제는 크리스틴을 몰아세울 수가 없었다.

마조람 측의 귀족들이 율리아를 가리키며 주범이 저기 있는데 왜 잡아 가두지 않느냐고 성화를 해도 할 말이 없었다.

왕은 율리아의 말을 믿었던 걸 후회했다. 차라리 처음 일이 터졌을 때 율리아를 잡아 가두고, 크리스틴의 일을 빌미로 마조람에 빚을 지워두는 편이 나았으리라는 생각마저 들었다.

"모두 들어라. 이번 일은……."

진상이 모두 밝혀질 때까지 유보해두겠다. 왕이 그렇게 말하려던 순간이었다.

"국왕 전하."

율리아가 별안간 그에게 말을 걸었다.

"이 재판장에서 다루어야 할 것은 왕족 시해죄가 아닙니다."

이 재판장에서 죄인의 자리에 앉아 있어야 할 사람도 크리스틴이 아니다.

"반역죄입니다."

율리아의 말이 회의장을 꿰뚫었다.

"이 자리에 왕가의 후손을 인질 삼아 반역을 꾀하려 한 자가 있습니다."

국왕이 말을 잃은 채 율리아를 노려보았다. 보좌관도, 샤트린도 마찬가지였다. 귀족들은 아예 율리아를 손가락질하며 수군거리다가 고함을 치기 시작했다.

오직 후작 부인만이 율리아를 보며 두 눈을 크게 부릅뜨고 있었다.

북풍을 타고 오르테가 항구에 도착한 맥스웰은 힘들어하는 여자를 어르고 달래며 마차에 태웠다. 그러곤 직접 고삐를 잡고 마차를 몰았다.

"빨리! 지금 재판중이라고 한다. 빨리 들어가야 해!"

바바슬로프가 여자와 아이를 지키기 위해 마차에 올랐다. 그들은 굉음을 내며 거리를 내달렸다. 항구를 떠나 왕성 앞 중앙 광장으로, 그리고 입구에 다다를 때까지 한 번도 속도를 늦추지 않았다.

"알렉사 시녀!"

왕궁 앞에 알렉사가 나와 있었다. 그녀는 맥스웰을 보자마자 찡그렸던 얼굴을 확 펴고 마차를 향해 달려왔다.

"아이는 어딨습니까."

"마차 안에요. 아직 안 늦었습니까?"

"가봐야 알 것 같습니다."

알렉사가 마차 문을 열고 여자와 아이를 확인했다. 그러곤 왕궁 입구를 지키는 병사들에게 말했다.

"왕자궁의 긴한 손님이다. 비켜라."

맥스웰이 초조해하며 물었다.

"왕궁 안에서는 왕족의 마차가 아닌 이상 속력을 내서 달리면 안된다는 규정이 있지 않습니까? 차라리 마차를 버리고 저랑 바바슬로프가 하나씩 안고 뛰는 게 나을 수도⋯⋯."

알렉사가 그게 무슨 소리냐는 듯 입가에 미소를 달고 말했다.

"왕족이잖습니까."

"⋯⋯아."

"달려도 됩니다."

이 갓난아이는 왕족이다. 그러니 이 마차는 왕궁 안에서 전속력으로 달려도 된다.

맥스웰이 알렉사를 옆자리에 태우고 고삐를 단단히 움켜쥐었다.

"에라, 모르겠다. 가자! 이랴!"

입구를 지나친 마차가 본궁 회의장을 향해 빠른 속도로 달려가기 시작했다.

가슴이 두근두근 뛰었다. 율리아는 제 심장이 기분 좋게 웃고 있음을 알았다.

이 순간을 얼마나 오랫동안 계획하고, 상상하고, 꿈꿔왔던가.

귀족들이 저 건방진 평민이 헛소리를 지껄인다며, 빨리 처형대에 세우라고 소리를 지르고 있었다.

국왕은 골치 아프게 됐다는 얼굴로 자신을 힐끗거렸다. 어쩌면 그는 별것 아닌 평민 시녀 따위는 저들에게 제물로 던져주고 이 일을 대충 마무리하려는 중이었는지도 몰랐다.

샤트린은 공주궁 시녀들 사이에 앉아서 허탈한 한숨을 내뱉으며 고개를 저었다.

크리스틴은 무슨 생각을 하는지 알 수 없는 얼굴로 율리아를 바라보았다. 마조람 후작과 후작 부인이 다급하게 귓속말을 나누었다.

율리아는 그 모든 장면을 두 눈에 담았다. 하나도 잊어버리고 싶지 않았다. 언젠가 시간이 많이 흐른 뒤에도 두고두고 곱씹을 것이다.

만족스러웠다. 이 장면에 후회할만한 건 하나도 없었다.

한때는 그렇게 생각했다. 암살자가 되어 직접 저들의 목에 칼을 쑤셔 넣을까, 활로 쏴 죽일까, 독을 먹여볼까. 그런 생각을 수없이 했다. 그러면 이 깊은 원한이 씻은 듯 흘러내릴까 싶어서.

한데 아무리 생각해도 그건 정답이 아닌 것 같았다. 죽음은 고통스럽지만, 한순간이다. 율리아는 그걸 여덟 번이나 겪었다. 저들에게 한 번의 죽음으로 복수를 마무리하는 건 사치였다.

아주 오랫동안 두고두고 후회하며, 지독하게 비참한 삶을 살게 할 것이다. 바실리처럼. 크리스틴처럼. 그래야 조금이나마 만족할 수 있었다.

자신의 고통스러운 과거가 떠오를 때마다 저들의 고통을 지켜보며 그 천박한 달콤함에 취하고 싶었다.

악마가 되어도 좋고, 지금까지보다 더 끔찍한 죽음을 맞게 된대도 괜찮았다.

이번에도 복수를 이뤄내지 못하면 율리아 아르테의 지난 삶은 무가치한 것이 되어버린다.

이제는 그 사실을 견딜 수 없을 것 같았다. 다시 시작할 수가 없게 되었다. 율리아는 이번 삶에 제 모든 걸 걸었다.

"전하."

율리아가 후작 부인을 바라보며 왕에게 말했다.

"마조람 후작 부인이 돌아가신 1왕자 전하의 핏줄을 바이칸의 국경에 감금해두고 있었습니다."

"뭐라…… 뭐라고? 그게 정말이냐!"

국왕이 자리에서 벌떡 일어나며 고함을 내질렀다.

일부러 드러낸 분노였다. 보란 듯이, 들으란 듯이 약간의 과장을 보태 분노를 꾸며낸 왕이 주먹으로 테이블을 쾅 내리쳤다.

율리아가 그 자리에서 무릎을 꿇었다.

"감히 왕궁을 혼란케 한 죄는 달게 받겠다고 말씀드렸습니다. 마조람의 야욕이 왕가에 닿아 있다고도 말씀드렸습니다."

"그게 무슨 소리냐! 바이칸의 국경이라니, 그게 정말인가! 거짓이라면 너를 참형에 처할 것이다! 알고 있느냐?"

"알고 있습니다."

율리아가 고개를 들어 올렸다. 회의장 맨 끝에 있던 레위시아와 코코가 어느새 율리아의 곁으로 다가와 있었다.

레위시아가 율리아에게 손을 내밀었다. 그러곤 그녀를 억지로 일으켜 세웠다. 너는 여기서 무릎 꿇을 일이 없노라고, 그가 행동으로 말했다.

"아버지, 재판을 다시 시작해주십시오."

레위시아가 회의장 문을 가리켰다.

"증인을 데려왔으니까요."

사람들의 시선이 레위시아의 손가락을 따라 움직였다.

묵직한 문이 소리도 없이 열렸다. 바깥에서 찬 바람이 사납게 밀려 들어 와 회의장을 크게 한 바퀴 돌았다. 미지근하고 눅눅했던 공기가 정신이 번쩍 들도록 차갑고 상쾌하게 바뀌었다.

눈이 내리고 있었다.

남부 오르테가에 수년 만에 내리는 함박눈이었다. 눈을 바라보는 사람들의 시선을 헤치고, 알렉사가 갓난아이를 품에 안은 여자를 데리고 회의장 안으로 들어왔다.

"국왕 전하……!"

여자는 지금 이 순간이 자신과 아기의 목숨을 살릴 수 있는 마지막 기회라는 걸 깨달았다. 북풍을 타고 오는 동안 그녀는 맥스웰의 입을 통해 이 자리가 어떤 자리인지 확실하게 알게 되었다.

"살려주세요!"

여자의 얼굴을 알아본 귀족들이 경악하며 비명을 삼켰다.

"전하…… 국왕 전하. 제발, 제발 살려주세요. 제발 이렇게 부탁드립니다. 아이를 살려주세요. 지켜주세요. 죽고 싶지 않아요. 이렇게 빌게요. 뭐든지 할게요. 제발……."

여자가 아기를 품에 안은 채 비틀거리며 국왕을 향해 나아갔다. 어미가 불안해한다는 걸 알았는지, 아기가 자지러지게 울기 시작했다.

애처로움을 머금은 갓난아이의 울음소리에는 어른들의 마음을 움직이는 강제적인 힘이 있었다. 아이는 숨이 넘어갈까 걱정될 정도로 맹렬하게 울어댔다.

도대체 누가. 감히 왕가의 후손을.

누가 저 아무 죄 없는 갓난아이를.

국왕이 피가 다 빠져나간 것 같은 얼굴로 물었다.

"누가……."

여자가 울부짖었다.

"마조람 후작 부인입니다─!"

회의장 공기가 찢어질 듯 크게 부풀었다. 경악한 귀족들이 소리 없이 비명을 질렀다. 국왕의 시선이 여자가 안고 있는 아기에게서 마조람 후작 부인에게로 옮겨갔다.

후작이 아내를 대신해 반박하려던 순간이었다.

"네 이놈─!"

국왕의 고함이 회의장을 뒤흔들었다.

혼을 실은 외침이었다. 국왕은 그렇게 한마디 소리를 지르자마자 비틀거리며 의자에 주저앉았다.

왕이 소리를 지르는 바람에 아이가 더 애처롭게 울었다. 여자도 아이와 함께 울음을 터뜨렸다. 모두가 이러지도 저러지도 못하는 사이,

레위시아가 쐐기를 박았다.

"이는 명명백백한 반역입니다!"

왕이 레위시아를 바라보았다.

후작과 그의 사람들이 율리아를 향해 삿대질하며 소리를 지르고, 박쥐 같은 왕비의 친정 가문과 그 세력은 서둘러 그들에게서 거리를 벌렸다.

왕이 말했다.

"레위시아."

"예, 전하."

"이 일은 네게 일임하겠다."

꺼질 듯 위태로운 왕의 목소리에 깊은 회한이 서려 있었다.

그의 결정을 반대하는 사람은 없었다. 마조람을 무너뜨리는 일에 레위시아 2왕자보다 적합한 자는 왕족 중에 아무도 없었다.

레위시아가 왕 앞에 한쪽 무릎을 꿇었다.

"사력을 다해 왕명을 수행하겠습니다."

"마조람 후작과 후작 부인을 가두고……."

지친 왕이 고래고래 소리를 지르는 귀족들을 가리키며 명령을 내리던 때였다. 이 순간을 기다렸던 레위시아가 고개를 번쩍 들고 말했다.

"아버지께 청이 하나 있습니다."

"무엇이냐."

"이 일에 카루스 란케아의 조력을 구하고자 합니다. 허락해주십시오."

"무혈 제독 말이냐?"

쓰러지기 직전인 와중에도 왕은 레위시아의 말에 깜짝 놀라는 반응을 보였다. 보좌관도, 샤트린도 그와 비슷한 표정이었다.

여기서 카루스 란케아의 이름이 왜 튀어나오는 것이며, 어떻게 그의 조력을 구하겠다는 건지, 레위시아 2왕자가 어떤 연유로 카루스 란케아의 손을 잡게 된 건지.

모르는 사실이 너무 많았다. 하지만 무혈 제독의 도움을 구할 수만 있다면 마조람 후작과 그의 세력이 어떤 반항을 한다 해도 막아낼 수 있을 것이다.

왕이 고심 끝에 고개를 끄덕였다.

레위시아가 벌떡 일어나 입구를 바라보았다. 알렉사가 여자와 아기를 데리고 올 때 그들과 함께 회의장 안으로 몰래 들어왔던 맥스웰이 입구 쪽에서 시종인 양 행세하고 있었다.

레위시아가 크게 한 번 고개를 끄덕였다. 그러자 맥스웰이 씩 웃더니 서둘러 회의장 밖으로 나갔다. 그러곤 바바슬로프와 함께 왕궁을 빠져나갔다.

왕실 기사들이 들이닥쳐 마조람 후작과 후작 부인, 크리스틴의 신병을 구속했다. 마조람의 가신 가문 중에서 6촌 이내의 혈족도 함께였다.

후작은 몸부림을 치며 반항했으나 기사들의 완력을 당해낼 수 없었고, 후작 부인은 끌려 나가면서도 무섭게 굳은 얼굴로 율리아를 노려보았다.

크리스틴은 기사들이 손을 내밀기도 전에 순순히 자리에서 일어나 그들을 따랐다.

율리아는 그 세 사람이 회의장 밖으로 끌려 나가는 모습을 홀린 듯이 바라보았다.

눈도 깜박이지 않았다. 그 자리에 못 박힌 듯 서서 눈에 새기기라도 할 것처럼 집중했다.

코코가 율리아의 손을 잡았다.

얼마나 긴장했는지 코코의 손이 얼음장처럼 차가웠다. 인형 같은 얼굴엔 표정이 없어 냉정하게만 보였는데.

율리아의 손은 미지근한데 코코의 손만 차가웠다. 율리아는 코코의 손을 꼭 움켜쥐고 자신의 체온을 나누려고 했다. 그런데 같이 차가워질 뿐 온기는 더해지지 않았다.

그 위에 알렉사가 제 손을 덮었다. 알렉사의 따스한 체온이 전해지자, 그제야 두 사람의 손에 온기가 돌았다.

"코코."

마지막으로 끌려간 후작 부인의 모습이 시야에서 사라지자, 율리아가 말했다.

"여기서부터는 이제 생각해야 하는데……."

"그만해."

코코가 화를 내려다 말을 삼키고 이내 울음을 삼켰다.

코코의 숨소리에 울음이 섞여 있다는 걸 눈치챈 율리아가 시선을 내려 그녀의 얼굴을 바라보았다.

왜 울어요. 율리아가 눈으로 물었다.

코코는 붉은 눈에 눈물을 가득 머금고 입술을 짓씹으며 짜증을 내더니, 율리아를 냅다 껴안아버렸다.

이러지도 저러지도 못한 채 가만히 서 있던 율리아가 천천히 손을 올려 코코를 끌어안았다. 그녀는 저보다 더 긴장하고, 더 불안해하고, 더 차갑게 굳은 코코의 어깨에 얼굴을 묻고 긴 한숨을 내쉬었다.

얼굴이 축축했다. 왜 축축한지를 몰라 머뭇거리던 율리아가 손가락으로 얼굴을 더듬었다. 자신의 눈에서 언제부터인지 모르게 눈물이 흘러내리고 있었다.

이상하다. 아직 끝이 아닌데. 아직도 해야 할 일이 산더미 같은데. 자신이 그린 복수의 그림은 아직 완성되지 않았는데. 왜 벌써 눈물 따위가 나오는 건지.

"뭐야. 코코 때문에 나도 울잖아요."

이유를 찾지 못한 율리아가 괜히 코코를 탓했다. 발끈할 줄 알았던 코코가 율리아를 꽉 끌어안은 채 고개를 끄덕이고 있었다.

알렉사가 두 사람을 지키듯 그 앞에 섰다.

— • ◆ • —

제국군이 움직였다.

카루스는 마지막 재판이 열리기 전날 바이칸에서 데려온 기사들과 남부 함대 기사들을 데리고 마조람 후작의 저택과 가장 가까운 부두에서 대기하고 있었다.

율리아는 이번 일을 시간 싸움이라고 표현했다.

맥스웰이 재판이 끝나기 전에 왕가의 후손을 데리고 도착해야 마조람 후작이 대책을 마련하지 못하게 할 수 있다.

이 말을 달리 표현하면 바이칸 국경에서 출발한 용병들이 왕가의 후손을 빼앗겼다는 사실을 후작가에 알리거나, 후작 내외가 반역을 꾀했다는 사실을 왕에게 들킨 뒤에, 누구에게도 저 넓은 저택에 잠들어 있는 수많은 증거를 감출 시간을 줘선 안 된다는 것이었다.

후작과 후작 부인, 후계자인 크리스틴은 왕궁에 구금될 것이다. 그들은 저택으로 돌아오지 못한다. 하지만 마조람의 충실한 종들이 목숨을 걸고 주인을 위해 움직일 수는 있었다.

그러니 카루스는 그들보다도 빨라야 했다.

"부왕이 충격을 받아 정신없는 틈을 타서 이 일에 네 조력이 필요하다고 요청할 거다. 그 사람은 허락할 수밖에 없을 거야."

"확실한가?"

"왕실 기사단을 데리고 왕궁에서 출발하면 너무 늦어. 그사이 누가 불이라도 지르면 끝이야. 마조람의 기생충이었던 부왕이 그걸 모를 리가 없지."

"알겠다. 그렇다면 나는 가장 가까운 부두에서 대기하지. 네가 국왕의 허락을 구하자마자 놈들의 저택에 쳐들어갈 수 있도록."

"부탁한다."

레위시아가 카루스에게 머리를 숙였다. 그의 긴 머리카락이 흘러내리는 모습을 보면서, 카루스는 그가 제법 머리를 잘 숙이는 왕족이라고 생각했다.

믿지 않은 놈이었다. 율리아를 탐내고 있다는 점만 제외하면 손을 잡기에 나쁘지 않은 상대.

갈매기 한 쌍이 낮게 날았다. 오르테가에는 잘 내리지 않는다는 함박눈 사이로 갈매기 우는 소리가 들렸다.

"카루스 님!"

한 자리에 서서 부두를 노려보던 카루스의 눈에 말을 타고 달려오는 두 사람의 모습이 들어왔다.

맥스웰이 말에서 굴러떨어지듯 내리면서 손을 흔들고 있었다. 그가 뭐라고 소리를 질렀는데, 숨이 거칠어 뭐라고 하는 건지는 알아들을 수 없었다.

그래도 카루스는 명령을 내렸다.

"출발하라!"

율리아가 실패했을 리가 없으니까.

"마조람 저택으로 간다!"

무시무시한 인상의 기사들이 사령관의 명령을 받고 말에 올랐다. 선두에는 이십여 명의 기사들이 검은 갑옷에 검은 투구를 쓰고 달렸다. 남부 함대를 상징하는 제복 위에 갑옷을 걸친 기사들이 그 뒤를 따랐다.

"저택 안에 있는 자들을 남김없이 구금하라! 단 한 사람도 빠져나가게 돼서는 안 된다!"

"후작의 금고를 찾아라! 해적의 금화를 유통하면서 작성한 장부가 있을 것이다! 이는 황제 폐하의 명령이다! 저 같잖은 남부의 귀족이 제국의 함대를 우습게 여겼으니, 본때를 보여줘라!"

"반역자의 집이다! 흙발로 짓밟고 벽을 부수어라!"

군마의 거친 투레질에 사람들이 기겁하며 길을 비켰다. 카루스는 투구도 쓰지 않은 채 선두에 서서 달렸다. 마조람 저택은 그리 멀지 않은 곳에 있었다.

"쳐라!"

그가 나타나자 혼비백산한 후작가의 병사들이 정문 안에서 몇 차례 경고했으나, 바이칸에서 수많은 성과 요새를 함락시켰던 카루스를 막을 수는 없었다.

정문이 부서져 열렸다. 후작가로 들어가는 모든 문이 강제로 개방되었다. 카루스의 기사들이 주축이 되어 남부 함대의 기사들까지, 그들은 사령관의 명령을 충실하게 수행했다.

겁먹은 사람들은 비명을 지르며 엎드리고, 사치품으로 가득한 저택은 순식간에 아수라장이 되었다. 가구와 창고, 지하실까지 남아나는 곳이 없었다.

몰락이 시작되었다.

바실리가 실종되거나 크리스틴을 죄인으로 만드는 것보다 저택을 짓밟는 게 더 큰 효과가 있었다. 마조람이라는 이름에 오물을 끼얹고 그들을 거리로 몰아내는 짓이었기 때문이다.

"이쪽입니다."

기사들이 저택 안쪽 깊은 곳에 있는 응접실을 찾았다. 율리아가 알려준 대로였다. 창문도 없는 지하에 호화로운 공간이 있었다.

카루스는 직접 그 안으로 들어갔다.

"뒤져라."

기사들이 묵묵히 고개를 끄덕였다. 그들에게는 그리 어렵지 않은 일이었다. 검을 검집째 들고 모든 가구와 벽을 때려 부수며 증거를 찾았다.

워낙 은밀한 곳에 감추어두고 있기에, 율리아도 후작의 비밀 금고가 정확히 어디에 있는지는 모른다고 했다. 대략적인 위치만 알뿐이었다.

그래서 이른 봄 카루스가 남부 함대가 해적과 붙어먹고 있다는 직접적인 증거를 원했을 때, 전임 사령관의 신병을 확보하는 게 우선이라고 대답했던 것이다.

"육안으로는 금고의 위치를 파악할 수 없습니다."

"어딘가에 깊숙이 은폐해둔 것 같습니다. 어떻게 할까요?"

카루스가 날카로운 눈으로 공간을 훑었다. 황제의 명령으로 정복 전쟁을 치르면서 누구보다 이런 일에 경험이 많은 그였다.

감추고 싶은 게 많은 놈들은 한결같았다. 증거를 남기지 않고 죄다 불태워버리면 들킬 일도 없을 텐데, 꼭 뭔가를 잔뜩 숨겨놓고 불안해하며 살았다.

나쁜 짓을 여러 사람과 함께 저지르다 보면 그걸 들키는 것보다 공범이었던 자들의 배신이 더 신경 쓰이기 때문이었다.

그가 사납게 웃으며 명령했다.

"바닥을 뒤엎어라."

기사들이 바닥재를 다 때려 부수기 시작했다.

이날 바이칸의 무혈 제독 카루스 란케아가 레위시아 2왕자의 조력 요청을 수락하고 마조람 후작의 저택을 수색했다.

그 안에서 후작이 오랫동안 모아놓은 수많은 비리 장부와 장물, 많은 사람이 연루된 편지와 계약서가 발견되었다.

후작 저택에서 일하던 자들은 한 사람도 남김없이 투옥되어 심문을 받았다. 가신 가문은 말할 것도 없거니와 후작과 거래하던 상인까지, 수백 명에 이르는 사람이 줄줄이 감옥으로 이송되었다.

국왕은 이 사건을 레위시아 2왕자에게 맡겼다. 쇠약해진 왕이 침대를 벗어나지 못한다는 소문도 있었다. 의사들이 왕의 곁에 붙어서 떨어지지 않았다.

그래서 이 모든 일이 한 사람의 시녀에 의해 그려진 그림이었으며, 일어난 일의 순서까지 치밀하게 계획되었다는 것은 깨닫지 못했다.

또각또각. 고요한 감옥 앞 복도에 단단한 구두 소리가 들렸다.

율리아였다.

"나는 경고했어요."

그녀는 감옥 안에 있는 후작 부인을 보며 웃었다.

"왕궁에 들어왔을 때, 바실리를 망가뜨렸을 때, 크리스틴을 무너뜨렸을 때…… 계속 경고했잖아요."

그걸 무시한 건 당신이다.

내가 어리다는 이유로, 같잖은 평민이라서, 당신이 부리던 종이니까. 그런 이유로 무시했다.

이해한다. 나라도 그랬을 것이다. 당신은 내가 아홉 번째를 살고 있다는 걸 모르니까. 내가 복수에 미쳐서 계속 살고 있다는 사실을 꿈에도 생각하지 못했을 테니까.

그래도.

"경계했어야죠."

아무리 하찮은 배신이라도 그냥 넘어가선 안 된다. 사지를 찍어 누른 채 손발을 잘라야 한다. 때로는 목숨을 빼앗아야 할 때도 있다. 그래야 그 작은 배신이 더 큰 배신으로 돌아오지 않는다.

사람을 망가뜨릴 때는 다시는 기어오르지 못하게 철저하게 짓밟아야 한다.

"다 당신한테 배운 거예요."

나의 첫 번째 스승.

율리아의 눈동자에 초록으로 감춰놓았던 암흑이 드러났다. 암흑보다 더 검고, 피보다 진한 살의. 원한으로 똘똘 뭉친 집착.

후작 부인이 굳게 다물었던 입을 열었다.

"너……."

그때 후작 부인은 깨닫고 말았다. 그녀의 눈앞에 있는 율리아 아르테가, 그녀가 알던 율리아 아르테가 아니라는 사실을.

"너 누구야?"

그렇게 물어놓고도 후작 부인은 고개를 저었다. 다른 사람이라니 그럴 리가 없었다.

율리아 아르테는 성인이 된 지 얼마 되지 않은 어린 계집애였다. 저가 세상에서 제일 똑똑한 줄 알지만, 순진하고 경험이 적어 노련한 맛이 없었던 도구.

한데 눈앞에 있는 저 시녀는 무엇인가.

괴물이었다.

벌레인 줄 알았던 것이 수없이 탈피하여 마침내 괴물이 되었다. 율리아의 껍데기를 뒤집어쓴 거대한 괴물의 그림자가 마조람 후작가에 암운이 되어 드리워졌다.

"너를 돕는 게 아니었는데."

후작 부인이 짓씹듯 말했다.

"굶어 죽게 내버려뒀어야 했어. 보육원 원장이 해적선이나 노예선에 팔아넘기도록, 그냥 못 본 척했어야 했어. 시궁창에 처박혀 살

다 죽을 계집애를 주워다 먹여주고 재워주고, 공부까지 시켜줬더니
…… 그 은혜를 이렇게 갚는다고?"

"네. 이렇게 갚을 거예요."

율리아가 그걸 이제야 알았냐며, 당신치곤 너무 늦은 깨달음이었
다고 후작 부인에게 속삭였다.

"사실 이건 제 아홉 번째 삶이에요. 당신들 덕에 여덟 번이나 죽었
거든요. 그러니까…… 앞으로 일곱 번 남았어요."

기대하세요. 이제부터는 싸움이 아니라, 학대가 시작될 거니까.

"당신들이 나한테 했던 것처럼."

33

저주는 스스로 주인을 선택한다

아직 끝나지 않았어.

눈을 떴더니 온몸에 식은땀이 배어나 있었다. 잠옷이 축축할 정도였다. 악몽을 꿨는데, 꿈의 내용은 기억나지 않았다.

마조람 저택이었던 것 같았다. 언제였더라. 열다섯이었나. 아니면 그보다 더 어렸던가. 무슨 일이 있었는데, 꿈이라 가물가물했다. 그저 무섭고 서러운 감정만 남아 가슴에 울분이 맴돌았다.

속이 시원한데 아팠다. 일이 뜻대로 진행되어 기쁜데, 그래도 아팠다. 어디가 아픈 건지도 모르게 아팠다.

율리아는 왕자궁으로 돌아오자마자 아주 깊은 잠을 잤다. 초저녁부터 식사도 안 하고 잠만 잤다. 중간에 코코와 알렉사가 다녀간 것 같았는데, 잠에 취해 뭐라고 했는지도 기억나지 않았다.

다만 얼굴을 쓰다듬고 이불을 끌어 올려주던 손길은 어렴풋이 생각이 났다.

커튼을 열어 창밖을 보니 이른 새벽인 것 같았다. 아직 동이 트려면 조금 더 기다려야 한다.

오르테가에 내렸던 함박눈은 흔적조차 남지 않고 녹아버렸다. 눈이 그치자마자 다시 따뜻해진 날씨 때문이었다. 저녁엔 추적추적 비가 내리나 싶더니, 밤이 지나 새벽이 되었는데도 얼지 않고 녹아 사라졌다.

언제 다시 눈이 오려나.

율리아에게 눈은 애증의 대상이었다. 아름답고 포근한데, 볼 때마다 자신의 첫 번째 죽음을 떠올리게 해 괴로웠다. 때로는 눈보라 속에서 얼어 죽어가던 그때의 율리아 아르테를 그리워하게 되기도 했다.

아버지를 따라 배를 타고 돌아다니던 어린 시절에는 눈 쌓인 항구에서 눈사람을 만들던 기억도 있었다.

아마 바이칸 제국의 어느 항구였을 것이다. 오르테가보다는 훨씬 북쪽에 있는. 그래서 그렇게 눈이 쌓여온 세상이 하얗게 물들었겠지.

어렸을 때라 기억이 선명하지는 않다. 소복소복 쌓인 눈이 종아리까지 올라왔던 것 같다. 몸집이 작았으니 어른들에겐 발목쯤이었던 높이가 자신에게는 종아리였으려나.

아버지의 품에서 바라보던, 눈 내리는 바다가 참 아름다웠는데.

바다에 가고 싶다.

충동적인 생각에도 몸은 빠르게 움직였다. 율리아는 잠옷을 벗고 두툼한 원피스에 코트를 입었다. 부츠에 모자, 장갑까지 순식간에 차려입은 그녀가 왕자궁 밖으로 걸어 나갔다.

카루스는 마조람 저택을 점거한 채 하룻밤을 보내고 있었다. 후작가에서 요직에 있었거나 제법 아는 게 많아 보이는 자들은 모두 레위시아에게 넘긴 뒤였다.

그 얼굴 예쁜 왕자는 아마 한동안 밤잠을 이루지 못할 것이다.

죄인을 심문하며 그들의 이야기를 듣고, 동조하는 척하며 진실을 캐내고, 또 그들이 저지른 죄를 저울에 올려 형벌의 무게를 정하는 것. 그건 상상 이상으로 심력을 소모하는 일이었다.

율리아는 어떻게 하고 있을까.

밤이 깊어지자 생각이 자연스레 율리아에게로 향했다. 누군가 그녀의 곁에서 따스한 손으로 잘 붙들고 있어줘야 할 텐데. 맡은 역할이 있어 그 자리에 함께 있어주지 못했다는 게 마음에 걸렸다.

율리아는 아마 그녀 특유의 아무렇지 않은 얼굴로 그 상황을 견뎌 냈을 것이다. 어떤 사람들은 그런 율리아를 손가락질했을지도 모른다. 냉혈한, 혹은 독한 계집애라 부르면서.

하면 그들의 손을 다 잘라버릴까. 입을 막아버릴. 국왕이 하는 짓이 고까우니, 놈의 목을 잘라 바다에 던질까.

마조람은 율리아의 몫이니 건드릴 수 없고, 오르테가를 통째로 불태워 이 땅에 새 풀이 돋아나게 해보는 건 어떨까.

이 모든 건 학살자의 방식이었다. 폭군의 취향이기도 했다.

그녀의 얼굴을 떠올리기만 해도 가슴이 시렸다. 쓰리고 아프고, 뜨겁게 벅차오르다가 한없이 잘게 쪼개지는 것 같았다. 그래서 시렸다.

갈비뼈 사이사이 눈보라가 휘몰아쳤다.

그 여자, 율리아 아르테가 나를 망가뜨리고 있다.

카루스가 메마른 웃음을 터뜨렸다.

—◂ ﹒﹒◆ ▸—

자정이 지나 새벽이 되었다. 카루스는 잠자리에 들지 않고 마조람 저택을 직접 휘젓고 다니며 놓친 게 하나라도 있는지 살폈다.

그때 기사단을 떠나 암행에 나섰던 덩치 큰 기사가 그곳에 나타났다.

"카루스 님."

"무슨 일이지?"

"최근 드추바 섬 인근 해역을 정찰하던 해적으로부터 어떤 정보를 입수했는데……."

기사의 눈동자가 흔들리고 있었다. 어지간한 일에는 눈 하나 꿈쩍 않는 그의 충실한 전우가 충격을 다 상쇄하지 못해 떨리는 목소리로 말했다.

"바다에서 온 저주는 주인을 직접 선택한다고 합니다. 그 숙주가 되는 사람은 대부분 미쳐 죽거나, 스스로 죽거나, 주위 사람을 모두 죽이고 죽거나, 세상을 도탄에 빠뜨리고 죽는다고 말했습니다."

그건 오랜 해적들 사이에서 전해 내려오는 전설 같은 이야기였다. 늙은 뱃사람들이 술자리에서 누군가에게 겁을 주기 위해 종종 꺼내는 이야기이기도 했다.

바다가 얼마나 무서운 곳인지, 그에 반해 인간은 또 얼마나 무력한 존재인지, 그걸 깨닫게 하려고 오래전 어떤 누군가가 지어낸 이야기.

하지만 해적들은 그 저주를 믿었다.

"그게 무슨…… 미친 소리야."

카루스가 그에게 다가갔다. 기사가 한숨을 내쉬며 말을 이었다.

"심지어 하나가 더 있답니다."

"하나가 더 있어?"

"돌이 두 개라고 했습니다. 하나는 바다로부터 온 저주, 나머지 하나는 땅으로부터 생겨난 저주라고 불렀습니다."

말도 안 된다.

"태생이 다른 두 개의 저주가 어떤 특징을 가지는지는 알지 못하나, 그 둘은 운명적으로 서로를 적으로 인식해 영원히 증오하며 싸운다고……."

허무맹랑한 이야기였다. 그런데 믿지 않을 수도 없었다. 그에게 보고하는 건 충직한 부하인데, 꼭 바다 깊은 곳에 산다는 마녀가 나타나 귓속말로 속삭이는 것 같았다.

돌이 두 개라니. 어딘가에 율리아와 비슷한 저주에 걸린 사람이 하나 더 있고, 그 둘이 영원히 싸우는 저주에 걸렸다니.

카루스는 지금까지 율리아에게 들었던 모든 이야기를 떠올렸다.

아버지와 함께 바다 위를 떠돌다 보육원에 맡겨지고, 해적의 주머니를 털다가 귀족의 눈에 띄고, 아카데미를 지나 죽음에 이르는 과정까지 전부.

'그러다 죽고…….'

지금까지는 마조람 후작가의 사람들을 제외하면 율리아의 삶에 그녀를 특별히 증오하거나 죽이려 안달하는 존재가 또 있었던 것 같지는 않았다.

'후작가인가.'

알 수 없었다. 후작가가 아니라면 율리아의 운명에 또 한 사람의 적이 있다는 건데.

묵직한 통증과 서슬 퍼런 분노가 가슴에 자리 잡았다.

카루스가 부하에게 물었다.

"그걸 말해준 해적은 어디에 있지?"

"어부인 척 드추바 인근 해역을 정찰하던 놈이었는데, 사로잡아 주둔지에 데려다놓았습니다. 이후로도 몇 번 더 심문해보았으나 놈도 그 전설에 대해 다 아는 것 같지는 않았습니다."

"하면 어딘가엔 더 아는 자가 있다는 거로군."

"해적들의 본거지에 가면 노인들이 비슷한 전설에 대해 많이 안다고 떠들어대긴 했습니다."

"유인하는 건가."

"거기까지 안내할 테니 살려달라고 매달리더군요. 물론 저희를 끌고 가서 다 죽일 셈이겠지만."

"하……."

카루스가 으르렁거리듯 거친 신음을 내뱉었다.

해적이라. 그의 머릿속에 남부 해역 전체를 아우르는 해양 지도가 펼쳐졌다.

해적들의 본거지. 그곳은 남부에서도 잘 알려지지 않은 먼바다에 있었다. 얼마나 걸릴지, 어느 해로를 통해 가야 하는지 아는 사람도 많지 않았다.

그래도 율리아를 괴롭히는 그 정체 모를 저주를 해결할 수만 있다면, 카루스는 죽음을 무릅쓰고 거기까지 가서 저 혼자 해적들과 전쟁을 벌일 수도 있었다.

"카루스 님."

눈이 뒤집힌 사령관이 미친 짓을 벌일지도 모른다는 걸 깨달은 기사가 그에게 조금 더 가까이 다가왔다.

"오르테가는 한때 해적 세력과의 은밀한 공존으로 남부를 주름잡던 항구였습니다. 황제가 보호 동맹을 강제하기 전까지, 오르테가의 상인과 어부들은 해군보다 해적과 가깝게 지냈습니다."

언젠가 율리아도 비슷한 말을 한 적이 있었다. 오르테가의 늙은 어부들은 제국의 해군을 해적과 동급으로 취급한다던 이야기.

"그들 중에 아는 자가 있을 수도 있겠군."

"조사해볼 필요는 있다고 생각합니다."

부하의 말이 옳았다. 가까스로 머리를 차갑게 식힌 카루스가 손바닥으로 얼굴을 쓸어내렸다.

"충원하지."

"바바슬로프를 데려가겠습니다."

부하가 돌아간 뒤에도 카루스는 내내 율리아를 생각하느라 굳은 얼굴을 풀지 못했다.

마조람 후작가를 뒤엎고 후작 부부와 그의 혈족을 모두 감옥에 가두는 데는 성공했으나, 율리아가 여기서 복수를 마무리 지을 거라는 생각은 들지 않았다. 마조람과 운명을 함께하는 귀족들이 이대로 당하고 있을 것 같지도 않았다.

레위시아 왕자는 한동안 그들을 상대로 치열하게 싸워야 할 것이다. 어쩌면 지금까지 그의 인생에서 가장 격렬한 다툼이겠지. 하지만 카루스는 거기까진 신경 쓰지 않기로 했다.

"남기지 말고 다 부숴라. 조그만 단서라도 놓쳐선 안 된다!"

"알겠습니다!"

부하들에게 명령을 내린 그가 저택 앞으로 걸어 나와 말에 올랐다.

"어디 가십니까?"

"왕궁에 잠시 다녀오겠다."

율리아를 봐야겠다. 충동적인 마음에도 몸은 빠르게 움직였다.

카루스는 말에 오르자마자 왕궁을 향해 쏜살같이 달려갔다.

왕궁 병사들이 율리아가 바다에 갔다고 알려주었다. 카루스는 왕자궁에서 가장 가까운 바닷가로 향했다. 알렉사 시녀가 병사들과 함께 해변 끝에 서 있었다.

"카루스 님?"

그녀가 살짝 묵례하며 인사해왔다. 카루스는 알렉사의 시선이 닿아 있던 곳을 바라보았다.

율리아가 바다를 바라보며 서 있었다.

"자다가 말고 갑자기 뛰쳐나가는 걸 따라왔습니다. 혼자 있고 싶어 하는 것 같아서 멀리서 지키고 있었어요. 저는 이만 왕궁으로 들어갈 테니, 율리아를 부탁합니다."

알렉사의 담백한 목소리가 그를 그녀에게로 이끌었다.

이번에는 카루스가 알렉사를 향해 가볍게 묵례했다. 말에서 내린 그가 율리아에게 다가갔다.

겨울 바다는 춥다. 오르테가가 아무리 따뜻한 남부라고 해도 한겨울 새벽 바다는 추웠다. 그런데도 율리아는 파도가 닿지 않는 절묘한 위치에 서서 바닷바람을 온몸으로 맞고 있었다.

카루스가 아무렇지 않게 말을 건넸다.

"후작 부인을 찾아가서 속이 시원해질 때까지 채찍질이라도 했어야지. 여기서 이러고 있을 게 아니라."

"코코랑 똑같은 소릴 하시네요."

율리아가 웃으며 뒤를 돌아보았다. 혹시 울고 있는 건 아닌가 걱정했는데, 그녀의 얼굴은 아주 말끔했다.

카루스가 자신을 지그시 응시하자, 율리아가 손가락으로 뺨을 만지작거렸다.

"저도 제가 울 줄 알았어요."

"괜찮아 보여 다행이군."

"코코가 하는 소릴 들었어야 해요. 나한테 막 화를 내면서…… 후작의 따귀를 때리고 머리채를 잡으러 가자고. 네가 안 하면 나라도 해야겠다며 길길이 날뛰는데."

율리아가 작게 바람 빠지는 소리를 내면서 웃었다.

카루스가 그녀의 곁에 바짝 다가와 붙었다. 그가 바람을 막아 주고 있다는 사실을 깨달은 율리아가 손을 내밀어 그의 팔을 껴안듯 팔짱을 꼈다.

그러곤 조심스레 머리를 기댔다.

"바닷가에 사는 사람들은 어쩌다 한 번쯤 그런 걸 보거나 듣게 되거든요. 너무 슬프고, 너무 아픈 사람이 삶을 놓아버릴 때. 뭔가에 홀린 듯이 바다로 걸어 들어가는 거요."

카루스가 기척 없이 한숨을 내쉬었다. 율리아의 말에서 느껴지는 고통이 생생했다.

"이런 기분이었을까."

율리아가 바다를 보며 천천히 숨을 내쉬었다. 입김이 흘러나와 바람을 타고 흩어졌다.

"그냥…… 뭐든지 할 수 있을 것 같은 기분이 들어요. 이대로 살아도, 혹은 죽더라도 괜찮을 것 같다는 생각."

"율리아."

"걱정하지 마세요. 악착같이 살아야겠다고 결론 내렸으니까."

우리 약속했잖아요. 율리아가 장난스레 건넨 말에, 이번에는 카루스가 웃었다.

그가 한 손으로 율리아의 뺨을 쓸어내렸다. 꽁꽁 얼어붙은 뺨에서 찬 기운이 느껴졌다. 옷을 벗어주려고 했는데, 율리아가 괜찮다며 고개를 저었다.

그러자 카루스가 그녀를 자신의 품으로 이끌었다.

그저 온기뿐이었다. 사심 따위는 조금도 느껴지지 않았다. 율리아는 그의 품에 들어가 차가운 바닷바람으로부터 몸을 피했다.

충동적으로 바다에 나올 때만 해도 머릿속이 텅 빈 것처럼 아무 생각이 나지 않아서 불안했다.

생각을 멈추면 죽는다. 실수해도 죽는다. 아무것도 안 해도 죽고, 너무 열심히 해도 죽었다.

"여기까지 온 게 처음이라 그래요. 그렇게 여러 번 살았어도…… 여기까지 온 건 처음이라서."

상상뿐이었다. 언제나. 이 순간이 오면 나는 어떻게 될까. 어떤 기분일까. 얼마나 지독한 괴물이 되어 있을까.

"내 손으로 직접 죽이면 어떤 기분일까. 목을 조를까, 심장을 찌를까. 사형장 맨 앞자리에 앉아 지켜보고 싶다거나, 그 시체를 그림으로라도 남기고 싶다거나. 차라리 살려두고…… 영원히 괴롭히고 싶다는 생각."

나는 괴물이다. 아홉 번째를 사는, 저주받은 괴물.

"율리아."

머리 위에서 카루스의 목소리가 쏟아졌다. 율리아는 그가 자신을 불러놓곤 신중하게 말을 고르고 있다는 사실을 알아챘다.

"그냥 아무 말이나 하셔도 돼요."

이제 와 새삼스레 상처받지 않는다고, 율리아가 말했다. 카루스는 그런 게 아니라며 잠시 더 고민하더니 결국 이렇게 중얼거렸다.

"승리를 즐겨."

"네?"

"악마, 괴물…… 그런 건 전부 겁쟁이들이 자신의 패배를 정당화하려고 만들어낸 말일 뿐이야. 너는 승리자다. 그러니까 즐겨."

카루스의 가슴에 등을 기대고 있던 율리아가 몸을 돌려 그를 마주보았다.

"제가 끔찍하지 않아요?"

카루스는 대답하지 않고 웃었다.

아무리 감춰도 사라지지 않는 열기가 그의 긴 눈꼬리에 묻어나 있었다. 율리아는 그에게서 거대한 욕망과 그보다 더 깊은 이해를 엿봤다.

"세상은 혼자서 거인을 이긴 자를 괴물이라 부르지 않아."

영웅이라고 기억한다.

율리아가 마침내 웃음을 터뜨렸다.

━ • ◆ • ━

마조람 후작과 운명을 함께하는 귀족들이 몸져누운 국왕을 찾아가 엎드렸다.

그들은 한목소리로 후작은 반역을 저지르지 않았다고 외쳤다. 후작과 후작 부인이 왕가의 후손을 데려가 감춘 건 그 두 사람을 보호하기 위해서였다는 말도 안 되는 이유를 덧붙이기도 했다.

"1왕자 전하의 죽음을 기억하시잖습니까! 그 여자는 자신이 얼마나 위험한 상황에 빠졌는지도 모른 채 제멋대로 행동하던 사람입니다. 전하, 후작 부인은 왕가의 후손을 지킨 것입니다!"

"반역이라니요. 마조람은 전하의 충신이며, 벗이었습니다! 오직 전하와 왕국을 위해 살던 사람들입니다!"

그들이 도를 넘어 목소리를 높이자, 이번에는 힌치 백작과 반제국파 귀족들이 나타나 읍소했다.

"오르테가 국법에 반역자를 살려두는 왕은 없었습니다. 마조람 후작의 역심이 만천하에 드러난 바, 그와 뜻을 함께한 자들까지 모두 처벌해야 합니다!"

오르테가는 왕정 국가였다. 아무리 왕권이 약해도 반역자를 살려둘 수는 없었다.

조사가 진행될수록 마조람 후작이 그동안 얼마나 많은 죄를 지었는지, 얼마나 많은 비자금을 빼돌렸는지가 명백하게 드러났다.

왕가의 후손을 낳은 여자도 마찬가지였다. 그녀는 틈만 나면 아기와 함께 국왕과 원로들을 찾아가 애처롭게 울었다.

자신을 납치한 자들이 어떤 놈들이었는지, 후작 부인이 무엇을 노리고 있었는지를 낱낱이 고해바쳤다.

"백일이 지나면 저를 죽일 거라고 했어요. 늦어도 세 살이 되기 전에 저를 죽일 거라고 했어요. 왕손이 제 어미를 기억하지 못하게 하려면 그래야 한다고, 그래야…… 순종적인 꼭두각시로 만들 수 있다면서!"

이번 일에 가장 큰 공을 세운 자가 왕자궁의 수석 시녀 율리아 아르테라는 것도 문제였다.

샤트린 공주의 목숨을 살린 것만으로도 작위를 내린다 하였는데, 이번에는 왕가의 후손을 구출하고 마조람 후작가의 반역을 저지하기까지 했다.

율리아가 아니었으면.

생각만 해도 아찔했다. 국왕은 율리아에게 어떤 보상을 주어야 할까 고민했다. 한 차례 작위를 거절한 적이 있어, 더 고민이 되었다.

율리아가 귀족이었다면 차라리 쉬웠으리라. 귀족들은 원하는 게 명확하기 때문이다. 하지만 그 건방진 시녀는 뭘 원하는 건지 도무지 알 수가 없었다.

마조람 후작을 지지하는 자들과 원로원의 반응도 문제였다. 율리아 아르테가 큰 공을 세웠다는 점은 인정하나, 평민에게 공신 귀족의 작위는 가당치도 않다며 왕을 몰아세웠다.

그들을 증오하는 율리아가 권력이라는 칼을 손에 쥐게 되면 그 칼 끝이 자신들을 향할까 봐 두려워 그런 것이었다.

왕궁이 시끄러웠다. 시끄럽다 못해 미친 듯이 날뛰었다.

일찍이 마조람 후작을 배신한 자들은 안도의 한숨을 내쉬며 칩거에 들어갔고, 끝까지 그의 곁에 남았던 자들은 언제 목이 날아갈지 몰라 두려움에 떨며 발악했다.

창가에 서 있던 율리아가 한 손을 창밖으로 내밀었다. 창문도 없이 쇠창살만 있는 창이었다.

"들리세요?"

멀리서 귀족들의 고함이 들렸다.

후작 부인이 시선을 들어 올렸다. 그녀는 며칠 새 해쓱해진 얼굴이었으나, 여전히 꼿꼿하고 우아한 자세를 유지하고 있었다.

율리아가 그녀에게 물었다.

"저 사람들한텐 그래도 제법 괜찮은 분이었나 봐요. 당신을 살리려고 저토록 애쓰는 걸 보니."

"내 목숨이 아니라, 제 목숨 살리려고 애쓰는 것이지."

"하긴."

율리아가 가볍게 웃으며 후작 부인의 곁으로 돌아왔다. 추운 감옥엔 벽난로도 없었다. 그저 거칠고 두툼한 솜이불뿐이었다.

크리스틴은 그래도 귀족을 위해 만든 특별한 감옥에 있었는데, 반역을 저지른 이상 이들은 이제 그런 혜택을 누릴 수 없었다.

율리아가 후작 부인의 맞은편에 앉았다.

"후회하세요?"

"아니."

"그럴 것 같았어요."

"너를 이해할 수 없을 뿐이지."

후작 부인은 아주 생경한 존재를 보듯 율리아를 바라보았다. 태어나 처음 만난 사람을 보는 것처럼, 혹은 인간이 아닌 어떤 이형의 존재를 보는 것처럼.

"미친 건 아닌 것 같은데, 제정신도 아닌 것 같고. 우리를 왜 이렇게까지 미워하는지도 잘 모르겠고. 내 남편이나 아이들이 내가 모르는 사이에 너를 학대한 건가 싶다가도, 네 눈은 내가 제일 밉다고 말하고 있는데……."

이 깊은 증오와 원망이 고작 '미운' 감정으로 느껴진다니. 율리아는 후작 부인이 얼마나 오만한 사람인지를 또 한 번 깨달았다.

"모르셔도 상관없잖아요. 제가 왜 이러는지."

"그래, 별로 알고 싶지도 않아."

후작 부인이 고개를 비틀었다. 늘 곱게 하고 다니던 화장은 온데간데없이, 주름지고 창백한 본래의 얼굴이 드러났다.

율리아는 그녀의 얼굴을 오랫동안 들여다보았다.

늘어진 눈꺼풀이 눈꼬리를 덮고, 눈 밑엔 검은 그늘이 있었다. 입술은 바짝 말린 무화과 같았다. 눈가를 중심으로 번지기 시작한 검버섯이 잡티보다 더 많았다.

오만이 흘러내려 세월이 된 얼굴.

"이제 찾아오지 않을 거예요."

"아쉽구나. 말동무가 있어 좋았는데."

"그래서 마지막으로 하나만 물어보려고요."

율리아가 후작 부인을 향해 조금 더 몸을 기울였다.

그녀에게서 싱그러운 시트러스 향이 났다. 요즘 왕자궁에서 유행하는 향이었다. 후작 부인은 차디찬 감옥을 맴도는 율리아의 향기에 눈살을 찌푸렸다.

"솔직하게 대답해주셨으면 좋겠어요."

"그러마."

"사랑했거나 존경했거나, 혹은 친구라고 믿었던 사람들이 어느 날 갑자기 당신을 배신하고 죽였어요."

"그래서."

"죽은 줄 알았는데 꿈이었던 거예요. 그런데 꿈에서 깨고 나니까 또 죽이는 거예요. 멀리 도망쳐도 죽이러 쫓아오고, 왜 이러는 거냐고 …… 잘못했다고 빌어도 또 죽이는 거예요."

"우리가 네게 그랬다고 말하고 싶은 거니?"

"그래서 복수를 결심했어요. 세 번 죽었으니 세 번 죽여야지. 이렇게 마음을 먹었죠. 그런데 그 사람들이 너무 대단해서 여덟 번이나 실패하고 아홉 번째가 되었어요."

후작 부인의 눈에 이채가 돌았다. 지난번 율리아가 했던 이야기가 떠올랐다. 계속 다시 살고 있다던, 허무맹랑한 이야기.

율리아가 물었다.

"당신이었어도 똑같이 복수했을까요?"

"그래."

후작 부인은 조금도 망설이지 않았다. 아주 당연한 사실을 말하듯 단호하게 고개를 끄덕였다.

"마땅한 복수지. 여덟 번 실패했다고? 그럼 여덟 번 성공해야지."

어쩌면 그보다 더. 더 잔혹하고 대담하게. 온갖 수단과 방법을 동원해서.

이번에는 후작 부인이 물었다.

"계속해서 다시 시도할 수 있다는 전제하에."

"맞아요."

"굉장한 축복이로구나. 신의 선물인가."

"선물이라고?"

율리아가 별안간 웃음을 터뜨렸다. 후작 부인의 입에서 나온 선물 혹은 축복이라는 말 때문이었다. 저주라고 믿었던 것이 그런 식으로 해석될 수 있다니 너무 우스웠다.

"만약 내게 그런 축복이 닿았다면."

후작 부인이 입술을 비틀었다.

"여덟 번이나 실패하진 않았을 거다."

맞다. 당신이었다면 그렇게 많은 실패를 하지 않았겠지. 어쩌면 지금까지 죽지 않고 살아서 자신이 그런 저주에 걸려 있는지 모를 수도 있다.

하지만 그건 당신이 마조람 후작 부인이고, 내가 율리아 아르테이기 때문에 가능한 상상이다.

"제 하녀가 그러는데 바닷가에 사는 사람은 다들 환생을 믿는다고 하더라고요. 후작 부인, 다음 생에는 꼭 평민으로 태어나 고아로 살다가 보육원에서 만나요."

"너는 귀족이고?"

"아뇨. 저도 다시 평민 고아에서 시작할게요."

"어째서? 입장을 바꿔 복수하고 싶을 텐데?"

율리아가 해사하게 웃었다.

"그래야 공평하잖아."

나는 당신이 나처럼 할 수 없을 거라고 확신하거든.

"굶어 죽지 말고."

물에 빠뜨려 죽은 사람의 주머니를 뒤지는 게 얼마나 끔찍한 일인지 그것부터 알아야지.

"맞아 죽지 말고."

굶다 지쳐 도둑질하다가 얻어맞을 때, 아픈 것보다 손에 쥔 빵을 입에 욱여넣는 게 더 급한 게 어떤 기분인지.

"살해당하지도 마요."

신분이 높다는 이유로 당신보다 멍청한 자들에게 머리를 조아리며 그 한심한 명령에 따라야 할 때마다 얼마나 지독한 울분이 쌓이는지.

"후작 부인, 우리 꼭 다시 만나요."

율리아가 몸을 일으켜 후작 부인을 품에 안았다. 언젠가 그녀가 율리아에게 했던 것처럼, 최대한 닿지 않으면서 다정해 보이도록.

사형장에 오라는 초대장은 보내지 않아도 괜찮다.

율리아의 귓속말에 후작 부인이 부들부들 떨었다. 우아한 척 인내하며 짓누르고 있었으나, 그녀는 사실 머리 꼭대기까지 화가 난 상태였다.

족쇄가 덜그럭거렸다. 비틀린 입술이 찢어져 피가 맺혔다. 후작 부인이 율리아를 향해 격렬한 분노를 내비치기 시작했다.

"율리아─!"

악에 받쳐 쏟아내는 절규. 율리아는 후작 부인이 발작하는 모습을 가만히 서서 지켜보았다.

오래된 부두. 한때는 해적과 교류하다 이제는 바이칸의 군함을 수리하게 된 노련한 기술자들과 부두의 망령이라 불리는 늙은 선장들이 술집에 모여 몸을 녹이고 있었다.

대낮부터 거나하게 취한 그들은 왕국에 반역이 일어났거나 말거나, 늙은 어부가 잡아 온 장정 팔뚝만 한 길이의 대구에 정신이 팔려 있었다.

"어허, 실하다!"

"빨리 손질해 인마. 술이 줄잖아!"

머리카락과 수염은 구름처럼 희고 얼굴엔 깊은 주름이 가득했다. 그래도 그들은 청년 못지않은 주량을 자랑하며 술을 마셨다.

"해적들이 앞바다에 얼씬도 안 하니까 살기는 좋은데…… 일이 줄어 큰일이구먼."

"무혈 제독이 있잖아."

"우리도 슬슬 은퇴해야지."

"너는 이번 겨울에 해, 나는 봄에 하고, 이 자식은 여름에 하면 되겠다. 다 같이 나이 칠십에 은퇴하자고."

노인들이 서로의 은퇴 시기를 놓고 이야기를 나누던 때였다. 밝은 빨강 머리의 여자가 또각또각 구두 소리를 내며 다가왔다.

"어르신들, 그거 나한테 팔자."

코코였다.

"어? 힌치 백작 따님 아닌가? 여긴 웬일이야? 아니, 웬일입니까?"

"그냥 하던 대로 하세요."

"아니, 뭐…… 시녀장 됐다고 백작이 자랑을 얼마나 해대는지."

"무시해요."

코코가 의자를 하나 끌어다 앉았다. 그러곤 노인들이 건네는 술잔을 받아 들고 쿵쿵 냄새를 맡더니, 이내 얼굴을 확 찡그리고 말했다.

"이게 뭐야. 늙을수록 좋은 술 마셔야 한다는 말, 아빠한테 못 들었어요?"

"우리는 가난하거든!"

"그럼 제가 사야죠!"

난 시녀장이니까. 코코가 깔깔 웃으며 손짓하자, 집사가 다가와 지갑을 열었다. 곧이어 술집에서 제일 비싼 술통이 열렸다.

"역시 코델리아 힌치!"

"힌치! 힌치!"

노인들이 걸쭉하게 웃으며 술잔을 돌렸다. 그들이 맛 좋은 술을 한 잔씩 마시기를 기다리던 코코가 술통 뚜껑을 인질 삼아 손에 들고 말했다.

"내가 집사한테 재밌는 얘기를 하나 들었는데요."

"어?"

"어르신들, 저주받은 돌에 대해 안다면서."

"저주받은 돌?"

취한 노인들이 푸르르 입을 풀었다. 그러곤 코코에게 술잔을 내밀며 물었다.

"그게 뭐더라?"

"해적들이 말하는 그 저주받은 돌이요. 주인을 찾아 바다를 떠돌아다닌다면서."

"아아, 그거!"

술잔이 가득 채워졌다. 기분 좋게 그걸 마신 노인들이 옛날이야기 들려주는 할아버지처럼 푸근하게 웃으며 말을 꺼내기 시작했다.

"그게 어떻게 된 거냐면……."

이야기는 해적으로부터 시작되었다. 그 이전에야 해적이 아니었을 수도 있지만, 어쨌든 그 이야기를 믿으며 간직해온 자들은 해적이었다.

그래서 늙은 어부나 선장들은 이런 종류의 이야기를 아무에게나 하지 않았다. 그들이 오래전부터 해적들과 거래하며 가까이 지냈다는 걸 알려서 좋을 게 없으니까.

물론 그 대상이 힌치 백작의 딸이라면 얘기가 달랐다. 오래된 뱃사람 중에는 힌치 백작에게 은혜를 입지 않은 자가 없다는 말이 있을 만큼, 코코는 대단한 상인의 딸이었다.

"미신인지 아닌지는 몰라. 확인할 길이 없으니. 해적 놈들은 희한하게 미신이니 전설이니 하는 것들을 너무 많이 믿거든."

"겁쟁이 새끼들. 죄를 많이 지어서 그래."

"뭐라더라. 내가 들은 건 그런 거였어. 죽음을 반복하게 된다던가."

대구를 잡아온 어부가 술잔을 내려놓고 말했다. 그는 깊은 주름만큼 바다에서 많은 일을 겪은 자였다.

"마지막 해적왕도 비슷한 유언을 했다고 들었지. 바다에서 건진 보석은 절대 탐내지 말라고 했대. 끔찍한 저주에 걸리게 된다나."

진지한 얼굴로 노인들의 이야기에 귀를 기울이던 코코가 다시 물었다.

"죽음을 반복한다는 건 무슨 얘기예요?"

"우리야 모르지. 그냥 놈들이 하도 벌벌 떨면서 그렇게 말하니까, 그런가 보다…… 하면서 들어주는 거야. 너도 들어봤지? 해적들은 괜찮은 진주를 발견해도 절대 자기가 갖지 않고 재빨리 팔아버린다는 이야기."

"알죠."

"저주받을까 봐 그러는 거야."

선장들이 흐흐 웃었다. 하여간 해적이란 놈들은 겁이 많다면서.

하지만 코코는 웃을 수 없었다. 죽음을 반복한다는 말이 자꾸 마음에 걸려 머릿속을 뱅글뱅글 돌았다.

"만약에 그 저주에 걸리면 어떻게 되는데요?"

"뭐? 그런 건 왜 궁금해하는 거야? 미신 수집이라도 하게?"

"써먹을 데가 있어서 그래요."

"한 쌍이라고 했어."

"뭐가요?"

"무조건 한 쌍이라고. 한 사람이 아니라, 두 사람이라고."

"둘이라고?"

"하나의 저주가 시작되면 다른 하나가 마땅한 적수를 고른다."

코코가 채워준 술잔을 단번에 비운 어부가 손가락 두 개를 쫙 펴 가위 모양을 만들었다. 그러곤 바다가 어떻게 생겨났는지, 그 전설에 대해 아느냐고 그녀에게 물었다.

"어릴 때 들었어요. 만나선 안 되는 두 사람이 만나서 신이 갈라놓았다던 이야기. 남자는 제 손목을 자르려 했는데 여자가 손을 놓아버렸고, 그래서 영원히 서로를 잊어버린 채……."

"우리는 그렇게 알고 있는데, 해적들은 조금 다르게 알고 있어."

"어떻게요?"

"하나였던 저주가 둘로 갈라진 이야기라고."

심지어 사랑에 빠진 연인이 아니라 원수처럼 서로를 증오했다고.

그래서 잔뜩 화가 난 신이 둘에게 저주를 걸었고, 영원히 만나지 못하도록 하나는 제일 낮은 곳에 던져 물로 채우고, 하나는 제일 높은 곳에 던져서 산으로 만들었다고.

"그게 뭐야."

코코가 얼굴을 일그러뜨렸다. 그러자 늙은 어부가 짓궂은 웃음을 터뜨리며 말했다.

"뭐긴 뭐야. 좋을 대로 믿으면 되는 이야기라는 거지. 인간이 서로 사랑하기 위해서 태어났다고 생각하면 아름다운 첫 번째 이야기를 믿으면 되는 거고, 인간은 서로를 미워하며 싸우기 위해 태어난 끔찍한 존재라고 생각하면…… 해적들의 것을 믿으면 돼."

너는 어느 쪽이냐고, 노인들이 물었다.

그들에게 술집에서 가장 값비싼 술을 통째로 대접한 코코가 그 외에도 떠오르는 게 있거나 또 다른 정보를 아는 사람을 찾게 되거든 꼭 알려달라고 부탁했다. 노인들은 대충 고개를 끄덕이더니 다시 와자지껄하게 떠들며 술잔을 나누었다.

술집 밖으로 나온 코코가 가만히 중얼거렸다.

"저주는 한 쌍, 하나가 아니라 둘이다."

"아가씨, 그걸 믿어요?"

집사가 의아해하며 물었다.

집사가 아는 코코는 지극히 현실적인 사람이라서 미신이나 전설 따위는 잘 믿지 않는 편이었다. 어쩌다 유령 이야기라도 나오면 힌치 백작은 무서워서 흠칫거리는데, 코코는 코웃음을 치면서 죽은 사람보다 산 사람이 더 무서운 법이라고 큰소리쳤다.

코코가 집사에게 말했다.

"나도 믿고 싶지 않아."

"그런데요?"

"어떤 계집애가 자꾸 신경 쓰이게 하니까."

거기까지 말한 코코가 더는 말하기 싫다는 듯 고개를 저었다. 불길한 생각이 머릿속을 떠나지 않아 불안했다. 무표정했던 코코의 얼굴에 어두운 그림자가 졌다.

저주에 걸린 자는 죽음을 반복한다.

율리아를 생각하자 참을 수 없이 심장이 덜그럭거렸다. 카루스가 했던 말까지 떠올라 괴로웠다. 율리아는 끔찍한 저주에 걸렸고, 그 저주의 대가로 미래의 일을 알게 되었다는 이야기.

'만약 율리아가…….'

어떻게 그럴 수 있었을까. 어떻게 아무도 모르는 자신의 취향을 알았을까. 어떻게 알렉사를 구할 수 있었을까. 어떻게.

아무것도 아니었던 평민 고아가 마조람 후작가를 상대로 고작 1년 만에 승리를 거두는 것이 가능한 일인가.

'죽음을 반복했다면.'

울컥 토기가 치솟았다. 코코가 걸음을 멈추고 손바닥으로 제 입을 틀어막았다. 집사가 걱정스레 그녀를 바라보고 있었다.

'미친 생각이야.'

미친 생각이라는 걸 머리로는 아는데, 자꾸만 율리아의 말과 행동이 떠올라 추측을 멈출 수가 없었다.

'아귀가 맞아. 전부 맞아.'

어떻게 하지. 대놓고 물어볼까. 물어보면 그 계집애가 과연 순순히 대답하긴 할까. 아마 또 그 뻔뻔한 낯으로 아무것도 모르는 양 변명이나 지어내겠지.

그때였다. 코코의 곁을 지키며 부두를 돌아보던 집사가 그녀에게 바짝 다가와 술집 앞을 가리켰다.

"아가씨, 수상한 사내들이 술집 앞에 있어요."

"누구?"

"어디서 본 얼굴인데."

코코가 토기를 가라앉히고 술집 앞을 바라보았다. 그러곤 얼굴을 천천히 일그러뜨렸다.

"카루스 란케아의 부하."

그녀는 바바슬로프의 얼굴을 기억하고 있었다.

코코가 움직였다. 또각또각 구두 소리가 오래된 부두를 울렸다. 화려한 드레스 차림에 강렬한 빨강 머리. 코코는 두 사람의 시선을 한 몸에 받으며 그들 앞에 섰다.

"기사님."

바바슬로프가 코코를 알아보고 우물거렸다.

"어? 어…… 그."

"여긴 무슨 일인지."

코코는 두 사람이 술집으로 들어가려 했다는 걸 눈치챘다. 차림새도 평소완 전혀 달랐다. 그들은 오래된 부두에 득실거리는 술꾼들의 행색을 감쪽같이 흉내 내고 있었다. 그동안 바바슬로프와 몇 번 마주치지 않았다면 기억력 좋은 코코도 그를 못 알아봤을 것 같았다.

"그냥…… 비밀 임무 중입니다."

"그렇구나. 뭘까. 그 비밀 임무라는 거."

"비밀입니다."

"내가 맞혀볼까요? 그쪽 사령관이 조사해오라고 했겠죠? 저주받은 돌이나, 해적왕의 전설이나…… 뭐 그런 거?"

코코의 목소리가 낮았다.

화들짝 놀란 바바슬로프가 옆에 있던 덩치 큰 기사를 바라보았다. 기사가 코코를 뚫어지게 바라보고 있었다.

"그렇구나. 그쪽 사령관도 나랑 똑같은 걸 찾고 있었구나. 저 술집 안에 있는 할아버지들한테 물어보려고 온 거면, 늦었어요. 내가 이미 다 들었거든."

기사가 물었다.

"뭔가 알아냈습니까?"

"그건 그쪽 사령관한테 말해야 할 것 같네요."

잠시 후 바바슬로프와 함께 나타난 코코가 카루스를 보자마자 물었다.

"몇 번째죠?"

"뭐?"

그녀는 다짜고짜 카루스가 있는 방으로 들어와 문을 닫았다. 아무도 들어오지 못하게 손잡이를 잠그기까지 했다. 그러곤 카루스에게 다가와 떨리는 목소리로 물었다.

"몇 번째냐고 물었어요."

"지금 무슨 말을……."

"우리 율리아, 몇 번이나 죽었냐고."

목소리에 이어 입술까지 떨렸다. 설마 했던 것들이 입 밖으로 꺼내놓으니 너무 절절하게 이해가 되어서 괴로웠다.

코코가 다 알아버렸다는 사실을 깨달은 카루스가 무겁게 입을 열었다.

"······아홉 번째다."

"아홉······ 번?"

"그래."

"왜······. 누가······? 도대체······ 어떻게?"

카루스도 이번에는 대답하지 못했다. 율리아가 그동안 왜, 누구에게, 어떻게 죽었는지 일일이 설명할 자신이 없었다. 그는 그저 고개를 숙이는 것밖에는 할 수 있는 일이 없었다.

그에게서 느껴지는 율리아의 고통에 압도당한 코코가 울음을 터뜨렸다.

34
아르테 백작

후작 부인의 사형일이 먼저 정해졌다.

국왕의 노림수였다. 반역에 연루된 자를 모두 한꺼번에 처형하면 그만큼 반작용이 크니, 하나씩 차례대로 끄집어내 시간을 끄는 방법을 택한 것이다.

그래도 후작 부인을 첫 번째로 택한 건 조금 의외였다. 율리아는 이 일에 누군가의 입김이 들어간 건 아닐지 조심스레 추측해 보았다.

누굴까. 샤트린 공주일까, 아니면 왕비일까.

율리아는 벽난로 앞에서 불꽃을 응시하고 있었다. 방을 청소하던 트루디가 그녀를 힐긋거렸다.

"시녀님."

"응?"

"나갈 때마다 사람들이 자꾸 물어봐서 귀찮아 죽겠어요. 자꾸 시녀님이 이제 진짜 귀족이 되는 거냐고, 준남작이 아니라 자작 정도는 되어야 하는 거 아니냐고…….”

자작이라.

율리아도 비슷한 생각을 하고 있었다. 세습 가능한 자작. 아마 그 정도가 한계일 것이다. 왕은 그보다 높은 작위를 주고 싶어하겠지만, 귀족들의 반대가 심해 어쩔 수 없으리라.

“영지는…….”

트루디가 궁금해 미치겠다는 얼굴로 율리아의 주위를 빙글빙글 돌았다.

공신 귀족이 되면 국왕으로부터 영지도 하사받게 될 것이다. 트루디는 어제 밤새도록 율리아가 거대한 저택에서 집사와 하인들을 거느리고 사는 꿈을 꿨다며, 이왕이면 엄청 크고 좋은 영지를 받았으면 좋겠다고 떠들었다.

율리아가 고개를 저었다.

“트루디, 영지 같은 건 필요 없어.”

“네? 왜요. 귀족들은 영지에서 걷은 세금으로 사치하며 사는 거 아니에요? 시녀님이 귀족이 되면, 당연히 영지가 있어야…….”

“내가 원하는 건 마조람 저택이야.”

히익. 트루디가 헛숨을 들이켰다.

마조람 후작의 집은 오르테가에서 가장 크고 넓은 저택이었다.

왕궁이 국왕 한 사람만을 위한 집이 아니라는 점을 고려하면, 마조람 후작을 오르테가에서 가장 큰 집에 사는 귀족이라고 불러도 손색이 없을 정도였다.

바닷가를 바라보며 완만하게 솟은 언덕과 사방으로 펼쳐진 숲은 그들이 그동안 얼마나 선택받은 삶을 살아왔는지를 보여 주는 상징이기도 했다.

율리아는 그 집을 원한다고 말했다.

"불에 태워서 흔적도 남지 않게 하려면, 내 소유여야 하잖아."

그녀는 누누이 말해왔다. 마조람이 숨 쉬는 땅에선 아무것도 자라지 않게 하겠다고.

마조람의 성을 가진 자가 단 한 사람도 남지 않을 때까지 멈추지 않을 거라고. 마조람이 이루고자 했던 모든 꿈을 빼앗아 시궁창에 던져버릴 거라고.

그러니까 그곳에 풀 한 포기 남겨두지 않을 것이다.

—•◆•—

왕가의 원로들이 기거하는 궁에 서너 명의 왕궁 의사들이 나타났다. 왕비의 상태가 좋지 않으니 빨리 와달라는 왕비궁 시녀장의 전갈 때문이었다.

그들은 왕비의 병이 다시 깊어진 줄만 알고 잔뜩 긴장한 기색으로 달려왔다. 미친 사람처럼 난동을 부리며 자해하던 왕비가 떠올라, 효과 빠른 진정제까지 철저하게 준비했다.

그런데 왕비는 멀쩡해 보였다. 적어도 그들의 눈에는 그랬다.

"전하, 어디가 편찮으신지 말씀해주십시오."

한 의사가 대표로 나서서 말을 걸었다. 왕비는 침대에 누운 채 멀거니 그를 응시했다.

왕비가 아프던 시녀장의 말은 사실인 것 같았다. 난동을 부리거나 괴성을 지르지는 않았으나, 왕비의 얼굴엔 짙은 그늘이 내려앉아 있었다.

눈 밑이 퀭하다 못해 검었다. 얼마나 물어뜯었는지 입술에 멀쩡한 부분이 없었다.

"요즘 잠을 못 주무신다고 들었습니다. 저희가 효과 좋은 수면제를 가져왔으니……."

"독인가?"

"예?"

"독이구나. 그렇지? 후작 부인이 시켰어? 그이가 감옥에 갇혀 있다고 그리 주저앉을 사람은 아니니까. 그렇지? 말해다오. 그건 무슨 독이냐? 고통 없이 단번에 죽을 수 있는 거야?"

"저, 전하! 그게 무슨 말씀입니까!"

"바른대로 말하지 못해? 내가 아직은 이 나라의 왕비니라! 후작 부인이 아니라, 내가 왕비라고!"

"전하!"

"날 죽이러 왔어? 네놈들이 정녕 나를 해치려고……!"

왕비가 이불을 박차고 일어나 의사를 향해 손을 휘둘렀다. 늘어진 몸 어디에 그런 힘이 남아 있었는지, 철썩 소리와 함께 의사의 얼굴이 돌아갔다.

그러고도 모자랐는지 왕비는 후작 부인에게 매수당한 의사들이 자신을 죽이려고 한다며 고래고래 소리를 질렀다. 시녀들이 달려와 매달려도 소용없었다.

의사들이 모두 쫓겨난 뒤에도 왕비의 헛소리는 한동안 계속되었다.

식사를 준비해도, 물을 가져와도 독이 들었다며 소리를 질렀다. 창가에 흔들리는 나무 그림자만 봐도 소스라치게 놀라며 암살자가 온다고 벌벌 떨었다.

"후작 부인이 다 말할 거야. 그이가 절대 그렇게 죽을 리 없어. 내 아가, 내 아이…… 왕자는 이제 어떡하지? 이럴 줄 알았으면 율리아 아르테의 말을 들었어야 했는데."

후작 부인에게 율리아를 죽여달라고 부탁했으나, 들려온 소식은 마조람의 몰락이었다.

후작 부인이 언제 자신의 비밀을 발설할지 모른다는 불안감에 왕비가 조금씩 미쳐가고 있을 때, 하필이면 율리아 아르테가 곧 국왕으로부터 공신 귀족의 작위를 받게 될 거란 소식까지 들렸다.

"후작 부인이 그 시녀한테 다 말했으면 어떡하지? 내가…… 내가 저를 배신하고 죽이려 했다는 걸 알면, 그럼 그 시녀도 나를 죽이려고…… 내 아이가 왕의 아들이 아니라고 떠들고 다닐 텐데."

시녀 율리아의 얼굴에 그동안 왕비가 은밀히 죽여 없앴던 사람들의 얼굴이 겹쳐졌다. 직접 손을 쓴 건 후작 부인이었으나, 불안해서 살 수가 없으니 그들을 죽여달라고 애원한 건 언제나 왕비였다.

"이게 다…… 후작 부인 때문에 일어난 일이야."

그날 후작 부인의 처형일이 정해졌다. 이틀 뒤 정오, 왕궁 감옥에서 국왕과 원로, 귀족들이 보는 앞에서 교수형에 처할 거란 내용이었다.

"난 아무것도 잘못하지 않았어. 난 그냥…… 그 여자가 시키는 대로 했을 뿐이야. 왕비가 되라고 해서 그렇게 했고, 꼭두각시처럼 살았어. 날 사랑하지도 않는 남자와 결혼해서 불행하게…… 불쌍하게……."

왕비는 밤새도록 악몽에 시달렸다. 후작 부인의 얼굴을 한 유령이 나타나 그녀의 목을 조르고, 율리아가 나타나 그 모습을 비웃는 꿈이었다.

'그러게 내가 시키는 대로 하셨어야죠. 왕비, 당신은 내가 만든 왕족이에요. 내가 왕비로 만들었어! 바로 내가! 아무것도 아니었던 멍청한 당신을, 왕비가 되어 살게 해줬다고! 그러니까 내 말을 들었어야지. 내 명령에 따랐어야지. 나한테 충성했어야지!'

'왕비 전하, 제가 말씀드렸잖아요. 아들을 잃어 미친 왕비가 되라고. 그러면 사람들은 당신을 손가락질하겠지만, 적어도 비밀을 간직한 채 살 수는 있었을 거예요.'

가엾은 왕자, 내 아이.

'왕비, 이 세상에 완벽한 세상에 비밀은 없어요.'

'왕비 전하, 저를 수석 시녀로 임명해주세요.'

율리아 아르테를 죽여달라고 했을 때는 비밀을 아는 자를 하나라도 없애야 한다는 생각뿐이었다. 그때는 후작 부인이 이기리라고 생각해서 그랬다.

그러나 이번 싸움의 승자는 율리아 아르테였다. 패배한 후작 부인은 감옥 안에서 사형 날짜만 기다리고 있었다.

왕비가 침대에서 몸을 일으켰다.

하나라도 죽여 입을 막아야 한다면, 이제는 후작 부인을 선택해야 하지 않나. 그 여자는 지금 벼랑 끝에 몰려 있으니까 악에 받쳐 아무 말이나 지껄여댈 것이다. 빨리 손을 쓰지 않으면 안 된다.

잠옷 위에 가운을 걸친 왕비가 소리 없이 침실을 빠져나갔다. 긴 소매에 가려진 손에 짧은 칼이 들려 있었다. 빵을 자르는 칼이었다.

후작 부인이 갇혀 있는 곳엔 경비가 삼엄했다. 하지만 그들은 왕비가 유령처럼 걸어와 후작 부인과 이야기를 나누고 싶다고 말하자, 머리를 조아리며 길을 열었다.

왕비와 후작 부인이 아주 오랜 세월 우정을 나눠온 사이라는 걸 모르는 자는 왕궁 안에 없었다. 그들은 왕비가 후작 부인의 처형일이 정해졌다는 소식을 듣고 마지막 인사를 하러 찾아왔다고 생각했다.

감옥 문이 열렸다.

후작 부인은 딱딱한 침대 위에 앉은 채 잠들어 있었다. 감옥 안은 바깥과 그다지 다르지 않을 만큼 추웠다. 두툼한 이불로 몸을 감싸곤 있었으나, 그녀의 얼굴은 죽은 사람처럼 창백했다.

왕비가 후작 부인을 향해 걸어갔다. 긴 가운이 바닥에 끌리며 부드러운 천이 거친 나무를 스치는 소리가 났다. 감옥 밖에서 병사들이 수군거리고 있었다.

달빛보다 더 창백한 후작 부인의 얼굴을 내려다보며, 왕비가 속삭였다.

"왜 날 왕비로 만들었어?"

왜 나였어. 나보다 괜찮은 여자도 많았을 텐데. 왜 날 선택했어.

후작 부인이 눈을 떴다. 볼 때마다 소름 끼치던 눈빛이 왕비를 꿰뚫었다. 후작 부인은 꼭 잠들지 않았던 사람처럼 명확한 말투로 왕비의 물음에 답했다.

"제일 멍청하고 욕심이 많았으니까."

어지러웠다. 몸은 차가운데 머리가 뜨겁고 숨이 가빴다. 왕비는 후작 부인이 정말로 자신의 물음에 답한 건지, 아니면 자신이 선 채로 꿈을 꾸는 건지 모르겠다고 생각했다.

긴 소매 속에 감춰져 있던 칼이 모습을 드러냈다. 후작 부인이 족쇄에 구속당하고 있는 지금이라면 그 작은 칼로도 쉬이 처리할 수 있었다.

"왕비…… 당신이?"

칼을 본 후작 부인이 입술을 비틀어 웃었다. 한 번도 자신의 손을 직접 더럽혀본 일 없는 왕비를 업신여기는 웃음이었다.

누가 더 엉망이랄 것도 없이 무너진 두 여인이 서로를 노려보았다.

이렇게 보니 참 많이 닮은 얼굴이었다. 내려앉은 눈꺼풀에 겹겹이 모인 탐욕과 오만, 고집스러운 입술에 덕지덕지 묻은 아집.

왕비는 후작 부인이 웃는 건지, 우는 건지 모르겠다고 생각했다. 누군가를 직접 죽여본 적은 없지만 그게 자신을 닮은 얼굴이라면 못할 것도 없었다.

"4왕자가 국왕의 아들이 아니라는 건 나 말고도……."

후작 부인은 하던 말을 마칠 수 없었다.

기이한 소리와 함께 숨이 펄떡거렸다. 경악한 그녀의 눈동자에 왕비의 얼굴이 비쳤다.

칼이 툭 떨어졌다. 왕비의 가운이 붉게 물들었다. 후작 부인이 족쇄에 묶인 손을 이리저리 뒤틀었다. 상처를 막고 싶었지만 그럴 수 없었다.

비명조차 지르지 못했다. 신음도 되지 못한 짧은 소리가 새어 나왔다. 딱딱한 나무 침대가 요란하게 들썩거렸다.

왕비는 멍하니 선 채 후작 부인이 죽어가는 모습을 지켜보았다.

그때 그녀의 뒤에서 이 자리에 있어선 안 되는 사람의 목소리가 들렸다.

"어머니, 지금 무슨……."

샤트린이었다.

샤트린이 감옥 입구에 서 있었다. 언제 들어온 건지, 문을 가리고 선 채였다. 그녀는 믿을 수 없다는 얼굴로 후작 부인과 왕비를 번갈아 바라보았다.

왕비가 소매 속에 두 손을 감추었다. 그러곤 샤트린에게 물었다.

"들었어?"

"어머니."

"들었냐고! 들었냐고 묻잖아!"

비명 같은 목소리였다.

━ • ♦ • ━

왕비가 마조람 후작 부인을 살해했다. 죄인에게 교수형이 예고돼 있었다고 해도 이는 큰 사건이었다. 왕비는 별궁에 유폐되었고, 후작 부인의 시신은 급하게 불태워졌다.

마조람 후작과 그와 운명을 함께하는 귀족들은 후작 부인이 죄를 지은 죄인이라도 이런 식으로 살해할 수는 없는 거라며 왕가를 비난했다. 하물며 후작 부인은 제대로 된 재판조차 받지 못한 상태였다.

국왕은 왕비를 유폐시켜 이 일을 무마하려 했으나, 샤트린 공주가 그를 찾아가 설득했다.

"반역은 성공하지 못했고, 저 역시 아무 이상 없이 잘 살아 있잖아요. 아버지, 후작 부인을 그렇게 죽여놓고 모른 척하면 결국엔 모두가 왕가를 불신하게 될 거예요."

"그럼 도대체 어쩌라는 것이냐! 반역자를 풀어주기라도 할까?"

"크리스틴 마조람을 풀어주세요."

"뭐?"

"작위와 신분, 재산을 몰수한 채 풀어주세요. 후작 부인과 딸의 목숨을 맞바꾸어 준다면서요. 아버지는 너그러운 군주가 될 거고, 저들은 감히 이 일을 물고 늘어지지 못할 거예요."

크리스틴은 이미 모두의 기억에서 잊힌 지 오래였다. 살려준다 해도 더는 왕가에 해를 끼치지 못할 것이다.

또 하나, 샤트린이 다급한 얼굴로 왕에게 말했다.

"크리스틴을 살려주고 율리아 아르테에게 공신 귀족의 작위를 주세요. 백작 정도는 되어야 좋아요."

"뭐, 백작? 제정신이냐?"

"원하는 건 뭐든 들어준다는 약속도 하세요. 아버지, 고작 시녀 하나예요. 이번 일로 왕가는 수십 명의 귀족에게서 작위와 영지, 재산을 빼앗을 수 있을 거예요. 그중 일부만으로도 그 대단한 아이를 왕가에 충성케 할 수 있어요."

그러면 남는 장사라고, 샤트린은 온갖 이유를 들어 국왕을 설득했다. 레위시아가 아끼는 시녀이니, 그 정도 신분까진 올려 줘도 괜찮다고 말했다.

"레위시아의 측근이 아니냐. 백작은 높은 자리야. 녀석이 권력을 키워 네 자리를 위협해도 괜찮다는 게냐?"

"지금은 오르테가를 위한 결정이 우선이에요."

국왕은 여태 침대를 벗어나지 못하고 있었다. 그가 한숨을 내쉬며 샤트린의 손을 잡았다. 내가 다른 건 몰라도 딸 하나는 정말 잘 키웠다면서, 그녀를 후계자로 정하길 잘했다고 말하기도 했다.

샤트린은 웃을 수 없었다.

왕이 하는 말에 기계적으로 고개를 끄덕이며 대답하고 있었으나, 그녀의 머릿속은 온통 충격과 슬픔으로 얼룩져 있었다.

왕비의 불륜과 4왕자의 출생, 그리고 왕비가 비밀을 지키려 후작 부인을 죽였다는 사실까지. 샤트린은 그 모든 걸 알아버리고 말았다.

"아르테 백작이라……."

왕이 중얼거렸다.

샤트린은 그의 마음이 변하기 전에 일을 서둘러야겠다고 생각했다. 보좌관을 왕의 침실까지 불러들인 그녀는 율리아에게 백작 작위를 수여하는 문서를 당장 작성하라고 명령했다.

율리아는 왕비의 비밀을 알고 있고, 그걸 여태 지키고 있다. 어쩌면 레위시아와 코코, 알렉사까지 모두 알고 있을 수도 있다.

그런데도 왕비는 율리아를 배신하려 했다. 후작 부인을 이용해 죽이려고 했다.

왕비가 후작 부인을 그런 식으로 죽인 데에는 율리아가 그 사실을 알고 자신에게 보복하진 않을까 두려워했던 마음도 어느 정도 작용했으리라.

샤트린은 율리아에게 왕가에서 해줄 수 있는 최대한의 보상을 하기로 마음먹었다. 그 지독한 아이가 작위와 재화에 마음을 움직여 줄 것 같진 않았으나 어쩔 수 없었다.

이렇게라도 하지 않으면, 안 된다.

공신 귀족이라는 건 일반적인 세습 귀족과는 다른 특별함이 있었다. 왕가, 혹은 왕국에 지대한 공을 세운 자에게만 주어지는 귀한 명예였기 때문이다.

국왕은 후계자인 샤트린 공주를 통해 왕자궁의 수석 시녀인 율리아 아르테에게 백작 작위를 내렸다. 그러곤 원하는 건 무엇이든 들어주겠다고 약속하기까지 했다.

율리아는 마조람 저택을 원했다.

이 또한 엄청난 화제였다. 복수에 성공한 평민 시녀의 이야기가 오르테가를 뜨겁게 달구었다.

같은 날 크리스틴 마조람이 석방되었다.

가문과 집, 신분까지 모두 빼앗긴 크리스틴은 후작 부인의 유골함을 품에 안은 채 빈털터리가 되어 감옥을 나섰고, 이내 어디론가 사라져버렸다.

마조람 후작과 그의 파벌 귀족들이 저지른 죄에 대한 재판이 여전히 진행중이었기에, 율리아의 작위 수여식은 조촐하게 치러졌다.

"율리아 아르테는 들어라. 그대를 오르테가의 고귀한 명예, 아르테 백작으로 임명한다. 이는 그대의 핏줄을 통해 이어지는 작위이며, 함부로 빼앗을 수 없는 권리이다."

대신 국왕은 열흘 안에 오르테가 전역에 율리아 아르테의 이름을 모르는 자가 없게 하라는 명령을 내렸다.

나른한 오후였다. 날씨가 그리 춥지는 않은데, 바람이 축축하고 구름이 낮았다. 물기 어린 바람에 우울해하던 하녀들이 부지런히 장작을 들고 날랐다.

재판 때문에 눈코 뜰 새 없이 바쁜 레위시아를 대신해, 율리아가 왕자궁의 대소사를 처리했다. 확장 공사가 끝난 지 얼마 되지 않은 터라 이것저것 해야 할 일이 많았다.

알렉사가 다가와 율리아의 맞은편에 앉았다.

"코코는 어디에 가고 율리아가 이걸 다 처리하고 있습니까?"

"아침 일찍 나갔다고 들었어요."

"도대체 무슨 일이기에 요즘 매일 아침 일찍 나가서 밤늦게 들어오는 걸까요."

"중요한 일이겠죠."

율리아가 웃으며 서류를 내밀었다. 왕자궁의 경비 인력과 연무장, 숙소 관리 보고서였다.

알렉사가 골치 아프다는 얼굴로 서류를 읽어보더니 이런 건 체질이 아니라며 끙끙 앓았다.

"왕실 기사단장님도 저한테 그러셨습니다. 기사단장이 되려면 칼보다 행정을 더 잘해야 하는데, 너는 틀렸다고."

"그럼 잘하는 사람이 하면 되죠."

율리아가 알렉사에게서 다시 서류를 빼앗아 책상 한쪽에 올려놓았다. 이런 건 코코가 제일 잘한다면서, 돌아오면 순식간에 처리해줄 거라고 말했다.

"율리아, 왕께서 마조람 저택과 그 부지의 소유권을 넘겨주셨다고 들었습니다."

"네."

"언제 출발할 생각입니까?"

알렉사는 그걸 어떻게 할 작정이냐고 묻지 않았다. 언제 갈 거냐고만 물었다.

"글쎄요."

누군가에게 돈을 받고 팔면 떼부자가 될 것이고, 수리해서 쓴다면 오르테가에서 가장 큰 저택을 가진 귀족이 될 것이다.

율리아가 들고 있던 서류 뭉치를 얌전히 내려놓았다. 그러곤 노을도 없이 어두워진 창밖을 바라보았다.

"알렉사."

"예."

"불은 밤에 제일 예쁘겠죠."

알렉사가 눈짓으로 벽난로를 가리키며 말했다.

"겨울밤이 최곱니다."

장작들이 타닥타닥 소리를 내며 타올랐다. 트루디가 부지런히 채워놓은 장작이 따스한 불꽃을 피워 올리고 있었다.

율리아가 알렉사에게 물었다.

"같이 갈래요?"

마조람 저택은 카루스와 그의 부하들에 의해 반파된 상태였다. 카루스의 모습은 보이지 않았으나, 그의 부하들이 일부 남아 저택을 감시하고 있었다.

안에서 발견된 증거는 레위시아에 의해 모두 왕궁으로 옮겨졌다. 증거가 명백하니 마조람 후작은 조만간 사형대에 오르게 될 것이다.

율리아는 네 필의 말이 이끄는 왕궁 마차를 타고 저택 안으로 들어갔다. 기분은 그리 좋지도, 나쁘지도 않았다. 밤이라 그런 것 같기도 했다.

캄캄한 시야에 몇 개의 불빛이 보였다. 한 손에 횃불을 든 카루스의 부하들이 마차를 향해 다가왔다.

"누구십니까?"

"율리아 아르테입니다."

기사들이 반가워하는 얼굴로 문을 열어 주었다. 율리아는 알렉사와 함께 마차에서 내려 주위를 둘러보았다.

어두워서 거대한 저택의 모습이 잘 보이지 않았다. 전에는 밤이 새도록 환하게 불을 밝혀놓아 불야성을 이루었는데, 지금은 최소한의 불빛만 남긴 채 모두 꺼져 있었다.

이럴 줄 알았으면 밝은 낮에 올 걸 그랬나.

율리아가 걸음을 옮기자 알렉사가 말없이 그녀의 뒤를 따랐다.

비단처럼 부드럽던 잔디가 처참하게 짓이겨져 울퉁불퉁했다. 깨지지 않은 창문보다 깨진 창문이 더 많았다. 고용인조차 모두 사라져, 건물 안에 온기가 느껴지는 곳이 없었다.

율리아는 알렉사와 함께 마조람 저택을 한 바퀴 돌아본 뒤, 만족스러운 미소를 지었다.

기름은 저택 뒤편 창고에 따로 보관되어 있었다. 율리아는 그곳까지 걸어가 직접 문을 열었다. 수십 개의 기름통이 보였다.

갑자기 마음이 급해졌다. 한마디 말도 없이 창고 안으로 들어가 기름통을 끌고 나온 율리아가 그걸 저택 한쪽에 쓰러뜨려 부었다.

그러곤 다시 안으로 들어가 또 하나의 기름통을 끌고 나왔다. 어디서 그런 힘이 솟았는지 몰랐다. 그녀는 씩씩하게 기름통을 끌고 나와

선 거대한 저택 여기저기에 뿌리기 시작했다.

한걸음 떨어진 곳에 서서 율리아를 지켜보던 알렉사가 말없이 소매를 걷어 올렸다. 그러곤 한 손에 하나씩, 두 개의 기름통을 끌고 나왔다.

"이것 좀 옮겨주십시오!"

카루스의 부하들까지 동원되었다. 그들은 율리아가 하는 짓을 이해하지 못했으나, 이제 이 저택과 땅은 모두 율리아의 것이라는 알렉사의 말에 어쩔 수 없이 기름통을 옮겨주었다.

마조람 후작이 매일 드나들던 현관, 왕궁보다 더 많은 장미를 피워냈던 정원, 바실리가 자랑하던 예술품 보관실, 크리스틴의 서재, 후작 부인의 응접실.

율리아는 그 모든 곳에 기름을 쏟아부었다.

기름 냄새가 진동했다. 젖은 공기가 내려앉더니 바람조차 불지 않았다. 꽤 오랜 시간에 걸쳐 기름을 뿌린 율리아가 정원 앞에 서서 저택을 바라보았다.

그녀의 눈에서 불꽃이 튀었다.

— • ◆ • —

카루스는 코코와 함께 며칠 동안 오르테가의 옛 부두를 돌아다니며 저주와 전설에 대해 아는 자를 수소문했다.

별다른 소득은 없었다. 오래전 마지막 해적왕이었던 자가 저주의 주인이 아니었을까, 하는 추측만 남았을 뿐이었다.

지친 얼굴의 코코가 왕궁으로 돌아가기 위해 마차에 올랐을 때였다. 카루스의 부하가 달려와 율리아의 소식을 전했다.

"율리아 시녀님이 저택을 불태우고 있습니다!"

두 사람은 그대로 방향을 돌려 마조람 저택으로 향했다. 부두를 벗어나 한참을 달리자, 멀리서도 어떤 광경이 눈에 들어왔다.

거대한 불꽃이 춤을 추고 있었다.

시뻘건 불길이 마조람 저택을 통째로 집어삼키고 이리저리 너울거렸다. 새카만 밤을 환하게 밝히는 불빛이었다.

율리아는 그 앞에 서서 하염없이 그 광경을 바라보았다.

눈이 부셨다. 복수는 이토록 아름다웠다. 가슴 벅차고 황홀한데, 미치도록 허탈하고 후회스러웠다. 또 그만큼 화가 났다.

나는 왜 여덟 번이나 실패해서 아홉 번째를 살아야 했나. 저주받은 자신의 삶이 원망스러웠다.

우르릉. 하늘이 울었다.

비가 오기 시작했다. 내내 묵직했던 구름이 요란한 천둥소리와 함께 굵은 빗줄기를 쏟아냈다. 툭툭 떨어지던 빗방울은 금세 장대비가 되고, 이내 온 세상을 빗속에 가두었다.

"율리아!"

누군가 큰 소리로 율리아를 불렀다. 그러나 건물이 불타는 소리와 빗소리가 뒤섞여 요란해진 주위 소음에, 율리아는 그걸 알아듣지 못하고 가만히 서 있기만 했다.

지옥을 연상케 하는 불길이 저택을 무너뜨리고 있었다. 그 앞에 서 있는 율리아는 불꽃을 몸에 두른 채 태어난 새처럼 보였다.

삶과 죽음의 경계에서 수없이 투쟁하는 새. 너울거리는 불꽃을 따라 율리아의 그림자가 날개처럼 펼쳐졌다. 그녀의 실루엣을 따라 흐르는 빛과 그림자가 소름 끼치도록 아름다웠다.

함께 기름을 쏟아붓던 알렉사도, 그녀를 돕던 카루스의 부하들도 감히 율리아에게 다가가지 못한 채 몇 걸음 떨어진 곳에서 그녀를 바라보았다.

"율리아."

카루스가 가만히 중얼거렸다.

그를 따라 마차에서 내린 코코가 깊이 심호흡했다. 율리아는 지금 무슨 생각을 하고 있을까. 궁금했지만 물어볼 수 없었다.

시녀들이 외출했다는 소리를 듣고 왕자궁에서 뒤늦게 달려온 레위시아도 카루스와 코코의 뒤에 멈춰 섰다.

시간이 흐를수록 비는 점점 더 거세졌다. 거대한 저택을 무너뜨린 불꽃이 조금씩 빗물에 스러지고 있었다.

율리아의 긴 머리카락을 타고 물방울이 뚝뚝 떨어졌다. 그렇게 한참 저택을 바라보던 율리아가 마침내 몸을 돌렸다.

코코와 알렉사, 카루스와 레위시아가 모두 그녀를 보고 있었다.

"다들 언제 왔어요?"

율리아가 물었다. 물에 젖은 얼굴은 평소처럼 맑아 보였다. 한데 그녀의 눈빛이 평소와 달랐다.

독을 품은 늪처럼, 괴물을 잉태한 바다처럼 어둡던 녹색 눈동자에 붉은빛이 일렁였다. 빗물인지 눈물인지 알 수 없는 물기가 눈동자에 맺혀 어지럽게 빛났다.

신이 가장 낮은 곳으로 던진 뒤에 물로 채워 바다로 만들었다던 지독한 저주. 그 저주가 저 넓은 바다를 헤매다 간신히 찾아낸 주인.

작은 몸에 갇힌 거대한 영혼이 마침내 눈을 떴다.

우르릉. 하늘이 울었다. 저택을 남김없이 태운 불이 빗속에 사그라 졌다. 화재 때문에 놀라 달려왔던 인근 병사들도 모두 물러가고, 율리 아는 코코의 손에 이끌려 왕자궁으로 돌아왔다.

하녀들의 움직임이 분주해졌다. 레위시아와 코코, 알렉사와 율리 아가 이 추운 겨울에 흠뻑 비를 맞고 돌아왔기 때문이다.

그것만으로도 깜짝 놀랄 일인데, 그 유명한 무혈 제독 카루스 란케 아가 그들과 함께 나타나 응접실에 자리를 잡았다.

우르릉. 또 한 차례 하늘이 울었다. 태풍이 온다는 얘기는 없었는 데. 중얼거리던 레위시아가 어색하게 웃으며 말했다.

"잘했어. 그 저택을 그대로 남겨둘 순 없잖아. 차라리 죄다 불태우 고 새로 짓는 게 낫지."

"새로 지을 생각은 없어요."

"뭐? 그럼 왜 달라고 한 거야?"

"다 태우고 싶어서요."

율리아는 그곳에 새집을 지을 마음이 없었다. 마조람의 것이었던 땅에서 과거를 곱씹으며 살고 싶지 않았으니까.

"저는 여기면 충분해요."

"내 궁을 집처럼 생각해줘서 기쁘긴 한데…… 아르테 백작, 귀족 에겐 집이 있어야지. 영지도 있어야 하고."

"국왕 전하께 필요 없다고 이미 말씀드렸어요."

"그건 네 생각이지. 부왕은 체면을 중요하게 생각하는 사람인데, 너한테 백작이라는 작위까지 내린 마당에 집도 영지도 없는 귀족으 로 남겨두진 않을걸."

레위시아가 혀를 쯧쯧 차며 말했다. 그러곤 동의를 구하려는 듯, 코코에게 고개를 돌렸다.

"내 말이 맞지?"

그런데 코코의 반응이 이상했다. 레위시아에게 핀잔을 주거나 율리아를 구박해야 정상인데, 창백한 얼굴로 입을 꽉 다문 채 수건을 쥐어뜯고 있었다.

레위시아가 걱정스레 물었다.

"코코, 왜 그래?"

율리아도 그녀를 바라보았다.

두 사람의 눈이 마주쳤다. 코코가 입술을 달싹거리며 뭔가를 말하려 하고 있었다. 카루스가 무거운 한숨을 내쉬고, 율리아가 코코에게 왜 그러냐고 물으려던 순간이었다.

"네 지난 삶의 내가 어떻게 죽었는지, 그건 내 알 바 아니야."

코코가 갑작스레 참았던 말을 쏟아냈다.

"모른 척할까 생각해봤어. 아무래도 넌 그걸 원하는 것 같았으니까. 아무것도 모르는 사람처럼, 네가 여덟 번의 죽음을 반복하고 아홉 번째를 살고 있다는 걸…… 외면하고 살아야 하나."

코코는 미친 듯이 고민했다. 율리아를 위해서는 율리아가 원하는 대로 해줘야 하는 게 아닐까, 머리가 터지도록 고민했다.

하지만 아무리 생각해도 그건 정답이 아닐 것 같았다.

"이제 알겠어. 네 지난 삶의 내가 시킨 거야. 그렇지? 이번에는 왕궁으로 들어가서 시녀가 되라고, 날 이용해 레위시아 전하의 손을 잡으라고. 왕족의 손을 빌려 마조람을 치라고."

율리아가 입을 다물었다. 레위시아는 그게 무슨 소리냐며 자리에서 몸을 일으켰고, 알렉사는 코코와 율리아를 번갈아 바라보았다.

"말해 봐. 알렉사는 몇 번째였어? 다섯 번째? 여섯 번째? 알렉사가 네 생명의 은인이라고 했으니까, 혹시…… 너 때문에 죽기라도 했어?"

"코코."

"레위시아 전하는 항상 죽었어? 누가 죽였어? 어떻게 죽었어?"

율리아는 대답하지 못했다. 코코의 목소리는 아주 작아서 요란하게 쏟아지는 빗소리에 묻혀 잘 들리지 않았다. 그래도 가까이에 서 있는 레위시아와 알렉사의 귀에는 무사히 닿았다.

"율리아."

코코가 울먹이며 물었다.

"내가 널 잊어버리지 않으려면 어떻게 해야 해?"

코코의 붉은 눈에서 후드득 눈물이 떨어졌다.

율리아는 멍하니 앉아 그녀를 바라보았다. 어떤 말로 변명하며 넘겨야 하나 고민하던 게 무색할 만큼 머릿속이 새하얬다.

코코가 쥐어짜듯 다시 물었다.

"네 지난 삶의 나를 기억하려면, 뭘 어떻게 해야 해?"

"못해요."

"율리아!"

"못해요. 불가능해요."

율리아가 간신히 대답하고 고개를 저었다.

도대체 어떻게 알았냐고, 왜 말 안 했냐고 묻고 싶었다. 그런데 입을 열면 해선 안 되는 말이 나올 것 같아서 자꾸만 숨을 참게 되었다.

괜찮다고 말해도, 그렇지 않다고 말해도 모두에게 상처였다.

두 사람의 말을 듣고 있던 레위시아가 어색하게 웃으며 물었다.

"이게 무슨 해괴한 소리야. 아홉 번이라니……? 코코, 이상한 꿈이라도 꿨어? 율리아는 왜 또 그걸 맞장구쳐주고 있어."

반면 알렉사는 이제야 이해했다는 얼굴이었다.

"어쩐지……."

간신히 진정한 코코가 수건을 꼭 쥔 채 말했다.

"율리아는 죽음을 반복하는 저주에 걸렸어요. 해적들까지 들쑤셔가며 저주의 기원에 대해 알아내긴 했는데 그걸 없애는 방법은 찾지 못했어요. 저는 이제부터 제가 가진 모든 걸 동원해서 그걸 찾을 거예요."

카루스가 코코의 말을 거들었다.

"마찬가지다. 남부의 해적을 모조리 소탕하는 한이 있어도 반드시 단서를 찾을 거야."

너를 위해서는 뭐든지 해. 그들이 말했다.

◆ ◆ ◆

마조람 저택이 한창 불타고 있을 때였다. 사라진 줄 알았던 크리스틴이 멀리서 그 광경을 보고 있었다.

유골함을 쥔 크리스틴의 손가락이 사정없이 떨렸다. 집이 무너지고 있었다. 시뻘건 불길이 혀를 날름거리며 한때 그녀의 전부였던 곳을, 그곳에 쌓인 추억을 전부 잿더미로 만들어버렸다.

"율리아……."

누구의 짓인지는 굳이 물어볼 필요도 없었다. 귀족이 된 율리아가 국왕에게 마조람 저택을 요구했다는 건 이미 들어 알고 있었으니까.

그래도 어머니의 유골만은 저곳에 묻고 싶었는데.

"아가씨, 빨리 떠나셔야 합니다. 꾸물거릴 시간이 없습니다."

"조금만…… 조금만요."

"후작 부인의 유언을 기억하십시오."

크리스틴의 곁을 지키는 건 후작 부인의 수족이나 다름없었던 자들이었다. 그들은 마조람의 가신이며, 친척이기도 했다.

후작 부인이 죽고 후작의 사형이 확실시된 지금, 그들에겐 완전히 다른 돌파구가 필요했다.

"블라이스 백작의 소개장은요?"

"여기 있습니다."

한 남자가 크리스틴에게 붉은 밀랍으로 봉인된 편지를 내밀었다.

"그가 뭐라고 하던가요?"

"데네브라 황비를 찾아가 자신의 이름을 대고 이 편지를 전하면 될 거라고 했습니다. 오르테가에서 반역이 일어나거나 말거나 그런 건 그가 알 바 아니지만, 친제국파를 이런 식으로 몰아내려는 국왕의 저의가 의심스럽다고."

크리스틴은 감옥에서 풀려나자마자 블라이스에게 손을 내밀었다.

후작 부인의 유언이었다. 후작 부인은 자신이 죽게 될 거란 확신이 들자마자 수족을 통해 은밀히 바이칸 제국에 도움을 청하라는 유언을 남겼다.

크리스틴의 입에서 메마른 웃음이 흘러나왔다.

"내가 그렇게 하자고 했을 때는 듣지 않으시더니……."

"뭐라고 하셨습니까?"

"아무것도 아니에요."

━ • ◆ • ━

블라이스 백작은 크리스틴의 요청을 흔쾌히 수락했다. 그 역시 국왕의 행보가 의심스럽다면서 데네브라 황비에게 크리스틴의 신분과 상황을 설명하는 소개장을 써주었다.

비가 내리고 있었다. 크리스틴은 승마에 소질이 없어 다른 사람의 뒤에 짐처럼 매달려 가야만 했다.

"서두르자!"

불타는 저택을 뒤로한 채 말들이 달리기 시작했다. 크리스틴은 두 눈을 꼭 감고 머리를 숙였다. 두툼한 로브가 그녀의 얼굴을 가려주었다.

그들은 도시를 떠나 티타니아 산맥으로 달렸다. 이른 봄, 율리아가 카루스를 만나 그와 함께 내려왔던 길을 거슬러 올라갔다. 밤새도록 달리다 강가에서 쉬고, 또 한참을 달렸다.

산맥 중턱 즈음에선 눈이 내리기 시작했다. 뺨이 찢어질 것 같은 추위 속에서 크리스틴은 몇 번이나 주저앉기를 반복했다. 그래도 울지는 않았다. 울고 싶지 않았다.

'울지 마, 비겁하게.'

지금 그녀가 하려는 건 반역보다 더 나쁜 짓이었다. 바이칸으로 달려가 오르테가가 제국을 배신하려 하니 군대를 보내 정복해야 한다고 고발하는 것.

크리스틴은 죽음을 앞두고서도 그런 유언을 남긴 어머니와 그걸 지키려고 발악하는 자신이 끔찍했다.

"눈보라가 칩니다!"

정상을 얼마 남기지 않은 갈림길이었다. 날아갈 듯 거센 바람과 함께 눈보라가 몰아쳤다. 밤사이 얼어 죽은 사람이 있어, 일행은 잠을 자거나 쉴 수조차 없었다.

"계속 움직여야 합니다. 아가씨, 멈추면 안 돼요."

크리스틴은 열 걸음을 걷고 주저앉고, 또 다섯 걸음을 걷고 주저앉았다. 울기 싫어서 이를 악물고 견뎠는데, 이제는 너무 추워서 그런 생각도 들지 않았다.

여기서 죽을 것만 같았다. 얼어 죽는다는 게 어떤 느낌인지 절절히 실감이 났다. 장갑을 두 겹이나 꼈는데도 손가락이 곱아 움직일 수 없었다. 이대로 떨어져 나갈 것만 같았다.

위태롭게 깜박이던 크리스틴의 속눈썹에서 흰 얼음 가루가 떨어졌다.

"조금만 더 힘내십시오."

바람이 불어 벼랑 아래서 눈보라가 거꾸로 솟아올랐다. 크리스틴은 생각했다. 그냥 확 죽어버릴까. 저기로 가서 떨어져버리면 편할 텐데. 이렇게 고통스럽게 살지 않아도 될 텐데.

'율리아.'

율리아의 얼굴이 떠올랐다. 크리스틴은 율리아가 바실리와 함께 이 산맥을 넘어 도망치려다 얼어 죽을 뻔했다는 사실을 알고 있었다.

어디쯤일까. 이쯤이었을까. 아니면 더 높은 곳? 너는 도대체 어디까지 달아났다가, 어느 곳에서 복수를 결심했나.

율리아. 나는 바이칸으로 달려가서 오르테가가 제국에 반기를 들기 위해 친제국파를 척살했다고 말할 거야. 남부 역시 북부 패전국 연합처럼 제국을 배신하고 황제의 뒤통수를 칠 거라고.

그러면 분노한 황제에 의해 왕국에 학살이 일어날 것이다.

상관없었다. 복수는 율리아만의 것이 아니니까. 크리스틴은 얼어붙은 다리를 간신히 움직였다. 주저앉지 않고 일어나 걸었다.

정상이 머지않았다. 저곳만 넘으면 바이칸이었다.

(다음 권에서 이어집니다)

나쁜 시녀들 3

ⓒ 자야

2024년 5월 10일 초판 1쇄 발행

지은이 자야
펴낸이 김재범
펴낸곳 (주)아시아
출판등록 2006년 1월 27일 제406-2006-000004호
주소 경기도 파주시 회동길 445 (서울 사무소: 서울특별시 동작구 서달로 161-1, 3층)
전자우편 bookasia@hanmail.net

ISBN 979-11-5662-705-0 04810
      979-11-5662-697-8 (세트)